I0749550

Nos âmes brisées, nos cœurs liés

Nos âmes brisées, nos cœurs liés

Sabrina Paugam

ISBN : 9782488530095
Dépôt légal : février 2026
Mise en page : Floriane Joy
Correction : Heracorrection
Couverture : Laurène Grisot

Lajoyedition.fr
existe en format papier et numérique

À toutes les belles histoires d'amour
qui ont mal commencé.
Ne renoncez jamais.

Partie 1

CONFUSION

Playlist de
SASHA ET RAPHAËL

Rosalia - Beso[1]
James Arthur - Impossible
Shauwn Mendes - Why why why
Jonas Brothers - Only human
Fanny - Désolée
Sofia Carson - I hate the way
M.Pokora - Tombé
Slimane - Nous deux
Timbaland – OneRepublic - Apologize
Demi Lovato - Heart attack
Imagine Dragons - Demons
Dua lipa - Love again
Ellie Goulding - Love me like you do
The Weeknd - Blinding lights
G-easy & Halsey - him and I
Selena Gomez - Hands to myself
Tate Mcrae - 2 Hands
Zaho - Je te promets
Lykke Li - I follow rivers
Kelly Clarkson - Because of you
Florent Mothe – Camille Lou - Quelque chose de magique
Machine Gun Kelly - Bloody valentine

---

[1] À la demande de l'auteure, l'ensemble des paroles a été traduit en français afin de faciliter la compréhension du lecteur.

Dua lipa – Sean Paul - No lie
Christophe Mae - Tombé sous le charme
Dadju – Tayc - I love you

Chapitre 1

J'ai besoin d'un autre baiser,
un de ceux que tu me fais,
être séparé de toi c'est l'enfer,
être près de toi c'est ma paix.

Rosalia - Beso

SASHA

Le 16 avril 2024

07H45, je suis déjà en retard.

Pourquoi ai-je accepté ce rendez-vous hier soir ? Au fond, je connais déjà la réponse, mais je n'ai pas envie de me l'avouer. Encore une fois, j'ai succombé et j'ai accepté de le voir. Lui, l'homme de mes désirs et de ma folie. Je savais bien comment allait se terminer cette soirée ! Pourtant j'y suis allée, j'ai plongé la tête la première, et maintenant je m'en mords les doigts…

Je file sous la douche. L'eau chaude qui coule sur mon corps me procure, pendant un court instant, un sentiment de bien-être, qui gomme ma soirée de la veille. Pas le temps de m'apitoyer sur mon sort, ni de m'attarder sur ce qui s'est passé, pourquoi le ferais-je ?

Je sors rapidement de la douche, me sèche à toute vitesse, fais l'impasse sur le maquillage, et enfile la première robe propre qui me tombe sous la main, tous mes gestes sont rapides, j'ai l'impression d'être en apnée. Pour compléter ma tenue, je me dirige vers mon meuble à chaussures, à l'entrée de mon appartement. J'attrape une paire de Converse noires basses et le tour est joué. Je quitte en trombe mon appartement situé en plein centre-ville d'Arles, mon immeuble fait face au Rhône. La vue est incroyable, en revanche, pas facile de se garer tous les jours… J'ai donc opté pour la location annuelle d'un garage, ce qui me facilite amplement la vie au quotidien.

Nous sommes au printemps, l'air est doux dans le sud de la France. Le soleil réchauffe mon cœur brisé.

Pourquoi ai-je cédé ?

Je secoue la tête et je grimpe dans ma voiture pour me rendre au travail le plus vite possible. Je me maudis pendant tout le trajet. J'ai une heure de retard, et autant de route, mon chef va me tuer. *Si encore j'avais une excuse valable !* Mais c'est loin d'être le cas. Raphaël n'est pas une raison acceptable, il a beau porter le prénom d'un Archange, c'est le diable en personne ! Le dieu de la tentation. Mon esprit vagabonde inlassablement vers cet homme de trente ans, d'un mètre quatre-vingt-huit, dont le corps a été sculpté par des heures de sport. C'est difficile de résister à ses yeux verts émeraude qui font de son regard un atout redoutable. Quand ils me regardent, j'ai l'impression de me perdre dans une forêt enchantée. Sa chevelure brune, négligemment coiffée, lui donne un petit côté bad boy… qui me fait craquer… Stop ! Il faut que j'arrête de penser à lui, sinon je vais finir par devenir folle. Pour ma santé mentale, je dois m'efforcer de m'en tenir à la stricte réalité : il s'est encore foutu de moi…

Lorsqu'enfin j'arrive, bien évidemment, Théo, mon boss, m'attend, appuyé sur le chambranle de la porte de mon bureau, les bras croisés, me barrant délibérément le passage. Il est grand, mais moins que Raphaël. Il a de larges épaules, ce qui lui donne la carrure d'un athlète bien entraîné. D'ailleurs, à ce moment précis, elles me bloquent le passage. Ses cheveux châtain clair sont coupés courts, un peu à la militaire. Au premier abord, son apparence est froide. Il est parfait dans son rôle de directeur marketing de notre agence. Toujours dans le contrôle, rigoureux, mais heureusement avec bienveillance. Ses yeux noir obsidienne sont à l'instant même en train de me fusiller. J'aimerais m'échapper dans un trou de souris…

— Bonjour, Sasha. Je ne pensais pas te voir ce matin. Mais je suis ravi de constater que tu vas bien, d'autant plus, que tu as trouvé le chemin de nos bureaux, lâche-t-il sans préambule.

Je baisse la tête pour masquer ma gêne.

— Bonjour, Théo. Je suis sincèrement désolée pour mon retard. Il y avait des bouchons sur la route, tu connais.

Je déteste mentir, et je suis sûre que ça se voit comme le nez au milieu de la figure. J'ai l'impression d'être une biche prise au piège des phares d'une voiture qui roule à vive allure.

Il fronce les sourcils.

— Écoute, peu importe ton excuse, s'il y a une prochaine fois, prévient Laly à l'accueil, elle me délivrera le message. Heureusement que nous n'avions aucune réunion de programmée avec un client aujourd'hui, crache-t-il l'air contrarié.

Son mécontentement n'est pas anodin. Je réalise que nous devons nous concentrer sur notre prochain contrat, aujourd'hui justement.

— J'ai conscience de ne pas avoir fait les choses correctement. Excuse-moi, cela ne se reproduira plus. Tu sais que ce n'est pas dans mes habitudes, me défends-je.

Théo se redresse et se tient droit comme un I. Je me sens toute petite face à lui.

— OK, maintenant au travail ! Nous devons élaborer ensemble le budget pour la campagne de pub pour le prochain parfum signé Lancôme, prononce-t-il avec un demi sourire.

Son visage se radoucit. Ouf !

— Quand veux-tu que l'on commence ? demandé-je rapidement.

— Nous n'avons pas une minute à perdre, Sasha. Ce budget doit être bouclé pour la fin de la semaine, et nous sommes déjà mercredi, répond-il en me souriant franchement.

Je sens la tension sur mes épaules se dénouer alors que Théo redescend en pression.

— Très bien, laisse-moi juste deux minutes, je pose mes affaires dans mon bureau et je te rejoins en salle de réunion, indiqué-je avant de filer.

Il acquiesce de la tête, et part en direction de son bureau situé juste en face du mien.

Je suis assistante marketing au sein de l'agence Impulse Mark & Co, depuis six ans. Mon rôle est d'accompagner mon responsable dans le déploiement de plans de marketing pour nos clients, le seconder lors d'un lancement de produit ou de service, et surtout mettre tout en œuvre pour développer les ventes de notre clientèle. J'adore véritablement mon métier. Théo nous a rejoints il y a un an, afin de pallier le départ précipité de Jenifer pour une autre agence située à Paris. Depuis son arrivée, nous entretenons de bonnes relations, si bien qu'à un moment donné, Laly, notre standardiste, soupçonnait que nous avions une relation en secret. C'est un bel homme, je ne le nie pas, mais c'est un autre qui occupe mes pensées et mes nuits… enfin, qui occupait…

Je regarde l'écran de mon téléphone, pas de messages, aucun signe de vie de sa part. Je sais au fond de moi que l'espoir est une illusion douce-amère. Et pourtant, je n'arrive pas à l'oublier. Mes sentiments sont si forts, si sincères, si intenses, que parfois j'ai l'impression que nos âmes se sont reconnues avant nos cœurs.

Je retrouve donc Théo en salle de réunion. Collaborer avec lui me permet de progresser énormément, surtout sur le chiffrage de projet. J'aime travailler dans cet espace, les grandes fenêtres offrent une belle luminosité, été comme hiver. Les murs sont peints en couleur coquille d'œuf, cette nuance reflète de manière intense la lumière dans toute la pièce. Il y a des plantes disposées pratiquement sur toute la longueur du mur opposé aux fenêtres, elles sont la bouffée d'oxygène indispensable au bien-être des salariés. Elles apportent un petit côté nature au cœur des bureaux froids et impersonnels.

Nous nous installons sur la grande table centrale, nous branchons nos ordinateurs, et c'est parti, au travail ! Nous allons certainement passer une bonne partie de la journée, ainsi que le début de la soirée, à bosser sur ce plan budgétaire pour le marketing de cette future campagne Lancôme. Théo s'est détendu, ce qui facilite nos échanges, je dois avouer que ça me soulage. J'ai horreur de travailler dans de mauvaises conditions. Les idées fusent naturellement. Et petit à petit, nous mettons en place nos pensées en commun. Celles que nous avons retenues dès le départ : mettre en avant la rose qui constitue l'un des éléments majeurs de ce futur parfum. Tout se déroule avec fluidité, aisance, professionnalisme, nous prenons à peine le temps d'avaler un sandwich à la pause déjeuner tellement nous sommes absorbés par les chiffres. Cette campagne c'est du lourd, une chance de voir l'agence propulsée sur la scène internationale. Je compte bien prouver à ma hiérarchie de quoi je suis capable.

Lorsque je lève les yeux, la nuit est tombée sur le pays aixois, laissant présager une heure bien avancée de la soirée. Mes jambes sont engourdies à force d'être restée assise toute la journée. Et mon regard peine à rester fixé sur l'écran de mon ordinateur.

— C'est parfait ! Nous avons bien avancé pour aujourd'hui, nous allons en rester là. Nous reprendrons demain matin, afin de boucler le budget dans les temps, prononce-t-il en s'étirant les jambes.

Il me sourit, il a l'air satisfait de ce que nous avons produit ensemble. Mon retard de ce matin est vite passé aux oubliettes. Heureusement pour moi, sinon cette journée aurait été infernale.

— C'est noté, reprenons demain matin, en effet, nous aurons les idées plus claires !

Je finis ma phrase en bâillant, signe que la fatigue m'a gagnée. Il baille à son tour en regardant sa montre.

— Exactement. Inutile de continuer, il est déjà tard, je n'ai pas vu le temps passer. Rentre chez toi, Sasha. Tu as de la route qui t'attend, enchaîne-t-il.

J'acquiesce en hochant la tête.

— Merci Théo ! À demain matin.

— À demain matin, neuf heures ! grogne-t-il nonchalamment.

C'est puéril de ma part, mais j'ai envie de lui tirer la langue. C'est bon, j'ai bien reçu le message cinq sur cinq : « *ne sois pas en retard demain* ». Pendant le trajet du retour, j'écoute ma playlist. J'adore ça. C'est mon exutoire, je chante à tue-tête, comme si personne ne pouvait me voir.

Raphaël ne m'a pas envoyé de messages de toute la journée… Je devrais avoir l'habitude de ses longs silences, de son absence, de notre rupture, mais j'espère toujours comme une adolescente énamourée, son retour. La chanson « Impossible » de James Arthur résonne dans les haut-parleurs, cette chanson fait vibrer mon âme. *« Dis-leur que j'étais heureux, et mon cœur est brisé, toutes mes cicatrices sont ouvertes, dis-leur que ce que j'espérais est impossible, impossible, impossible, impossible ... tomber à cause de l'amour c'est dur, tomber pour la trahison c'est pire, confiance brisée et cœur brisé ! ».* Je sens les larmes rouler sur mes joues à mesure que je chante. Cette musique me transperce les entrailles et achève mon cœur. Pourquoi suis-je allée le voir hier soir ? Pourquoi continuer à me mentir et à souffrir ? Pourquoi je n'arrive pas à l'oublier tout simplement ? Ça fait trop mal…

Lorsque je rentre dans mon appartement, il est plongé dans l'obscurité. J'allume mon lampadaire et instantanément, je me sens bien, en sécurité. C'est mon refuge, mon cocon lumineux, mon soixante-quinze mètres carrés de bonheur exposé plein sud au milieu du centre-ville de « la petite Rome ». C'est le mariage parfait de l'ancien et de la modernité. Dès que l'on ouvre la porte, nous sommes accueillis par sa grande pièce à vivre. C'est ce qu'il m'a plu en premier, en le visitant avant de l'acheter l'année dernière.

À droite, trois grandes fenêtres en bois donnent sur les quais du Rhône, j'adore regarder les péniches glisser sur l'eau.

Les murs sont gris poudré avec quelques tableaux d'artistes contemporains locaux qui se marient divinement bien avec le reste de l'espace. Je me les suis offerts au cours des années précédentes pendant les Rencontres de la photo. J'adore ce rendez-vous estival annuel à Arles. C'est l'occasion de découvrir de nouveaux photographes et peintres talentueux. Chaque année, je suis emportée par la profondeur et la douceur de certaines œuvres.

Ma cuisine est du dernier cri ; un luxe que je frôle sans jamais vraiment l'habiter. En revanche, la partie salon est plutôt dans un style vintage que j'affectionne tout particulièrement. J'ai choisi un canapé Chesterfield marron, j'en rêvais depuis des années. La table basse est en bois rustique, je l'ai chinée. Certains dimanches, je flâne dans les brocantes des environs. J'aime redonner une nouvelle vie aux objets anciens. Quant à ma chambre, elle est située au fond, au calme, tout comme ma salle de bains moderne.

J'aime l'espace, j'ai horreur de me sentir emprisonnée, surtout depuis ce que j'ai vécu à la fac. Toutes les décisions que je prends sont en partie liées à mon douloureux passé. Plus jamais je ne serai enfermée dans une pièce exigüe. Plus jamais je n'accepterai une relation qui me fait indubitablement souffrir. Plus jamais un homme ne contrôlera ma vie. Plus jamais.

Mais alors pourquoi les images de la nuit dernière, me reviennent de plein fouet ? Lui et moi, énivrés par la fusion de nos corps brûlants de désir l'un pour l'autre, sur mon lit…

Mon corps le réclame…

Mon cœur le déteste…

Mon âme sait pourquoi…

Note à moi-même : ne plus voir Raphaël-le-tentateur. Cela me fait bien trop mal le lendemain…

Je regarde une dernière fois l'écran de mon téléphone. Pas de nouveaux messages. Le cœur serré, je me change en vitesse et pars me coucher. Une bonne nuit de sommeil me fera le plus grand bien.

Chapitre 2

Je transpire à travers les draps, je tremble dans le lit, j'ai des images d'elle nue dans mon esprit, mais je suis parti et je me suis choisi à la place. Pourquoi ? Pourquoi ? Pourquoi ?

♬ Shauwn Mendes - Why why why

RAPHAËL

J'ai replongé, putain ! Cette fille est comme une drogue dont je n'arrive pas à me passer. Les règles étaient simples entre nous : pas de prise de tête, juste du sexe ! Il n'était pas question de relation sérieuse, mais plutôt d'un arrangement entre adultes consentants. Pourquoi a-t-il fallu qu'elle tombe amoureuse de moi ? C'était clair pourtant dès le début. M'éloigner d'elle, le plus loin possible, ne plus la voir, ne plus savourer sa peau délicieuse, ses baisers sucrés, c'est la meilleure des décisions que j'aie prises il y a six mois… Alors pourquoi suis-je aussi mal depuis ?! Pourquoi, chaque fois que je ferme les yeux, son visage apparaît ? Pourquoi je n'arrive pas à l'oublier ? Fait chier !

J'ai bien essayé de voir d'autres femmes. Mais rien à faire, je n'arrive pas à l'effacer de ma mémoire. Cela fait six putains de mois que j'ai décidé de prendre mes distances de la pire des façons qui soit : je lui ai menti, pour son bien. Enfin, ça, c'est ce que je m'efforce de croire. Je lui ai dit que je voyais quelqu'un d'autre, afin qu'elle comprenne que notre arrangement était fini. Ce jour-là, ce que j'ai lu dans son regard vert lagon m'a ébranlé bien plus que je ne voudrais me l'avouer. Il a transpercé mon âme. Anéanti mes convictions. Fissuré mon cœur de pierre. Pourtant, je n'ai pas hésité une seconde à m'embourber dans mon mensonge, en me répétant que c'était pour son bien, et qu'elle méritait mieux que moi… Mieux qu'un mec sans cœur, vide de l'intérieur, enchaîné dans les abysses de son passé.

Cela fait six longs putains de mois que je n'ai touché à aucune femme… Je repense à Sasha, et aussitôt, une chaleur subtile s'éveille en moi. Son corps parfait me hante, non pas comme une obsession brutale, mais comme une œuvre d'art qu'on ne se lasse jamais de contempler. Elle est dans la fleur de l'âge, c'est une jeune trentenaire qui s'assume. Sa silhouette longiligne est d'une élégance rare, comme sculptée par une main divine qui aurait pris son temps. Rien n'est de trop, rien ne manque. Chaque détail d'elle semble appeler une forme de dévotion. Le désir qu'elle inspire n'a rien de vulgaire ; c'est un besoin sacré de la toucher avec une infinie lenteur, de la découvrir cent fois, sans jamais épuiser le mystère de sa peau, la douceur de ses soupirs, le doux son de ses gémissements.

Hier soir, par faiblesse, j'ai craqué. Je lui ai envoyé un message comme un con.

Salut, Sasha !
Ça te dit qu'on dîne ensemble ce soir ?

Et sa réponse ne se fait pas attendre.

Hello, Raphaël !
OK, avec plaisir, où veux-tu aller ?

Je te propose qu'on se rejoigne sur la place du forum à 20H.

C'est noté,
à tout à l'heure.

J'arrive le premier sur notre lieu de rendez-vous, je suis tellement pressé de la revoir, que je ne tenais plus en place dans mon appartement. Elle me rejoint dix minutes plus tard. La première chose qui me frappe lorsque je l'aperçois au loin c'est sa beauté naturelle. Elle porte une chemise avec un jean, visiblement, elle n'a pas sorti le grand jeu. Et pourtant, tout chez elle m'attire irrésistiblement comme un aimant. Elle est belle à couper le souffle, tout simplement. Lorsqu'elle s'approche de moi pour me faire la bise, son parfum me rend complètement fou, il déclenche en moi une tempête de luxure, avec des images d'elle nue, ne portant que celui-ci sur son corps exquis. Un soupir m'échappe, sincère et fugace.

Je suis en manque, cela ne fait aucun doute. En manque d'elle, tout simplement. Pourquoi ce que je ressens en la voyant est-il aussi fort ? Pourquoi mon cœur rate-t-il un battement ? Pourquoi l'air dans mes poumons semble-t-il me manquer autant ? Certes, elle est belle et désirable, mais il y a plus que cela, c'est magnétique et alchimique entre nous. À cet instant, je ne suis plus capable de penser... Je place ma main en bas de son dos et l'accompagne jusqu'à l'intérieur du restaurant. C'est ainsi que nous nous retrouvons assis l'un en face de l'autre, au restaurant « Le Guillemet » sur la place du forum. Elle me fixe avec cette intensité qui m'a toujours désarmé. Sa phrase tombe :

— Je suis agréablement surprise par ton message, je dois bien te l'avouer, balance-t-elle en souriant.

Son sourire tente d'être léger, mais je sens qu'elle scrute, qu'elle attend. Elle ne veut pas se laisser attendrir trop vite.

— C'était spontané, mais ça m'a surpris également, Sasha.

Que je suis con ! À l'instant même où ces mots sortent de ma bouche, je sens la connerie me heurter de plein fouet. Pourquoi ai-je dit ça ? Pourquoi ai-je besoin d'ajouter cette distance, cette hésitation, ce fichu doute ?

Elle fronce légèrement les sourcils, puis son ton change, son regard aussi.

— Alors pourquoi sommes-nous là, Raphaël ? À t'entendre, tu ne sais pas pourquoi.

Sa voix claque comme une gifle. Blessée, sur la défensive. Je la vois qui se ferme, doucement, mais sûrement.

— Je crois que ça ne rime à rien. Je n'aurais pas dû accepter ton invitation. Restons-en là, c'est préférable pour tous les deux.

Et là, je la perds. Je le sens. Je le vois dans ses yeux, dans sa manière de ramener ses mains vers elle, comme pour se protéger. Ça m'achève. Sa colère, sa tristesse, cette déception mêlée. Je les lis toutes dans ce regard qui me transperce.

— Non ! Reste, s'il te plaît, ça fait longtemps que nous n'avons pas parlé.

Ma main se pose naturellement sur la sienne. Les mots restent coincés au fond de ma gorge. Ce n'est pas facile pour moi. Je ne suis pas doué pour ça. Pour les émotions à vif. Pour les regrets. Je repense, malgré moi, à cette dernière fois où je l'ai repoussée, à cette douleur silencieuse qu'elle avait dissimulée sous une façade fière. À ce moment-là, j'ai compris que j'avais planté quelque chose en elle : le doute, l'humiliation peut-être. Et elle me le renvoie en pleine figure.

— À qui la faute, Raphaël ? s'exclame-t-elle d'une voix coupante, sans appel.

J'ai tendu le bâton pour me faire battre, elle l'a saisi dans la foulée. Je baisse les yeux un instant, secoue doucement la tête. Elle a raison. C'est moi qui ai tout gâché. Moi qui ai fui comme un lâche. Elle ne me doit rien. Et pourtant, je tente un dernier appel.

— On ne va pas revenir sur le passé, ce qui est fait, est fait, il

reste immuable. Assieds-toi, s'il te plaît, et prenons un apéritif pour nous détendre.

Je tente un demi sourire, ce petit air mi-sincère, mi-enfantin que je dégaine quand je suis à court d'arguments. Elle soupire, regarde ailleurs, mais je vois bien que son cœur balance. J'attends qu'elle parle, je ne souhaite pas la brusquer. Puis elle craque.

— OK, puisque tu insistes, lance-t-elle en s'amusant avec une mèche de cheveux, comme si elle essayait de reprendre le contrôle de la situation.

Le serveur arrive comme une échappatoire bienvenue. Sasha choisit un mojito, pour ma part, un bourbon Four Roses sans glace. Le silence s'installe à peine quelques minutes, mais elles me paraissent interminables. Lorsque nos verres sont posés sur la table, je la regarde dans les yeux. Cette fois, sans fuite, sans masque.

— Comment vas-tu ? lui demandé-je, sincèrement.

Elle me fixe un instant, impassible, presque méfiante.

— Bien, merci, répond-t-elle du tac au tac. Et toi ?

Je souris tendrement. Ce n'est pas un sourire séducteur. C'est un sourire las, doux, fatigué. Un sourire qui ne cherche plus à convaincre, mais à s'ouvrir un peu.

— Bien mieux depuis que tu es là.

Elle s'immobilise. Son visage se fige un instant, puis elle recule légèrement surprise.

— Vraiment, tes réponses sont étonnantes.

Elle incline légèrement la tête.

— Bien mieux depuis que je suis là ? reprend-elle. Qu'est-ce que ça veut dire, Raphaël ?

Et là, tout est suspendu. Sa question n'est pas anodine. Elle veut savoir. Elle veut comprendre si je suis en train de lui tendre la main ou simplement d'apaiser ma conscience. Elle veut savoir si j'ai changé, ou si je joue encore.

Mon verre à la main, je prends une grande inspiration. Le moment est venu de ne plus tricher.

— J'avais besoin de te voir. Tout simplement.

Puis je lui pose cette satanée question :

— Tu as quelqu'un dans ta vie en ce moment ?

Ses yeux vert lagon ne mentent pas. Elle éprouve toujours des sentiments pour moi, et visiblement il en est de même pour moi aussi. Tout chez elle me manque, tout chez elle m'appelle. Tout à coup, je me sens très serré dans mon jean. Putain ! C'est quoi, ce bordel, j'ai l'impression d'être un adolescent en pleine crise de la puberté. Alerte, ma bite est incontrôlable ! Bon d'accord, ça fait six mois que je n'ai pas baisé, ça doit être pour ça...

— Non, Raphaël. Je n'ai personne dans ma vie. Bien que cela ne te regarde absolument pas, ou plus du moins... Et toi, es-tu célibataire ? Puisque nous en sommes aux confidences. La dernière fois que nous nous sommes parlés, tu en avais rencontré une autre.

Sa voix se brise, ses magnifiques yeux deviennent presque gris, comme une tempête, ternis par la blessure que je lui ai infligée. Je ne suis vraiment qu'un connard. Je devrais la laisser tranquille, mais je n'y arrive pas. C'est au-delà de mes forces, au-delà de mes convictions, au-delà de tout.

— Je suis libre comme l'air ma déesse, m'amusé-je à répondre, afin de détendre l'atmosphère.

Elle fronce les sourcils, et c'est tous les traits de son visage qui se durcissent.

— La folie te gagne, Raphaël. Tu as perdu le droit de m'appeler ainsi, chuchote-t-elle, le regard rempli de colère et de tristesse.

Je mets mes mains en avant.

— Rentre tes griffes. C'était juste en souvenir du bon vieux temps. Enfin, tu vois ce que je veux dire.

J'ai envie de me mettre des gifles. Je n'arrête pas d'enchaîner les bourdes. Ce soir, je fais preuve d'une maladresse déconcertante. Le fait d'être à moins d'un mètre de Sasha me fait perdre tous mes moyens.

— Non. Arrête tout de suite de jouer à ce jeu-là avec moi. Nous ne pourrons jamais être des amis, c'est impossible. Pas avec ce que nous avons vécu tous les deux...

Elle s'arrête un instant.

— Demandons l'addition ! Je préfère rentrer chez moi. En plus, je dois me lever de bonne heure pour éviter les embouteillages. Si j'arrive en retard, Théo sera mécontent. Contrairement à toi, je ne fais pas ce que je veux.

Sa réflexion est reçue comme un coup de poignard, cela me

touche bien plus que je ne le pense.

— Tu te méprends sur mon travail, mais passons. Tu veux la vérité ? Savoir pourquoi nous sommes là ? Tu me manques, voilà tout.

Elle écarquille les yeux, en ayant un mouvement de recul.

— Je te manque ? demande-t-elle en appuyant sa tête sur ses mains.

Ma confession sonne faux à ses yeux, forcément, comment la blâmer ?

— Oui, plus que de raison.

Elle pince ses lèvres.

— Je suis perdue, Raphaël. Pourquoi maintenant ? Pourquoi après tout ce temps ?

— Parce que je n'arrive pas à t'oublier…

Le serveur nous interrompt en apportant l'addition. Je la règle dans la foulée, même si cela ne l'enchante pas.

Lorsque nous sortons dans la rue, l'air est devenu frais.

La discussion que nous venons d'avoir a réveillé nos souvenirs et nos corps. Je vois pointer ses tétons à travers sa chemise rouge fine. Il n'en faut pas plus à mon cerveau pour vriller et à ma raison pour s'évaporer.

Je m'approche d'elle comme un félin face à sa proie. Elle ne recule pas, au contraire, elle me rejoint en brisant les derniers pas qui nous séparent. Je fonds sur ses lèvres en lui tenant la tête, l'emprisonnant de mon étreinte. Je l'embrasse avec férocité, Sasha ouvre la bouche, nos langues se goûtent, se reconnectent à la magie, entament une danse frénétique et incontrôlable. Nous sommes rapidement à bout de souffle, tous les deux au beau milieu de la rue. Et c'est là que je pose cette putain de question :

— Chez toi ou chez moi ?

— Chez moi, c'est plus près, chuchote-t-elle d'une voix sensuelle.

Nous nous précipitons chez elle, comme s'il y avait une urgence vitale à ce que nos corps se retrouvent.

À peine avons-nous mis un pied dans son appartement qu'elle fait voler mon t-shirt. Je la plaque contre la porte et lui retire sa chemise en faisant sauter tous les boutons. Je me frotte à elle, pour qu'elle sente à quel point je suis excité. À quel point, je la désire plus que tout. J'ai l'impression d'avoir marché dans le désert pendant six longs mois, je suis assoiffé… assoiffé de Sasha, de sa peau, de ses caresses, de ses gestes. Nos pantalons s'envolent, je lui arrache son string dans la foulée, elle retire mon caleçon. Nos bouches restent scellées pendant ce striptease express.

Lorsque nous avons fini de traverser son appartement, nous sommes nus et notre respiration est erratique, en manque d'oxygène, mais électrisés par la passion. Sasha tombe à plat dos sur son lit, et je la rejoins en la couvrant immédiatement de mon corps. On s'embrasse, on s'embrase.

Je quitte sa merveilleuse bouche, pour lui offrir une pluie de petits baisers mouillés derrière l'oreille, et lui mordille le lobe ; elle a toujours adoré ça. D'ailleurs, elle laisse échapper un petit gémissement, et tout son corps frissonne à mon contact. Oh putain, que ce petit bruit m'avait manqué. Puis, je continue mon exploration, en parsemant à son tour son cou de baisers féroces. Je descends tout doucement vers ses fabuleux petits seins ronds et parfaits. Je lèche, puis suce avec passion son téton droit, tout en pinçant le gauche. Quand il est marqué par ma bouche, je passe au sein gauche avec une frénésie presque folle. Que c'est bon, j'ai faim de Sasha. Elle halète ! Elle gémit ! Et moi, je suis foutu, complètement foutu.

Quand j'en ai fini de me rassasier de sa poitrine, mon investigation de son corps se prolonge en passant à son ventre. Pour enfin arriver à mon péché ultime. Elle ondule sous ma langue, et respire de plus en plus fort. Je lape et aspire son petit bouton sensuel avec avidité, puis insère deux doigts en elle en faisant des va-et-vient lentement, pour la rendre encore plus folle de désir. Sasha me tire les cheveux, me collant encore plus sur son intimité. Elle est très réceptive à ma bouche et à mes caresses ; ce qui m'excite encore plus. J'ai envie de lui faire oublier ma muflerie. Son plaisir passe avant le mien, ç'en est presque vital. J'ai de plus en plus de mal à garder le contrôle. Elle est au bord du précipice du plaisir, je la connais par cœur.

— J'y suis presque ! C'est tellement bon, continue Raph.

— Avec plaisir, ma déesse ! J'avais oublié à quel point j'aimais te vénérer. À quel point tu es réactive à mes lèvres sur ta peau sensible.

Et c'est exactement ce que je fais avec voracité, jusqu'à ce qu'elle se mette à trembler et à jouir. Je ne perds pas une miette de son plaisir, je la contemple dans l'extase. Ses yeux viennent s'ancrer aux miens, et à cet instant, je peux jurer que je ne connais rien de plus beau, de plus fort, de plus extatique.

Quand elle reprend ses esprits, nous nous embrassons avidement en partageant son essence, c'est tellement intime et explosif à la fois. Je n'en peux plus, j'enfile un préservatif à la hâte. Mon sexe me fait mal. Il va falloir que j'aille doucement si je ne veux pas me perdre trop vite. Nous lions nos regards avec un désir fou l'un envers l'autre, avant que je la pénètre d'un seul coup de rein. Elle pousse un petit cri, putain, c'est trop bon, je vais perdre les pédales avec Sasha ainsi offerte à moi. Elle est parfaite, son fourreau m'accueille avec chaleur et humidité, en me serrant avec avidité. Je vais et je viens avec précaution, je marque des petites pauses pour l'embrasser, je sens monter le plaisir en moi. Sasha tremble de son côté, c'est le signe qu'elle est sur le point de se laisser happer, elle aussi. Elle réveille en moi un désir primaire, presque animal. Je respire difficilement, l'air se raréfie autour de nous. L'odeur de Sasha et de sexe dans toute la chambre ne m'aide pas à calmer mon esprit torturé. Bien au contraire, ça m'excite encore plus.

— Je vais jouir, rejoins-moi ! crie-t-elle.

— Je viens aussi ! Continue ! grogné-je.

Elle tremble plus fort, et jouit en me regardant droit dans les yeux, c'est le top départ. Je la suis dans l'extase, j'explose littéralement en me déversant en elle, dans le préservatif. Ma vue se brouille un instant, tellement ce que je ressens est intense. Je m'étale à côté d'elle, nous sommes à bout de souffle, aussi bien l'un que l'autre. Nous nous embrassons avec tendresse pour conclure cette douce folie. Ni elle, ni moi, prononçons un seul mot... Ses lèvres sont gonflées par le plaisir que nous avons partagé... Putain ! Qu'elle est belle à cet instant ! J'aimerais que le temps s'arrête... et mon cerveau aussi.

Mais voilà que toutes les bonnes choses ont une fin, et je commence déjà à regretter ce que nous venons de faire. Pourquoi ai-je cédé à la tentation ? Pourquoi l'avoir revue puisque je suis incapable d'aimer ? Pourquoi je me sens tellement bien à ses côtés, et tellement mal à la fois ? Je sais que je vais la faire souffrir, encore une fois, et pour cela, je m'en veux terriblement !

Je ne suis qu'un sombre connard !

— Sasha, il est tard... Je vais rentrer chez moi, je crains qu'on ait commis une erreur, ça n'aurait peut-être pas dû arriver.

Ces paroles me serrent le cœur. Cependant, c'est la seule chose que j'arrive à prononcer.

— Quoi ? Une erreur carrément ! C'est bon Raphaël, je ne suis pas en sucre, tu sais. Cela dit, tu as raison. Maintenant, casse-toi ! hurle-t-elle comme une furie.

Je me rhabille en moins de temps qu'il en a fallu pour me dévêtir. Comme un lâche, je pars en la laissant seule, nue dans son lit. Les larmes montent, mais je refuse de les laisser couler. Pas maintenant, pas ici.

Le retour à pied, à mon appartement situé dans le quartier de la Roquette est laborieux. Je suis littéralement rongé par un mélange de culpabilité et de remords, de haine envers moi-même et d'alchimie folle envers Sasha. Je savais que la revoir abattrait une à une les barrières que je me suis tant donné de mal à ériger entre nous, et pourtant, c'est moi qui lui ai envoyé ce putain de message, moi qui l'ai invitée, moi qui lui ai sauté dessus comme un mec en manque.

Je ne suis qu'un sombre connard qui ne mérite pas le bonheur, qui ne la mérite pas...

Putain de karma !

Putain d'abstinence !

Putain de résilience !

Ce matin, il me faut assumer ma part de responsabilité dans cette soirée aussi délicieuse que chaotique. Au bureau, je me surprends à revivre chaque instant de la veille – un comportement pour le moins inapproprié dans un cadre professionnel. Ce n'est ni le moment, ni l'endroit pour me laisser envahir par ces pensées. D'autres préoccupations m'attendent, et des responsabilités m'incombent. Je suis le jeune gérant de l'entreprise familiale située aux Baux-de-Provence, où nous perpétuons la tradition artisanale du savon de Marseille.

L'interphone de mon bureau sonne, ma secrétaire m'informe que je suis attendu à la réception, afin d'accueillir mon prochain rendez-vous. Ce sont de futurs acheteurs qui travaillent pour une grande marque de distribution de produits de luxe. Je les salue, nous nous présentons. Puis je les invite à me suivre. La première étape de la matinée, c'est de leur montrer le processus de fabrication de A à Z. Ensuite, nous pourrons parler business.

Pour l'heure, nous commençons la visite en mettant une blouse à usage unique, ce n'est pas distingué, mais indispensable, et c'est pareil pour tout le monde. Nathalie, la cheffe d'atelier, vient nous accueillir pour nous expliquer étape par étape comment fabriquer notre savon de Marseille.

Les locaux sont restés tels quels depuis leur construction, qui date presque du milieu du siècle dernier. Mon grand-père voulait uniquement des matériaux des alentours – de sa chère Provence natale. Les murs sont en pierre calcaire de Fontvieille, leur aspect blanc-jaune donne du cachet à cet édifice. Même les tuiles creuses au dégradé d'orange à rouge sont encore d'origine. Seules certaines machines sont venues moderniser la fabrication, ce qui plaît beaucoup à ma grand-mère, Naïs, car elle sait vivre avec son temps et s'adapte aux nouvelles technologies.

— Bonjour à tous et bienvenue. Suivez-moi, nous commençons la visite de notre atelier par ce que l'on appelle l'empâtage. Les huiles végétales sont mélangées à de la soude dans un énorme chaudron, puis sous l'effet de la chaleur, se transforment en pâte de savon, précise Nathalie avec professionnalisme.

— Quelle huile mettez-vous dedans ? demande l'un des deux futurs acheteurs.

— L'huile d'olive des Baux-de-Provence, Monsieur.

— Merci pour votre réponse, nous pouvons continuer, indique-t-il en prenant soigneusement des notes.

— Cette fameuse pâte de savon est lavée plusieurs fois à l'eau salée afin d'éradiquer la soude restante. Ensuite, comme vous pouvez le voir par ici, le savon part en cuisson pendant dix jours à une température de 120°C. Il est lavé plusieurs fois encore, à l'eau pure cette fois-ci pour le débarrasser de toute impureté. Notre maître savonnier Frédéric supervise toutes les étapes méticuleusement, vous pouvez l'apercevoir près des machines en train de contrôler la température. Voulez-vous lui poser des questions ? leur demande-t-elle.

— Non, merci. Nous n'allons pas le déranger, vos explications sont amplement suffisantes, Nathalie, précise-t-il.

— Dans ce cas-là, suivez-moi. Nous allons passer dans l'autre partie de l'atelier.

Je les observe du coin l'œil, ils ont l'air complètement absorbés par la présentation. Pendant que l'un prend des notes, l'autre inspecte tout de fond en comble. Rien n'est laissé au hasard dans cette transaction. Tout a son importance, et se joue aujourd'hui.

— La pâte de savon encore chaude est versée dans de gigantesques moules, grâce à ce que l'on appelle une goulotte. Vient le temps de séchage pendant 48H à l'air libre. Et enfin, une fois sec, le savon est découpé en un gros bloc d'une quarantaine de kilos. Nous le passons dans une machine pour faire des cubes de tailles différentes, selon les demandes. On finit notre savon en le marquant sur ces six faces par un estampillage de notre logo, un « P » entouré d'une couronne de feuille d'olivier. Avez-vous des questions ?

Je me note de féliciter Nathalie, car sa présentation est parfaite. Elle n'en fait ni trop, ni pas assez.

— Non, votre présentation est claire et concise. Ce qui nous permet de nous rendre compte par nous-mêmes que votre savon de Marseille est resté une entreprise artisanale. Nous vous remercions pour votre professionnalisme, Nathalie, annonce-t-il gentiment.

— Bien, notre visite est finie. Veuillez me suivre, Messieurs, nous allons nous restaurer. Ensuite, nous pourrons discuter affaires, indiqué-je en leur montrant la sortie.

— Parfait, Monsieur Pautel, nous vous suivons avec plaisir. Je ne vous cache pas que ce que nous avons vu ce matin est une agréable surprise, m'informe l'un d'eux.

Ma journée s'est magnifiquement déroulée ; nous avons signé un très gros contrat avec les acheteurs de la marque de luxe. C'est un soulagement d'avoir réalisé cet accord, cela va nous permettre de faire connaître notre marque dans le monde entier.

Si mon grand-père Auguste Pautel, – qui a fondé cette savonnerie – était encore en vie, il serait certainement fier de voir ses savons distribués internationalement, tout en conservant notre fabrication artisanale.

Lorsque je rentre chez moi, je suis complètement rincé par cette journée intense en négociations. Je décide de me faire couler un bain afin de me détendre. Quand l'eau a atteint un niveau convenable, je me glisse avec bonheur dans la baignoire. Tous mes muscles se détendent sous l'effet de la chaleur. Je pose ma tête et ferme les yeux un instant. La première chose qui me vient en mémoire, c'est la soirée d'hier. *Le corps de Sasha, son parfum, putain !* Je grogne quand je sens mon sexe en érection. Je la désire tellement que cela me fait mal.

Fini le bain, j'en sors rapidement. Direction une bonne douche froide, afin de me remettre les idées en place. Mais rien n'y fait, mon corps reste tendu comme un arc, il la réclame. Mon cœur l'appelle silencieusement, me supplie de laisser la raison de côté. Je n'ai pas le choix, comme un adolescent, je me masturbe en pensant à elle. J'imagine me perdre dans sa moiteur, lécher son corps sucré… Mais je dois me rendre à l'évidence : j'ai encore tout foiré. Je suis là, seul, comme un con. Je ne peux m'en prendre qu'à moi-même. *Fait chier !* J'ai pourtant résisté toute la journée, à l'envie de lui envoyer un message pour m'excuser…

Chapitre 3

“

C'est juste humain, tu sais que c'est réel, alors pourquoi tu devrais combattre Ou essayer de nier ce que tu ressens ?

♫ Jonas Brothers - Only human 

SASHA

Je me réveille de mauvaise humeur, ça promet pour la journée.

Raphaël est venu s'incruster dans mes rêves, entre tourments et passion. Son corps d'Apollon sculpté par le diable en personne me hante. Il ne demande qu'à être croqué comme le fruit défendu d'Adam et Ève. *Qu'est-ce que j'aime ça !*

S'il n'y avait que cela… non. Il y a son regard perçant lorsqu'il me touche, sa voix rauque lorsque son désir se fait ressentir. Et cette satanée bouche qui me procure autant de bien que de mal. Ses dernières paroles tournent en boucle dans ma tête « tu me manques », « je n'arrive pas à t'oublier », et la fatidique « une erreur ».

Mais pour le moment, je file rapidement me doucher pour effacer mes tourments.

Je choisis de porter ma robe fourreau noire préférée de chez Guess. Je l'assortis avec une paire de talons noirs Michael Kors, je les adore, car ils sont très beaux et confortables. Un petit coup d'œil dans le miroir, et je pars au travail.

Aujourd'hui, nous devons boucler le budget pour la prochaine campagne Lancôme. J'arrive à l'heure à mon poste, ce qui me vaut un grand sourire de la part de Théo. Après avoir posé mes affaires dans mon bureau et pris un café, je le rejoins en salle de réunion. Nous avons bien avancé hier, et continuons sur notre belle lancée.

— Sasha, la directrice Louise Delacroix de la maison Lancôme, nous convie tous les deux, au Domaine de la Rose Lancôme situé à Grasse, dans les hauteurs de Cannes. Nous allons pouvoir sentir, en exclusivité, leur prochain parfum. Elle pense que cela va nous permettre d'affiner notre plan de marketing, m'annonce-t-il en sautillant presque sur place.

J'esquisse un sourire exalté. J'ai l'impression que l'Univers conspire plutôt que de m'aider à oublier mes déboires sentimentaux.

— Je trouve, en effet, que c'est une très bonne idée ! Quand devons-nous nous y rendre ? demandé-je, aussi enthousiaste que lui.

Il consulte son planning sur son téléphone.

— Nous sommes conviés mercredi prochain, donc, dans une semaine exactement. Je te propose qu'on réserve un hôtel sur place, la veille. Comme ça, nous serons plus frais pour nous rendre à notre rendez-vous, me propose-t-il en grand professionnel qu'il est.

— Ça me convient tout à fait, je préfère aussi m'y rendre la veille au soir. C'est une cliente importante, nous devons être au top pour la revoir. Pour l'agence, je donnerai le meilleur de moi-même ! réponds-je en toute honnêteté.

Théo hoche la tête, l'air satisfait de ma réponse.

— Parfait ! Je vais demander à Laly de s'occuper de nos réservations. Si cela te va, nous prendrons ma voiture pour nous y rendre, suggère-t-il en regardant son ordinateur.

— Je n'y vois aucune objection, Théo. Cela me convient absolument.

— Dans ce cas, c'est tout pour aujourd'hui concernant ce dossier, nous avons une semaine de plus pour le boucler, précise-t-il en me regardant droit dans les yeux. C'est une chance de pouvoir rencontrer les créateurs du parfum, voir le flacon, et surtout le sentir va être un avantage pour réaliser cette campagne !

— Oui ! Je te rejoins là-dessus, le fait de voir le produit fini va beaucoup nous apporter, maintenant, je vais retourner dans mon bureau. Je vais préparer mon rendez-vous téléphonique, avec l'équipe qui s'occupe du lancement du vin « Sauvage » du vignoble de Saint Rémy de Provence, annoncé-je calmement.

Il me fait signe de la main pour me laisser passer.

— Je t'en prie, vas-y. J'ai un appel également de prévu avec un futur client qui a besoin de renseignements, me répond-il l'air confiant.

Lorsque j'arrive dans mon bureau, je m'empresse de noter la date de déplacement pour la maison Lancôme. Avec toutes les choses que j'ai en tête, si je ne le fais pas tout de suite, c'est sûr, je vais oublier !

Quelques minutes plus tard, Laly toque, et rentre pour m'informer qu'elle a bien réservé deux chambres, dans un hôtel situé dans le village de Valbonne. Elle me précise m'avoir envoyé un mail avec la copie de la réservation, ainsi qu'à Théo. Je l'en remercie.

Mon portable sonne, c'est Ian, le responsable de l'équipe qui s'occupe de la campagne pour le vin « Sauvage ». Il me dit que la soirée de lancement s'est déroulée encore mieux que ce que nous avions imaginé. Notre cliente est satisfaite des retombées de cet événement, car son carnet de bons de commande est plein ! Nous avons parfaitement répondu à ses attentes et bien plus encore. C'est gratifiant de constater que mon travail est reconnu à sa juste valeur.

La sonnerie de mon téléphone m'informe l'arrivée d'un message. Je me jette littéralement dessus pour voir qui est l'expéditeur. Ce n'est pas Raphaël… mais ma meilleure amie, Juliette. Nous nous connaissons depuis notre enfance. Nous avons toujours été dans la même classe, jusqu'à la fin du collège. La séparation s'est produite quand elle a choisi la branche littéraire au lycée Montmajour, et moi la branche économique et sociale au lycée Pasquet. Mais cela n'a pas eu d'impact sur notre amitié, bien au contraire ! Depuis, nous passons pratiquement tous nos week-ends ensemble.

Bonjour, copine !
Toujours partante pour un p'tit resto
en ville samedi soir ?

Bonjour, ma beauté ! Bien sûr !
On se rejoint à la maison à 18H ?

OK, ça me va !
À samedi, copine.

À samedi !
Hâte de te voir !

La semaine passe à vive allure, je suis beaucoup occupée avec la campagne pour le vin « Sauvage », et le futur plan d'action pour le parfum Lancôme. Cela me permet de ne pas trop penser à *lui*, à son corps, à cette dernière nuit passée ensemble. Depuis lundi soir, c'est silence radio. Je n'ai eu aucun message de sa part. Aucun signe de vie… Par fierté ! Par orgueil !

Je ne me suis pas risquée à lui en envoyer un non plus. Une fois, je me suis soumise à un homme, cela n'arrivera plus jamais. Même si je ressens quelque chose de fort pour lui. Il est hors de question de replonger la tête la première.

Juliette sonne à l'interphone, je lui ouvre, et en moins de temps qu'il en faut, elle est déjà sur le pas de ma porte. Ma meilleure amie est une fille pétillante, pleine de vie, qui rayonne et éblouit toutes les personnes qu'elle rencontre. Ce qui est fou c'est qu'elle ne s'en rend même pas compte, c'est naturel chez elle.

Il m'a fallu une bonne heure dans la salle de bains pour me préparer, afin d'être à mon avantage. Je porte un total look Levi's : un jean slim et une chemise rayée bleu et blanc. Pour compléter ma tenue, une paire de mocassins en daim camel.

Juliette, elle, est juste naturellement sublime. Elle porte une combinaison à manches longues en jean Superdry et une paire d'Adidas bleu électrique. Nous faisons pratiquement la même taille, ce qui nous distingue, c'est sa blondeur vénusienne et ses grands yeux bleus en amande. Nous sommes de parfaits opposés physiquement ; elle est pulpeuse, sensuelle et magnétique. Quant à moi, je suis plutôt fine et quelconque… L'expression « les opposés s'attirent » prend tout son sens avec nous. Nous sommes liées comme les deux doigts de la main, comme des sœurs de cœur. Je l'aime tout simplement. Nous pouvons compter l'une sur l'autre depuis toujours.

— C'est un miracle ! Tu es à l'heure aujourd'hui. Je n'en reviens pas, articulé-je en exagérant.

Elle me sourit en me faisant un clin d'œil.

— Comme quoi, tout est possible dans la vie, s'exclame-t-elle en me faisant un clin d'œil.

Je hoche la tête.

— En effet, tout est possible… tu ne crois pas si bien dire, lancé-je, l'air mystérieux.

Je ne peux m'empêcher de rigoler, car ma meilleure amie est constamment en retard. C'est devenu son sport préféré. Néanmoins, il faut croire que les choses peuvent changer.

— Où as-tu envie de dîner ce soir, Sasha ? Je n'ai rien réservé, je te propose d'improviser pour changer, suggère-t-elle.

— Ça te dit d'aller au Pub Arlésien ? Ça fait une éternité que nous n'y sommes pas allées.

Elle hoche la tête en souriant, laissant apparaître sa jolie fossette.

— Je suis partante ! En plus, c'est à deux pas de chez toi, si je suis un peu pompette…, commence-t-elle.

— Tu dormiras chez moi, prononcé-je pour achever sa phrase.

Sur le chemin nous échangeons sur la semaine qui vient de s'écouler. Juliette travaille dans la seule et unique maison d'édition arlésienne, finalement elle n'a jamais quitté cette ville.

Elle est excitée comme une puce, car elle vient de signer un nouvel auteur en qui elle croit énormément. Elle est certaine de publier le futur best-seller de l'année. C'est une romance mêlée à la mafia marseillaise. Amour, suspense et rebondissements garantis !

Sam – un des serveurs que nous connaissons bien – nous accueille avec un grand sourire. Il nous installe sur la terrasse du haut, nous offrant ainsi une vue imprenable sur les toits de la ville. Après avoir commandé et bu deux Guinness, je me sens plus d'attaque pour avouer à ma meilleure amie que j'ai encore cédé aux avances de Raphaël.

Je me racle la gorge, et j'entame ma confession.

— J'ai revu Raphaël lundi dernier, lâché-je à toute vitesse, comme pour me débarrasser le plus vite possible de ce secret.

Sa réaction se passe en deux temps. Tout d'abord, elle reste muette puis je lis dans son regard la colère et la tristesse se succéder.

Elle me fusille du regard.

— Non, non, non, non, non, prononce-t-elle en se mettant la main sur la tête. Je ne te comprends absolument plus, Sasha. Ça fait six mois qu'il t'a larguée du jour au lendemain. Et toi, tu cèdes aussi facilement à ses avances.

Je baisse la tête, car j'ai du mal à affronter son regard.

— Je sais très bien que j'ai merdé… Ne remue pas le couteau dans la plaie, Juliette.

Je prends une grande inspiration.

— C'est plus fort que moi… Lorsque je le vois, mes sentiments pour lui explosent, mon corps n'a plus aucune résistance et mon cerveau disjoncte, confié-je, un peu honteuse.

Elle me prend doucement la main.

— C'est un beau gosse, c'est indéniable. Mais punaise, Sasha arrête tes conneries maintenant, murmure-t-elle d'une voix plus douce. C'est pour ton bien que je te dis ça. Je t'ai ramassée à la petite cuillère quand il n'a plus voulu de toi. Quand Monsieur s'en est trouvé une autre à baiser !

Je déglutis difficilement. Prendre conscience de l'absurdité de la situation est une chose. Mais l'entendre de la bouche d'une personne que l'on aime en est une autre.

— Je t'en suis éternellement reconnaissante, mais Juliette, j'ai encore des sentiments pour lui. Je l'ai dans la peau… Ne me juge pas, s'il te plaît… Je n'ai pas besoin de ça, prononcé-je, les larmes aux yeux. Ce que je ressens pour lui est puissant, beau et destructeur à la fois…

Ma meilleure amie se lève de sa chaise, et vient me serrer dans ses bras.

Son câlin me procure un instant de paix dans le tourbillon de mes pensées. C'est la personne en qui j'ai le plus confiance au monde, car elle ne porte pas de jugement, elle essaie juste de me faire ouvrir les yeux sur les événements. D'un côté, je me sens soulagée de m'être confiée sans détour, néanmoins, je me demande si je n'aurais pas dû garder ça pour moi. Comme un secret à conserver à double tour.

La suite de notre repas se déroule sur une note plus légère. Nous commandons une planche, avec de la charcuterie et des fromages, c'est un délice. La musique en fond permet de complètement détendre l'atmosphère. Je me laisse gagner par l'ambiance festive de ce lieu unique à Arles.

Juliette et moi adorons venir ici ; et ce soir plus que jamais, cela me procure un bien fou. Elle m'entraîne sur la piste, nous dansons, nous rions, nous déchargeons tout ce que nous avons en nous. À cet instant, je me rends compte comme les choses simples de la vie peuvent être des moments magiques, lorsqu'ils sont partagés avec les bonnes personnes. J'ai beaucoup de chance de l'avoir à mes côtés, quoiqu'il arrive. Avec Juliette, c'est à la vie, à la mort.

Lorsqu'une heure et demie plus tard nous finissons notre repas et nos bières, nous descendons au rez-de-chaussée pour régler l'addition.

C'est à ce moment-là que mon cœur se brise en mille morceaux. Instinctivement mon corps a envie de rendre mon repas.

Assis à une table au fond de la salle, Raphaël dîne avec une magnifique blonde plantureuse. Ils ont l'air proches, *trop proches*. Elle lui chuchote quelque chose à l'oreille et il sourit doucement. Lorsque nos regards se croisent, tout l'air dans mes poumons se vide instantanément. J'ai envie de hurler. De lui dire qu'il fait n'importe quoi. Mais mon courage me quitte rapidement. Et la raison reprend le dessus, après tout, il a été honnête dès le départ… Pas de sentiment, uniquement du sexe. Peut-on réellement contrôler ses sentiments ? Si quelqu'un a la solution qu'il me l'explique.

Quand Juliette suit mon regard, elle s'aperçoit rapidement, vers qui toute mon attention est dirigée.

Première réaction : elle lui fait le plus beau de ses sourires.

Deuxième réaction : un joli doigt d'honneur.

Action-réaction, c'est tout à fait ma meilleure amie. Elle se retourne vers moi, et je la gratifie d'un merci sincère. Le cœur n'est plus à la fête, je n'ai qu'une seule envie : me réfugier dans mon appartement et m'installer confortablement sous ma couette.

Promptement, nous sortons du Pub, l'air frais et humide me fait un bien fou, réveille mon corps et mon âme restés figés sur l'image de Raphaël et la blonde.

Juliette veut absolument me raccompagner à mon appartement, mais je lui assure que cela n'est pas nécessaire. L'Univers a voulu que je m'aperçoive à quel point Raphaël est un connard. Soit, qu'il en soit ainsi. Il faut que je me rende à l'évidence, ce type ne me mérite pas ! Sur ce sujet, il avait complètement raison. Juliette me répond à contrecœur :

— Alors je n'insiste pas, je vais récupérer ma voiture et rentrer chez moi. Il se pourrait bien que demain, j'ai un rencard ! m'informe-t-elle en me faisant un clin d'œil.

Mon esprit se connecte au moment présent. Que vient-elle de lâcher comme ça l'air de rien ? Presque innocemment.

— Non, mais attend ma cocotte ! Tu as un rendez-vous demain et tu me l'apprends que maintenant ?! protesté-je faussement. Alors que tu avais toute la soirée.

— N'en fais pas toute une histoire, c'est la première fois que l'on va se voir « en vrai ». Donc laisse-moi le temps de juger si cette relation en vaut la peine avant de t'en dire plus, prononce-t-elle en soulevant un sourcil.

Je lui souris sincèrement et la prends dans mes bras.

— Je comprends que tu veuilles garder ton jardin secret, c'est juste que jusqu'à présent, nous nous sommes toujours tout dit, chuchoté-je à son oreille.

— Ou presque… Sasha ! J'ai réussi à te changer les idées au moins. Elle me fait d'un clin d'œil et s'en va d'un pas léger.

Le retour jusqu'à mon appartement est beaucoup moins enjoué qu'à l'aller… Raphaël a encore réussi à m'atteindre, même sans le vouloir. Il faut que je me fasse une raison, il ne m'aime pas et ne m'aimera jamais. Cela dit, pourquoi est-ce aussi douloureux ? On devrait avoir un manuel pour prévenir nos cœurs des dégâts liés à l'amour.

Soudain, mon téléphone m'indique l'arrivée d'un message :

Je ne pensais pas te croiser ce soir !
Tu es de toute beauté.

Ne pas répondre ! Ne pas répondre ! Ne pas répondre !

Il va finir par me rendre chèvre !

Lundi soir, il s'éclipse de mon appartement presque en courant… et ce soir, parce que je le croise par hasard, il se rappelle mon existence.

Occupe-toi bien de ta blonde !
Et surtout, oublie-moi !!!!!!!!!!!!

C'était plus fort que moi… et il répond du tac au tac.

Ce n'est qu'une amie,
tu te te fais des films.

Ce coup-ci c'est décidé, je ne lui réponds plus.

Je pénètre dans mon appartement, éteins mon téléphone pour ne plus être tentée de lui répondre, encore une fois. Il suffirait de peu, pour réitérer la soirée de lundi dernier. « *L'erreur* ». Et il en est hors de question ! Je me dois de reprendre ma vie sentimentale en main.

J'ai pris conscience en discutant avec Juliette ce soir que je vaux mieux qu'un plan cul sans lendemain. Qu'un beau parleur qui sait manier les mots pour m'emmener rapidement au septième ciel, puis au trente-sixième dessous en un claquement de doigts. Avec lui, c'est comme monter à bord d'un ascenseur émotionnel instable, trop instable pour moi.

Lorsque je me lève le dimanche matin, je prends mon courage à deux mains et rallume mon portable… En voyant le nombre incalculable de messages qu'il m'a laissés, je me félicite de l'avoir éteint sans réfléchir ! Sinon c'est sûr : je serais retombée dans ses filets. Il a beau m'écrire que je ne le laisse pas indifférent, que je lui manque, qu'il a envie de moi… Blablabla… Je ne le crois plus ! J'ai tant espéré de cet homme, tant de fois imaginé un avenir ensemble, tant voulu qu'il change, finalement, c'est moi qui me suis brûlée les ailes à espérer et à l'attendre…

La décision est prise : aujourd'hui sera une journée marathon de séries télé. Je m'installe confortablement sur mon canapé, munie de mon plaid tout doux, d'une tasse de thé noir et d'un gros paquet de M&M's. Je zappe un petit moment avant de choisir la série Sex/Life qui est diffusée sur Netflix. À la fin de la journée, j'ai regardé les deux saisons en entier et englouti la totalité de mes gourmandises préférées. L'histoire de Billy et Brad est complètement dingue ! Et malgré moi, je me pose cette question : aurons-nous, Raphaël et moi, une deuxième chance nous aussi ? Après tout, après quelques années de séparation, nos protagonistes se sont bien retrouvés. Pourquoi pas nous ? J'ai la réponse pourtant : il n'y a pas de NOUS ! Je me mets une claque imaginaire… pour me réveiller.

Chapitre 4

> *Mais non ce soir je n'ai pas envie, de dormir ni de vieillir,*
> *Je vois bien que je te rends fou,*
> *On n'a qu'à dire qu'on n'est plus nous, désolée si je vais me barrer,*
> *désolée je vais tout gâcher,*
> *Mais reviens-moi encore une fois...*
>
> ♫ Fanny - Désolée ♪

RAPHAËL

Depuis mon rendez-vous avec les acheteurs, c'est la folie au bureau. Ils nous ont passé une très grosse commande, que nous devons impérativement honorer en septembre. Il nous reste en gros cinq mois, c'est court et c'est long à la fois. Ils nous ont également mis en relation avec une agence de marketing de la région, afin de promouvoir la gamme de savon de Marseille qui sera dédiée à leur marque de luxe. Ils ont déjà travaillé avec cette agence, j'en ai déjà entendu parler, mais impossible, de me rappeler où. Quoi qu'il en soit, j'ai déjà eu au cours de la semaine, un rendez-vous téléphonique avec son directeur. L'entretien s'est plutôt bien passé, le feeling aussi d'ailleurs. Nous avons convenu d'un rendez-vous dès lundi matin, pour pouvoir mettre en place, dans les meilleurs délais, un plan marketing. Un peu de publicité ne pourra pas nous faire de mal, bien au contraire cela va augmenter notre chiffre d'affaires et pérenniser encore plus la savonnerie.

Même si ma grand-mère ne s'occupe pas de la savonnerie, son avis a de l'importance pour moi. Je la tiens informée de tout ce qui se passe. Elle est ravie de voir que je prends mon rôle de dirigeant à cœur. Elle a toujours été aux côtés de mon grand-père dès le début de la création de l'entreprise. C'est une femme forte et instruite qui a préféré travailler pour être indépendante. Je l'admire énormément, car la vie ne lui a pas fait de cadeaux, et malgré tout, elle a toujours le sourire.

En cette fin de semaine, j'ai bien mérité de me détendre, ça fait quelque temps que Noémie me tourne autour. Ce soir, je l'invite à dîner au Pub Arlésien. Après tout, il faut que je me rende à l'évidence : avec Sasha, on tourne en rond.

Désir...

Plaisir...

Regrets...

Je nous rends service à tous les deux, en essayant de passer à autre chose. Plus tard, peut-être qu'elle m'en sera reconnaissante. Enfin, si j'arrive à l'oublier... ce qui n'est pas évident. Elle s'infiltre partout en moi, dans ma tête, dans mon corps, dans mon cœur. Aucune femme ne m'a rendu dingue comme Sasha. Et pourtant, je m'efforce d'effacer son souvenir, son odeur, son sourire. Tout me ramène irrémédiablement à elle. Putain, j'ai l'impression de devenir fou.

Lorsque Noémie arrive, on ne voit qu'elle. C'est une magnifique femme, qui sait mettre ses atouts en valeur, un peu trop d'ailleurs. Ce qui me dérange, c'est sa tenue limite vulgaire, une robe moulante au décolleté plongeant qui ne laisse plus de place à l'imagination. Contrairement à Sasha elle n'est pas distinguée.

Dès le début du repas, son regard est explicite. Et ses paroles pleines de sous-entendus sexuels. Elle me pose des questions sur mon travail, et j'en fais de même afin de donner le change. Mais est-ce que j'ai vraiment envie d'être là ? Non, je dois même avouer que je m'ennuie en sa compagnie. Suis-je devenu aussi pathétique ?

Je suis dos au comptoir, et pourtant pour une raison

inexplicable, je suis irrésistiblement attiré vers cette direction.

Lorsque nos regards se croisent, je comprends mieux pourquoi : Sasha est là.

Putain ! C'est bien ma chance !

Elle est magnifique et magnétique comme d'habitude d'ailleurs... Ni trop, ni pas assez, cette fille m'électrise. Juliette, sa meilleure amie qui se tient à ses côtés, regarde dans ma direction, me gratifie de son plus beau sourire et d'un magistral doigt d'honneur. Toutes les personnes présentes dans le Pub assistent à la scène. Génial, il ne manquait plus que ça ! *Décidément, ma soirée ne se déroule pas du tout comme prévu... Elles partent toutes les deux bras dessus, bras dessous, me laissant seul avec Noémie.*

— Je ne suis pas dupe. J'ai bien vu vos regards ! Qu'est-ce qu'il y a entre cette fille et toi ? Toutes les personnes présentes pourraient attester de l'alchimie qu'il y a entre vous, crache-t-elle, en colère.

Je me retourne vers elle en fronçant les sourcils.

— Tu es bien gentille, mais je n'ai aucun compte à te rendre ! lancé-je, simplement.

Elle écarquille les yeux avant de se reprendre.

— En effet, tu n'as aucun compte à me rendre. Cependant, toi, tu devrais te poser les bonnes questions. Visiblement, tu es attiré par cette fille ! Arrête de te cacher derrière ton armure, ça ne sert à rien ! Grandis un peu, merde !

Ses remarques me touchent plus que je ne l'aurais imaginé.

— Arrête de dire des conneries !

Elle recule de sa chaise, ses épaules s'affaissent également, certainement lasse de mon attitude.

— Écoute, Raphaël, stop. La soirée ne se déroule absolument pas comme je l'avais imaginée ! J'aurais préféré que tu me regardes comme tu la regardes, elle. Même un plan cul mérite mieux que ton indifférence ! tranche-t-elle.

— Sur ce point, je suis d'accord avec toi, restons-en là, réponds-je tout naturellement.

Je lui propose de payer l'addition, mais elle décline poliment ma proposition. Nous la partageons donc, puis elle part immédiatement. Lorsque je me retrouve seul dans la rue, je décide d'envoyer un message à Sasha.

Bien évidemment, elle me rembarre. Je crois que j'aurais fait la même chose à sa place. Je rentre donc seul chez moi, comme un con. La soirée aurait pu tellement mieux se terminer, si Sasha ne m'avait pas bloqué... Je me couche contrarié. Tout est de sa faute !

Le lendemain matin, je propose à mon meilleur ami, Julien, d'aller faire un paddle, ça me défoulera. Je peux toujours compter sur lui, même s'il est en couple depuis plusieurs années avec Ambre, il reste mon pilier, et ce, depuis mon adolescence compliquée.

On se donne rendez-vous à 14H00, j'ai réservé le terrain en ligne sur le nouveau site du Krystal.

La partie commence, et je sens que je ne suis pas au meilleur de ma forme. Julien me ratatine set après set ! J'ai l'impression qu'il a mangé du lion.

— Qu'est-ce qui se passe, Raph ? J'ai l'impression de jouer tout seul.

Je grimace autant pour sa réflexion que pour le score sans appel.

— Rien. J'ai juste passé une mauvaise soirée hier, confié-je en me prenant la tête.

— T'as pas réussi à conclure ? se moque-t-il. Ou alors c'est la soirée de lundi avec Sasha qui te perturbe toujours ?

Je me mets instinctivement sur la défensive.

— Qu'est-ce que vous avez tous avec Sasha ? Il n'y a rien entre elle et moi.

Il me pointe du doigt avec un sourire triomphant.

— Tu peux te dire ça autant que tu le souhaites, continuer de nier l'évidence, mais cette fille, tu l'as dans la peau ! Je ne comprendrai jamais, pourquoi tu as décidé d'arrêter de la voir, il y a six mois ?

— Tu le sais pourtant ! Je ne voulais rien de sérieux, et elle en attendait plus de notre relation ! Elle était tombée amoureuse de moi, putain ! déblatéré-je en tapant fort dans ma raquette.

Il tourne la tête de gauche à droite en pinçant la bouche.

— Et finalement, c'est toi qui lui envoies des messages. Et qui grattes à sa porte… Tu ne te trouves pas un peu hypocrite sur ce coup-là ?

Je le fixe droit dans les yeux.

— Tu es de quel côté, Julien ? Je pensais que tu étais mon meilleur ami.

Il hoche la tête toujours en me souriant.

— Et c'est justement pour cela que je te dis tout ça ! Sasha est une belle personne, tout le monde l'apprécie, ouvre les yeux. Tu as laissé ta chance une fois, si elle t'en offre une autre saisie-là. Arrête de jouer au con ! Grandis un peu, gronde-t-il, comme si j'étais un enfant.

— Je suis complètement perdu… Elle mérite tellement mieux que moi. Tu sais très bien que je ne suis pas capable de donner de l'amour. Je traine beaucoup trop de casseroles…

Julien s'approche de moi, et me tient fermement les bras.

— Pourquoi, Raph ? Tu ne penses pas pouvoir lui donner ce qu'elle attend ?! Laisse le passé où il est, et va de l'avant, je t'en supplie Raph. Tu mérites d'être heureux !

— Merci pour le conseil, je vais y réfléchir, tranché-je pour que mon supplice se termine.

Pourquoi a-t-il fallu que je lui raconte la soirée de lundi dernier ? Je m'en mords les doigts. Car je me sens perdu, entre mon passé sentimental complètement brisé et le présent qui m'emporte dans une tempête d'émotions contradictoires. Si je cède à l'amour et que l'histoire se répète encore une fois, je n'aurai ni le courage, ni la force de m'en sortir cette fois-là.

Nous restons au Club pour nous désaltérer. Julien me raconte ses futures vacances avec sa chérie, ils ont réservé des billets d'avion pour le Cambodge. Ils ont créé eux-mêmes leur programme : visite des temples d'Angkor, découverte d'un village de pêcheur, baignade dans une cascade sacrée… et quelque part, je l'envie. Lui se projette dans l'avenir, moi je reste fatalement emprisonné dans un passé qui me hante.

Comme à chaque fois que nous sommes ensemble, nous ne voyons pas le temps défiler. Nous rejoignons le parking aux alentours de 18H00, nous nous quittons en nous promettant de remettre ça rapidement.

Le paysage défile sous mes yeux, et je me perds dans mes souvenirs.

Lorsque j'ai eu l'âge de fréquenter des filles, je me suis imposé une règle élémentaire : ne jamais tomber amoureux. Impossible pour moi de vivre des histoires à l'eau de rose, de confier mon cœur à une personne qui pourrait me détruire. Très vite, j'ai su poser des limites, et malgré ça, les filles me tournaient autour comme des abeilles agglutinées sur du miel. Inlassablement, je me suis forgé une armure impénétrable pour me protéger de l'amour, jusqu'à l'âge de 18 ans, jusqu'à elle. Je ferme les yeux un court instant, et revois cette scène épouvantable. À compter de ce moment, mon cœur n'a plus été à prendre, d'ailleurs je n'en ai plus ! J'ai bien eu des petites amies, mais jamais rien de trop sérieux. Au bout de quelque temps, c'est toujours moi qui romps. Je suis le salaud de l'histoire et l'assume entièrement. J'ai toujours posé mes conditions : pas d'attaches, pas d'engagement, pas de prise de tête. Et surtout, la liberté d'aller avec qui bon me semble sans contrainte, sans avoir à rendre des comptes. Et pourtant Sasha est venue ébranler ma carapace… elle a explosé mes propres règles, piétiné ma promesse sans le savoir, sans le vouloir. Juste comme ça l'air de rien, en étant seulement authentique, attachante, électrisante. Depuis ce jour tragique, depuis elle… je n'avais jamais ressenti ça.

Mes parents ont divorcé lorsque j'étais jeune, je devais avoir cinq ans tout au plus. Ma garde a été confiée entièrement à ma mère. Je voyais mon père uniquement pendant les vacances. Elle s'est recasée très rapidement, avec ce con qui lui sert de mari. Il l'a trompée un nombre incalculable de fois, et pourtant chaque fois, elle lui a pardonné. Comment croire en l'amour et la fidélité quand ta vie a été construite sur des mensonges ?

Ce type-là ne m'a jamais aimé, il m'a fait vivre l'enfer à la maison. Ma mère aurait dû me protéger, mais elle a préféré fermer les yeux. Par amour ? Par peur ? Difficile à dire…

Chaque fois que mon beau-père me frappait, me donnait « une bonne raclée » comme il aimait le dire, ma mère en prenait autant.

Julien a toujours été là pour moi. Il a grandi au sein d'une famille aimante, entouré de deux parents fous amoureux l'un de l'autre depuis plus de trente ans. Ils ont pris soin de moi comme d'un second fils toutes les fois où j'ai eu besoin de réconfort ou d'être soigné. Ils ont tenté de parler à ma mère et de la raisonner, mais rien n'y a fait. C'était peine perdue.

Mon père s'est réellement intéressé à moi, qu'à partir de mon adolescence, à la fin de mes études au lycée – mon grand-père et ma grand-mère ayant insisté pour que je fasse partie intégrante de l'entreprise familiale. Je l'adorais, c'était un très bon grand-père qui m'a donné beaucoup d'amour et m'a transmis sa passion pour l'entrepreneuriat. Quant à ma grand-mère, elle m'a toujours aidé et suivi dans ma scolarité. Rien d'étonnant pour une institutrice à la retraite. En plus de cela, elle a toujours été présente pour moi. Ces deux-là formaient un couple harmonieux et solide. J'enviais mon père d'avoir grandi dans une famille unie et remplie d'amour, alors que lui n'a su que m'offrir des miettes de bonheur…

J'avais la chance de les voir lorsque je venais chez mon père pendant les vacances scolaires. Lorsque je dormais chez eux, c'étaient mes moments préférés. Ma grand-mère me chouchoutait et se pliait en quatre pour me faire plaisir. Nous allions marcher dans les Alpilles pour ramasser des asperges sauvages, elle en profitait pour m'apprendre la faune et la flore locales. Elle m'emmenait faire les magasins dans la galerie commerciale du Géant Casino d'Arles. En général, je repartais avec un jeu vidéo en prime. Lorsque mon grand-père était là, nous partions tous les trois monter à cheval dans une manade tenue par un ami de la famille sur la route des Saintes-Maries-de-la-Mer. J'adorais partager du temps avec eux, c'était mon plus beau cadeau de vacances.

Après le divorce, mon père est resté célibataire un bon moment. Il ne cessait de me dire qu'il voulait profiter de la vie à présent. Il a quand même fini par rencontrer Nadine, une femme gentille et complètement folle d'amour pour lui. Elle était sympa avec moi le peu de fois où j'étais chez eux. Car généralement, lorsque mon père avait ma garde, je préférais aller chez mes grands-parents.

À l'âge de 22 ans, après avoir validé mon master en finance, j'ai commencé à travailler au sein de l'entreprise familiale. J'ai débuté par le service comptabilité, rien de passionnant, mais indispensable.

En juin 2020, j'ai perdu mon grand-père d'un infarctus. Cette épreuve a été très difficile à surmonter étant donné qu'il était mon pilier. Le seul dans cette famille à m'avoir apporté de l'affection et de la tendresse, hormis ma grand-mère. Je me suis littéralement effondré. Heureusement que Julien et sa famille étaient là pour me soutenir encore une fois.

Mon père est décédé dans un accident de voiture en octobre 2022. Un chauffard ivre s'est déporté sur sa voie et a percuté sa voiture de plein fouet en ne laissant aucune chance de survie. Ni à lui ni à sa nouvelle femme. Sa mort m'a affecté, bien plus que je ne l'aurais pensé. J'ai été présent pour ma grand-mère, Nana, qui, quant à elle, a perdu l'amour de sa vie et son seul et unique enfant en l'espace de deux ans. Nous nous sommes soutenus l'un et l'autre face à cette nouvelle épreuve de la vie.

J'ai violemment été projeté dans le grand bain. Je suis le seul et unique héritier encore en vie de la famille Pautel. Heureusement que mon père m'a préparé à la fonction de gérant avant son départ. Aujourd'hui, j'occupe donc les deux casquettes : gérant et directeur de la société Pautel. Étant un hyperactif, et aimant les défis, cela me convient à merveille.

Chapitre 5

Je déteste la manière dont tu dis mon prénom,
Je déteste tes soi-disant lèvres parfaites sur les miennes,
Si je le pouvais, je couperais les ponts !

♫ Sofia Carson - I hate the way ♪

SASHA

Le 22 avril 2024

J'arrive au travail de bonne humeur. Le temps influence notre comportement, c'est certain ! Dans le sud de la France, règne une certaine douceur printanière qui réchauffe mon cœur.

Théo rentre dans mon bureau pour m'informer qu'un potentiel futur client a pris rendez-vous avec lui ce matin. Et comme nous formons un binôme, il s'est arrangé avec Laly, pour modifier mon planning du jour à la dernière minute. Laly est une personne de confiance, elle était déjà en poste lorsque je suis arrivée et depuis nous avons facilement noué des liens amicaux. Elle est d'un professionnalisme que j'ai rarement rencontré. C'est une belle brune à la chevelure au carré, d'un mètre soixante-dix, aux yeux marron. Comme sa coupe de cheveux, tout est carré chez elle : ses tenues, son travail, sa vie.

Théo me demande de venir dans son bureau, dix minutes avant notre rendez-vous, afin qu'il me débriefe sur son entretien téléphonique – qu'il a eu avec ce futur client, en fin de semaine dernière. Quand j'entends le nom de la société, je perds toute contenance. Mes jambes flageolent, et mon cœur bat à toute vitesse. *Le sort s'acharne sur moi, ce n'est pas possible autrement ! Pourquoi ?! Qu'ai-je donc fait pour mériter ça !*

J'écoute mon chef, sans réellement être attentive à ce qu'il m'explique. Mes oreilles sifflent sous l'impact du choc émotionnel. Laly toque à la porte, et nous annonce que Raphaël Pautel est arrivé. Théo lui demande de le faire entrer. Je suis complètement déstabilisée, mais je m'impose de me reprendre très rapidement.

Quand il rentre dans la pièce, mes poumons se vident de tout leur oxygène. Nos regards se croisent furtivement. J'ai la sensation d'être une combattante prisonnière dans un bocal bien trop petit pour elle. J'étouffe, je me noie dans son silence. La dernière fois que nous nous sommes vus, il était accompagné de la blonde au Pub Arlésien, et je n'ai pas répondu à ses SMS. Pourquoi le sort s'acharne contre moi ? Moi qui pensais que l'Univers était de mon côté…

— Monsieur Pautel, enchanté de faire votre connaissance ! Laissez-moi vous présenter mon assistante, Sasha Correns. Nous travaillerons en binôme sur votre plan marketing, si bien évidemment, notre entretien se solde par la signature d'un contrat, prononce-t-il en souriant.

— De même M. Melan ! Je suis ravi de pouvoir m'entretenir de vive voix avec vous et votre assistante, formule-t-il nonchalamment.

Je souris, que faire d'autre ? C'est mon emploi, je ne dois pas faire capoter cet entretien. Il est capital pour moi. *Qui : l'entretien ou Raphaël ? Bonne question…* Je lis la surprise dans son regard. Visiblement, il ne s'attendait pas à me voir ici.

— Bonjour M. Pautel. Je vous souhaite la bienvenue au sein de notre agence Impulse Mark & Co ! affirmé-je en le regardant droit dans les yeux.

Théo fronce les sourcils, l'intonation de ma voix sonne fausse. J'espère qu'il ne s'aperçoit de rien. Je n'ai jamais parlé à mes collègues de travail de ma pseudo-relation avec Raphaël. *Aucune chance qu'il fasse le lien entre lui et moi. D'ailleurs, il n'y en a aucun. S'il l'apprend, je serai directement éjectée de ce projet.*

— Bien. Maintenant que les présentations sont faites, asseyons-nous autour de la table. Voulez-vous un café, M. Pautel ? propose-t-il en souriant chaleureusement.

Il secoue gentiment la tête.

— Non merci, c'est très gentil de votre part, répond-il en se recoiffant les cheveux.

Théo s'installe en face de Raphaël.

— J'ai mis au courant Mlle Correns de la direction qu'a prise notre précédente conversation. Ainsi, nous en sommes tous au même point. Désormais, nous allons pouvoir vous proposer des idées qui correspondent à vos attentes et priorités.

Raphaël s'installe confortablement au fond de son fauteuil, puis croise les bras.

— Comme je vous l'ai dit, savonnerie de Marseille est une entreprise familiale et artisanale française qui se transmet de génération en génération. Nous en sommes à la troisième. Il est primordial que cela soit mis en avant, précise-t-il sur un ton légèrement arrogant.

Il est là, juste en face de moi, l'homme de ma déchéance et de ma perdition… L'homme de mes rêves et de mes cauchemars. Son parfum vient chatouiller délicatement mes narines. C'est la première fois que je le vois en costume, et je dois dire qu'il est très séduisant – même si je le préfère nu. Habillé ainsi, difficile d'imaginer qu'il est tatoué sur les deux bras, ainsi que sur les pectoraux, ni même qu'un piercing orne son téton gauche…

Je dois me ressaisir de toute urgence, avant de perdre pied. Je me déteste de penser à lui ainsi. Raphaël affiche un petit air satisfait. Je me demande s'il lit dans mes pensées. *Savait-il que je travaillais là ?! Impossible !*

Je ne lui ai jamais donné le nom de l'agence dans laquelle je travaille depuis toutes ces années. Néanmoins, il connaît très bien le prénom de Théo, mais pas son nom de famille.

Je l'observe. Sa stature d'homme d'affaires est impeccable, il sait très bien ce qu'il veut. Tout est sous contrôle. Il maîtrise parfaitement la situation. En tout cas pour son business. J'écoute leur conversation que d'une oreille, distraite par sa satanée présence et son parfum musqué qui me rappelle de si bons souvenirs.

— Sasha ? As-tu entendu ce que je t'ai dit ? me demande Théo en mettant une main sur l'épaule.

Je tressaille sur ma chaise.

— Oui ! Oui ! Nous allons diriger la campagne vers la transmission familiale et le côté naturel de la marque, tout en mettant l'accent sur l'aspect unique de la gamme de luxe.

Puis il se retourne vers Raphaël.

— Est-ce que cela vous convient, M. Pautel ?

Il fronce pendant un court instant les sourcils avant de se ressaisir.

— Parfaitement ! Nos savons sont 100 % naturels, depuis leur création en 1934, précise Raphaël. Je suis certain que vous allez créer une campagne en adéquation avec mes exigences.

Théo porte un sourire victorieux sur les lèvres.

— Puisque nous sommes tous sur la même longueur d'onde, je vous propose de signer le contrat qui va nous lier pour cette future collaboration.

Le contrat se conclut dans un silence presque religieux. Théo a l'air d'exulter. Le regard de Raphaël passe de Théo à moi, et je dois dire que cela me rend terriblement mal à l'aise. Puis il reprend le contrôle sur notre rendez-vous.

— Comme le stipule votre engagement, cette campagne doit absolument être terminée d'ici la fin de l'été. Quand pouvez-vous commencer M. Melan ? demande-t-il en se grattant le menton.

Théo fronce légèrement les sourcils, même s'il connaît la deadline ; il est aussi conscient que nous avons une campagne en cours.

— M. Pautel, je ne vous cache pas que nous devons finir de travailler sur la campagne de l'un de nos clients, avant de commencer la vôtre. Quoi qu'il en soit, ce sera très prochainement, car nous partons en déplacement demain pour parfaire celle-ci, indique Théo.

Encore une fois, son regard passe de Théo à moi, mais pas de la même manière. Il a l'air contrarié et en colère. Il reprend le fil de la discussion, mais quelque chose a changé dans l'expression de ses yeux. Je pourrais jurer qu'à l'intérieur de lui se joue une tempête d'émotions. Cependant, il conserve une stature d'homme professionnel et impassible.

— Je comprends tout à fait la nécessité de finir votre engagement avec votre client, avant que nous commencions à collaborer. Mais quand pouvons-nous programmer notre prochaine entrevue ? insiste Raphaël tout de même.

Théo consulte rapidement son agenda, ses doigts tapent frénétiquement sur l'écran de son portable.

— Je vous propose que l'on fixe un rendez-vous pour lundi prochain. Ainsi, nous pourrons nous concentrer sur votre campagne, et en faire notre priorité ! lui propose-t-il.

Raphaël consulte son téléphone à son tour.

— Cela me convient. Je vous propose, à vous, ainsi que Mlle Correns, de venir sur notre domaine, afin de vous faire une idée précise du processus de fabrication du savon de Marseille Pautel, lance Raphaël en me regardant droit dans les yeux.

Cela me déstabilise outrageusement. Il a réussi à pénétrer mon âme en un regard.

Théo tapote le bureau avec ses doigts.

— Pour ma part, cela ne sera pas possible, car j'ai d'autres obligations à l'agence ce jour-là. En revanche, Mlle Correns pourra se déplacer, elle a mon entière confiance. N'est-ce pas Sasha ? balance-t-il de but en blanc, sans me laisser le choix.

Mes muscles se crispent sous l'effet de cette injonction.

— Je modulerai mon emploi du temps en fonction de cette visite. Tu peux compter sur moi, Théo, réponds-je en le regardant droit dans les yeux.

Depuis le début de la réunion, ni Raphaël, ni moi, nous ne sommes directement adressés l'un à l'autre. Sans s'en rendre compte, c'est Théo qui joue l'intermédiaire. De toute évidence, Raphaël est aussi mal à l'aise que moi à l'idée que nous collaborions. Je sens que cette campagne va me demander beaucoup de résilience… En ai-je le courage ? Vais-je réussir à garder mon self-control ? Suis-je en mesure de le côtoyer professionnellement ? J'ai envie de répondre oui aux trois questions, mais la vérité c'est que je me sens fébrile à ses côtés.

Cette épreuve touche à sa fin, et lorsque Raphaël me tend la main pour me dire au revoir, je reçois comme une décharge électrique qui circule le long de ma colonne vertébrale. Ce simple contact en apparence m'ébranle indéniablement. Il sourit, l'air satisfait. Mais je vois bien qu'il a ressenti la même chose. Puis, il se tourne vers Théo qui lui tend la main, et s'en va, en me laissant derrière lui.

Encore une fois, je ressens un vide immense en le regardant s'éloigner. À cette pensée, je reçois un coup de poing imaginaire dans le cœur, il me l'a déjà fait tant de fois.

Tout au long de la journée, je vais avoir du mal à me concentrer. Je maudis le jour où j'ai rencontré Raphaël. Ce souvenir vient me percuter avec violence.

Avec ma meilleure amie, Juliette, nous sortons pour fêter la féria de Pâques. Les rues d'Arles sont animées pendant quatre jours sans interruption. Ça fait partie de nos traditions. Il y a de la musique partout, et des bodegas qui servent de l'alcool en tout genre, mais principalement de la sangria. Notre QG est toujours le même depuis une dizaine d'années : les Andalouses. C'est une bodega en plein air, située au cœur du centre-ville. Nous dansons toutes les deux comme des folles sur le rythme endiablé de La Goffa de Lolita, c'était Loliiiii, c'était Lolоооо, c'était Lalaaaaa.

La chaleur envahit nos corps, nous sommes enivrées par l'ambiance. Quand tout à coup, mon corps heurte celui d'un bel Apollon. Il réagit immédiatement, des frissons me parcourent de la tête aux pieds ! C'est comme recevoir une décharge électrique en plein cœur. Il a toujours provoqué ce genre de réaction chez moi.

Je m'excuse, mais la musique est tellement forte, qu'elle camoufle ma voix. Il me sourit. Et je fonds comme neige au soleil. Avec la main, il nous fait signe de le suivre, puis lorsque nous sommes un peu plus loin des enceintes, il nous invite poliment à boire un verre. Nous acceptons gentiment sa proposition. Il est accompagné de ses amis Julien et Ambre. À partir de ce moment, nous passons une bonne partie de la soirée à cinq, c'est plutôt inattendu ! J'ai le sentiment que c'est un instant suspendu dans le temps. Malgré la foule, la présence de nos amis, j'ai la sensation que nous sommes seuls au monde, lui et moi.

Au petit matin, il propose de me ramener chez moi, sous prétexte que les rues ne sont pas « safe » à cette heure de fin de nuit.

Lorsque nous arrivons devant ma porte d'entrée, nous fondons l'un contre l'autre. Je ne suis jamais offerte ainsi le premier soir. Nous nous embrassons comme si nous étions affamés. J'ouvre rapidement mon appartement pour nous retrouver à l'abri des regards. Il me plaque contre ma porte d'entrée, puis me caresse doucement les seins à travers ma robe. Corps contre corps, je sens son érection pousser contre mon bas ventre. Son exploration de mon anatomie descend plus bas, il écarte mon string délicatement, avec son pouce, et se met à réaliser des cercles absolument divins. Ensuite, il introduit un puis deux doigts en moi, me laissant haletante. Il sait exactement ce qu'il fait ! C'est un putain de dieu du sexe !

Sans nous quitter du regard, je commence à mon tour, à le caresser à travers son jean. Son sexe bandé est énorme. N'en tenant plus, il me déshabille d'un claquement de doigts, et j'en fais de même avec lui. Me retrouvant nue face à lui, je me sens désirable, belle, sensuelle. Son regard est explicite, il a envie de moi. Autant que moi, de lui.

Son sexe tendu fièrement entre nous est une ode à la prosternation. Il enfile rapidement un préservatif, et la chaleur de nos corps se retrouve instantanément sur mon lit. Il comble vite le vide laissé pendant ce bref instant en m'écartant les jambes, pour se placer à l'entrée de mon intimité, mais ne me pénètre pas tout de suite. Bien au contraire, il revient sur ma bouche, pour m'embrasser fougueusement. Il me titille en se frottant à moi avec son sexe, et malmène mes lèvres en les mordant. Je suis déjà au bord de l'extase... C'est une douce torture.

D'un seul coup de reins, il me pénètre jusqu'à la garde. C'est la première fois que je fais l'amour avec un homme depuis si longtemps. Mon corps met un certain temps, avant de s'adapter à sa taille. Et c'est à ce moment-là qu'il me fait l'amour avec force et rigueur, m'offrant autant de plaisir qu'il en prend. Lorsque nos corps sont recouverts de sueur, nos souffles au bord de l'agonie, je me cambre pour l'accueillir avec plus de profondeur et d'intensité. Mon pouls s'emballe quand je le sens appuyer sur mon point sensible. Il ne nous en faut pas plus pour voler en éclats. La jouissance nous submerge tous les deux en même temps. Ne cherchez plus, le dieu de l'orgasme se trouve dans mon lit.

Il se lève pour jeter son préservatif usagé, puis revient auprès de moi. Je me sens tellement belle lorsqu'il me regarde ainsi. Mais très vite, je vais comprendre que de toute évidence je me suis fourvoyée, et que j'ai peut-être fait la plus grosse erreur de ma vie...

— J'ai adoré ce moment avec toi, Sasha, il y a une belle alchimie entre nous. Mais avant d'envisager, quoi que ce soit, je préfère te prévenir. Je baise, je ne fais pas l'amour. Je ne tombe pas amoureux. Ce que j'ai uniquement à te proposer c'est un plan cul, sans contraintes. Ni engagement. Entre deux adultes consentants, m'annonce-t-il d'une voix rauque et sensuelle.

Waouh, je ne cache pas que c'est violent ! *Mon égo en prend un coup. Je ne crois pas aux contes de fées, où tout est bien qui finit bien. Mais je ne m'attendais pas non plus à tomber sur ce genre de séducteur invétéré. Un serial fucker. Au fond de moi, j'ai bien vu les signaux, les drapeaux rouges s'agiter... Malheureusement, j'ai préféré écouter mon corps.*

J'acquiesce sur ce qu'il vient de me dire. Pourtant, je suis certaine d'une chose ; nous venons de faire l'amour, pas de baiser comme il l'affirme. Il me propose que l'on se revoie la semaine suivante chez lui. Là aussi, il est sans équivoque ; du sexe, seulement du sexe. Sans attachement, ni contraintes. Je réponds oui, comme une conne. Je crois pouvoir séparer le corps et les sentiments. Encore une fois, quelle belle erreur de ma part.

Cette non-relation quand même exclusive, a duré sept mois, avant que je ne lui avoue mes sentiments.

— Raphaël, il faut que je te parle de quelque chose.

Nous venons d'aller dîner dans un restaurant du centre-ville d'Arles, et je connais déjà la suite de notre programme. Nous allons finir au lit en un claquement de doigts. Entre nous, c'est plus que physique, en tout cas de mon côté, je suis plus que consciente des sentiments que j'ai à son égard. Il me regarde droit dans les yeux, sans m'interrompre.

— J'éprouve des sentiments pour toi, murmuré-je. Ce n'était pas voulu, mais voilà, ils sont là... bien réels.

Il me regarde l'air complètement dégoûté, perdu, tourmenté. Il en reste bouche bée, littéralement.

Il se referme complètement sur lui pendant quelques secondes. Néanmoins, avant que je ne rajoute quelque chose, il lève la main.

— J'entretiens un début de relation avec une autre femme, m'informe-t-il de façon nonchalante, de but en blanc. Je comptais

te l'annoncer au resto, mais je n'ai pas trouvé une bonne occasion, prononce-t-il en baissant les yeux.

Une bonne occasion ? Il se fout de moi. *Y a-t-il un bon moment pour détruire quelqu'un ? Pour ravager ses certitudes, écraser son cœur comme on éteint un mégot de cigarette ?*

C'est à mon tour d'être figée.

Mon corps encaisse le choc, mais mon cœur se brise en des milliers de morceaux... Depuis combien de temps voit-il cette femme ? Pourquoi me le dire seulement maintenant ? Quel connard ! Je vois rouge, littéralement, de colère, de rage, de désespoir.

— Je t'avais prévenu Sasha, pas de sentiments. Dès le départ, j'ai été honnête avec toi. Je suis incapable d'aimer, chuchote-t-il en reculant d'un pas.

Mes jambes tremblent, des larmes incontrôlables roulent sur mes joues. J'aimerais lui dire que je le déteste, qu'il peut aller se faire foutre, lui et ses beaux principes à la con. Mais c'est faux.

Il ne bouge pas, il reste impassible. Je me retourne et me dirige vers la porte d'entrée d'un pas rapide. Je me répète de ne pas craquer devant lui.

— Au revoir, Raphaël, murmuré-je dans un sanglot, ma main sur la poignée.

— Au revoir, Sasha, répond-il d'une voix étranglée.

Quel superbe comédien ! *Comme s'il avait mal. Comme s'il souffrait. Comme si son putain de cœur n'était pas fait de pierre et de glace.*

Je sors dans la rue, le froid me saisit d'un seul coup. Je suis glacée autant à l'intérieur qu'à l'extérieur. Peu importe, je marche jusqu'à chez moi la tête basse, honteuse d'avoir cru en quelque chose qui n'existait pas. Il m'a tout pris sans hésiter, en un instant tout a viré au cauchemar.

Le noir de la nuit m'engloutit, je voudrais effacer chaque souvenir de lui.

Je pensais pouvoir changer sa façon de voir les choses. Je pensais qu'avec le temps naîtraient des sentiments de son côté aussi. Mais visiblement je me suis encore égarée. Et avant son satané SMS de lundi dernier, cela faisait six longs mois que nous ne nous étions pas vus… Six longs mois que je m'évertuais à essayer de l'oublier… en vain. Raphaël a marqué mon cœur au fer rouge, comme on marque un veau dans une manade en Camargue. Il a pris ce qu'il avait à prendre en se foutant délibérément de ce que je pouvais ressentir.

Chapitre 6

❝

Je suis tombé, tombé, tombé, je suis touché,
bravo ma reine tu as gagné,
Je n'suis qu'un fou à enfermer, je suis tombé.

♫ M.Pokora - Tombé ♪ ❞

RAPHAËL

En ce lundi matin, la route est plutôt fluide pour me rendre à Aix-en-Provence. Exceptionnellement, je porte un costume complet Hugo Boss bleu marine avec une chemise blanche, et une paire de mocassins Tod's. En temps normal, je préfère porter un jean avec une chemise et de temps en temps une veste de costume

J'ai rendez-vous avec le directeur de l'agence de marketing que l'on m'a recommandé. Notre entretien téléphonique de la semaine dernière a été agréable. Je pense que cela se soldera par une signature de contrat, et une campagne rondement menée par son équipe.

Lorsque je me gare sur le parking, une voiture attire mon attention. C'est un Kia Sportage, gris métallisé, immatriculé 13. Elle ressemble étrangement à celle de Sasha. Et d'un seul coup, je réalise qu'elle travaille dans une agence de marketing, impossible de me rappeler laquelle.

La standardiste m'accueille chaleureusement, et elle me demande d'attendre un instant. Après quelques minutes, elle réapparaît et me demande de la suivre, afin de me présenter à Monsieur Melan et à son assistante.

Quand je pénètre dans le bureau, je ne vois qu'elle : Sasha est là. Elle se tient près d'un autre homme.

Les présentations sont rapidement faites. Je me demande pourquoi, avec toutes les agences de marketing qu'il y a dans la région aixoise, on m'a conseillé celle où travaille Sasha. *Putain de destin !* Je repense à samedi dernier, où elle n'a jamais daigné répondre à mes messages.

Cela m'énerve au plus haut point. La négociation est menée comme toujours : rapide, fluide, et efficace. Quelques arguments bien placés, des regards qui s'alignent sur les chiffres, et le contrat est signé dans la foulée. C'est mécanique. Propre. Trop propre.

Parce que ce n'est pas ça qui m'agite sous la surface. Ce qui me tue à petit feu, c'est elle : Sasha. Là, juste en face de moi, à portée de souffle, mais hors d'atteinte. Elle est assise, droite, concentrée. Ses mains effleurent le clavier avec cette grâce naturelle qu'elle transporte partout, comme si rien ne la touchait vraiment. Mais moi, je le suis. Et pas qu'un peu. Je suis cerné par elle. Son parfum discret m'envoûte. Il s'accroche à mes pensées, à mes nerfs, à mes décisions. Il persiste alors même qu'elle garde ses distances, comme si son corps trahissait ce que son visage contenait. Sa peau m'aimante. Même cachée sous des vêtements sages, je la devine, je la sens. C'est un champ magnétique entre nous. Irrésistible. Insupportable. Et ce professionnalisme… Ce maudit professionnalisme. Il m'achève.

Son regard est clair, net. Sa voix est calme, posée. Aucune faille. Elle est dans le contrôle, et moi, dans le chaos. Je serre les dents. Je réponds par des hochements de tête mesurés, des phrases efficaces. Mais à l'intérieur, c'est une lutte. Mon corps veut s'avancer, tendre la main, frôler son poignet, juste pour vérifier si elle frissonne, elle aussi. Mais je ne peux pas. Je n'en ai pas le droit. Alors je me tiens là, au bord de l'abîme, à jouer au professionnel, tandis qu'elle me consume sans même s'en rendre compte.

Sasha… Douce, belle, éclatante, semble flotter dans une

insouciance troublante. Elle avance dans le monde avec cette grâce désarmante, cette beauté qui n'a pas besoin de crier pour ébranler. Et pourtant, elle n'en sait rien. Elle ignore ou sous-estime l'effet qu'elle provoque chez les autres hommes, ceux qui, comme moi, sentent leur souffle se suspendre quand elle entre dans une pièce. Ceux qui la regardent, sans oser vraiment la fixer, de peur d'être démasqué. C'est cette absence de conscience qui la rend encore plus fascinante. Elle ne joue pas. Elle n'attend rien.

Je suis un homme, et me rends bien compte qu'elle finira par rencontrer quelqu'un d'autre, mais je n'ai pas le droit d'être jaloux, après tout, c'est moi qui ai mis un terme à notre aventure.

Puisque je suis incapable d'aimer depuis notre relation, je dois m'efforcer de laisser Sasha reprendre le cours de sa vie sans moi.

Sur la route du retour, confortablement installé dans mon Audi Q5 noire, je suis d'une humeur de chien. J'allume la radio et choisis NRJ, je tombe sur la chanson de Slimane « Nous deux » : *« Si tu connaissais un peu ma vie, et si mon cœur t'avait tout dit, et si je ne t'avais pas menti... Même si c'est mort, même si t'as peur, même si j'ai tort, si ce n'est qu'un leurre, que dans le décor tout est cassé, ce n'est pas fini nous deux, c'est que le début nous deux, même si c'est fou nous deux, je t'en prie, revient... ».*

Génial !

Le sort continue de s'acharner sur moi ! Même la musique me nargue, me rappelant ce que j'ai perdu.

Lorsque j'arrive au domaine, je fonce m'enfermer dans mon bureau, et demande à ne pas être dérangé. J'avale rapidement un sandwich, puis me plonge dans le travail. Ainsi cela va m'empêcher de penser à Sasha. Enfin, c'est ce que je pensais... Car l'entretien de ce matin ne cesse de tourner en boucle dans ma tête. Comme un film dont chaque image me brûle un peu plus à chaque rediffusion. C'était banal en apparence, des chiffres, des échéances, une signature. Mais sous la surface, c'était un champ de mines. Et moi, je marche encore dessus. Elle était là. Belle à m'en rendre fou, concentrée, sérieuse. Et moi, en parfait crétin, j'ai joué mon rôle : le type sûr de lui, détaché, efficace. Mais à l'intérieur, tout s'effondrait. Je n'écoutais que sa voix. Je ne regardais que la courbe de sa nuque quand elle penchait la tête, cette mèche qui refusait de rester derrière son oreille, sa main fine qui tapotait distraitement le bord du stylo. Elle ne faisait rien de spécial. Juste exister. Et c'était déjà trop.

Combien de temps vais-je encore résister à ce que je ressens ? Combien de temps vais-je feindre le calme, quand chaque minute passée près d'elle me laisse un goût de manque, d'interdit, de vertige ? Il y a en moi ce tressaillement constant : l'homme qui veut rester droit, et celui qui voudrait tout lâcher, juste une fois. Juste pour la sentir contre moi sans devoir penser aux conséquences. Mais je sais que si je cède, il n'y aura pas de retour possible. Parce que ce que je ressens pour elle, ce n'est pas une pulsion passagère. C'est profond. Ancien. Incontrôlable. Et alors, je me demande… Est-ce que je résiste par principe ? Ou parce que je suis déjà tombé, et que je n'ose pas me l'avouer ?

Je suis réaliste, je ne serai absolument pas productif aujourd'hui. Depuis ce matin, mon esprit s'est figé sur elle, sur cette conversation, sur sa présence, son odeur, ce soupir discret qu'elle a laissé échapper en rangeant ses dossiers. Chaque détail s'est imprimé en moi comme un tatouage nerveux. Je n'ai rien oublié. Je n'arrive rien à faire d'autre. Alors je ferme mon ordinateur dans un claquement sec, agacé de devoir encore faire semblant. Il n'est que 15H, mais tant pis. Rester ici serait une mascarade. Les chiffres dansent sur l'écran, les mails s'accumulent sans que je ne les voie vraiment. Je pourrais bien me forcer, me noyer dans la tâche, jouer au chef d'entreprise stoïque… Mais à quoi bon ? Je préfère rentrer chez moi. M'éloigner un peu. Respirer. Ou juste me perdre dans un autre décor. Je prends ma veste, je salue à peine ma secrétaire. Le couloir me paraît long, flou. Dehors, l'air est devenu lourd, comme si le monde aussi savait que je traîne quelque chose d'indicible. Tant pis. Ça ira mieux demain… Ou pas.

Je meurs d'envie d'envoyer un message à Sasha, mais pour lui dire quoi ? *Bonjour, c'est moi ! Tu te souviens ? Celui qui refuse de montrer ses sentiments*. Je reste là, figé devant l'écran de mon téléphone.

Rapidement, je laisse tomber cette idée. Je décide de mater une série sur Netflix. Ça me changera les idées. Je zappe au moins pendant une heure, ce qui a le mérite de me gonfler littéralement. Finalement, mon choix se porte sur Amazon prime. Je vais trouver mon bonheur, en regardant la série The Boys ! Complètement déjantée et loufoque, tout ce dont j'ai besoin pour me changer mes idées moroses.

En fin d'après-midi, je reçois un message de Sandra assez explicite :

Salut, toi ! Ça te dit qu'on se voit ce soir pour s'amuser ?

Merci pour l'invitation !
Je suis déjà pris.

Dommage !
C'est comme tu veux... J'avais prévu des dessous sexy comme tu aimes !

Peut-être une prochaine fois...

Putain ! Sauvez-moi ! Qu'est-ce qui m'arrive ?! Ma bite serait bien partante pour un petit cinq à sept avec Sandra. Mais ma tête ne cesse de penser à Sasha, ce qui a le don de m'énerver au plus haut point ! Après tout, je suis libre comme l'air et j'ai le droit de baiser avec qui bon me semble. Et pourtant, je dois me rendre à l'évidence, je n'ai pas envie de ça. Pas ce soir en tout cas.

Chapitre 7

Je tenterai à nouveau ma chance, je me jetterai et prendrai une batte pour toi,
J'ai besoin de toi comme un cœur a besoin de battre, mais ça, ce n'est pas nouveau,
Je t'aimais avec une flamme brûlante maintenant elle devient froide...

Timbaland & OneRepublic - Apologize

SASHA

Après une journée de travail intense, Théo vient m'informer qu'il est temps de prendre la route pour se rendre à Valbonne. Nous avons approximativement deux heures de route.

Pendant tout le trajet, nous échangeons sur le plan marketing du parfum Lancôme. J'ai hâte de découvrir le domaine de la Rose. J'ai effectué quelques recherches sur les réseaux, et je dois dire que ça a l'air magnifique. Je suis survoltée de travailler sur ce projet de prestige.

Bien évidemment, je n'ai reçu aucun message ni appel de la part de Raphaël. Je ne peux m'en prendre qu'à moi-même. Après tout, la dernière fois qu'il a tenté de le faire, j'ai éteint mon téléphone et j'ai ignoré ses messages. Le fait de le voir hier sur mon lieu de travail m'a ébranlée bien plus que je ne l'aurais pensé.

Mon corps et mon cœur sont en manque de lui… Il est ma drogue, et je dois m'en sevrer. Pas le choix. D'autant plus que je vais devoir collaborer avec lui pour la campagne de sa marque de savon de Marseille. J'appréhende énormément, car je dois m'efforcer de garder mes distances avec lui. C'est trop facile de retomber dans ses filets.

Théo me sort de mes pensées, en m'indiquant que nous sommes arrivés devant l'hôtel. Il est de toute beauté. Cette vieille bâtisse est en pierres d'époque et de la glycine grimpe dessus. La porte d'entrée est en bois massif, ce qui lui donne du cachet en plus.

Nous sommes accueillis par sa propriétaire, Mireille. Elle nous confirme notre réservation, et nous demande de la suivre afin de nous montrer nos chambres. Elles sont adjacentes, je suis à la numéro 4 et Théo à la 5.

Ma chambre est très cosy, les murs sont peints dans les tons de vert pastel, le lustre est en bois flotté. Le dessus-de-lit est un magnifique boutis, dont les tons de crème se marient parfaitement avec le côté naturel de la décoration. Je me sens instantanément bien. Une sonnerie m'indique l'arrivée d'un message, c'est Théo, pas Raphaël…

On va dîner ?

Avec plaisir !
On se rejoint à l'entrée ?

Parfait !

La propriétaire nous conseille un petit restaurant situé au cœur du village. Nous partons donc à pied à sa recherche. Les petites ruelles sont ornées de pavés, et tous les murs sont en pierre. Ça rappelle un ancien temps. Ce petit village provençal fortifié est plein de charme et accueillant. Toutes les personnes que nous croisons nous disent bonsoir. C'est vraiment agréable de flâner après une journée de travail dans les jambes.

Nous allons dîner à l'intérieur du restaurant « La côte », car à l'extérieur l'air s'est rafraichi, c'est normal, car nous ne sommes que fin avril. Malgré la douceur de la journée, les nuits sont plus fraîches.

Une serveuse vient nous demander si nous souhaitons prendre un apéritif, nous acquiesçons, Théo commande un Bourbon Jim Beam sec, quant à moi, un Coca-Cola avec une tranche de citron, je n'ai pas envie de boire d'alcool ce soir. Le bourbon me ramène irrémédiablement au souvenir de Raphaël.

— C'est agréable de se voir en dehors du travail, Sasha, murmure-t-il en passant une main dans ses cheveux.

Je bois une gorgée de mon Coca-Cola, en réfléchissant à ma réponse.

— Oui, c'est plaisant. Je te le concède. Surtout dans ce petit village absolument magnifique.

Il me fixe dans les yeux.

— Nous devrions le faire plus souvent. Ne trouves-tu pas ? Avec des collègues du bureau, insiste-t-il légèrement.

J'analyse rapidement la situation.

— Pourquoi pas ? On devrait aussi le proposer à Laly ! Je suis certaine qu'elle serait partante.

Son visage s'illumine, j'ai l'impression d'avoir ouvert la boîte de Pandore. Et si cette proposition était destinée à me faire comprendre qu'il est attiré par Laly ?

— Oui, avec Laly bien sûr, souffle-t-il avec un sourire radieux.

La serveuse vient prendre notre commande, Théo choisit un rumsteak de bœuf saignant accompagné de ratatouille, pour ma part je me laisse tenter par un risotto aux cèpes et au romarin.

Lorsque je déguste mon plat, je me félicite de ce choix, c'est délicieux. Je laisse échapper un petit gémissement de plaisir gustatif, ce qui n'échappe pas à Théo.

— Tu as l'air d'apprécier ton plat, Sasha, commente-t-il en souriant.

Je deviens rouge comme une tomate, j'aimerais avoir le

pouvoir de devenir invisible pour me volatiliser à ce moment précis.

— N'aie pas honte ! C'est très plaisant de voir une femme prendre autant de plaisir à manger, affirme-t-il en me regardant, amusé.

Mon visage continue de cramoisir.

— Bon, je plaide coupable, j'adore manger et découvrir de nouvelles saveurs.

Il pose ses coudes sur la table et se penche vers moi.

— C'est plaisant d'être en face d'une épicurienne, plaisante-t-il. Est-ce que Laly l'est aussi ?

— Merci, réponds-je complètement décontractée. Oui, elle adore plus particulièrement la gastronomie italienne.

Il se recule légèrement, et pose son menton sur ses mains.

— Dis-moi, l'occasion ne s'est jamais présentée pour pouvoir poser la question, mais… sais-tu si Laly a quelqu'un dans sa vie ?

Et là tout à coup, je repense aux mises en garde de Raphaël à l'égard de Théo. Et j'ai envie de rire, car il s'est radicalement trompé sur ses intentions.

— Non, Laly est célibataire.

— Oh, intéressant. Moi aussi, je suis libre comme l'air, il faut croire que je n'ai pas encore trouvé la perle rare, annonce-t-il avec légèreté.

Cette discussion prend une tournure plutôt inattendue, nous n'avons jamais abordé nos vies personnelles. Mais lorsque je lui parle de Laly, son visage affiche une expression particulière, je suis certaine d'avoir vu son regard changer.

— Je te souhaite sincèrement de rencontrer une femme qui te fera vibrer ! déclaré-je en soulevant mon verre.

— Et si je l'avais déjà rencontrée ? murmure-t-il en me regardant droit dans les yeux.

Oui ! Oui ! Oui ! J'en étais sûre, c'est Laly.

— Si c'est déjà le cas, j'espère sincèrement pour toi qu'elle partage tes sentiments. L'amour peut être aussi beau que douloureux.

Théo me prend la main.

— Je te souhaite de trouver l'amour, on le mérite tous.

Ses paroles me touchent énormément. Les larmes me montent aux yeux.

— Un jour, peut-être…, prononcé-je dans un souffle.

Il me sourit gentiment.

— J'espère le plus tôt possible, répond-il. Ça fait trop longtemps que j'attends.

J'apprécie le fait qu'il soit à l'écoute. Théo est un gentleman, la femme qui partagera sa vie aura beaucoup de chance. Et j'espère du fond du cœur que ce sera Laly.

Nous ne prenons pas de dessert, nos plats étant copieux. Théo règle l'addition avec sa carte bancaire professionnelle. Ça passera en note de frais professionnels, comme tout le reste d'ailleurs.

Nous regagnons notre hôtel, les rues qui étaient encore animées il y a quelques heures sont maintenant désertes.

Sur le palier, nous convenons de nous retrouver au petit déjeuner à sept heures, puis nous souhaitons une bonne nuit.

Un petit coup d'œil à mon téléphone m'apprend que j'ai reçu plusieurs messages de Raphaël… à 18H30, 19H22, 20H48 et le dernier à l'instant.

Bonsoir, ma déesse ! Bien arrivés ?

Tu es avec lui ?

Pourquoi tu ne réponds pas !
Ça me rend fou !!!!!

J'ai compris... bonne nuit

Si je ne le connaissais pas aussi bien, je pourrais penser qu'il est jaloux. *La blague ! Lui, jaloux ? Impossible* ! Il n'éprouve aucune émotion.

Je lui réponds rapidement.

Bonne nuit, Démon !

Je peux t'appeler ?

Non ! Je vais me coucher

Seule ?

Ça ne te regarde pas ! Franchement !!!
À quoi tu joues ?!!

Sasha ! Mon corps te réclame...

Son dernier message est accompagné d'une photo très surprenante. Son corps nu, sa main sur son sexe. Il est en train de me faire sombrer dans la folie. Mon pouls s'accélère, et ma raison tente de ne pas céder.

Ce mec joue avec moi, comme au jeu du chat et de la souris. C'est horrible d'être autant attirée par lui ! *Maintenant, je reprends les rênes ! Girl power ! À moi de le rendre fou !*

Je l'appelle et il répond instantanément.

— Raphaël, je suis perdue. Tu ne cesses de souffler le chaud et le froid entre nous. J'ai l'impression que tu es un démon venu tout droit de l'enfer pour me torturer.

Je l'entends grogner.

— Hum, Démon… J'adore mon nouveau surnom. Sasha, je pense à toi en permanence. M'as-tu jeté un sort ? Car j'ai l'impression de devenir fou.

Mon cœur rate un battement. Je mets le haut-parleur et pose mon téléphone sur la table de chevet.

— Fou ? Carrément. Je lutte pour essayer de t'oublier depuis des mois. Et toi, tu oses me parler de folie ?

Je retire mes chaussures, et pousse un soupir de soulagement.

— Putain ! Oui, tu me rends fou, ma Déesse ! Ne lutte plus, s'il te plaît. J'ai tellement envie de toi, je suis en combustion, souffle-t-il.

Je me couche sur mon lit et ferme les yeux.

— Amuse-toi bien, seul alors.

Il respire bruyamment.

— Ne me laisse pas.

Je me pince l'arête de mon nez.

— C'est toi qui nous as abandonnés.

Je ne pensais pas avoir le courage et l'audace un jour de lui raccrocher au nez. Et pourtant, je viens de le faire. Et cela me procure un mélange de fierté, et de tristesse. J'éprouve toujours des sentiments à son égard, mais qu'en est-il réellement pour lui ?

Ne me laisse pas… cette phrase tourne en boucle dans ma tête. C'est un peu facile, non ? J'ai trop souffert par le passé, et m'emporte trop rapidement. Oui, c'est lui qui revient chaque fois vers moi. Mais après, c'est aussi lui qui fuit. Est-il seulement prêt à aimer un jour ?

Je suis réveillée par un bruit sourd à la porte. Je prends ma tête dans mes mains, j'ai mal dormi. Quelle heure est-il ? Visiblement le soleil est déjà levé. J'enfile un peignoir en vitesse et je vais ouvrir. Théo écarquille les yeux.

— As-tu vu l'heure ?

— Excuse-moi, mon réveil n'a pas sonné. Je te rejoins dans dix minutes à l'entrée de l'hôtel. Tant pis pour le petit déjeuner.

Je porte une robe grise Michael Kors et une paire de mocassins noirs Guess afin d'avoir une tenue professionnelle, mais aussi confortable pour visiter les jardins.

Il est déjà huit heures et demie, et nous sommes attendus à neuf heures ; je presse le pas.

Quand je rentre dans la voiture, Théo est silencieux. *OK, il est contrarié par mon retard. Génial, pour commencer la journée ! Il ne manquait que ça.*

À sa décharge, j'ai toujours été ponctuelle et là en l'espace de quelques jours, j'accumule les retards. Il ne doit pas comprendre ce qu'il se passe. Je décide donc de ne pas lui en tenir rigueur.

Nous empruntons des routes escarpées de Grasse pour finalement arriver au domaine de la Rose Lancôme. Je n'ai pas les mots pour décrire à quel point cet endroit est sublime. Les lieux sont raffinés, nous pénétrons dans une ambiance feutrée où le rose prédomine. Le bâtiment est rose, aussi bien à l'extérieur qu'à l'intérieur, même le mobilier est de la même couleur. Du sol au plafond, le rose nous enveloppe de sa douceur incontestable. C'est cinquante nuances de rose à l'état pur.

Louise Delacroix – la directrice – nous accueille chaleureusement, ce n'est pas la première fois que nous collaborons avec elle. Avant d'être à Lancôme, elle travaillait dans une entreprise en Provence. Elle commence par nous faire visiter les jardins, il y a des champs entiers de roses centifolia, de jasmin, d'iris, d'immortelles, de tubéreuses… c'est magnifique. Une parenthèse enchantée dans le chaos de ma vie.

Je prends le temps, pour une fois. Le temps de vraiment m'arrêter, d'observer, de sentir, de poser des questions sans penser à l'étape suivante. Les jardiniers sont passionnés, les mains ancrées dans la terre, le regard tranquille. Je les écoute parler de ces plantes avec une tendresse qui m'émeut, comme s'ils parlaient de personnes chères, de souvenirs vivants enracinés dans chaque feuille, chaque bourgeon. Je touche doucement les pétales, et j'effleure les tiges. Certaines sont rêches, d'autres soyeuses, presque timides sous les doigts. Je respire leur parfum, un mélange subtil de fleurs envoûtantes, comme une symphonie douce et discrète.

Ici, le temps s'étire, s'allège. Tout respire le calme.

Je me surprends à sourire, sans raison particulière, juste parce que je me sens bien. Vraiment bien. Chaque pas parmi les allées fleuries me reconnecte à moi-même, à une part silencieuse que je néglige trop souvent. Le soleil tamisé joue sur les feuillages, des papillons dansent entre deux massifs, et je me dis que le bonheur tient parfois à cette simplicité-là.

La matinée passe à vive allure, bercée par cette tranquillité sans artifice. Puis Louise s'approche, radieuse, et propose d'aller nous restaurer. Son ton est léger, complice, comme si elle avait deviné l'éveil discret de ma faim. Et justement, mon ventre choisit ce moment précis pour se manifester dans un gargouillement sonore qui me fait rire malgré moi.

— Excellente idée, prononcé-je lui emboîtant le pas, déjà impatiente de poursuivre cette parenthèse de douceur autour d'un bon repas.

Au cours du déjeuner, la discussion est tournée sur le prochain parfum, dont nous avons la responsabilité pour sa campagne. Nous lui exposons l'idée principale que nous avons eue. Théo commence :

— Pour cette campagne, pas besoin de guest pour mettre en avant votre dernière création. La star, c'est la rose ! Nous avons pensé que tout devait tourner autour d'elle uniquement, précise-t-il en souriant.

Un sourire franc irradie le visage de Louise.

— J'adhère complètement au concept ! Peut-être qu'en allant le sentir tous les deux, après le repas, vous saurez affiner votre idée, suggère-t-elle chaleureusement.

Effectivement, en nous rendant dans le laboratoire pour faire plus ample connaissance avec le parfum, c'est comme une révélation.

— Je vois une rose éclore en gros plan, un zoom sur son centre où l'on voit apparaître le parfum, comme une naissance. La rose de Lancôme est née ! m'exclamé-je le cœur battant à tout rompre.

Louise ferme les paupières un instant.

— Décidément, vous êtes toujours aussi créative, Sasha. Qu'en pensez-vous, Théo ? demande-t-elle un air satisfait sur le visage.

Théo sourit avant de répondre.

— C'est une excellente idée. Comme d'habitude.

Louise a l'air satisfaite.

— Validé ! J'attends votre présentation complète et le budget pour la fin de semaine, précise-t-elle en nous serrant la main.

Nous reprenons la route, doucement, bercés par cette torpeur agréable qui suit les journées bien remplies. Le moteur ronronne sous nos pieds, et le soleil commence à décliner, jetant sur la route des éclats dorés qui dansent à travers le pare-brise.

Théo est assis à côté de moi, le regard perdu dans le paysage qui défile. Il a ce sourire calme, apaisé, presque enfantin, celui qu'il n'a que quand il est pleinement heureux. Il se tourne vers moi, et dans un souffle sincère, il me dit combien cette journée lui a plu. Son enthousiasme est doux, sans exagération, et pourtant, il me touche plus qu'il ne l'imagine. Je souris en retour, puis allume la radio. Une chanson familière emplit l'habitacle.

Lorsque les paroles de Heart Attack de Demi Lovato viennent me bousculer : *« Je mets mes défenses en place, parce que je ne veux pas tomber amoureuse, si jamais je le fais, je pense que j'aurai une crise cardiaque, je n'ai jamais laissé mon amour dépasser la ligne, je n'ai jamais dit oui à la bonne personne, je n'ai jamais eu du mal à obtenir ce que je voulais, mais quand il s'agit de toi, je ne suis jamais à la hauteur... Tu me fais rougir, mais je le cache je ne le montrerai pas, donc je mets mes défenses en place... ».*

Ai-je mis mes défenses en place ?

Arrivée à l'agence en fin d'après-midi, je prends rapidement congé de Théo, récupère ma voiture et rentre à la maison. Comme d'habitude, je n'ai reçu aucun message de Raphaël. C'est routinier : fuis-moi, je te suis ; suis-moi, je te fuis.

Chapitre 8

“

Lorsque tu sens la chaleur, regarde dans mes yeux,
C'est là que se cachent mes démons. Ne t'accroche pas trop,
C'est sombre à l'intérieur...

♫ Imagine Dragons - Demons ♪

RAPHAËL

Le 24 avril 2024

Après l'appel avec Sasha, je suis déstabilisé. C'est la première fois que l'on me laisse en plan en me raccrochant au nez. Cependant, elle a raison, pourquoi j'insiste autant ? Pourquoi je n'arrive pas à la laisser tranquille ? Tout simplement parce que je suis irrésistiblement attiré par elle. Parce qu'elle me fait ressentir des choses que je refuse d'affronter en face.

Lorsque je ferme les yeux, je revois les images de cette nuit fatidique. De ce jour où mon cœur a cessé de battre en même temps que le sien. Depuis je lutte contre tout ce qui s'apparente à de l'amour. Elle *était tout pour moi, et* elle *m'a abandonné, du jour au lendemain.*

Mais Sasha bouscule tout. Elle a réalisé la prouesse technique de me faire ressentir quelque chose que je repousse depuis tellement longtemps. A-t-elle conscience du chaos qu'elle a semé dans mon esprit ? A-t-elle perçu mes barrières tomber au fur et à mesure ?

Direction la douche froide, bien évidemment, une fois de plus, car je brûle de l'intérieur. Ma salle de bains est une de mes pièces préférées dans mon appartement. Elle est moderne, il y a de l'ardoise au sol et les murs sont en carrelage imitation bois. Le contraste parfait du lumineux et du sombre. Comme elle est grande, j'ai fait installer une douche à multijets et une baignoire pouvant accueillir deux personnes en même temps...

Je rentre sous la douche et actionne les jets afin de masser mes muscles tendus. Ensuite, je regagne ma chambre, où la folie me guette doucement, car j'ai l'impression de sentir le parfum de Sasha. Je m'endors difficilement.

Je suis réveillé par la sonnerie de mon téléphone. Lorsque je regarde mon réveil, je comprends pourquoi je suis encore fatigué, il n'est que 5H00. Qui peut bien m'appeler à cette heure-là ? Le temps d'émerger, mon téléphone a cessé de sonner. Je regarde l'appel en absence : c'est mon beau-père. Ça ne me semble pas bon du tout… Pourquoi ce connard m'appelle-t-il aussi tôt ?

Il a laissé un message, je respire un bon coup et l'écoute : *« ta mère a fait un AVC, elle est en réanimation à l'hôpital Joseph Imbert à Arles, je pensais que tu voudrais le savoir »*.

Mon cœur rate un battement. Mes jambes flagellent sous le poids de ses mots. Je reste immobile comme figé pendant un moment, mes pensées se mélangent et je n'arrive plus à réfléchir. Quand je me reconnecte à la réalité, j'enfile un jean, un sweat et je prends la première paire de baskets qui me tombe sous la main.

Lorsque je sors de mon appartement, la rosée du matin rend mon humeur encore plus triste. *Pourquoi elle ?! C'est ce connard qui aurait dû être en réanimation à sa place !*

Je rentre dans ma voiture, et les cinq minutes qui me séparent de l'hôpital me semblent une éternité. Très rapidement, j'arrive à la porte du service de réanimation, une infirmière vient vers moi en me demandant qui je viens voir.

— Ma mère est dans ce service, je viens de l'apprendre, indiqué-je contrarié.

Elle me sourit.

— Comment s'appelle votre mère ?

— Angélique Latouri, elle s'appelle Angélique L-A-T-O-U-R-I, articulé-je difficilement.

Elle me regarde droit dans les yeux.

— Oui, très bien, elle a été amenée en urgence par les pompiers vers une heure du matin. Maintenant, son état est stable, nous attendons les résultats des examens que nous lui avons fait passer avant de poser un diagnostic, précise-t-elle.

J'assimile toutes les informations qu'elle vient de me donner.

— Est-ce que je peux la voir ?

— Oui, bien sûr. Dans notre service les visites sont autorisées 24H/24. Étant donné qu'elle est très fatiguée, restez cinq minutes, pas plus. Ensuite, revenez dans l'après-midi, nous vous donnerons plus d'informations. Mettez un masque et lavez-vous les mains au gel hydroalcoolique.

— Très bien. Je vous remercie pour votre gentillesse.

Quand les portes du service de réanimation s'ouvrent automatiquement devant moi, j'ai l'impression de rentrer dans un monde parallèle. Je me dirige vers le box n°6, ma mère est allongée dans un lit d'hôpital. Elle est reliée à plusieurs machines qui font un bruit infernal. Elle a le teint blafard.

Une larme coule… Je l'embrasse sur le front, lui chuchote à l'oreille d'être forte. Puis je sors ; l'air est irrespirable.

Dès l'instant où j'aperçois le déchet qui lui sert de mari dans le couloir, la tristesse est remplacée par la colère. Les souvenirs de mon enfance refont surface.

Aujourd'hui, j'ai eu le malheur de casser un verre. Et les insultes se sont mises immédiatement à pleuvoir.

— Tu n'es qu'une merde ! Un bon à rien ! Qu'est-ce qu'on va faire de toi ?! Même ton père n'en a rien à foutre !

Une gifle s'abat sur mon visage, puis deux, puis trois… Ne tenant plus en équilibre, je tombe par terre. Maintenant, il me crache son venin et me redresse pour mieux recommencer. Au fur et à mesure, je ne sens presque plus rien. Je vais mourir… Je suis prêt… Ma mère le supplie d'arrêter, en vain… Heureusement, le père de Julien entend mes cris, et vient à mon secours.

Ce jour-là, je suis sûr qu'il m'aurait tué. À la suite de cet « incident », je suis resté chez les parents de Julien pendant dix jours. Ma mère est venue me rendre visite en cachette tous les jours. Je dirais qu'elle m'aime à sa façon. Mais son connard de mari est toujours passé avant moi.

Je passe devant ce dernier et décide de l'ignorer, même à un mètre, il sent l'alcool à plein nez. Je ne comprendrai jamais pourquoi elle est restée avec lui toutes ces années. Elle a gâché sa vie et le début de la mienne par la même occasion. Dans mon malheur, la vie a bien tourné, car je me suis accroché à mes études comme à une bouée de sauvetage.

Après le collège, j'ai été scolarisé dans un lycée à Avignon. Je suis resté à l'internat du dimanche soir au vendredi après-midi. Ce qui limitait largement mes relations avec ma mère et ce connard. Mes semaines étaient illuminées par *elle,* encore aujourd'hui je suis incapable de prononcer son prénom, encore moins d'aller me recueillir sur sa tombe.

Elle était mon jardin secret, ma bouffée d'oxygène, mon rayon de soleil. Puis, un jour elle m'a laissé tomber, comme une grande partie des personnes qui m'entourent.

La plupart de mes week-ends, je les passais chez Julien. Je me considère chanceux d'être accueilli par sa famille. Mon meilleur ami est la seule constance dans ma vie.

— Tu pourrais dire merci ! me crache-t-il.

Merci pourquoi ?! De m'avoir prévenu que ma mère a fait un AVC ?

Je ne réagis pas, il n'en vaut pas la peine. Je pars sans me retourner.

Le soleil n'est pas encore levé, je prends la route, direction les-Saintes-Maries-de-la-Mer. À cette période de l'année, les touristes ne sont pas encore arrivés. La circulation est fluide et agréable.

Le silence dans l'habitacle de ma voiture ne me dérange pas, d'habitude j'aime mettre la musique à tue-tête… voire même chanter, mais là le cœur n'est pas à la joie et à la légèreté. Je me sens mal, je me sens perdu, je me sens seul.

Je me gare sur le parking de la plage Est. Et je pars marcher en bord de mer. C'est calme et reposant, je marche sans réfléchir. Je suis seul au monde. L'air marin m'enveloppe de sa fraîcheur, me revigore, me fait me sentir vivant. Je m'ancre au moment présent, le passé n'existe plus, il n'a plus d'emprise sur moi.

Je m'assois sur le sable face à l'immensité de la Méditerranée. Le va-et-vient des vagues me procure un sentiment de bien-être, me berce, me relaxe. Toute la tension dans mes épaules a disparu. Je vais rester ainsi pendant une bonne heure. Sans penser, sans réfléchir, sans avenir.

Foutu pour foutu...

Lorsque l'heure est convenable, j'appelle ma secrétaire Agathe, pour la prévenir de décaler tous mes rendez-vous de la journée, et l'informe que je serai absent pour raison personnelle. Sur le chemin du retour, je connecte mon téléphone au Bluetooth de ma voiture, et appelle mon meilleur ami. Il décroche au bout de deux sonneries.

— Tu es bien matinal aujourd'hui, Raphaël ! Je suis prêt à partir au travail, m'indique-t-il.

Julien travaille dans un laboratoire en chimie, pour une grande entreprise américaine implantée du côté de Port-Saint-Louis-du-Rhône. Il a des horaires plutôt cool, 8H-16H, du lundi au vendredi. Donc cela ne m'étonne pas qu'il soit prêt à prendre la route, car c'est l'heure de pointe et il y a énormément de monde sur la voie rapide.

— Ma mère a fait un AVC cette nuit, soufflé-je le cœur serré.

— Merde, Raph ! Comment va-t-elle ? Comment vas-tu ? demande-t-il l'air paniqué.

Les mots ont du mal à sortir, je respire profondément.

— Elle est en service de réanimation à l'hôpital d'Arles, j'ai pu la voir que cinq minutes… Je dois y retourner cet après-midi, pour en savoir davantage.

— Laisse-moi prévenir mon service que je serai absent aujourd'hui, et je te rejoins tout de suite, où es-tu ?

Je regarde le paysage défiler sous mes yeux.

— Non, laisse tomber.

Julien hausse légèrement le ton.

— Hors de questions ! Nous avons toujours été présents l'un pour l'autre. Ça ne va pas changer aujourd'hui !

— D'accord. Je serai chez moi d'ici une demi-heure.

— Je t'y rejoins ! affirme-t-il.

Lorsque je me gare, il est déjà là et m'attend avec des pains au chocolat. Il sait à quel point j'adore ça. Notre amitié m'a toujours permis de m'en sortir. De voir la lumière au bout du tunnel, même lorsque j'étais plongé dans le noir le plus profond…

Nous nous faisons la bise, et montons dans mon appartement.

Un bon café nous fera le plus grand bien. Je n'ai pas très faim, mais face à l'insistance de Julien, je m'incline et avale un pain au chocolat rapidement. Je sens que la journée va être longue… Très longue.

Il a prévenu Ambre, sa femme, elle nous rejoindra à l'hôpital en début d'après-midi. Elle travaille dans un magasin de prêt-à-porter au village des marques à Miramas. Elle fait l'ouverture de la boutique, elle ne peut pas se libérer avant. J'ai des amis en or, j'en ai bien conscience.

J'essaie d'éviter de penser au pire, mais j'explique à mon meilleur ami que ma mère est dans un sale état. Les minutes et les heures me semblent interminables, l'attente est insupportable.

Il est enfin l'heure de retourner à l'hôpital, il me propose de monter avec lui en voiture et j'accepte. Lorsque nous arrivons à l'entrée du service de réanimation, c'est un infirmier qui nous accueille. Entre-temps, il y a eu un changement d'équipe. Je me présente, en lui indiquant que je viens prendre des nouvelles de ma mère. Il appelle le médecin du service pour venir nous parler. Nous attendons une bonne demi-heure avant que celui-ci vienne à notre rencontre. Il nous invite à le suivre dans son bureau.

— Bonjour Monsieur Pautel, Monsieur, nous salue-t-il. Les nouvelles sont plutôt rassurantes. Nous avons réalisé une IRM à votre mère, ainsi que plusieurs examens au cours de la matinée. Elle n'a pas fait un AVC[2], mais un AIT[3], grâce à la réactivité de votre beau-père, nous avons pu mettre en place un traitement pour fluidifier son sang. Nous allons la garder en observation quelques jours puis si son état continue à s'améliorer, elle ira dans une maison de repos afin de faciliter sa convalescence. Vous pouvez aller la voir.

Pour une fois qu'il sert à quelque chose celui-là…

— Je vous remercie, Docteur.

Julien m'informe qu'il va m'attendre dans la salle d'attente. Me voilà donc, de retour en réanimation.

Lorsque ma mère me voit, elle me fait un grand sourire. Aucune trace de son mari… ouf ! Je m'approche d'elle et l'embrasse sur le front.

---

[2] AVC : accident vasculaire cérébral

[3] AIT : accident ischémique transitoire

— Je suis tellement heureuse de te voir mon fils ! bégaie-t-elle.

— Moi aussi, maman. Heureux d'apprendre que tu vas t'en sortir ! assuré-je autant pour elle que pour moi.

Elle me serre la main, les larmes au bord des yeux.

— Oui… Cet AIT est une alerte… J'ai eu très peur de ne plus te revoir mon fils.

Malgré le port du masque, je lui souris tendrement.

— Tu es fatiguée, maman, repose-toi.

Une larme roule sur sa joue.

— Tu as raison, mon fils. Sache que lorsqu'on approche un peu trop près de la mort, on ne voit plus la vie de la même façon.

— Je n'en doute pas, je reviendrai te voir demain, tu as besoin de repos.

Elle hoche la tête.

— D'accord. À demain mon fils, lâche-t-elle avec tristesse.

En arrivant dans la salle d'attente, Julien n'est plus seul, Ambre l'a rejoint. Ils me serrent tous les deux dans leurs bras, me disent que ça va aller. Je suis fatigué, perdu, toute cette journée m'a retourné.

Mon meilleur ami me ramène chez moi, je ne lui propose pas de monter et il respecte mon choix. J'ai envie d'être seul. Il n'y a qu'une seule personne qui pourrait me faire oublier toute cette merde : Sasha. Je ressens le besoin de lui confier la détresse que j'ai ressentie en voyant ma mère branchée à toutes ces machines. Elle doit rentrer de déplacement ce soir. Je laisse tomber l'idée de l'appeler.

Chapitre 9

❝

Jamais je n'aurais pensé entendre mon cœur battre si fort,
Je n'arrive plus à croire qu'il reste encore quelque chose dans ma poitrine,
Mais bon sang, tu m'as faite aimer à nouveau.

♫ Dua lipa - Love again

SASHA

Mercredi soir, nous sommes rentrés de déplacement en fin d'après-midi. Ma journée d'hier a été consacrée à la clôture du budget pour la campagne Lancôme. Et aujourd'hui, il en est de même, mais en plus comme tous les vendredis, je dois rendre des rapports interminables à mes supérieurs hiérarchiques. Je ne vois pas le temps passer entre voiture, travail, dodo. Théo est plus proche de moi depuis notre déplacement. Dans la voiture, il en a profité pour me poser subtilement d'autres questions sur Laly. Une idylle entre ces deux-là serait magnifique.

Ma semaine de travail est terminée, place à la détente ! Une fois n'est pas coutume, ma meilleure amie m'appelle pour qu'on se voit ce week-end.

— Bonjour, ma copine ! Ça te dit qu'on passe la journée de demain au Grau du Roi ? On pourrait déjeuner là-bas à midi et rentrer en fin d'après-midi, propose-t-elle gaiement.

Je trépigne déjà d'avance.

— Bonjour, ma beauté ! Excellente idée. L'air marin me fera le plus grand bien après cette semaine mouvementée.

— Cool ! Je te récupère demain matin en bas de chez toi à 10H ! Belle soirée. Bisous.

— C'est noté, belle soirée à toi aussi ! Bisous.

Encore une fois, Raphaël m'a ghostée. Depuis mardi soir et notre appel étrange, je n'ai plus aucune nouvelle. Je me décide à lui envoyer un message.

Toujours vivant ?

Il répond du tac au tac.

Plus que jamais, ma Déesse !

Ravie de l'apprendre ! Me voilà rassurée...

Je peux passer ?

Sa question me prend un peu au dépourvu, mais autant crever l'abcès, maintenant.

Oui, on doit parler...

Montre en main, il met quinze minutes pour venir chez moi à pied. Je lui ouvre la porte, il se précipite sur moi. Il m'embrasse avec une ivresse absolument divine. Raphaël a le goût du bourbon et de la tentation. J'oublie la douleur de son absence et je prends le plaisir qu'il m'offre un court instant.

Mais ma raison reprend très vite le dessus sur les événements. Il est temps que nous ayons une vraie conversation. C'est décidé et avant que je ne change d'avis, je me lance, quitte à le faire fuir une bonne fois pour toutes. Autant souffrir maintenant, plutôt que de rester dans cette situation malsaine.

— Que veux-tu, Raphaël ? Un coup, tu es là, puis l'instant d'après tu prends la fuite. Tu me laisses sans nouvelle pendant des jours puis tu réapparais ! Je n'en peux plus.

Il me regarde droit dans les yeux.

— Je te veux toi, Sasha ! Il n'y a personne d'autre que toi depuis des mois… Depuis le début.

Nous sommes debout l'un en face de l'autre, et pourtant j'installe une barrière de sécurité entre nous.

— Et la blonde au Pub Arlésien ? Ne te fous pas de moi, Raphaël ! S'il te plaît.

Ma voix s'est éteinte sur la dernière phrase.

— J'ai essayé de t'oublier. J'ai vu d'autres filles, mais ça n'a pas marché. Je ne les ai même pas embrassées, putain ! Car chaque fois que j'étais avec elles, c'est ton visage que je voyais, c'est ta voix que j'entendais, c'est ton parfum que je sentais, et ça me stoppait net, dit-il en passant nerveusement une main dans ses cheveux.

— Et cette femme que tu as rencontrée, celle qui t'a fait mettre un terme à notre arrangement ? questionné-je, en gardant à l'esprit tout ce qu'il s'est passé auparavant.

Il se rapproche de moi, et me prend le visage entre ses mains. Son regard s'ancre dans le mien. Mon cœur rate un battement, mon corps frissonne et j'accueille ce moment intense.

— C'était un putain de mensonge, Sasha ! J'ai eu peur quand tu m'as dit que tu étais tombée amoureuse de moi. Encore maintenant, ça m'effraie… Je sais que je ne te mérite pas, mais je n'arrive pas à te laisser partir, affirme-t-il en m'embrassant le front.

Enfin, il parle, enfin il se confie ! Mais est-ce suffisant ? Non.

On doit avancer. Crever l'abcès définitivement.

— Je te repose la question, qu'attends-tu de moi ?

— Je te le répète Sasha, je te veux toi ! Toute entière et sans concessions ! affirme-t-il en me caressant délicatement une joue.

Mais je ne lâche pas si facilement, pas cette fois… Jusqu'à présent, j'ai toujours été gentille et conciliante. C'est fini !

Je le repousse doucement, mais il me reprend dans ses bras.

— Je veux plus qu'un plan cul. Je mérite plus, Raphaël ! ajouté-je en le regardant droit dans les yeux.

— J'en ai bien conscience, allons-y doucement, ça te va ? Reprenons de zéro… Je voudrais faire les choses bien cette fois-ci. Tu mérites un homme qui prenne soin de toi. Et j'espère pouvoir te prouver que je suis celui qu'il te faut. Accorde-nous une chance, murmure-t-il en posant un second baiser sur mon front.

Ma tête est appuyée sur sa poitrine, et je peux jurer que son cœur bat plus vite depuis qu'il m'a posé cette question. Mon cœur à moi se serre, et je n'ai qu'une envie : le croire.

— Je suis sincèrement touchée par tes paroles. J'ai envie de croire que ce que tu me dis est vrai…

— Mais…

— Mais… comment être sûre que tu ne vas pas me briser le cœur une seconde fois, justement ? Comment être sûre que tu ne vas pas prendre la fuite à la moindre difficulté ?

Mes doutes sont fondés et compréhensibles, puisque jusqu'à présent il n'a pas su me montrer ses sentiments.

Il me prend par les épaules, et me fait légèrement reculer afin de le regarder droit dans les yeux.

— Je te promets de ne pas me comporter comme le dernier des connards. Je te promets de te prouver tous les jours à quel point je suis attaché à toi. La seule chose que je te demande, c'est d'être patiente, car je ne sais pas comment aimer. Je suis cassé à l'intérieur.

Une larme orpheline roule sur sa joue. Ses paroles ébranlent mes dernières objections. Je ne l'ai jamais vu aussi fragile qu'à cet instant. Je caresse sa joue.

— D'accord, je nous laisse une chance. Allons-y doucement, murmuré-je contre son cœur. Le plus important pour qu'une relation fonctionne, c'est la communication et l'honnêteté l'un envers l'autre.

Je marque une pause.

— Surtout quand il y a quelque chose qui ne va pas, qui bloque, qui effraie, on doit se le dire. On doit en parler et ne pas prendre la fuite à la moindre occasion.

— OK ! Plus de communication, plus de fuite, ça me va. Maintenant, laisse-moi te prouver à quel point ce que je ressens pour toi est doux, tendre et passionnel. Laisse-moi te faire l'amour toute la nuit, chuchote-t-il avant de m'embrasser à en perdre haleine.

Et c'est ce qu'il fait, dans un moment suspendu dans le temps : il m'honore. Tout ralentit, tout s'efface, sauf lui, sauf nous. Il n'y a plus de murs, plus d'horloge, plus de distance. Juste sa peau contre la mienne, ses mains qui m'effleurent avec tendresse. Nos cœurs qui battent à l'unisson.

Il ne me prend pas. Il me célèbre. C'est la première fois, depuis que nos chemins se sont croisés, qu'il me fait l'amour ainsi. Il n'y a ni hâte ni conquête dans ses gestes. Il y a une douceur infinie, comme s'il m'avait attendu toute sa vie sans le savoir.

Son regard ancré dans le mien ne me traverse pas : il m'habite. Ses lèvres glissent sur ma peau avec une lenteur presque irréelle, comme si chaque baiser était une offrande. Et sous ses doigts, je ne suis plus une femme. Je suis une promesse tenue, un mystère dévoilé sans violence.

Il me touche comme on touche quelque chose de fragile et de sacré. Comme si j'étais faite de lumière et qu'il craignait de m'éteindre. Je me sens pleinement vivante, vibrante. Il n'est plus question de désir brut ou de plaisir volé. Il s'agit d'une communion. Une élévation.

Mon corps s'ouvre, mon cœur suit, et dans le creux de ses bras, je m'abandonne sans crainte. Pour la première fois, je ne suis pas en train de donner, mais de recevoir. Et je comprends dans un souffle que c'est ça être honorée, être aimée sans condition. Être regardée avec la foi d'un homme qui, au lieu de posséder, choisit d'admirer.

Chapitre 10

"

Tu es la lumière, tu es la nuit, tu es la couleur de mon sang,
Tu es le remède, tu es la douleur, tu es la seule chose que je veux toucher
Je n'aurais jamais pensé que ça aurait d'importance... Alors, aime-moi comme tu sais le faire.

Ellie Goulding - Love me like you do

RAPHAËL

Je lui ouvre mon cœur, lui dis la vérité, c'est elle que je veux. Et pas une autre. Ça fait peur, je plonge dans le vide en me dévoilant ainsi. Je romps la promesse faite à cet adolescent qui s'est juré de ne plus jamais ressentir des sentiments pour une femme. De ne plus jamais au grand jamais tomber amoureux, car pour moi ça ne signifiait que souffrance, détresse, tourments. Après *elle*, plus rien n'avait d'importance. Après *elle*, l'amour n'avait plus aucun sens.

Ce soir, je me laisse aller dans les bras de Sasha, ma déesse. Avec elle, je me sens libre d'être moi-même, sans faux semblants. Et cela me fout un vertige abyssal. Nous faisons l'amour comme la première fois, nos corps ondulent à l'unisson et nos cœurs se lient pour l'éternité.

L'AIT de ma mère a été une révélation, pourquoi attendre ? Puisque du jour au lendemain tout peut chavirer… Elle m'a avoué cet après-midi n'avoir jamais été heureuse avec l'autre connard. Grâce à un groupe de paroles pour femme battue, qu'elle allait consulter en cachette. Elle a enfin compris qu'elle était sous son emprise depuis toutes ces années. Mieux vaut tard que jamais. Cet homme est un pervers narcissique qui aime l'humilier en permanence. Les mots sont posés. Maintenant, elle est aidée et soutenue, cela va lui permettre d'avancer, elle aussi.

Quand elle a été hospitalisée, elle venait de lui annoncer qu'elle voulait divorcer ! Une grosse dispute a éclaté et ce fut le trou noir, puis l'arrivée des pompiers… les urgences… les médecins… encore un trou noir… ma voix … Elle m'a dit que c'est mon visage qui lui a permis de tenir le coup. Elle s'est accrochée à ça.

Aujourd'hui elle m'a imploré son pardon, et elle a enfin admis qu'elle n'aurait jamais dû le laisser me faire du mal. J'ai lu le regret, la peine, la sincérité dans son regard.

Maman lui demande d'arrêter, mais les coups continuent de pleuvoir sur son corps. Il l'attrape par les cheveux, et la traîne jusqu'à la cuisine. C'est à ce moment-là qu'il prend conscience que je viens tout juste de rentrer de l'école primaire. Cette année je suis passé en CE1.

Mes yeux s'écarquillent face à l'horreur, du sang coule sur le coin de la bouche de maman. Et son visage est déformé, mon cœur bat à tout rompre, j'ai l'impression qu'il va sortir de ma cage thoracique.

— Tu comptes aller où sale mioche ? hurle-t-il en la lâchant.

Maman tombe violemment à terre sur le carrelage froid. Elle ne bouge plus. Ses yeux sont fermés. Je pars me cacher en courant, au fond de mon armoire. J'ai peur qu'il me trouve. Je prie désespérément, mais j'entends ses pas monter les escaliers.

— Pitié, pitié, pitié, faites qu'il ne me trouve pas, murmuré-je.

Mais le bruit se rapproche de plus en plus de moi. Tout à coup, il ouvre la porte d'un geste brutal.

— Ah, te voilà, toi ! s'écrie-t-il en recrachant la fumée de sa cigarette.

Je voudrais partir en courant comme tout à l'heure, mais mes jambes refusent d'avancer. Je suis pétrifié comme dans un, deux, trois, soleil…

— Je vais te montrer ce qu'on fait aux petits merdeux dans ton genre !

Il me choppe par le col de mon t-shirt, il me rapproche trop près de lui, son odeur me donne envie de vomir. Il sent la transpiration et l'alcool. Puis, en souriant sadiquement, il pose sa cigarette allumée sur mon petit bras. La douleur me saisit instantanément. J'ai mal, je pleure, je supplie maman de venir à ma rescousse, mais elle ne vient pas... Il recommence une fois, deux fois, trois fois... malgré mes hurlements, bien que sois fait pipi dessus, personne ne vient m'aider.

Ces souvenirs ne s'effaceront nullement de ma mémoire. Je le sais. Néanmoins, au fond de moi, c'est peut-être ce que j'attendais depuis toujours. Même si ses excuses arrivent un peu tard, je les accepte. Car j'en ai besoin pour me reconstruire. Pour avancer. Pour vivre. Pour aimer. Un chapitre se ferme enfin sur le début de ma vie et je sens que l'avenir m'appartient.

La nuit dernière, avec Sasha, a été chargée en émotions. Elle a tout changé. Ce n'était pas seulement une nuit de corps mêlés, c'était une traversée, un dépouillement, un face-à-face sans masque. Nous nous sommes dévoilés, lentement, presque à tâtons. Sentimentalement. Émotionnellement. Une part de moi craignait que le jour, une fois levé, balaie tout ça comme un rêve un peu trop beau. Mais non, ce matin, elle est là, en face de moi, dans la lumière douce de sa cuisine, les cheveux en bataille et les yeux pleins de sommeil, mais lucides, vivants, pleins de cœur.

Je la regarde, et je me sens prêt à continuer sur cette lancée fragile. J'ai envie de rester dans cet élan d'authenticité, même si ça me coûte. Même si c'est inconfortable. Je me racle la gorge. Pour attirer son attention – elle me regarde déjà – mais aussi pour me donner du courage.

— Cette semaine a été difficile émotionnellement... commencé-je. Le ton plus bas que je ne le voudrais. Ma mère est hospitalisée en réanimation, depuis mercredi dernier, car elle a fait un AIT.

Sasha ne dit rien tout de suite. Mais ses yeux, bon sang... Ses yeux me traversent comme une lame douce. Elle ne cherche pas à comprendre avec sa tête, mais plutôt avec son cœur. Et ça me bouleverse.

— Oh mon Dieu, murmure-t-elle en se levant de son tabouret, je n'ose imaginer ce que tu as dû ressentir.

Elle pose une main sur son cœur instinctivement.

— Si ça arrivait à ma mère, ajoute-t-elle, je serais au trente-sixième dessous.

Elle ne parle pas pour combler le vide, c'est pour créer un lien. Et c'est exactement ce qu'elle fait, lorsqu'elle vient se lover contre mon torse, sans hésiter. Son corps contre le mien, c'est comme une réponse à une question que je n'avais même pas formulée.

— Comment vas-tu ? me demande-t-elle. Sincèrement. Ne te cache pas derrière ton armure.

Je reste figé un instant. Sa question me prend de court. Car les seules personnes qui se préoccupent de moi généralement se comptent sur les doigts d'une main. Je respire profondément.

— Je crois que ça va, murmuré-je en caressant ses cheveux, lentement. Le premier jour, c'était dur. De la voir allongée, branchée… Ça m'a glacé. Mais le médecin est rassurant. Elle devrait s'en sortir sans séquelle.

Elle relève la tête, ses yeux plongent dans les miens. Pas pour me juger. Pour me comprendre.

— Tu as prévu d'aller la voir aujourd'hui ?

Je hoche la tête. Cette proximité, ce genre de discussion, d'habitude, je les fuis. Je construis des murs. Mais avec elle… Tout est différent. Avec Sasha, j'ai l'impression que je peux poser les briques à terre. Que je peux respirer à nouveau.

— Oui, je vais lui rendre visite en début d'après-midi pour éviter de croiser l'autre connard, répondis-je en fronçant les sourcils malgré moi.

Mon ton a vrillé, contre mon gré. La colère affleure. Elle se détache doucement, retourne s'asseoir. Le silence est court, mais chargé.

— L'autre connard ?

Je détourne les yeux.

— Son futur ex-mari…

Sasha pose sa tête sur ses mains, m'observe sans rien dire. Ses yeux vert lagon, cette fois, sont attentifs, mais aussi pleins de quelque chose de tendre qui m'effraie un peu.

— Tu ne le portes pas dans ton cœur visiblement, hein ?

Je secoue la tête. Je passe une main dans mes cheveux, comme si ça pouvait calmer ce feu intérieur.

— Non… mais je n'ai pas envie d'en parler.

Elle ne me force pas. Elle me sourit chaleureusement, avec cette lumière dans le regard qui dit : je comprends. Et surtout, je suis là.

— C'est OK. Je te remercie de t'ouvrir comme tu le fais. C'est déjà un grand pas.

Je la regarde. J'observe sa bienveillance comme un homme assoiffé.

— Merci. Petit à petit… j'ai besoin de temps Sasha, c'est tout nouveau pour moi.

— Une marche après l'autre, Raphaël. Ne brûlons pas les étapes au risque de nous perdre.

Et là, dans cet échange, dans cette bulle matinale, je réalise que quelque chose est en train de changer profondément. Je ne suis plus seul.

— Eh bien moi, aujourd'hui, je passe la journée au Grau du Roi avec Juliette.

Une part égoïste de moi grogne intérieurement. J'aurais volontiers passé cette journée entière à l'honorer dans son lit, dans ses soupirs, dans chacun de ses frissons. J'aurais voulu la garder contre moi, la retenir, m'imbiber d'elle jusqu'à l'oubli du temps. Mais je me contente de sourire, un peu taquin, un peu frustré.

— On peut se voir demain si tu es libre ? me propose-t-elle joyeusement.

Je grimace. Mon cœur dit oui, mais la réalité me rappelle à l'ordre.

— J'ai un repas de famille de prévu avec Julien et Ambre, dis-je en pinçant légèrement les lèvres. Impossible de me désister, ce déjeuner est important pour mon ami, je ne peux pas me défiler.

Je suis honnête. Pas d'excuse, pas de détour. J'apprends avec elle à être droit dans l'émotion. À dire les choses sans craindre de décevoir.

Elle ne montre aucun agacement. Elle hoche simplement la tête, avec cette tranquillité douce qui la rend si magnétique.

— Je comprends tout à fait ! Ne changeons pas nos plans, nous avons le temps… Inutile de brusquer les choses entre nous.

Et cette phrase, si paisible, si juste, me saisit. Elle ne veut pas précipiter, elle veut bâtir. Elle comprend ce que beaucoup d'autres ont fui : qu'il y a une force dans la patience, un frisson dans les silences entre deux rendez-vous.

Je m'approche doucement. Je l'embrasse chastement, presque avec révérence. Un baiser simple, mais chargé de promesses. Puis, dans un souffle à son oreille, ma voix se fait plus grave, plus lente.

— J'adore quand tu parles comme ça…

Je sens son frisson avant même qu'elle ne le laisse transparaître. Ça réveille mon désir.

Elle ne dit rien, mais je vois son regard changer, s'assombrir légèrement, se charger de ce feu distrait que je commence à reconnaître. Une tension douce s'installe, suspendue, comme un écho secret entre deux corps déjà connectés sans se toucher.

Je lui saute dessus, la dévore sans vergogne. Sasha est addictive, je ne peux plus m'en passer. Je la soulève de sa chaise, ses longues jambes m'entourent la taille. Elle ne porte qu'un t-shirt et une culotte, la seule barrière entre elle et mon envie irrésistible. Je la repose doucement sur le sol, retire mon caleçon, et d'un seul coup sec, je lui déchire sa culotte décidément à ce rythme-là, elle n'aura plus rien à porter. *Note à moi : emmener Sasha chez Victoria's Secret à Nice !*

Nos bouches se rejoignent dans une ivresse folle, je la plaque contre le mur, et je la pénètre profondément. Nous haletons tous les deux, elle ondule sous mes assauts et je me perds dans la moiteur de son intimité. Je glisse en elle, les sensations sont tellement extrêmes, putain ! Je n'ai jamais ressenti une telle intensité. Mon corps est parcouru de frissons de la tête aux pieds.

— Caresse-toi, Sasha, pour jouir en même temps que moi, prononcé-je suavement.

Sans hésitation, elle passe une main entre elle et moi, et commence à se toucher, *putain*, je ne connais de rien de plus beau à cet instant. Elle est tellement sexy et envoûtante !

Son petit corps commence à trembler. Ceci est le signe qu'elle approche du précipice. Moi aussi. Un dernier va-et-vient, nous explosons tous les deux en même temps.

Lorsque je la repose à terre, je la soutiens, car elle a les jambes en coton. Nos souffles se mêlent encore, désordonnés, lourd de l'extase qui vient à peine de s'éteindre. Elle est là, contre moi, la peau encore chaude, son cœur cognant tout près du mien. Et soudain, mon regard est attiré vers l'intérieur de ses cuisses, d'où je vois couler ma semence. Je me fige, la réalité me heurte.

— Sasha, putain, j'ai complètement oublié de mettre une capote.

Je m'entends parler, mais ma voix semble venir d'ailleurs. Ses yeux croisent les miens, paniqués. Le visage de Sasha est nerveux. Elle me scrute.

— Ne cédons pas à la panique tout de suite, dit-elle rapidement. Je prends la pilule et je suis clean.

Elle marque un temps, puis ajoute, plus doucement :

— Et toi ?

Elle se lève tranquillement et se dirige vers la salle de bains. Je la suis, presque comme un automate, encore enivré parce que nous venons de vivre, mais peu à peu rattrapé par le poids de ma négligence. C'est la première fois que je fais l'amour sans préservatif. C'était aussi bon qu'imprudent ! Aussi fou que puissant.

— Sasha, je ne sais pas ce qu'il m'a pris. Je suis clean. Je te le promets. J'ai vraiment fait le con cette fois-ci, mais… Putain, que c'était bon.

Elle se retourne. Son visage est plus doux que je ne l'aurais cru. Pas de reproche. Juste une maturité solide dans le regard. Elle s'approche, m'enlace, puis prend mon visage entre ses mains.

— Je te crois. J'ai confiance en toi ! Moi aussi, je n'ai pas été prudente. J'aurais pu te demander d'en mettre une. On était deux dans ce feu-là. Emportés dans un désir ardent. Est-ce que ça te convient, si nous faisons une prise de sang, tous les deux ? Juste pour nous rassurer l'un l'autre ? Comme ça, nous n'aurons plus à nous préoccuper des préservatifs !

Je hoche la tête aussitôt.

— Ta proposition me convient absolument.

Je prends ses mains dans les miennes, les embrasse doucement.

— J'ai adoré t'honorer sans retenue. Sans barrières. Sans rien entre toi et moi. Les sensations… Tout était… Plus fort. Plus intense. Plus vrai. Et pour toi aussi, je l'espère ?

Sasha se mordille sa lèvre inférieure. Cette expression à la fois timide et incendiaire que je commence à connaître par cœur.

— Pour moi aussi, Démon, chuchote-t-elle. Ça a été magique.

Elle marque un léger silence, puis ajoute en me fixant :

— D'accord. Plus de préservatifs… Mais la prise de sang est indispensable. Pas pour te tester, pas pour te mettre en doute. Juste parce que j'en ai besoin. Vraiment besoin.

Elle insiste sur le dernier mot. Et là, je la vois. Une faille, légère, mais réelle. Un trouble dans son regard. Comme une ombre ancienne, une cicatrice discrète, que cette situation vient de raviver. Je ne dis rien. Je n'appuie pas. Je me contente de la serrer fort contre moi. Parce qu'en cet instant, ce n'est pas seulement son corps que je veux protéger. C'est tout ce qu'elle est. Son cœur. Sa confiance. Ce terrain fragile qu'elle me laisse enfin approcher.

Elle fait couler l'eau de la douche, laissant la vapeur s'élever doucement autour d'elle. Son corps s'installe sous la pluie chaude, comme une offrande au calme, et ses paupières se ferment avec une lenteur solennelle. L'eau ruisselle sur elle, épouse chaque courbe, chaque ligne, chaque creux avec tendresse. En deux pas, je la rejoins. Je ne dis rien. Pas besoin. Tout en moi hurle ce manque : comment ai-je pu me passer autant de temps d'elle ? De sa peau ? De son odeur ? Mon souffle est court, chargé de désir et de gratitude mêlés. Je tends la main vers la fleur de douche, y dépose une noisette généreuse de gel à la noix de coco. Le parfum sucré, chaud et solaire emplit l'espace, glisse sur ma peau, sur la sienne.

Je commence par ses épaules. Lentement. Sa nuque d'abord, fragile et délicate, puis ses omoplates où l'eau trace des chemins entre les ombres. Son dos, parsemé de grains de beauté, devient mon autel. Je la lave comme si elle était faite de verre. Non pas par peur de la briser, mais parce que ce qu'elle m'offre en cet instant dépasse le charnel. C'est sa confiance que je tiens entre mes mains. Son abandon. Et je m'y accroche comme un secret précieux.

À cet instant, elle n'est plus seulement une femme magnifique. Elle est tout ce que je n'osais plus espérer : la douceur, l'absolu, le refuge. Elle ne parle toujours pas. Mais je sens sa respiration changer, devenir plus lente, plus profonde. Elle est là, entière, dans ce silence gorgé d'humidité, de complicité et de peau nue. Je remonte, caresse sa clavicule avec une révérence silencieuse. Ma paume s'attarde sur la courbe de son cou, là où son pouls bat. Tout devient sacré. Je ne connais rien de plus intime que ça. Pas même le sexe, pas même les aveux. Ce moment-là, sous la douche chaude, à la laver comme si j'effleurais une vérité qu'on n'ose pas nommer : c'est l'acte le plus nu, le plus honnête, le plus entier que je connaisse.

Nous sortons de la douche sans un mot, enveloppés dans la chaleur moite du moment. La vapeur continue de danser doucement autour de nous, comme si elle cherchait à suspendre le temps encore un peu. Sasha attrape une grande serviette et la passe lentement autour de ses épaules. Je fais de même, nos gestes sont lents, calmes, presque rituels. Il n'y a rien à dire. Tout a déjà été dit sous l'eau, dans le silence des regards, des caresses, de la confiance offerte sans réserve.

Nous avançons jusqu'à sa chambre, à pas feutrés. La lumière est tamisée, la fenêtre entrouverte laisse passer une brise tiède qui soulève à peine les rideaux. Le lit est défait, trace visible de notre passage, comme une mémoire encore tiède. Mais le chaos ne nous dérange pas. Il est vivant, doux, intime. On s'habille, côte à côte, comme deux âmes déjà accordées. Je la regarde de biais, le cœur un peu serré, mais empli d'une étrange paix. Il y a dans sa manière de passer son t-shirt une sensualité tranquille, une grâce naturelle qui me serre la gorge. Rien de provocant, juste… *Elle*.

Une fois habillée, elle s'approche, pieds nus sur le carrelage, son regard plonge dans le mien sans détour. Je passe une main derrière sa nuque et l'attire à moi une dernière fois. Un baiser. Pas long. Comme une virgule suspendue à la fin d'un chapitre.

— Merci pour ce moment, murmuré-je contre ses lèvres.

Elle sourit, un peu rêveuse, les paupières mi-closes. Elle ne répond rien, mais ses mains restent encore un instant, accrochées à ma taille, comme pour prolonger le moment.

Je quitte l'appartement sans me retourner. Le jour est levé dehors, mais tout semble différent. L'air est plus léger, les sons plus doux. Mon cœur, lui, beaucoup plus léger qu'à l'aller. Comme si, quelque part entre les confidences et la douche, j'avais laissé tomber un poids invisible que je traînais depuis trop longtemps.

Chapitre 11

“ *Peut-être que tu peux me montrer comment aimer, j'endure des abandons.*
Tu n'as même pas beaucoup à faire, tu peux m'exciter avec un simple toucher bébé.

♫ The Weeknd - Blinding lights ♪ 

SASHA

Le 27 avril 2024

Je rejoins Juliette à sa voiture, elle m'attend sur le parking juste en bas de mon immeuble : direction le Grau du roi. En cette fin de mois d'avril, le temps est d'une extrême douceur. Je décide de ne pas y aller par quatre chemins, et lui raconte ma semaine avec Raphaël. Elle n'en revient tout bonnement pas !

— Il y a une semaine à peine, nous le trouvions en tête-à-tête avec une belle blonde au Pub, et aujourd'hui, tu m'annonces que vous êtes prêts à entamer une relation monogame ? En tant qu'amie, je me dois de te mettre en garde contre lui. Mais après tout, tu es assez grande pour savoir ce que tu fais, hésite-t-elle à prononcer.

— Tu connais mes sentiments pour lui… ils n'ont pas changé, je n'ai pas réussi à l'oublier…

Ma voix tremble à peine, mais c'est suffisant pour que Juliette relève les yeux, attentive, les sourcils froncés d'une inquiétude familière.

— Fais-moi confiance, s'il te plaît ! Je le vois dans son regard, il a des sentiments pour moi, la rassuré-je sincèrement.

J'insiste presque comme une prière. Comme si dire les choses avec assurance allait les rendre réelles, les fixer dans la matière.

Juliette soupire doucement, secoue la tête avec tendresse.

— Tu sais très bien que je te fais entièrement confiance. C'est juste pour toi que j'ai peur.

Ses mots me percutent en plein cœur. Elle ne doute pas de Raphaël… Elle doute du mal qu'il pourrait encore me faire, même sans le vouloir.

— Quoi qu'il en soit, je serai toujours là, tu peux compter sur moi, confirme-t-elle en me regardant droit dans les yeux.

Sa loyauté est un baume à mes incertitudes.

— Merci ! J'ai énormément de chance de t'avoir comme amie ! Tellement de chance.

Elle sourit faiblement, mais avec chaleur. Puis son regard devient plus pénétrant. Moins complice, plus protecteur.

— Tu sais… Jusqu'à présent, tu n'avais jamais refait confiance à un homme, depuis ce qui a pu se passer, à l'époque de la faculté… Tu as toujours gardé le contrôle sur tes relations, sans jamais t'impliquer.

Sa voix est douce, mais elle appuie là où ça fait mal. Je le sais. Elle cherche à comprendre ce qui a changé. Ce qui me pousse, moi, Sasha, à ouvrir de nouveau cette porte que j'ai barricadée pendant des années. Elle veut comprendre pourquoi lui, pourquoi maintenant, en dépit des tourments de notre relation.

Je respire profondément. Je sens ma gorge se nouer, mais je n'ai pas envie de reculer.

— Je suis persuadée au plus profond de mon âme qu'on mérite un nouveau départ, lui affirmé-je sincèrement. Je peux arriver à surmonter mes peurs.

Elle reste silencieuse un instant, puis tend la main et la pose sur la mienne avec douceur. Ce simple contact m'émeut bien plus que je ne l'aurais cru.

— Je te souhaite d'avancer… et surtout, d'être heureuse !

Ses mots sont simples. Vrais. Ils résonnent dans ma poitrine comme une promesse. Ils m'enlacent. Je hoche la tête. Incapable de répondre sans que ma voix ne flanche. Son soutien est une lumière douce dans cet entre-deux fragile où je marche à tâtons, entre espoir et peur. Et au fond, oui... après tout, chacun a droit au bonheur.

Nous nous garons non loin du centre-ville, et allons flâner dans les ruelles. Ce sont les vacances scolaires, et toutes les boutiques sont ouvertes. Juliette se trouve une superbe robe longue blanche style bohème, et je craque pour une paire de sandales noires style spartiates, je pourrais les assortir avec beaucoup de mes tenues.

Lorsque nos ventres se mettent à gargouiller, nous nous dirigeons vers la plage pour manger dans un restaurant en bord de mer, où nous avons l'habitude de venir chaque été. C'est à ce moment-là qu'elle m'annonce que son rencard de la semaine dernière s'est très bien passé. Apparemment, elles ont beaucoup de points en commun, c'est formidable. Aussi loin que je me souvienne, ma meilleure amie a toujours été lesbienne. Elle insiste en me disant que pour l'instant ce n'est rien de sérieux. Mais qu'elle souhaite me la présenter. Je connais bien Juliette, elle a le regard qui pétille, et lorsqu'elle parle d'elle, sa voix est plus enjouée qu'à son habitude. Je suis sincèrement heureuse pour elle, Juliette mérite le bonheur.

Lorsque nous avons fini de déjeuner, nous allons nous relaxer dans une paillote. Nous louons deux transats. Le bruit des vagues m'apaise, la fatigue me gagne et je m'endors rapidement.

Quand je me réveille, je suis désorientée et Juliette rit de bon cœur de me voir émerger ainsi. J'ai les cheveux sens dessus dessous, de la bave sèche sur le visage et je peine à ouvrir les yeux.

— J'en connais une qui a des heures de sommeil à rattraper !

— Je dois bien t'avouer que la nuit dernière avec Raphaël a été mouvementée ! Ce mec est un dieu de la baise ! Il sait exactement quoi me faire, et comment me faire littéralement disjoncter.

— Je suis ravie de l'apprendre ! balance-t-elle en me donnant une tape sur l'épaule.

Mon téléphone sonne, justement c'est lui qui m'envoie un message :

Je pense à toi

— Qui est ce *Démon* ?! demande-t-elle, les yeux écarquillés.

Elle doit clairement être prise de court par mon sourire flottant et l'air béat que je dois afficher sans m'en rendre compte. Je m'humecte les lèvres, mes joues chauffent.

— C'est justement Raphaël.

Elle recule sur son transat, bouche bée.

— Attends. Vous vous êtes quittés ce matin et il t'envoie déjà un message digne d'un roman à l'eau de rose ?

Je hoche la tête, un petit rire m'échappe.

— Oui. Et je te jure que je ne lui ai rien fait. C'est ce qui est le plus fou dans cette histoire.

Juliette me fixe, entre l'étonnement et une forme d'admiration teintée de panique.

— Tu l'as ensorcelé ou quoi ?

— Non, j'ai juste été moi. Et c'est ça qui me retourne… C'est lui qui revient. Lui qui fait le premier pas. Et… Il y a autre chose.

Elle arque un sourcil.

— Ne me dis pas qu'il t'a demandé en mariage sur l'oreiller ?

Je ris.

— Non. En revanche, c'est notre nouveau client.

— Pardon ?

Son ton se fait plus tranchant, plus inquiet.

— Tu déconnes ? Il a fait appel à votre agence ?

— Oui, en effet. Il a signé le contrat dans la semaine.

Juliette se redresse d'un coup, comme si la réalité venait de s'écraser contre elle.

— Mais la politique interne est stricte à ce sujet, non ? Aucun lien personnel avec les clients, c'est votre charte !

— Je sais, je sais… C'est bien pour ça qu'on va devoir faire ultra attention. Discrétion absolue. Pas un mot à l'équipe.

Elle me regarde avec un mélange de panique et de curiosité brûlante.

— OK, mais… on parle de Raphaël Pautel. Ce n'est pas Monsieur tout-le-monde. Ce mec est un personnage médiatique. Il a déjà fait la une des magazines people pour moins que ça. Tu crois vraiment que vous allez passer entre les gouttes ?

Je sens mon cœur cogner plus fort. Elle a raison. Sa notoriété complique tout. Son nom attire les regards, les murmures, les flashs. Mais en même temps… je n'ai pas envie de reculer. Je ne veux pas reculer.

— On n'a pas le choix, Juliette. Pour l'instant, on va garder ça pour nous. Rien d'officiel. On se voit quand on peut. On reste prudents.

Elle croise les bras, plisse les yeux.

— Et si quelqu'un vous voit ?

— Alors on improvisera. Mais je ne peux pas faire machine arrière. Pas cette fois.

Juliette soupire longuement, puis esquisse un sourire désabusé.

— Tu es folle, Sasha. Mais une chose est sûre, ce type n'est pas encore prêt pour la tempête que tu représentes. S'il tombe amoureux de toi – et je crois bien qu'il est déjà dedans jusqu'au cou – il va devoir apprendre à nager très vite.

Je ris, le cœur léger. Peut-être qu'à deux, on arrivera à rester à flot. Même dans la tempête.

Je pense au charme de mon Démon préféré, avec son visage angélique aux pommettes saillantes, aux yeux vert émeraude qui me transpercent l'âme. Son corps svelte et élancé attire les regards sur son passage. Il va falloir que je m'accommode à cela. Sur la route du retour entre discussion sérieuse avec Juliette et rêverie, je lui envoie un message en réponse au sien :

Tu me manques aussi...

Trois points apparaissent instantanément.

Ça peut s'arranger.
Tu as envie de me rejoindre à mon appartement ?

Je réponds sans hésiter.

Oui !

Appelle-moi quand tu es en bas de mon immeuble. J'ai volontairement enlevé mon nom de l'interphone.

Mon cœur se serre c'est justement à cause de sa notoriété…

D'accord

Hâte de te retrouver

J'adore le bord de mer. L'air salé, le vent dans mes cheveux, la lumière du soleil qui caresse la peau… Mais à la fin de la journée, j'ai ce sentiment d'être toute poisseuse, cette impression que le sable et l'humidité se sont incrustés jusque dans mes os. Alors, à peine la porte de mon appartement franchie, je me dirige d'un pas vif vers la salle de bains.

Je sors le grand jeu. J'enfile une robe longue en satin rouge, moulante, fendue sur la cuisse gauche jusqu'à frôler l'indécence. Aucune nécessité de soutien-gorge – le tissu épouse mes courbes comme une seconde peau. En revanche, je mets un tanga en dentelle noir, raffiné, sensuel, juste pour moi. Ou peut-être pour lui. Je laisse mes cheveux sécher pour qu'ils retrouvent leur ondulation naturelle et je me maquille avec parcimonie : j'applique un mascara noir qui allonge mes cils, un rouge à lèvres nude légèrement glossy, assez discret pour laisser mes yeux faire le travail. Quand je me regarde dans le miroir, je me sens prête. Féminine. Affirmée.

Il est un peu plus de 21H00 lorsque je l'appelle depuis la rue.

— Je suis en bas.

Un bip bref et strident me signale que la porte est ouverte. Je monte sans traîner. Il occupe tout le dernier étage : un loft, pas juste un appartement. Quand j'arrive sur le palier, il ouvre avant même que j'ai le temps de lever la main pour frapper.

Son regard capte le mien, et à l'instant où nos yeux se croisent, j'ai des papillons dans le ventre. Pas des petits. Les grands, ceux qui remuent tout l'intérieur. J'ai l'étrange sensation d'être le petit chaperon rouge face à un loup qui connaît parfaitement la forêt. Et pourtant, je n'ai pas peur. Au contraire. Il s'efface pour me laisser entrer.

— Bienvenue chez moi, prononce-t-il dans un souffle. Son baiser est chaste, mais son regard, lui, est incendiaire.

Je pénètre dans sa tanière. Le lieu est vaste, ouvert, baigné d'une lumière tamisée qui glisse sur les murs de briques rouges. Le sol en béton ciré anthracite ajoute une touche brute, contrastant avec les meubles en métal noir et bois foncé. Il y a quelque chose d'austère dans ce style industriel, de masculin, et pourtant… Chaque détail est soigné. Il a imprimé sa marque dans l'espace, c'est évident. Ce loft lui ressemble : à la fois contrôlé et sauvage.

— C'est sublime ici, lancé-je en observant les lignes épurées, les œuvres contemporaines accrochées au mur, les bougies allumées par-ci, par-là, presque imperceptibles.

Il me remercie d'un simple sourire, et m'invite à m'installer à table. Une nappe de lin brut, deux verres à pied, une bouteille de vin rouge déjà débouchée, et des assiettes élégantes. La table est dressée avec une attention qui me surprend venant de lui.

— Tu t'es donné du mal.

— Tu le vaux bien.

Sa voix est calme, mais je devine l'intensité derrière ses mots. Et soudain, je comprends : ce soir, ce n'est pas qu'un simple dîner. C'est un commencement.

— J'espère que tu as faim, dit-il en se dirigeant vers la cuisine d'un pas calme, presque félin.

Il soulève un couvercle en carton et un parfum d'épices s'échappe aussitôt.

— J'ai commandé chez le chinois du centre-ville, des nems au porc, du riz cantonais et du bœuf sauté, annonce-t-il en me souriant.

Il me jette un regard malicieux, celui qui réveille

immédiatement mon ventre, et pas seulement de faim.

— Hum j'en salive d'avance ! Ravie de t'avoir laissé faire.

Il me sert délicatement.

— Content de l'apprendre !

— Comment va ta mère ? demandé-je avec douceur.

Il relève la tête, ses yeux s'adoucissent un instant.

— Elle va de mieux en mieux. Elle commence à reprendre des forces, elle plaisante même avec les infirmières.

Son sourire est bref, presque fragile. Mais je le connais assez maintenant pour sentir que quelque chose pèse derrière cette façade rassurante. Puis, comme s'il ne pouvait plus retenir cette pensée, il ajoute :

— Cependant, l'autre connard ne voit pas le divorce d'un très bon œil. Il est persuadé que c'est de ma faute.

Il prononce ces mots avec un mépris glacé, les mâchoires serrées.

Je reste un moment silencieuse. Il continue, le regard sombre :

— Nous avons eu une altercation, et ce crétin a menacé de me tuer.

Il lâche cette phrase avec une désinvolture déconcertante, comme si c'était une provocation de plus arrangée parmi tant d'autres.

— Encore des paroles en l'air…

Je fronce les sourcils. Mon cœur se serre légèrement.

— Ce n'est quand même pas anodin, Raphaël.

Je plonge mon regard dans le sien, inquiète.

— Tu ne penses pas qu'il soit dangereux ?

Il secoue la tête, presque agacé par ma question.

— Pas le moins du monde. Il fait beaucoup de bruit, c'est tout. C'est un frustré qui se sent dépossédé. Il se donne de l'importance, mais il est incapable de passer à l'action.

Malgré ses mots assurés, je perçois une tension dans sa voix. Un détail presque imperceptible, mais suffisant pour me troubler. Et au fond de moi, un frisson léger persiste.

— Peut-être, dis-je en détournant un instant le regard, mais parfois ceux qui parlent beaucoup sont ceux qu'on ne prend pas assez au sérieux.

Il m'observe, longuement. Comme s'il pesait mes paroles, comme s'il redécouvrait quelque chose chez moi : une lucidité peut-être, ou ma peur qui ne veut pas voir.

— Tu t'inquiètes ? demande-t-il plus doucement.

— J'ai un mauvais pressentiment. C'est tout.

Il passe une main dans ses cheveux, soupire.

Ne t'en fais pas. Il n'a plus aucun pouvoir sur ma mère. Et encore moins sur moi.

Mais sa voix n'a plus la même assurance. Et moi, je sens que cette histoire n'est pas finie. Mais brusquement, je vois son changement d'humeur.

— Mange, tant que c'est encore chaud… et ensuite je pourrais m'occuper de toi.

Cette phrase, lancée avec naturel, atterrit en moi comme une onde de chaleur. Ce n'est pas juste ce qu'il dit, c'est comment il le dit, avec cette voix posée, ce sourire à peine dessiné, ce regard qui promet des frissons. Il connaît mes failles, mes zones sensibles, il prononce ces mots comme d'autres glisseraient des caresses. Chaque fibre de mon corps est déjà en éveil.

Je picore quelques bouchées, mais mon attention n'est pas dans l'assiette. Elle est sur lui, sur sa manière dont il me regarde, comme s'il lisait en moi chaque pensée, chaque attente.

Il ne me touche pas encore. Il ne fait que m'observer. Et c'est suffisant pour me faire fondre. Ce qu'il dégage, ce magnétisme brut, cette assurance tranquille… Il est le seul à me faire me sentir aussi femme. Désirable, libre, entière. Je ne cherche pas à contrôler mes gestes, ni à jouer un rôle. Avec lui, je n'ai pas besoin de composer un personnage. Je peux être exactement qui je suis – naturelle, sensuelle, vulnérable parfois, indomptable aussi. Il accueille tout cela sans jamais me juger, sans jamais me freiner.

Je lève les yeux vers lui.

— Tu me regardes comme si j'étais le dessert.

Il sourit, se lève, fait lentement le tour de la table pour s'approcher de moi. Il pose une main légère sur mon épaule nue.

— En effet, c'est comme si j'avais attendu toute la journée pour enfin goûter ce qui me manque.

Je frémis. Et je sais déjà que ce soir, le dîner ne sera que l'entrée.

RAPHAËL

L'observer manger est devenu une forme de dévotion silencieuse. Je pourrais rester des heures à la contempler. Il y a chez Sasha une manière de savourer les choses, de les vivre avec une intensité désarmante, presque animale, qui me retourne les sens. Elle porte ses baguettes à ses lèvres, referme la bouche sur un morceau de bœuf sauté, et elle laisse échapper un petit gémissement presque imperceptible, mais qui résonne en moi comme une onde de choc. Ce bruit, ce soupir de plaisir qu'elle ne contrôle pas, me rend fou. Ce n'est pas seulement qu'elle mange – elle célèbre chaque bouchée, comme un secret qu'elle partagerait avec son corps tout entier.

Son regard papillonne brièvement vers moi, un éclat malicieux dans les yeux. Elle sait ce qu'elle me fait. Ou peut-être pas. Peut-être que pour elle, ce n'est qu'un repas, une pause banale dans la journée. Mais moi, je suis suspendu à ses gestes, comme hypnotisé. Ses doigts s'attardent sur le bord du bol, sa langue effleure un grain de riz resté au coin de ses lèvres, et j'ai du mal à rester concentré sur ma propre assiette. Mon esprit divague vers d'autres plaisirs, d'autres soupirs, d'autres frissons.

Je ne connais rien de plus sensuel que cette scène-là : elle, dans sa robe rouge, lumière tamisée sur ses épaules nues, un léger sourire accroché à sa bouche, et cette façon d'honorer la nourriture comme elle honore le désir. C'est une ode à la contemplation, à l'érotisme brut. Quand elle mange, elle m'envoûte plus que n'importe quel corps nu. Je suis là, impuissant et captivé, à savourer le spectacle comme on savoure une lente montée de fièvre.

Quand nous avons fini de manger, je dépose nos couverts dans le lave-vaisselle, ce qui la fait rire. Il faut avouer que je suis un brin maniaque et que je n'aime pas voir la vaisselle traîner dans l'évier.

Je m'approche d'elle doucement pour ne pas la brusquer, elle m'a tellement manqué au cours de cette journée que ça me fait littéralement peur. Peur de ce qu'elle me fait ressentir, peur qu'elle puisse un jour m'abandonner, peur tout simplement de l'avenir.

Nous nous embrassons à en perdre haleine, comme si l'air manquait à chacun de nos souffles. Nos bouches se dévorent, nos langues entament une danse infernale jusqu'à en perdre pied. Je tire sur la fermeture éclair de sa robe qui m'a rendu fou toute la soirée, et découvre qu'elle ne porte qu'un tanga en dentelle noire, ça m'achève. Je prends un instant pour l'admirer, puis nous continuons à nous embrasser comme des adolescents en rut. Mes lèvres glissent le long de son cou délicat, jusqu'à ses petits seins ronds parfaits. Mon pouls s'accélère, j'ai l'impression d'être dans un train lancé à grande vitesse. Mes mains se faufilent partout sur son corps. C'est comme si j'avais besoin de la toucher de fond en comble afin que mon cerveau imprègne chaque partie de son corps de déesse. Au contact de ses courbes délicates et fines, mon souffle devient erratique tout comme le sien. Ses mains malmènent ma chevelure en tirant dessus avec frénésie, ce qui me rend fou.

— Déshabille-toi, murmure-t-elle, et dans sa voix, ce n'est pas un ordre, mais une offrande.

Je m'exécute, lentement, presque solennellement.

Nous sommes nus, dans tous les sens du terme, sans armure, sans masque. Je la prends par la main et la guide jusqu'à ma chambre. Le silence devient sacré. Je la pousse avec tendresse sur les draps, comme on dépose un trésor qu'on redoute d'abîmer. Son regard me perce, ses lèvres sont encore brûlantes de nos baisers, rougies par l'élan de notre faim partagée.

Nos corps s'enlacent, se cherchent, s'apprivoisent. Chaque mouvement est un dialogue, chaque soupir une confidence. L'instant devient un monde à part, où plus rien d'autre n'existe que cette fusion lente et totale.

Je ne sais pas ce que l'avenir nous réserve, mais à cet instant précis, je sais que je suis à ma place. Dans la chaleur de sa peau, dans le frisson de ses gestes, dans le battement affolé de son cœur contre le mien. Deux âmes alignées, deux corps savourant l'extase. Je n'ose pas m'avouer que je suis accro à Sasha, bien plus qu'à une drogue.

— Tu restes dormir chez moi ce soir ? demandé-je en passant ma main dans mes cheveux en bataille.

Comme si ce geste pouvait masquer le trouble qui m'envahit.

Elle hésite, son regard se perd un instant, avant de revenir se poser sur moi, doux, mais résolu.

— Non, je préfère rentrer chez moi. Sa voix est calme, mais je décèle une nuance qui me trouble. Et puis, demain matin, tu dois te préparer pour ton repas chez Julien, affirme-t-elle avec ce sourire tendre qui me fait à chaque fois l'effet d'un uppercut.

Je l'enlace dans mes bras.

— Reste s'il te plaît. Je te déposerai chez toi avant d'y aller.

C'est plus fort que moi. Je ne veux pas que cette nuit se termine, pas encore. Pas maintenant. Elle me fixe, longuement. Comme si elle cherchait une vérité au fond de mes yeux. Puis, dans un souffle, elle murmure :

— D'accord.

Un mot simple, mais chargé de tout le poids de ce que nous n'osons pas encore nous dire.

— Lorsque tu me regardes ainsi, je suis incapable de te résister… Ça me fait peur, d'ailleurs.

Je sens mon cœur rater un battement. Mon souffle se bloque un instant dans ma gorge. Je l'embrasse doucement. La frôle du bout des doigts, et confesse à demi-mot :

— Moi aussi, j'ai peur. Moi aussi, je plonge dans le vide.

Ma voix tremble un peu, comme si dire les choses à voix haute les rendait irréversibles.

Un silence s'installe. Pas pesant, mais chargé d'une intensité presque électrique.

— Je ne sais pas qui de nous deux a le plus peur, Sasha, murmuré-je, en la regardant comme si elle était à la fois la cause de tous mes vertiges et l'unique corde qui me retient du chaos.

Dans ce silence, dans cet aveu partagé, quelque chose se tisse. Fragile, mais réel. Un fil ténu entre deux âmes cabossées, qui décident malgré tout d'y croire. Ensemble.

Le drap frais épouse nos corps encore empreints de la chaleur de l'instant. Sa peau contre la mienne devient un apaisement, un refuge. La lumière tamisée du lampadaire projette des ombres discrètes sur les murs, comme si même la nuit voulait respecter notre bulle. Sa tête repose sur mon torse, juste au-dessus de mon cœur. J'ai l'étrange sensation qu'il bat plus fort, rien que pour elle. Son bras droit dessine des cercles sur mes tatouages, paume ouverte, gestes instinctifs, presque méditatifs. Ces mêmes tatouages qui cachent une partie de mon enfance, de mes blessures, de mes secrets.

Nos jambes s'entremêlent naturellement, comme si elles avaient toujours connu cette proximité. Rien n'est forcé, tout est fluide, organique. Je glisse ma main le long de son dos nu, effleure sa colonne vertébrale du bout des doigts, avec la délicatesse d'un souffle. Elle frissonne légèrement, imperceptiblement, mais je le sens. J'adore voir son corps réagir à mes caresses, à ma présence. Comme si chacun de ses frissons était une réponse muette à ce que je ne sais pas toujours formuler avec des mots.

Nos baisers sont tendres, presque timides, comme s'ils venaient panser la fougue de ceux d'avant. Je les veux lents, légers, pour ne pas blesser ses lèvres encore sensibles, ourlées de notre précédent abandon. Elle sourit à peine, les yeux mi-clos, dans cet entre-deux du sommeil où tout devient plus doux, plus vrai. Son souffle s'apaise contre ma peau. Je le sens effleurer mes côtes, chaud et régulier. Elle s'endort, lovée contre moi, comme si le monde extérieur n'avait plus la moindre prise. Je ferme les yeux à mon tour, mes doigts posés sur sa nuque, et je me laisse glisser dans cet état suspendu, cette paix rare. Pour la première fois depuis longtemps, je me sens entier. Et dans le silence feutré de la nuit, je m'endors à mon tour, bercé par la simple présence de Sasha.

Chapitre 12

“

Promis, juré, à mon amour jamais je ne mentirai, Il me dit sois sincère,
Je promets que J'essaierai, en fin de compte c'est lui et moi,
Il est perturbé, je perds la tête, je suis à lui, il est à moi.

♫ G-easy & Halsey - him and I ♪

”

SASHA

Je rentre chez moi l'esprit léger et le cœur qui palpite encore sous l'effet Raphaël.

Aujourd'hui, je suis invitée à déjeuner chez mes parents. Une habitude douce, presque rassurante, comme un rappel que certains repères restent solides malgré le tumulte de nos vies.

Il m'accueille avec des sourires simples, sans artifice, avec cette chaleur propre aux gens qui s'aiment depuis toujours. Ils filent le parfait amour depuis plusieurs décennies, et chaque fois que je les observe échanger un regard ou un geste tendre, une douce mélancolie m'envahit. Ils n'ont pas besoin de mots pour se comprendre. Une main posée sur l'épaule, un éclat dans les yeux, un petit sourire partagé, leur langage est devenu gestuel, mais si puissant.

Quelque part, je les envie. Pas par jalousie, mais parce que cette constance, cette fluidité du cœur, me semble être un miracle. L'amour, le vrai, celui qui résiste au temps et aux tempêtes, ne se trouve pas à tous les coins de rue. Il ne jaillit pas toujours comme une évidence. Non. Parfois, il s'apprivoise lentement. Il demande du temps, de la patience, et une bonne dose de résilience.

J'ai longtemps cru que je n'étais pas faite pour ce genre d'amour là. Trop farouche, trop méfiante, trop blessée. Mais ces derniers jours, depuis que Raphaël est revenu dans ma vie, mes certitudes vacillent. Et si, malgré notre passé brisé, on avait une chance d'écrire quelque chose de durable ? Quelque chose de vrai, de sincère ? Et si, moi aussi, je pouvais construire cette complicité de l'intérieur, au lieu de la contempler de l'extérieur ? Je chasse ces pensées d'un soupir discret.

Mes parents partagent la même passion pour les voyages. Dès qu'ils le peuvent, ils partent à l'autre bout du monde pour découvrir de nouvelles cultures et des paysages à couper le souffle. Cette passion, ils me l'ont naturellement transmise. C'est une sorte d'héritage familial, il y a pire dans la vie. Même si aujourd'hui, je n'ai pu faire qu'un grand voyage en compagnie de Juliette.

Ma mère est une femme active qui travaille dans l'immobilier, plus particulièrement dans celui des villas haut de gamme situées dans le secteur de ce que l'on appelle « le Triangle d'or » des Alpilles. Quant à mon père, il est dirigeant de sa propre société dans le bâtiment, et il emploie une trentaine d'employés. Son entreprise jouit d'une excellente réputation, de ce fait, il obtient de très grands marchés. Ils forment à eux deux un sacré duo de personnes ambitieuses et populaires. Pratiquement tous leurs week-ends sont occupés par des dîners mondains et autres obligations sociales.

Ma mère m'accueille à bras ouverts en me faisant un câlin, suivie de près par Papa.

— Ma chérie, nous sommes ravis de te voir, je nous ai préparé une ratatouille avec les légumes du primeur bio du village. Ton père va s'occuper du barbecue. J'ai pris des saucisses aux herbes et des chorizos à griller chez le boucher. Profitons du beau temps pour manger sur la terrasse, faisons le plein de vitamine D ! s'exclame-t-elle l'air fière de ce qu'elle m'annonce.

Elle parle en agitant sa cuillère en bois, son tablier à fleurs légèrement taché, les yeux pétillants de satisfaction. Je la regarde un instant, remplie d'une immense affection. Dans cette maison, les choses n'ont pas bougé.

— C'est une excellente idée maman, prononcé-je, en lui adressant un sourire sincère. En semaine, je n'ai pas le temps de prendre le soleil, je suis toujours enfermée au bureau.

Nous nous dirigeons ensemble vers la cuisine. Une douce odeur d'ail, de thym et de poivrons caramélisés embaume la pièce. Maman remet doucement les légumes dans sa marmite en fonte, concentrée, appliquée, comme si chaque morceau comptait.

— Comment ça se passe à ton travail ? me demande-t-elle sans me regarder, trop occupée à vérifier la cuisson des courgettes.

— Idéalement bien, maman, je te remercie, réponds-je en m'installant sur le tabouret près du plan de travail. Nous clôturons une campagne, c'était du travail, mais nous sommes vraiment fiers du résultat. Et là, on enchaîne sur deux autres projets, encore plus ambitieux. D'ailleurs, j'étais en déplacement cette semaine pour visiter les lieux de création d'un parfum français.

Elle relève la tête, curieuse.

— Un parfum français ? Oh, raconte !

— C'était fascinant. J'ai pu échanger avec des nez, tu sais, ces experts qui composent les fragrances. Ils nous ont expliqué comment une senteur naît d'un souvenir, d'un paysage, d'une sensation. Ils mélangent des essences comme des artistes. C'est tout un monde, sensible, complexe, presque poétique. Et puis, sentir ces matières premières brutes, ça m'a vraiment transportée.

Ma mère me regarde comme si elle redécouvrait quelque chose en moi.

— Tu en parles avec une telle lumière dans les yeux, dit-elle doucement. Je suis heureuse que tu aies trouvé un métier qui te passionne. C'est rare.

Je baisse les yeux, touchée. Mon père entre alors, tenant le plat avec les viandes à griller, son éternel torchon sur l'épaule.

— Les filles, le barbecue n'attend pas. J'allume le feu et dans vingt minutes, ce sera prêt. Qui m'accompagne dehors ?

Je me lève en riant.

— J'arrive, papa. Je vais t'aider à tout installer sur la terrasse.

Et tandis que je le suis avec les couverts et les assiettes, je me dis que ce moment, aussi simple soit-il, est un précieux refuge. Un cocon entre deux mondes. Une parenthèse douce avant de replonger dans la tempête de mes sentiments pour Raphaël.

— Et toi, papa, comment vas-tu ? demandé-je en souriant, tout en me versant de l'eau pétillante dans un verre.

Mon père lève les yeux de sa brochette de viande qui surveille attentivement sur le barbecue.

— Ta mère et moi travaillons énormément chacun de notre côté, comme tu le sais, commence-t-il. Mais nous partons dans un mois découvrir le Vietnam. Cela nous donne un but, un horizon à atteindre. On rêve de cette aventure depuis longtemps.

Je hoche la tête avec bienveillance, heureuse pour eux. Leur couple est un exemple de stabilité et d'harmonie. Mais il enchaîne, l'air faussement désinvolte :

— Et puis, peut-être que d'ici peu de temps, nous aurons la joie d'être grands-parents.

J'avale de travers. L'eau pétille dans ma gorge, brûle presque. Je tousse violemment, les larmes aux yeux. Maman accourt, visiblement plus amusée qu'inquiète, et commence à me tapoter doucement le dos.

— Respire ma chérie, respire. C'est juste ton père qui dit encore des bêtises !

Mais je sais très bien que ce n'est pas une plaisanterie. Pas vraiment. Depuis quelque temps, mes parents se lancent dans ce petit jeu à demi-mot : des allusions par-ci, des regards appuyés par là. Ils essaient de me faire passer un message. Comme s'ils craignaient que le temps me file entre les doigts, comme si une alarme invisible sonnait au-dessus de ma tête. Ils ne le font pas avec méchanceté, je le sais. Mais cela n'en reste pas moins pesant. Je pose mon verre, toujours un peu rouge et essoufflée, puis prends une inspiration profonde.

— C'est bon, je vais bien, articulé-je pour clore l'incident.

Ils sourient tous les deux, mais je sens cette attente dans leurs yeux. Une douce pression, bienveillante, certes, mais réelle. Et je n'en ai pas besoin. Car la vérité, c'est que je ne sais même pas si je veux être mère un jour. L'idée ne m'est pas étrangère, mais elle n'est pas ancrée non plus. Elle plane, diffuse, floue. C'est une éventualité, pas une certitude.

Et puis surtout, aujourd'hui, la question ne se pose pas. Pas encore. Ma relation avec Raphaël en est à ses prémices. Nous avançons doucement, à tâtons, portés par le désir et l'espoir. Je l'aime. Mais je ne peux pas déjà me projeter dans un avenir figé.

L'instant présent me suffit. C'est déjà un combat que d'apprendre à faire confiance à nouveau, de laisser quelqu'un s'approcher de mes failles. J'ignore comment ça évoluera avec lui. J'ignore même si ça fonctionnera réellement. Mais pour une fois, je veux laisser la vie faire son œuvre. Sans calendrier. Sans injonction. Sans horloge.

Je prends une bouchée de ratatouille, regarde mes parents s'échanger un sourire complice, et je me rappelle que malgré leur insistance maladroite, ils veulent juste me voir heureuse. Et ça, c'est déjà un amour immense. La ratatouille de ma mère est délicieuse, je me régale littéralement. C'est tellement bon, que je me ressers une deuxième fois, ce qui lui fait extrêmement plaisir. Je dois bien avouer que mon alimentation laisse à désirer, depuis que je vis seule dans mon appartement. Bien souvent, je mange des plats surgelés à réchauffer au micro-ondes. C'est ce qu'il y a de plus équilibré sinon c'est fast-food, pizza ou tacos. Je suis l'incarnation même de la *working girl* par excellence, je ne prends donc pas le temps de cuisiner, même si j'adore manger.

Ma mère me parle des magnifiques propriétés qu'elle a à la vente et des célébrités qui viennent les visiter, désirant s'installer dans le sud de la France, loin du tumulte parisien. Elle a un portefeuille client absolument hallucinant. On passe de riches hommes d'affaires, aux stars de cinéma et de la chanson. Tous viennent chercher ici le calme et la tranquillité, le soleil et l'anonymat. Elle est passionnée par son métier. Elle a toujours été un exemple pour moi, c'est une femme active qui ne compte pas ses heures.

Lorsque mon père me parle de ses chantiers, je dois bien avouer que cela me passionne beaucoup moins. Mais je fais l'effort de l'écouter, car je sais que cela lui fait plaisir. Il m'informe qu'il vient de remporter un appel d'offres, pour la construction d'un grand complexe de cinéma. Il peut être fier de lui, il est parti de rien, travaillant seul au début des années 90 pour en arriver aujourd'hui à une entreprise florissante et reconnue dans la région.

Dans la journée, mes pensées dérivent lentement mais sûrement vers lui, comme un fleuve qui revient toujours à la mer. Raphaël. Mon démon préféré. C'est plus fort que moi. Il s'infiltre dans les moindres interstices de mon esprit, même quand je m'efforce de me concentrer sur autre chose. Il est là, comme une présence silencieuse, invisible, mais obstinée. Je me surprends à sourire toute seule en repensant à la manière dont il me regarde, ce mélange d'intensité et de douceur qui me donne à la fois envie de fuir et de me jeter dans ses bras. Je revois ses lèvres frôler les miennes, son souffle dans mon cou, ses mains sur ma peau. Chaque souvenir rallume une étincelle dans mon ventre, un frisson qui serpente lentement jusqu'à mon cœur.

Je me retiens de toutes mes forces de lui envoyer un message. Mon téléphone me brûle presque les doigts. Mais je ne veux pas céder. Parce qu'au fond de moi, je sais qu'il est dans une phase de rééquilibrage, qu'il a besoin d'espace pour respirer, pour comprendre ce que cette histoire représente pour lui. Et même si chaque seconde passée loin de lui m'arrache un peu plus, je respecte notre rythme. Je ne veux pas le brusquer ni provoquer un repli, encore moins lui faire peur.

Alors je ferme les yeux, et je dépose mon téléphone face contre la table. Mon cœur tambourine dans ma poitrine, frustré, impatient. Mais je tiens bon. Je me répète que l'attente peut aussi être une forme de tendresse. Que parfois, ne pas déranger quelqu'un, c'est une preuve d'amour.

J'ai besoin de temps, moi aussi. Pas parce que je veux repousser mes sentiments, mais parce que je n'ai pas d'autre choix. Il m'a fallu des années pour reconstruire ne serait-ce qu'un semblant de stabilité, après ce que j'ai vécu. Je n'en parle jamais. C'est une partie de mon passé que je garde enfermée à double tour. Un souvenir que je préfère taire, parce qu'il est trop lourd, trop douloureux, trop intime. Seuls Juliette et mes parents savent. Les seuls à avoir vu l'étendue des dégâts. Les seuls à avoir entendu, entre mes silences, le récit morcelé de cette nuit qui a failli me briser à tout jamais. C'était il y a plusieurs années. Une époque où je pensais encore que l'amour pouvait être aveugle, que les intentions ne méritaient pas toujours d'être questionnées. J'étais jeune, confiante, et sans doute trop naïve.

Depuis, je me suis promis de ne plus jamais laisser quiconque avoir un tel pouvoir sur moi. De ne plus jamais dépendre de quelqu'un au point d'en perdre mon instinct de survie. J'ai reconstruit une version de moi-même plus forte, plus indépendante, mais aussi plus méfiante. J'ai appris à lire les signes, à écouter mon intuition, à ne plus ignorer les détails qui alertent.

Alors aujourd'hui, même si Raphaël me bouleverse, même s'il fait naître en moi des sentiments que je croyais morts, je me dois de rester vigilante. Je me dois de prendre mon temps. Ce n'est pas de la peur. C'est de la préservation. De la mémoire. Et aussi, une ultime forme de respect envers la femme que j'ai réussi à redevenir malgré tout.

Je quitte mes parents le cœur rempli d'amour. Leur rendre visite, c'est toujours une bonne idée. Je me sens à ma place chez eux, c'est une parenthèse de bonheur, dans ce monde qui tourne à une vitesse affolante. Ils sont mon équilibre, mes piliers, ma vie. En tant que fille unique, ils sont constamment aux petits soins pour moi. Et je réalise la chance que j'ai de les avoir.

Lorsque je me couche, je me sens légère. Un message apparaît sur mon téléphone.

Bonne nuit, ma Déesse !

Bonne nuit, Démon !

Simple et efficace…

Il pense à moi !

Je frémis.

Chapitre 13

Je veux t'avoir seulement pour moi, tu es la métaphore du gin et du juice,
Alors allez fais-moi gouter,
Oh ça fait quoi d'être à côté de toi, je n'en perdrai pas une goutte.

♫ Selena Gomez - Hands to myself

SASHA

Le 28 avril 2024

Le lendemain matin, je me présente à la réception de l'entreprise Pautel. Bien évidemment, sachant que j'avais rendez-vous avec Raphaël, je me suis mise à mon avantage. Je porte une robe rouge, ajustée, dont la longueur s'arrête juste au-dessus des genoux. Le décolleté met parfaitement ma petite poitrine en valeur. Cette tenue est chic et élégante. Afin d'être au top, j'ai mis ma paire de talons noirs Louboutin dont la semelle rouge rappelle la couleur de ma robe.

Dès l'entrée, je suis subjuguée par les matériaux utilisés. Ce bâtiment est à la fois moderne, avec une forte présence de l'ancien. C'est le mariage parfait du siècle dernier et du contemporain. Le sol est en tomettes rouge brillant, typique de notre belle région. Les murs sont en vieilles pierres, je me demande si elles viennent de la carrière de Fontvieille ? En revanche, le bureau d'accueil est moderne tout comme la jolie secrétaire. Je ne sais pas à quoi je m'attendais. *Pourquoi mon cœur me fait-il aussi mal ? Pourquoi lorsque je la vois, j'imagine tout de suite des choses avec Raphaël ? Pourquoi le doute s'installe lentement en moi ?* Tout simplement, parce que je manque cruellement de confiance en moi…

Elle est brune, avec de longs cheveux qui tombent en cascade autour de son visage, doux comme une soie légère au gré du vent. Ses yeux verts, parsemés de fines pépites dorées, captent la lumière avec une intensité presque magique, capable d'hypnotiser quiconque osant y plonger son regard. Ses jambes, longues et élancées, semblent ne jamais finir, dessinant une silhouette élégante et gracieuse à chacun de ses pas. Elle me fait penser à une danseuse étoile. Son sourire, à la fois tendre et envoûtant, illumine son visage d'une chaleur sincère, capable de charmer sans effort.

Elle est d'une beauté brute et sauvage, toutefois, pourquoi suis-je obligée de me comparer à elle ? Raphaël m'a choisie moi et personne d'autre. C'est ridicule, j'en ai bien conscience, je me rassure comme je le peux. Néanmoins, au fond de moi, bien dissimulée sous mon sourire se cache une Sasha qui doute d'elle en permanence, et qui a besoin d'être apaisée.

— Bonjour, je suis Sasha Correns de l'agence Impulse Mark & Co. J'ai rendez-vous avec Monsieur Pautel à 9H.

Elle me sourit chaleureusement. Et moi, j'ai l'impression de devoir en faire trop pour arriver à sa hauteur.

— Bonjour, Madame Correns, je suis Agathe, je vais le prévenir tout de suite de votre présence. En attendant, voulez-vous un café ? Un thé ? demande-t-elle d'un ton professionnel.

— Je veux bien un café, merci, réponds-je rapidement.

Elle rentre dans une pièce derrière son bureau, et en revient avec une tasse de café fumante. Puis au fond du couloir, elle disparaît. Lorsqu'elle réapparaît, Raphaël la suit de près. Pourquoi suis-je jalouse ? Peut-être parce qu'elle le voit tous les jours… Peut-être parce que, dans ma tête, ils couchent ensemble et s'en donnent à cœur joie !

Il m'accueille avec un grand sourire aux lèvres et me serre la main. J'ai l'impression de recevoir un deuxième coup de couteau dans le cœur. Ma réaction est ridicule et disproportionnée, je le sais. Il joue son rôle à la perfection, car personne ne doit savoir que nous sommes ensemble. J'inspire un grand coup, remplis mes poumons d'oxygène avant d'expirer silencieusement. Je reviens à l'instant présent.

Il me demande de le suivre.

Quand nous pénétrons dans son bureau et que la porte est fermée, il se jette sur moi tel un prédateur affamé. Nos bouches se scellent dans un baiser enflammé, nos langues dansent frénétiquement et nos corps en demandent plus. Une boule de chaleur se forme au creux de mon ventre malgré les pensées qui ont pu me traverser juste avant. C'est tout ce dont j'avais besoin pour effacer mes interrogations. À bout de souffle, nous nous regardons dans les yeux, avant de reprendre nos esprits.

— Tu m'as manqué, ma Déesse ! me dit-il avec un regard incandescent.

— J'ai aussi pensé à toi, Démon. Mais n'oublions pas que je suis là dans le cadre professionnel. Promets-moi d'être sage pendant l'heure de notre rendez-vous.

— Je vais essayer. Je t'en prie, installe-toi ici, prononce-t-il en me montrant le fauteuil en cuir en face de lui.

Il prend place, derrière son grand bureau en bois massif. Son ordinateur est déjà allumé, il pianote sur son clavier et tourne son écran afin que je puisse prendre note de quelques informations qui me seront utiles pour la conception de son plan de marketing.

J'en profite pour me rincer l'œil. Je dois dire que ce que je vois me plaît énormément ! Il est incroyablement attirant avec sa chemise blanche et sa veste de costume bleu marine. Ses cheveux sont toujours en bataille, il a un petit air *bad boy* qui donne envie de plonger mes mains dans sa chevelure. Je me ressaisis, car si je le vois aujourd'hui, c'est pour une raison professionnelle. *Sasha arrête tout de suite ça !* Nous discutons du projet dans son ensemble, je l'écoute attentivement me raconter l'histoire familiale de son entreprise.

— J'ai succédé sans surprise à mon père à sa mort, il y a quatre ans. Étant le seul petit-enfant de la famille Pautel, précise-t-il.

Quand il parle de sa famille, son regard est dur, son corps est distant et mon cœur se serre. Il a souffert, c'est indéniable, mais il garde à distance la douleur. Elle n'a pas sa place dans le monde qu'il s'est construit. Sa secrétaire toque à la porte et entre pour lui signaler que son prochain rendez-vous vient d'arriver.

— Déjà, je n'ai pas vu le temps passer ! Je n'en ai pas encore fini avec Mme Correns. Veux-tu m'excuser auprès de Frédéric ? Reprends rendez-vous avec lui pour demain, profère-t-il en lui adressant un sourire.

Elle hoche la tête en souriant gracieusement.

— Très bien, M. Pautel je vais le faire tout de suite ! Avez-vous besoin de quelque chose ? Un café ? Un rafraîchissement ?

Il pose une main sur son menton.

— Non merci, en revanche, réserve-nous une table au Domaine pour le déjeuner, ordonne-t-il sur un ton sympathique.

Puis elle disparaît aussi discrètement qu'elle est arrivée. Elle est vraiment sublime, j'ai eu le temps de l'observer. On frôle la perfection, son corps semble sculpté par les anges eux-mêmes. Elle a la finesse et l'élégance d'une danseuse étoile, cette réflexion me revient instantanément. Raphaël remarque mon trouble. Son regard perçant semble traverser ma peau et mes os tels des rayons X. Mon cœur a envie d'y croire, mon âme, elle, sait qu'elle a trouvé son âme sœur depuis toujours.

— À quoi cette jolie tête peut-elle penser ? demande-t-il en fronçant les sourcils.

Je hausse les épaules, et baisse le regard.

— As-tu couché avec ta secrétaire ? Ça peut sembler cliché. Mais je dois avouer qu'Agathe est très belle, murmuré-je un peu honteuse.

Il me prend la main. Ses yeux s'ancrent au mien.

— Non. Sache que je ne mélange pas travail et plaisir... JAMAIS. C'est une règle stricte que je me suis imposée. D'autant plus depuis que j'ai pris la tête de l'entreprise. Je dois être irréprochable, proteste-t-il d'un ton sans équivoque. Les paparazzi attendent toujours des infos croustillantes sur ma vie privée. Et je ne compte pas alimenter les ragots...

— Et nous alors ?!

— Viens sur mes genoux, lâche-t-il sur un ton ferme et doux à la fois.

C'est un ordre dissimulé sous une couche de tendresse. Je m'exécute. Il prend mon visage entre ses mains, pose son front contre le mien. Je sens les tourments l'envahir à son tour. Nous fermons tous les deux les yeux. Le silence inonde la pièce, nous entendons uniquement nos cœurs battre au rythme fou d'un cheval lancé au galop. J'ai besoin qu'il me rassure.

RAPHAËL

Je sens l'épée de Damoclès peser lourd au-dessus de ma tête. Sur ce coup-là, je n'ai pas droit à l'erreur. Nous avons parlé de communication et de franchise entre nous, c'est bien ce que je compte faire.

— Jusqu'à présent, je n'avais jamais mélangé travail et plaisir. Nous allons collaborer pendant un laps de temps, puis chacun reprendra sa vie professionnelle séparément tout simplement, prononcé-je en lui caressant les cheveux.

Sasha pose sa tête dans mon cou. Cependant, je sens toujours l'agitation dans son esprit.

— Tu penses sincèrement que nous pouvons séparer notre vie privée du travail ?! Sois réaliste, ça risque de compliquer les choses entre nous. Je peux demander à Théo de travailler seul sur ton dossier, ça serait plus simple, propose-t-elle sérieusement.

Je recule légèrement, et prends son visage entre mes mains. Elle a peur, elle hésite. Je dois absolument la rassurer.

— Il en est hors de question ! Tu m'entends ? Tu es qualifiée et compétente dans ton domaine. Théo n'a pas cessé de me faire des louanges à ton sujet, ajouté-je pour la rassurer. Les idées que nous avons échangées ce matin sont excellentes. Inutile d'alerter ton directeur ni de lui mettre la puce à l'oreille nous concernant. Maintenant, allons déjeuner si tu le veux bien, j'ai une faim de loup ! tranché-je en coupant court à cette conversation.

Mais je sens bien qu'elle est encore troublée.

— Nous jouons un jeu dangereux, Raphaël. Es-tu prêt à assumer notre relation au grand jour quand ta campagne sera terminée ? demande-t-elle en me regardant droit dans les yeux.

Est-ce que je suis prêt à assumer notre relation ? Absolument, c'est une évidence. En revanche, même si je le souhaite de tout mon cœur, je suis incapable de me projeter dans la durée.

— Chaque chose en son temps, Sasha, vivons notre relation au jour le jour. Nous ne savons pas de quoi demain sera fait… La vie me l'a prouvé à plusieurs reprises.

Son regard se ferme, j'ai merdé. Au lieu de la rassurer, j'ai semé encore plus le trouble. Mais à ma grande surprise, elle se reprend assez rapidement. Elle me sourit.

— Tu as raison, chaque chose en son temps.

Nous partons déjeuner au Domaine, néanmoins, je sens le tourment dans sa voix. Pour détendre l'atmosphère, je lui raconte ma journée d'hier chez mes amis. Je lui annonce avec un grand sourire que Julien a fait sa demande en mariage, le genou à terre, devant leurs familles réunies pour l'occasion. Bien évidemment, Ambre a accepté en sautant de joie. Et tout le monde a versé sa petite larme. C'était un moment suspendu dans le temps, où la magie de l'amour flottait dans l'air. Les yeux de Sasha pétillent de bonheur pour eux, elle les adore, me dit-elle. Et c'est réciproque. Il est vrai qu'ils sont géniaux. Ils forment un couple harmonieux et complice depuis le début de leur relation. Quelque part, ils ont de la chance de s'être trouvés aussi vite tous les deux. Pour Julien, Ambre est la femme de sa vie. Il le clame haut et fort depuis des années.

J'en profite pour l'informer que j'ai accepté d'être le témoin de mon meilleur ami. Le mariage aura lieu l'année prochaine à la fin du printemps. Je vois bien qu'elle est sincèrement enchantée, pour eux, pour moi, mais le cœur n'y est pas. Elle touche à peine à son assiette, quelque chose ne tourne pas rond.

Son corps est présent…

Son esprit est ailleurs…

Depuis notre conversation sur le travail et le plaisir, je n'ai pas réussi à la rassurer. Même en essayant de lui changer les idées, nous ne nous sommes pas reconnectés. Je lui caresse la main, elle sursaute. La distance qui s'installe entre nous m'effraie bien plus que je n'oserais l'imaginer. J'ai besoin de la sentir, impossible de la laisser partir dans cet état d'esprit.

— Viens, suis-moi ! ordonné-je après avoir réglé l'addition.

Elle écarquille les yeux, surprise.

— Où ?! Je dois aller travailler…, s'inquiète-t-elle.

Je lui tends la main, elle l'accepte.

— Viens, s'il te plaît, fais-moi confiance, susurré-je à son oreille.

Au Domaine, il y a la partie restauration et la partie hôtellerie. Nous déambulons dans le jardin luxuriant, d'un côté, il y a une piscine naturelle avec un bar lounge et de l'autre, l'hôtel. Je connais le chemin, j'ai déjà eu l'occasion d'y mener quelques conquêtes… mais cette fois-ci c'est complètement différent. C'est la première fois que je ramène ma petite amie. Le mot est posé et il me plaît. *Ma petite amie.* Avant elle, je ne tenais pas spécialement au fait de mettre des étoiles plein les yeux des femmes. Je n'acceptais pas d'être en couple exclusif. J'avais besoin de ma liberté avant tout. Mais avec Sasha, j'ai envie de plus. Je veux être avec elle, et uniquement elle. Nous arrivons à l'accueil, la réceptionniste me fait un sourire.

— Monsieur Pautel, nous sommes ravis de vous revoir au sein de notre établissement ! formule-t-elle spontanément.

Putain de karma !

Putain d'idée !

Chapitre 14

Je veux juste tes deux mains sur moi, en toute circonstance, bébé,
Si tu les enlèves, tu ferais mieux de les remettre tout de suite, vite.

Tate Mcrae - 2 Hands

SASHA

La situation va de mal en pis !

Raphaël a l'air d'être connu comme le loup blanc ici… Je n'entends plus rien de la conversation qui se déroule devant moi. Mes oreilles se mettent à biper avec violence. *Combien de filles a-t-il ramenées dans ce superbe établissement ?*

Finalement, je ne suis pas différente de ses autres conquêtes. Il me loge à la même enseigne que les autres. Je trouve ça extrêmement dégradant. Il m'avait donné l'impression d'être différente justement. De ne pas faire partie de ces femmes avec qui il prenait un plaisir fugace. Visiblement non ! Je ressens une déflagration dans mon cœur, il est en miettes, déchiqueté en mille morceaux. Le doute m'assaille, il vient se faufiler dans les interstices du manque de confiance en moi. Les larmes se mettent à couler sans discontinuer, impossible de m'arrêter. Je me sens nulle, je me sens sale, je me sens perdue.

— Ne pleure pas, s'il te plaît, ce n'est pas ce que tu imagines…, murmure-t-il en me caressant le visage.

Puis, Raphaël me prend dans les bras avec tendresse. Aucun mot n'arrive à franchir mes lèvres. Ma gorge est nouée. Son parfum m'enivre, je n'arrive plus à réfléchir correctement. À prendre du recul sur la situation. Il me conduit jusque dans une suite. Il s'assied sur le bord du lit et il m'attire sur ses genoux.

— Calme-toi, Sasha. Tout ce qui s'est passé avant toi ne compte pas. Crois-moi, je t'en prie.

Dans l'état où je suis, il va être difficile de revenir à la réalité. Ma confiance en lui vient d'en prendre un sacré coup, on peut dire qu'elle a volé en éclat.

— Comment croire que je suis si différente… alors que tu me mènes au même endroit que les autres avant moi ? affirmé-je dans un souffle.

Il me caresse le dos avec délicatesse, mon corps réagit instantanément. Un frisson remonte sur toute ma colonne vertébrale. Mes traîtres de tétons se durcissent à son contact. Il prend mon visage entre ses mains et commence à m'embrasser avec une douceur infinie. Je baisse les armes et je m'en veux ! Je lui rends son baiser avec brutalité et férocité, je lui mords la lèvre inférieure. Je veux qu'il ait autant mal que moi. Le goût métallique du sang vient envahir nos bouches. Visiblement, j'y suis allée un peu trop fort en le mordant. C'est une lutte intérieure qui se déchaîne en moi. Nous haletons tous les deux, pourtant aucun de nous est prêt à décoller ses lèvres de l'autre. Subitement, je m'écarte de lui pour respirer à nouveau. Son regard me questionne.

— Raphaël, stop ! Je suis complètement perdue ! indiqué-je en levant les mains vers lui.

Il se lève à son tour, en fronçant les sourcils.

— Ton corps me dit tout le contraire, il sait ce qu'il veut, chuchote-t-il en me caressant les bras.

Je croise mes bras contre ma poitrine.

— Mon corps te réclame… mais mon cerveau agite les drapeaux rouges ! Suis-je réellement différente des autres femmes que tu as baisées ici ?! Parce que là, tout de suite, tu viens de me prouver tout le contraire en m'amenant dans cet endroit !

Il fait un pas vers moi, et me prend le visage avec ses mains.

— Je suis désolé, c'est la seule solution qui m'est venue à l'esprit, lorsque nous étions à table. Il fallait aussi que je te rassure. Que je te parle librement sans que personne ne nous observe. Et puis, le besoin de te toucher est devenu incontrôlable, vital. Et c'est la seule façon que j'ai trouvée, murmure-t-il en baissant la tête. Je suis là, il n'y a personne d'autre que toi et moi ! Regarde-moi Sasha, je ne veux pas te perdre, tu m'entends ! souffle-t-il le regard empreint de stress.

Je le regarde droit dans les yeux, ce que j'y lis me touche, c'est de la peur mélangée à de l'incompréhension. Il est aussi perdu que moi. En quelque sorte, c'est rassurant, mais pas satisfaisant.

— Que suis-je pour toi, Raphaël ? Un plan cul ? Une aventure ? Une relation à court terme ? Je suis complètement déboussolée par la situation.

Une larme orpheline roule sur ma joue. Il la rattrape avec son pouce.

— Pourquoi tiens-tu absolument à mettre une étiquette à ce que nous vivons ?! Ne pouvons-nous pas juste nous contenter de vivre notre relation sans nous prendre la tête ? renchérit-il en posant son front contre le mien.

Mais sa réponse ne me convient pas entièrement. Je secoue la tête en mordant ma lèvre inférieure.

— J'ai besoin de le savoir ! J'ai besoin de plus ! Es-tu capable de me donner plus que des orgasmes ?! Raphaël ?

Ma voix n'est plus qu'un souffle enfoui sous mes larmes.

— C'est la première fois que je m'engage dans une relation, je te veux toi, Sasha sans concession ! C'est tout ce que je sais à l'heure actuelle. Es-tu prête à me faire confiance ? Car moi j'ai foi en nous deux ! confesse-t-il sans l'ombre d'un doute.

Il embrasse mes larmes une à une, m'enlace dans ses bras musclés. Il sent tellement bon, son parfum est musqué aux notes florales irrésistibles. Suis-je prête à lui faire confiance ? Oui, mais à quel prix ?

Je hoche la tête pour lui donner ma réponse. Il sourit. Il n'est plus question de sexe, à ce moment-là, il se passe quelque chose de plus fort encore, de plus intense. Ce que nous échangeons n'a plus besoin de parole, mais plutôt de preuve.

Il m'invite à m'allonger près de lui, et sans hésiter, je viens me lover contre son torse, là où sa chaleur m'attire comme un aimant.

Ce n'est pas un moment charnel. Ce n'est pas une pulsion. C'est bien plus profond que ça. C'est un moment suspendu, une parenthèse hors du temps. Une connexion rare, presque sacrée. Deux âmes cabossées qui tentent, maladroitement, mais sincèrement, de se retrouver au même endroit. Aucun mot n'est échangé. Ce n'est pas nécessaire. Nos respirations s'accordent. J'écoute les battements réguliers de son cœur comme une berceuse secrète. Ses doigts glissent lentement dans mes cheveux, les démêlant doucement, comme s'il s'appliquait à panser mes nœuds intérieurs. Je ferme les yeux. Je me sens en sécurité.

— Apprenons à marcher, avant de courir…, souffle-t-il de sa voix grave et basse, comme un murmure adressé uniquement à mon âme. Je ne suis pas fort pour exprimer mes sentiments, encore moins pour les grandes déclarations.

Il marque une pause, et je retiens mon souffle. Il reprend :

— Mais, je te promets de réfléchir avant d'agir à l'avenir.

Mon cœur se serre. Ce ne sont pas des paroles spectaculaires, ce ne sont pas des promesses enrubannées d'illusions. Ce sont des mots simples, mais pleins de sincérité. Des mots qui réparent, qui consolent. Qui me redonnent un peu de foi, là où j'avais appris à ne plus attendre grand-chose. Je le crois. Peut-être pas aveuglément, mais indubitablement. Et cette nuance fait toute la différence. Donner ma confiance est encore un geste fragile, un équilibre précaire. J'ai été trahie, écorchée, et je porte encore les cicatrices invisibles de blessures anciennes. Mais dans ses bras, quelque chose en moi se détend. Comme si, malgré les incertitudes, malgré les risques, je pouvais me permettre d'y croire à nouveau. Juste un peu. Je sais que nous ne sommes pas parfaits. Que nos passés respectifs sont lourds, qu'ils pèsent encore sur nos épaules. Mais j'ai envie d'essayer.

Pour lui.

Pour moi.

Pour nous.

Après cette bulle d'intimité hors du temps, il est l'heure de revenir à la réalité. Mon regard tombe sur l'écran de mon téléphone posé sur la table de chevet : 14H04. Une légère panique me saisit. Je devrais déjà être sur la route, en direction d'Aix-en-Provence. Théo attend impatiemment mon retour pour un débriefing complet de mon rendez-vous avec Raphaël. Il ne sait rien de ce qu'il s'est vraiment passé et c'est mieux ainsi. Pour l'instant. Je me redresse doucement, rassemblant mes affaires, Raphaël me regarde faire sans rien dire, un sourire léger accroché à ses lèvres, comme s'il savourait encore notre silence. Je sens son regard glisser sur ma nuque, mes gestes, et je frissonne malgré moi.

— Tu dois partir, murmure-t-il en se levant à son tour.

Je hoche la tête, un brin contrarié.

— La route m'attend, et Théo aussi. Il va me poser mille questions. J'ai plutôt intérêt à vite reprendre mes esprits si je veux rester crédible.

Il rit doucement, et cette légèreté me touche plus que je ne veux bien l'admettre. Nous quittons l'hôtel main dans la main, comme deux adolescents s'échappant d'un moment volé au quotidien. Dehors, le soleil tape fort, et la vie semble étrangement paisible en ce début d'après-midi. L'air sent l'asphalte chaud, le jasmin, et un peu… De lui et moi. Son pas est lent, le mien est un peu plus pressé. Mais je ne veux pas précipiter notre au revoir. Arrivés sur le parking, il me tient encore un instant par la main, comme s'il repoussait la fin, lui aussi. Ses doigts se referment brièvement autour des miens, puis il me tire doucement contre lui pour un dernier baiser passionné. Plutôt un au revoir qui veut dire : à très vite.

— Tu m'envoies un message quand tu arrives ? souffle-t-il contre mes lèvres.

— Promis, lui dis-je en m'éloignant lentement, à regret.

Dans le rétroviseur, je le vois encore debout, les mains dans les poches, les yeux fixés sur moi. Le goût de sa peau sur mes lèvres, l'empreinte de ses bras sur mon corps, et cette impression étrange de plonger doucement dans quelque chose de nouveau me suit tout au long du trajet. Et malgré la distance qui va s'installer entre nous durant les kilomètres à venir, j'ai comme la sensation que quelque chose vient à peine de commencer.

J'allume la radio, la chanson « *Te amo* » de Calema me parle tellement :

« J'ai échoué et je l'assume, ça t'a mise de mauvaise humeur, je t'ai donné tant d'amour, mais on s'est perdu dans la brume, je pourrais mourir ici, mourir pour ses caresses, une dernière et après j'arrête, le soleil viendra après l'averse, je n'ai que des

souvenirs, oh mi amore ! Je voulais qu'on danse, qu'on danse sur les toits du monde... ».

En arrivant au bureau, le poids de la matinée me tombe dessus d'un coup. Comme un voile entre deux mondes – celui que je viens de quitter avec Raphaël, et celui-ci, plus cadré, plus rigide, où les sentiments n'ont pas leur place. Sans attendre, je file vers le bureau de Théo pour faire un rapport en bonne et due forme. Je frappe doucement à la porte, déjà entrouverte, et une voix étouffée me répond :

— Entrez !

Lorsque je pénètre, je tombe nez à nez avec Théo et Laly, tous les deux penchés sur l'écran d'une tablette. Trop proches, si vous voulez mon avis. Je m'arrête, légèrement surprise. Les yeux de Théo se lèvent aussitôt sur moi, et je jurerais qu'un petit rose lui monte aux joues.

— Ah Sasha ! fait-il d'un ton peut-être trop enthousiasme. Comment s'est passé ton rendez-vous avec M. Pautel ?

Laly se redresse brusquement, comme prise en faute. Elle agrippe sa tablette comme une armure et déclare un peu trop vite :

— Salut, Sasha ! Je file à l'accueil, on se voit plus tard.

Elle disparaît presque en claquant la porte derrière elle. Je n'ai même pas eu le temps de répondre. Un malaise silencieux flotte un instant entre Théo et moi. Je souris, presque pour le dissiper.

— Très bien, réponds-je avec plus de légèreté que je ne le ressens réellement. Nous avons énormément avancé sur le projet.

Il me dévisage quelques secondes, son regard se fait plus scrutateur. Il perçoit que je n'ai pas tout dit, j'en suis certaine, mais il ne me pousse pas.

— Je suis ravi de constater que la collaboration avec M. Pautel se déroule bien, commence-t-il.

Il se redresse légèrement sur son fauteuil.

— C'est un gros client, il est très médiatisé…

Il marque une pause, lisse ses manches, et son ton devient plus sérieux, presque paternaliste.

— Il est impératif que cette campagne soit irréprochable, tant en qualité qu'en confidentialité. Rien, absolument rien, ne doit fuiter de ces murs, finit-il par prononcer en se pinçant les lèvres.

Je l'écoute, droite comme un I, le cœur un peu serré. Il a raison.

Mais il ignore à quel point sa remarque tape juste. Ce dossier est bien plus complexe qu'il ne le pense. Pas sur le plan professionnel, non. Mais émotionnellement, c'est un champ de mines.

— Reçu cinq sur cinq, chef, lancé-je pour le taquiner, histoire de le détendre un peu.

Il laisse échapper un petit rire, satisfait.

— Bon, tant mieux. Continue comme ça. Je compte beaucoup sur toi.

Je hoche la tête, puis quitte son bureau, le pas plus lourd que lorsque je suis entrée. Je regagne le mien en silence. Mon ordinateur m'attend, les onglets de la campagne aussi. Le design, le wording, les réunions à caler, tout est là pour me happer. Et c'est exactement ce dont j'ai besoin. Me noyer dans le travail. Me saturer d'exigences, de délais, de décisions. M'étourdir pour oublier ses yeux, sa peau, le goût de ses lèvres encore sur les miennes. *Raphaël.* Ce mec est à la fois mon oxygène et mon poison. Je ne peux pas me permettre de me perdre, pas ici, pas maintenant. Et pourtant… Mon cœur fait des acrobaties rien qu'en repensant à son sourire du matin. Alors je respire. Je me fonds dans les chiffres, les visuels, les slogans. Car c'est encore la meilleure manière de ne pas sombrer.

Chapitre 15

❝

Et je ne pourrais te fuir, même si tout nous sépare,
Tout ce que je te promets c'est un nouveau départ.

♫ Zaho - je te promets ♪ 

RAPHAËL

Mon après-midi est chargé de rendez-vous physiques ou téléphoniques. Mon poste est essentiel, les personnes qui travaillent pour l'entreprise familiale comptent sur moi pour assurer la pérennité et le succès de nos savons de Marseille. Je n'ai pas droit à l'erreur. Mais il fallait que je calme la tempête qui faisait rage dans la tête de Sasha. Quand elle est dans cet état, il n'y a que nos corps unis pour la faire redescendre. C'est une grande première pour nous, l'absence de sexe. Ce n'est pas ce dont nous avions besoin. Non. Uniquement de cette connexion solide et invisible entre nous. Bien évidemment, je ne m'attendais pas à ce que la réceptionniste au Domaine me reconnaisse... *C'est bien ma veine, putain !*

Pendant une période, je sortais de mon bureau, et je donnais directement rendez-vous à mes rencards d'un soir au Domaine justement. C'était pratique, il n'y avait pas de doute sur ce que nous allions faire. Tout était établi avant et c'était d'accord. Mais ça, c'était avant que Sasha vienne chambouler ma vie, balayer mes pensées, ruiner mes promesses…

En parlant d'elle, j'attrape mon smartphone et lui envoie un message.

Fais de beaux rêves, ma Déesse !

Pense à moi cette nuit, Démon !

Le lendemain matin, ma mère sort de l'hôpital, pour se rendre dans une maison de repos à Saint-Rémy-de-Provence. J'ai fait jouer mes relations afin de lui obtenir une place plus rapidement. Je n'aime pas profiter de mes passe-droits, mais là je n'ai pas eu le choix sinon elle aurait dû rentrer chez elle avec l'autre connard. C'était hors de question. Et malheureusement, chez moi c'est impossible pour le moment, car je vis au dernier étage sans ascenseur. Sa santé est encore trop fragile pour ça. Mais je n'exclus pas l'idée, qu'elle vienne habiter avec moi lors de sa sortie définitive. Petit à petit, nous retissons un lien mère-fils. Je me rends compte que c'est une pièce du puzzle qui manquait dans ma vie. Ma mère. Dorénavant, il n'y aura plus d'obstacles entre nous.

D'ailleurs, l'autre connard va être ravi, car j'ai trouvé le meilleur avocat spécialisé dans les divorces de la région. On m'a assuré que c'est un requin, j'espère qu'il ne lâchera rien. Il n'y a qu'en actant la séparation, qu'elle pourra à son tour se reconstruire et avancer. Comme je l'ai bloqué sur mon téléphone. Il m'envoie des menaces de mort anonymes par courrier… Je sais que c'est lui. Je n'ai pas d'autres ennemis. C'est une grande gueule, néanmoins il ne passera jamais à l'acte. Il n'est pas assez fou pour risquer de tout perdre, surtout son fameux statut social.

Après une journée de travail harassante, je vais rendre visite à ma mère pour me rendre compte par moi-même de son état de santé.

Je pénètre dans un parc verdoyant et ombragé par de grands

pins parasols typiques de notre belle Provence. Un aide-soignant vient à ma rencontre, pour me demander à qui je viens rendre visite. Je lui donne le nom et il m'indique qu'elle se trouve en chambre 111. Ce chiffre m'interpelle, je consulte mon téléphone en marchant, en tapant *« numérologie 111 »* le résultat est incroyable : le 111 est souvent considéré comme un signe d'encouragement, indiquant que vous êtes sur la bonne voie et que vous devez continuer à suivre votre intuition. C'est un signe de renouveau. Je me dis que cela correspond autant pour elle que pour moi.

Lorsque je rentre dans sa chambre, elle est assise sur une chaise à côté de la fenêtre et regarde vers l'extérieur ce qui s'y passe.

— Je t'attendais, je t'ai vu arriver en bas, prononce-t-elle avec joie.

Je lui souris tendrement.

— Ravi de voir que tes facultés d'espionne sont intactes, maman ! réponds-je en riant de bon cœur.

Elle me prend la main.

— Merci Raphaël pour le transfert, et pour la chambre dans cette magnifique maison de repos, pour tout. Je n'aurais pas pu rêver mieux pour pouvoir démarrer une nouvelle vie dont tu feras partie !

Elle a les larmes aux yeux.

— Nous avons le bonheur d'avoir une seconde chance ! Prenons-la et savourons-la pleinement, affirmé-je en serrant ses mains un peu plus fort.

La seconde chance c'est l'histoire de ma vie en ce moment. Entre ma mère et Sasha, j'ai de quoi faire.

Des larmes de joie se mettent à couler sur son doux visage. Malgré la douleur du passé dissimulée en moi depuis mon enfance, je décide de faire un pas en avant aussi bien physique que symbolique. Le temps m'a appris une chose : l'importance de se libérer de la colère pour ne plus être prisonnier de son passé. Je prends ma mère dans mes bras, ils la rassurent.

— Je suis tellement fière de l'homme que tu es devenu ! Tu es fort et brillant ! Travailleur et altruiste !

Elle marque une pause. Mon cœur s'emballe. Ma mère ne m'a jamais fait de compliments. Elle a toujours gardé une distance entre nous.

— J'ai beaucoup de chance d'être ta mère..., souffle-t-elle dans un rictus. J'espère qu'un jour tu rencontreras quelqu'un qui te fasse vibrer, annonce-t-elle avec tendresse.

Je sens mes joues cramoisies malgré moi. Je lève d'un bond et me dirige vers la fenêtre pour fuir son regard perçant.

— Il se pourrait bien que je l'aie déjà rencontrée... mais pour l'instant je préfère ne pas en parler. C'est trop nouveau pour moi, confessé-je sans m'en rendre compte.

Elle me regarde avec tendresse et affection.

— Je respecte ton choix, Raphaël. Après tout, tu as le droit d'avoir ton jardin secret, s'émerveille-t-elle. Le jour où tu seras prêt à m'en parler, je serai là.

Je hoche la tête. Ce n'est pas un rêve. Nous sommes bien en train de ressouder notre relation. Elle sera là. Cette phrase reste figée dans mon esprit. Enfant, j'ai tellement espéré justement qu'elle soit plus présente pour moi.

— Oui, lorsque je serai prêt, maman, murmuré-je plus pour moi que pour elle.

Cette situation me semble complètement surréaliste, pourtant elle est bien réelle. Je suis heureux de voir qu'elle est bien installée, sa chambre doit faire une vingtaine de mètres carrés. La décoration est plutôt sommaire : un lit – d'une place – et une table de chevet ainsi qu'une télévision accrochée au mur. Je me retourne, puis m'accroupis devant elle.

— As-tu besoin de quelque chose en particulier ?

Elle secoue la tête en faisant une sorte de moue avec sa bouche.

— Je peux t'assurer que j'ai tout ce dont j'ai besoin.

Après un bon moment passé avec elle, je l'embrasse sur le front et lui promets de revenir la voir dans les jours à venir. Je rentre à mon appartement complètement épuisé. Un jour ou l'autre, il va bien falloir que je le vende, pour me trouver un nouveau logement plus proche des Baux de Provence. Les allers-retours commencent vraiment à me fatiguer, je ne sais pas comment fait Sasha pour supporter deux heures de route au minimum par jour.

La sonnerie de notification m'annonce l'arrivée d'un message.

Bonsoir, Démon !
Ma journée est passée à 2000 km/h, je n'ai pas eu le temps de souffler, et toi, comment s'est déroulée la tienne ?

Un sourire béat apparaît sur mon visage.

Bonsoir, ma Déesse !
Aussi intense que ta journée visiblement, je suis claqué. Je partais me coucher

Mon attention reste suspendue aux trois petits points qui dansent sur mon écran.

Je vais en faire de même, j'avais besoin de tes nouvelles...

On se voit vendredi soir ?

Oui, si tu en as envie.

Quelle question ! J'ai TOUJOURS envie de te voir.

Tu rebondis magnifiquement comme d'habitude.

À vendredi, bonne nuit !
Ne rêve pas trop de moi.

De qui vais-je pouvoir rêver ? Merci, j'ai plusieurs idées. Bonne nuit, Démon.

Et d'un coup, elle est hors ligne. Putain, elle a le don d'arriver à me piquer là où ça fait mal. J'aurai ma revanche, et bien plutôt qu'elle ne se l'imagine. Demain, c'est le 1er mai donc ni elle ni moi ne travaillerons. Je me rhabille et file chez elle, pour lui faire une surprise.

Chapitre 16

"

Oh je t'en prie, puis-je te suivre ? Oh je te le demande, pourquoi pas, toujours ?
Soit l'océan, où je me dissous, sois mon unique.

♫ Lykke Li - I follow rivers ♪ **"**

SASHA

Le 30 avril 2024

Ma journée s'est extrêmement bien passée, le plan de marketing pour le prochain Lancôme étant signé, nous passons à la phase suivante.

J'adore mon métier, car il allie tout ce que j'aime : la rigueur et la créativité. Il faut savoir analyser correctement les données des clients afin d'arriver à placer et à promouvoir de façon optimale leurs marques. La campagne pour le vin « Sauvage » est clôturée avec succès. Des clients satisfaits sont des clients qui parleront de nous à leur entourage et qui n'hésiteront pas à refaire appel à nos services.

Depuis notre déplacement de Grasse, il me semble que Théo et Laly sont plus proches. Mais qui suis-je pour les juger ? Si une idylle naissait entre tous les deux, je serais la première heureuse pour eux.

J'allais me mettre au lit, quand la sonnette retentit. Sur le coup, je pense que c'est une farce, car vu l'heure tardive je ne vois pas qui pourrait être devant ma porte. Mais un deuxième coup retentit dans le silence de mon appartement. Je me dirige vers la porte à pas de velours. Je regarde discrètement dans le judas afin de connaître l'identité de la personne derrière ma porte, qui ça peut bien être.

J'aurais dû me douter que mon message le ferait réagir. Lorsque je lui ouvre la porte, il se rue sur moi telle une bête sauvage affamée. Il m'embrasse avec férocité comme pour marquer son territoire. C'est excitant et flippant à la fois. J'ai l'impression de souffler le chaud et le froid en permanence avec lui. Un coup, il est distant avec moi, et un autre, il veut, que je ne sois qu'à lui ! Il marque mon corps de partout avec ses dents acérées. À la minute où il a pénétré chez moi, il s'est empressé de me dénuder. Ainsi que lui-même ! Ses mains sont partout. Sa langue me lèche comme si j'étais une friandise.

Sur le chemin qui mène à ma chambre, nos corps se cognent de tous les côtés. Son sexe est fièrement bandé entre nous deux. Je suis en état de liquéfaction, à ce stade on peut dire que je ne contrôle plus rien. Arrivés dans ma chambre, il me regarde avec intensité et bestialité. J'ai l'impression qu'il va me dévorer toute crue.

— Alors, comme ça, ma Déesse, tu as plusieurs idées de QUI tu vas pouvoir rêver cette nuit ?!

Il me mordille derrière l'oreille gauche ce qui me fait frémir.

Je ne réponds pas à sa question volontairement, ce qui le rend fou de rage, fou de désir, fou tout simplement ! Je le défie du regard en le fixant droit dans les yeux, en soulevant un sourcil. À cet instant, tout le self-contrôle qui lui permettait d'être sage s'envole. Il me pose sur le lit puis me retourne de façon que je me retrouve à quatre pattes, je suis offerte à lui. Une boule d'excitation se forme au creux de mon ventre. Je sais ce qui m'attend, une baise torride sans préliminaires.

— Putain, Sasha, je bande si fort que ça me fait mal ! murmure-t-il le souffle court.

Et l'instant suivant, il me pénètre avec une délicatesse contraire à son excitation. Il va et vient de façon exquise et contrôlée. Notre connexion est tellement intense, puissante. Il se retire, je ressens le manque, le vide.

Son doigt habile vient former des cercles sur mon point sensible.

— Sasha…

Je l'entends au loin, mais mon plaisir est focalisé sur ce qu'il m'offre. Les sensations sont tellement fortes, elles sont tellement extraordinaires que je jouis une première fois de manière si forte, si spectaculaire, j'ai du mal à revenir à la réalité. Au moment où j'émerge avec volupté, il me pénètre à nouveau, puis reprend la cadence dans un rythme affolant. Son invasion est délicieuse. J'ai du mal à reprendre mon souffle. Pourtant, Raphaël n'en a pas fini avec moi. Je peine à rester dans cette position, car mon corps tremble encore sous l'effet de l'extase. Il titille à nouveau mon clitoris avec ses doigts experts, j'explose en vol, une deuxième fois. Le dieu de la baise a encore frappé ! Il jouit à son tour dans un grognement retentissant. Nous tombons tous les deux à plat ventre, épuisés par l'intensité de ce que nous venons de partager. Avec lui, je découvre ma sexualité. J'assouvis mes désirs les plus fous et mes envies les plus inavouables. Je me sens l'âme d'une femme fatale qui explore au plus profond de son être les expériences érotiques. Je me livre sans remords au péché de la luxure avec mon Démon préféré.

— Maintenant, je suis sûr que tu rêveras de moi. Tu m'appartiens Sasha ! Toute entière ! Ne l'oublie pas, précise-t-il en me lançant un clin d'œil à la fois arrogant et terriblement désarmant.

Ses mots résonnent en moi comme une promesse, ou peut-être comme une mise en garde. Mon cœur s'emballe, et une étrange sensation me serre la poitrine. Je tente un sourire, mais mes lèvres tremblent légèrement.

— Oui, je t'appartiens. Mais… ça me fait peur Raphaël, soufflé-je d'une voix presque inaudible.

Il fronce immédiatement les sourcils. Il ne s'attendait pas à cette réponse-là. Je lis dans ses yeux une inquiétude sincère.

— Pourquoi as-tu aussi peur Sasha ? me demande-t-il en encadrant mon visage de ses mains, comme s'il voulait me retenir ici, me forcer à rester dans l'instant.

Son geste est tendre, mais mon corps se fige. Mon souffle se coupe net, comme si mes poumons refusaient de continuer à fonctionner sous le poids de la vérité que je tais depuis si longtemps. Je détourne légèrement les yeux, incapable de le soutenir. Lui raconter, ce serait m'exposer à nu, le laisser voir mes cicatrices les plus profondes. Ce serait risquer qu'il me regarde autrement. Je ne suis pas certaine d'avoir la force de supporter ça. Il perçoit tout. Mon mutisme, mon trouble, la panique silencieuse que je tente de masquer.

— Tu n'as pas envie d'en parler c'est ça ? chuchote-t-il, le ton plus doux que jamais.

Je réponds par un simple hochement de tête. C'est tout ce que je peux faire pour l'instant. Admettre mon silence. Lui demander implicitement de patienter. Et au lieu de me forcer, il me surprend encore une fois.

— Je t'appartiens, corps et âme, Sasha ! Et rien ni personne ne pourra défaire ce que je ressens pour toi, murmure-t-il, sa voix grave vibrante d'émotions contenues.

Mon cœur se fissure doucement. Il ne me presse pas, ne cherche pas à briser la carapace que j'ai mis des années à reconstruire. Il se contente d'être là. Présent. Entier. Et quelque chose en moi commence à céder. Je referme les yeux, et doucement, je me laisse aller contre lui. Mon front contre sa clavicule. Mon souffle dans son cou. Il ne sait pas encore tout ce que je porte. Il ne connaît pas les nuits d'angoisse, les souvenirs qui me hantent, les marques invisibles que personne ne voit. Mais il devine que c'est lourd. Et il reste. Peut-être qu'un jour je trouverai le courage de lui raconter. Peut-être qu'un jour, je lui confierai tout. Mais ce soir, c'est déjà un pas immense d'oser m'abandonner ainsi.

Lorsque mes paupières s'ouvrent doucement, la lumière du matin filtre à travers les rideaux tirés, tamisant la pièce d'un éclat doré. Le silence est feutré. Mon premier réflexe est de bouger légèrement, de m'étirer… Mais je sens aussitôt la présence chaude et rassurante de son corps contre le mien. Il est là. Collé à moi. Son torse nu contre mon dos, ses jambes entremêlées aux miennes. Son souffle régulier vient caresser ma nuque. Et surtout, il y a son bras qui m'enlace par la taille, possessif, comme s'il voulait me garder à jamais contre lui. Comme si, même dans son sommeil, il refusait de me laisser m'échapper. Un frisson me parcourt l'échine. Je n'ose pas bouger tout de suite. Je savoure. Je me retourne doucement pour lui faire face, en veillant à ne pas le réveiller. Mon regard se pose sur lui, sur les courbes de son visage détendu par le sommeil. Sa bouche est légèrement entrouverte. Il est beau. Trop peut-être. Cette beauté brute, sans effort, m'émeut plus que je ne saurais le dire. Il a cette allure à la fois virile et fragile, et dans cette vulnérabilité offerte sans défense, je me sens fondre.

Il est à moi.

Cette pensée claque dans ma tête avec une intensité presque choquante. Il est à moi. Et bon sang, je suis à lui. Corps, cœur, âme. C'est vertigineux.

Je souris sans m'en rendre compte. Mon ventre papillonne, mon cœur s'accélère légèrement, comme au tout premier rendez-vous. Et pourtant, ce n'est plus le début. Nous sommes en plein dedans. Dans le feu, dans la fusion, dans cette zone dangereusement instable où l'amour prend racine.

L'odeur de notre nuit flotte encore dans l'air. Cette fragrance envoûtante de peau, de sueur, de désir, d'amour. Un mélange enivrant et doux. Je la respire à fond, presque honteusement, comme pour m'enivrer de lui, de nous. Et c'est là, à cet instant précis, que la réalité me heurte : je suis amoureuse.

Follement.

Déraisonnablement.

Dangereusement.

De Raphaël Pautel. Je ferme les yeux, une seconde et murmure presque dans ma tête : putain je suis dans la merde. Parce qu'aimer comme ça, ce n'est pas anodin. Parce que j'ai mis des années à recoller les morceaux. Parce que je me suis jurée de ne plus jamais tomber aussi fort. Et pourtant, je suis là. Allongée contre lui, avec le cœur grand ouvert. Et je sais, au plus profond de moi, que je ne contrôle plus rien.

RAPHAËL

Quand j'ouvre les yeux, Sasha n'est plus dans le lit. J'entends le bruit de l'eau qui coule : elle est sous la douche. En temps normal, je serais allé la rejoindre, et me frotter à elle. Mais je pense qu'avec ce que nous avons vécu hier soir, il vaut mieux que je la laisse tranquille. Dans cette position, les sensations sont décuplées, nous poussent vers un plaisir incontrôlable et délicieux. Je vénérais déjà le corps de Sasha, maintenant je serai prêt à ériger un temple en son honneur.

Lorsqu'elle revient dans la chambre enroulée dans une serviette. Je n'ai qu'une envie : la déballer comme un cadeau.

— Qu'as-tu prévu de faire aujourd'hui ma Déesse ? demandé-je en la dévorant des yeux.

— Je déjeune avec Juliette chez elle, elle a prévu de me présenter sa nouvelle amoureuse. Il me tarde de la connaître. Elle ne cesse de me couvrir d'éloges à son sujet, prononce-t-elle joyeusement.

J'incline ma tête sur le côté, et fais mon regard de chat Potté.

— Aucune chance que tu restes avec moi alors ? insisté-je.

Elle fait la moue, je connais déjà sa réponse.

— Non, Raphaël, une promesse est une promesse ! J'ai failli perdre mon amie à cause d'un garçon une fois quand j'étais à la fac, je ne referai plus la même erreur. Juliette m'a sauvée, sans elle je ne sais pas si je serais encore en vie…, confesse-t-elle en pinçant ses lèvres.

On a trente ans tous les deux, bien évidemment que nous avons rencontré d'autres personnes avant de nous mettre ensemble. Mais l'idée qu'on ait pu la faire souffrir m'arrache les tripes. Qu'a-t-il pu se passer pour qu'elle ait autant de mal à se livrer ?

Quand j'ai rencontré Sasha, lors d'une féria, j'ai tout de suite remarqué à quel point ces deux filles étaient attachées l'une à l'autre. Juliette et Sasha dansaient à cœur joie au milieu de la piste improvisée dans la bodega des Andalouses. Je ne lui ai jamais avoué que j'avais fait exprès de m'approcher d'elle afin qu'elle me bouscule « accidentellement » pour engager la conversation avec elle. J'avais d'abord remarqué son sourire éclatant, elle rayonnait parmi la foule, *je n'ai vu qu'elle*. J'étais comme envoûté par sa seule présence. Elle s'est platement excusée, et j'ai feint de ne pas l'entendre à cause de la musique. Et c'est ainsi que nous avons continué la soirée à cinq, car j'étais venu avec Julien et Ambre. Comment oublier ce jour qui m'a permis de la rencontrer ?

À cette époque, je n'imaginais pas ma vie autrement que dans une relation libre. Nous avons fini la soirée tous les deux chez elle. Ce fut explosif entre nous dès le premier soir. Et je crois qu'à l'époque, cela m'avait fait peur. Peur de ressentir des sentiments que je refusais de donner et de recevoir. Chaque fois, je me remémorais la promesse faite à cet adolescent triste et sans amour *: je me suis imposé de ne jamais tomber amoureux ! Impossible.*

Pourtant, si je devais être honnête, je suis tombé sous son charme au premier jour. Au fur et à mesure de nos rendez-vous, elle a abattu une par une mes barrières. Je pense que c'est justement la peur qui a nourri la décision de rompre aussi salement avec elle. Elle qui ne méritait pas cela. Elle mérite un homme qui la vénère, un homme prêt à tout pour elle. Aujourd'hui, je le suis ! Je me sens enfin prêt.

Elle s'assied à côté de moi dans son lit, je lis le tourment dans ses yeux.

Elle hésite, je l'encourage.

Son corps se raidit, je le caresse pour le détendre.

Je veux qu'elle comprenne que je suis là pour elle. Et rien ni personne ne changera cela.

Elle souffre : j'ai mal.

Elle est en apnée : je n'arrive plus à respirer.

— Parle-moi, Sasha..., dis-je dans un murmure. Je suis là avec toi, il n'y a personne d'autre que toi qui compte. *Je t'aime* ! Tu entends, je suis là tout entier et *JE T'AIME*. Il n'y a que toi pour réussir à me faire ressentir ça. Si tu veux la vérité, mon cœur t'appartient depuis longtemps, depuis toujours.

Elle ouvre puis ferme sa bouche.

Elle est sous le choc. Je suis bouleversé.

C'est encore une première pour moi, je ne l'avais jamais dit à personne. Car tout simplement, je n'avais jamais ressenti ce sentiment unique qui ne demande aucun effort. Je veux la rendre heureuse et faire d'elle ma priorité. Mais d'abord, elle doit se confier sur le fardeau qu'elle porte seule depuis l'université.

— C'est encore une première pour moi, avec toi, tout prend son sens, tout devient unique. Parle-moi, Sasha, murmuré-je pour l'encourager. Je suis là, et je ne compte pas fuir. J'attendrai le temps qu'il faudra s'il le faut, mais je resterai auprès de toi. Depuis que tu es entrée dans ma vie, je me sens revivre.

Chapitre 17

“ *À cause de toi ! J'ai appris à jouer du bon côté, pour ne pas être blessé.*
À cause de toi ! J'ai du mal à croire, pas seulement en moi... Mais aussi aux autres !
À cause de toi ! Je suis effrayée... **”**

♫ Kelly Clarkson - Because of you

SASHA

Il vient de me dire *« je t'aime »,* va-t-il continuer, à m'aimer lorsque je lui aurai avoué la vérité ?

— *Je t'aime* Raphaël. Je t'ai toujours aimé, avoué-je dans un soupir. Tu es mon évidence depuis la première fois où mon regard a croisé le tien. Grâce à toi, je me sens plus forte, je me sens belle. Ton amour me pousse à sortir de ma précieuse zone de confort. À dépasser les limites que je me suis trop longtemps imposées. J'aime la façon dont tu prends soin de moi, c'est même essentiel pour moi.

Le moment est venu de me confier sur ce que j'ai vécu avec celui dont je ne prononcerai plus jamais le prénom. Celui qui m'a fait connaître l'amour et ses dérives, celui qui m'a brisée aussi bien de l'intérieur que de l'extérieur…

Je prends une grande inspiration, et je m'arme d'une force dont je ne soupçonnais pas l'existence.

— Lorsque j'étais à la fac, j'ai rencontré ce garçon, le feeling entre nous est passé tout de suite. Et très vite, nous nous sommes mis en couple. J'avais 21 ans et lui, il en avait 28. C'était un de mes professeurs. J'avais confiance en lui, et tout allait pour le mieux.

Des souvenirs refont surface ; ma gorge se serre et mes yeux commencent à se remplir de larmes. Raphaël m'encourage à continuer de parler en prenant mes mains dans les siennes. Les miennes sont moites et j'ai des sueurs froides dans le dos.

— La vie était belle. Enfin au début. Nous sortions tous les week-ends, allions au cinéma. Il était aux petits soins avec moi. J'avais l'impression de vivre un conte de fées. Mais sans que je m'en rende compte, je me suis petit à petit coupée de mes amis, de ma famille et pour finir, de moi-même. J'avais rendu mon studio, pour m'installer avec lui à sa demande. À partir de ce moment, ça a été le début de la fin. Le début de l'enfer surtout… Je me suis sentie piégée, sangloté-je.

Je n'arrive plus à retenir les larmes, je pleure en sanglots devant l'homme que j'aime. Il me caresse le dos.

— Je suis là maintenant, il ne t'arrivera plus jamais de mal. Plus personne ne te fera souffrir. Je te remercie pour la confiance que tu m'accordes en me livrant ton histoire.

Il me rassure. J'essaie de me contenir, pour continuer à lui raconter mon histoire. Car le pire est à venir…

— Il a commencé par me donner des gifles pour un oui ou pour un non. Malgré la douleur, je me disais que ce n'était pas grave, il s'emportait, mais le regrettait aussi vite. Qu'il allait forcément finir par arrêter de me battre. Car chaque fois, il s'excusait et me disait qu'il ne recommencerait plus. Mais c'est tout le contraire qui s'est produit. Les gifles se sont transformées en coups de poing, et les coups de poing peu à peu, en coups de pied lorsque j'étais au sol… J'étais effrayée, car malgré tout, je continuais de l'aimer. Il était mon professeur, il était mon mentor, il était mon bourreau… Je n'avais plus le droit de sortir en dehors de mes heures de cours, il contrôlait absolument tout de ma vie de A à Z.

Je prends une pause, me remémorer tout cela est insupportable. Pourtant, je continue.

— Il m'avait interdit de mettre un mot de passe sur mon téléphone, car il devait y avoir accès à sa guise. Il a fait de moi sa chose et je l'ai laissé faire sans réagir… Je me sentais faible, humiliée, rabaissée et impuissante. Un soir, il est rentré complètement ivre…

Je sanglote de manière incontrôlable, je pleure le souvenir de cette jeune fille brisée par amour. Je pleure, car après ma confession, Raphaël ne voudra plus de moi… Il me trouvera laide, sale, faible. Je me force à aller jusqu'au bout de mon récit, même si cela est douloureux. J'inspire et j'expire difficilement, je cherche l'oxygène dont j'ai besoin pour pouvoir continuer de parler.

— Ce soir-là, il m'a battue quasiment à mort. Il a tenté de me violer, mais dans l'état où il était, il n'a pas réussi à bander. Heureusement pour moi, dans un sens… mais cela l'a mis encore plus en colère et les coups se sont abattus sur moi avec plus de vigueur. Cela a été le déclic ! Si je ne mourais pas ce soir-là, je devrais m'enfuir. Sauver ma vie. Je suis restée inconsciente pendant plusieurs heures… Lorsque je me suis réveillée dans une mare de sang, j'étais seule, ma tête et mes côtes me faisaient atrocement mal, mon cœur quant à lui était en morceaux. J'ai puisé dans ce qui me restait de force, pour appeler Juliette afin qu'elle vienne me chercher tout de suite, sangloté-je dans ses bras.

— Tu as été très courageuse, Sasha. Tu as résisté comme une lionne. Qu'as-tu fait après ? murmure-t-il tendrement.

— Juliette est arrivée dans l'heure qui a suivi mon appel. Je me suis réfugiée dans ses bras. Elle m'a d'abord conduite aux urgences, le diagnostic était lourd : multiples contusions, traumatisme crânien, plusieurs côtes cassées, une trompe éclatée avec une hémorragie pelvienne… J'ai été opérée en urgence gynécologique. Ils ont fait ce qu'ils ont pu pour sauver mes organes, mais il ne me reste plus qu'une trompe… Il m'a peut-être privée de devenir mère un jour…

À cette parole, mon cœur se serre davantage.

— Je ne voulais pas prévenir mes parents, mais au vu de mes blessures je n'ai pas eu le choix. Ils ont été très présents pour moi, m'ont apporté leur aide précieuse et m'ont soutenue dans toutes mes décisions. Ensuite quand je suis sortie de l'hôpital, Juliette et mes parents m'ont encouragée à porter plainte contre lui pour coups et blessures. C'est ce que j'ai fait, car je ne voulais pas qu'une autre fille souffre comme moi auparavant. J'ai dû passer devant un médecin légiste afin qu'il atteste de mon calvaire…

J'étais morte à l'intérieur… Juliette m'a laissé le temps de me remettre de mes blessures aussi bien physiques, qu'émotionnelles. Car j'étais brisée, anéantie, finie. Lorsque ma plainte a été de notoriété publique, d'autres filles se sont jointes à la mienne. Malheureusement, je n'étais pas la première à qui il faisait subir ces atrocités, bégayé-je ses bras m'enlaçant un peu plus fort pour me dire silencieusement qu'il est là.

La souffrance et la pitié que je lis dans ses pupilles dilatées me transpercent le cœur et l'âme. Les jointures de ses poings sont blanches, comme s'il était prêt à se battre. La suite est difficile à dire et pourtant j'ai besoin qu'il sache toute la vérité. Qu'il comprenne pourquoi chaque décision que je prends est réfléchie. Pourquoi, j'ai eu tant de mal à faire confiance.

— C'est à ce moment-là que j'ai appris qu'il m'avait trompée avec plusieurs personnes… Hommes et femmes confondus, et le plus souvent sans protection ! Ça m'a anéantie une fois encore, en plus de la douleur physique, je me sentais sale, car il m'avait demandé de faire l'amour sans préservatif, de lui faire confiance !

Ma voix s'étrangle sur la fin de la phrase. Je n'ose pas lever les yeux vers lui. Je n'ose pas croiser son regard de peur d'y lire le dégoût.

— Continue ma chérie, je suis là et je ne t'abandonnerai pas ! me dit-il avec tendresse. Je ne laisserai plus personne te faire du mal.

Ses paroles agissent comme un baume sur mes blessures.

— Merci, c'est tout ce que j'avais besoin d'entendre pour pouvoir continuer mon récit. Un encouragement de ta part. À la suite de cette révélation, j'ai fait une prise de sang et un frottis pour savoir s'il m'avait contaminée. Le couperet est tombé, il m'avait donné l'hépatite B aiguë ! J'ai mis six mois pour me rétablir complètement. Depuis, je suis clean comme tu as pu le voir sur ma prise de sang. D'ailleurs, avant notre incident du dernier soir, je n'avais jamais fait l'amour sans protection. Mais étrangement, je savais que je pouvais avoir confiance en toi. Merci d'avoir réalisé les tests, lancé-je complètement déboussolée.

Le simple fait d'évoquer ces souvenirs à voix haute, m'est physiquement douloureux.

— J'ai mis énormément de temps à m'en remettre. Je craignais que ça se passe à nouveau… Des années se sont écoulées avant que je n'approche d'un nouvel homme. Et ce fut toi ! Ta proposition dès notre premier soir était claire *« Ce que j'ai uniquement à te proposer, c'est un plan cul ... sans contrainte, ni engagement ! »* et cela me convenait, car j'avais réalisé un travail sur moi, j'ai voulu passer au-dessus de ma peur. J'ai donc préféré un coup d'un soir plutôt que quelqu'un en qui j'allais avoir une confiance aveugle. Mais je me suis prise au piège du jeu de l'amour, puis tu m'as rejetée.

— Je suis tellement désolé, Sasha, pour tout ce que tu as traversé… et surtout pour ce que je t'ai fait endurer. Ce que nous avons enduré. J'ai eu peur de m'engager dans une relation amoureuse. Peur de ne pas être à la hauteur. Tu donnes tant, tu t'investis corps et âme pour nous deux… et ça m'a submergé de doutes. Pourquoi moi ? Pourquoi maintenant ? Jusqu'ici, j'avais toujours tenu l'amour à distance, murmure-t-il en me regardant droit dans les yeux.

Nous nous livrons à cœur ouvert sans aucune retenue, sans aucun jugement. Nous avons peur tous les deux. Mais nous sommes prêts à avancer main dans la main, c'est une certitude. Il comprend mieux certaines de mes réactions, et nous nous laisserons le temps dont nous avons besoin pour nous adapter l'un l'autre. Je me sens libérée d'un poids qui pesait bien trop lourd dans mon cœur, dans mon corps, dans mon âme… Je me suis perdue dans les méandres de la vie. Juliette a été mon pilier face à tout ce que j'ai dû endurer. Raphaël est ma lumière, même s'il réside, au fond de lui, un côté sombre dont il ne m'a pas encore révélé les secrets.

RAPHAËL

Sa confession m'a vraiment ébranlé au plus haut point. Elle a vécu l'horreur et elle s'en est sortie. Sasha est une guerrière, un exemple à suivre pour toutes ces femmes qui n'osent pas quitter leur foyer face à la violence conjugale.

J'ai envie d'exploser la tête de ce connard. De lui rendre coup pour coup, pour tout ce qu'il a infligé à ma belle et douce Sasha.

— À la suite de ta plainte, qu'est-il arrivé à ce connard ? craché-je hors de moi.

— Après examen de toutes les plaintes, le procureur de la République a décidé d'ouvrir une enquête. Un procès a eu lieu au tribunal correctionnel d'Aix-en-Provence. Il a été condamné uniquement à une peine avec sursis… tu te rends compte ? Il a dû indemniser ses victimes en dommages et intérêts.

Elle marque une pause. Quelque chose d'indescriptible passe sur son visage.

— Il y a deux ans, j'ai appris qu'en traversant la route devant chez lui, il a été délibérément percuté par une voiture. Il est mort sur le coup. La voiture a fait un délit de fuite. La gendarmerie n'a jamais retrouvé le conducteur. Certains ont pensé à une vengeance, pour ma part, je me suis dit que c'était le destin. C'est bête ce que je vais te dire, mais c'est à ce moment-là que je me suis sentie réellement libérée de lui, avoue-t-elle un peu honteuse.

Sasha a cessé de pleurer. Mais nous restons une éternité blottis l'un contre l'autre. Nous sortons de notre bulle, uniquement parce que le temps défile et qu'elle doit rejoindre son amie pour déjeuner. J'ai envie de la retenir. De la garder auprès de moi pour m'assurer qu'elle va bien. Mais ce n'est pas raisonnable. Après cette confidence, elle a certainement besoin de temps, de se changer les idées. Et je sais qu'avec Juliette, ce sera le cas.

Nous quittons son appartement un peu avant midi. Nous sommes le 1er mai, le soleil brille dans le ciel et la température est incroyablement douce en cette saison. J'embrasse Sasha chastement sur les lèvres avant qu'elle ne s'éloigne à pied vers le pont de Trinquetaille. Je rentre chez moi avec une drôle de sensation qui ne me quitte pas. J'ai osé dire à Sasha « *je t'aime* » et ça a été l'élément déclencheur pour qu'elle se livre sur son passé.

Au cours de la journée, je consulte les annonces immobilières autour des Baux-de-Provence. J'ai repéré quelques biens qui correspondent à mes critères de recherche. J'envoie des mails aux différentes agences afin qu'elles me recontactent dans les meilleurs délais pour programmer des visites. J'aimerais que Sasha m'accompagne pour me donner son avis.

J'appelle Julien pour prendre de ses nouvelles, et lui annonce officiellement que je suis en couple avec Sasha. Mon meilleur ami n'est pas du tout étonné, bien au contraire, il s'en doutait. Lui et sa future épouse l'apprécient énormément, ils n'avaient pas compris pourquoi j'avais arrêté de la voir il y a quelques mois en arrière. Nous sommes invités à dîner chez eux samedi soir. Ne préférant pas m'engager sans Sasha, je leur dis que je leur donnerai la réponse dans la soirée. Il m'annonce qu'ils sont déjà allés à la mairie pour bloquer une date de mariage qui aura lieu le samedi 21 juin 2025, jour du solstice de l'été. Je trouve que cette date est de bon augure. C'est un jour lumineux, car le soleil rayonne face à l'obscurité de la nuit. La nature reprend le pouvoir sur la vie, ça fait partie du cycle éternel de la mort et de la renaissance. Ils ont invité Nana, ma grand-mère, ce qui me touche énormément, mes amis savent la place importante qu'elle occupe dans mon cœur. Mais également ma mère, que Julien connaît depuis toujours.

En fin d'après-midi, je vais justement rendre visite à ma mère dans sa maison de repos. Je la trouve directement dans le parc, assise sur un banc, à l'ombre d'un pin parasol. Malgré ce qui lui est arrivé, elle a l'air radieuse.

— L'avocat que tu as missionné, m'a contactée hier, en fin d'après-midi, peu de temps après mon départ, prononce-t-elle l'air satisfaite. Il a la niaque et compte bien gagner ce divorce.

Je souris, car j'étais persuadé qu'il allait lui plaire.

— C'est une bonne nouvelle, maman.

Un voile passe sur ses yeux. Et je sens que ce qu'elle va me dire ne va pas me plaire.

— Charles continue de me contacter par téléphone. Mais, ne t'inquiète pas, j'ai la présence d'esprit de ne pas lui répondre, ajoute-t-elle en secouant les mains.

C'est une bataille de gagnée. En revanche, je grince des dents. Pourquoi l'autre connard ne lâche pas l'affaire ? Pourquoi ne la laisse-t-il pas partir ?

Lorsque j'ai fait ma demande de chambre, j'ai informé la direction de l'établissement, qu'il était hors de question que ma mère reçoive la visite de M. Charles Latouri. Je n'y suis pas allé par quatre chemins, leur indiquant qu'il la maltraitait auparavant. La directrice m'a assuré qu'ils feraient tout le nécessaire afin que ma mère ne soit pas importunée par cet individu.

Je repars serein, la relation avec ma mère se tisse petit à petit. Elle a subi la violence conjugale de ce connard pendant vingt ans, il lui faudra du temps pour se reconstruire. En prenant du recul, je me rends compte que la violence n'est pas réservée aux familles modestes. Le bourreau de Sasha était quelqu'un de cultivé et apprécié au sein de la faculté dans laquelle il travaillait tous les jours. Quant à mon futur ex-beau-père, il occupe le poste de directeur des ressources humaines de la ville où ils habitent. Cette espèce de sous-merde est estimée à la mairie. Tout le monde ne cesse de tresser des louanges à son sujet. Quelle ironie du sort quand on pense à la façon dont il nous a traités. C'est plutôt dans son intérêt d'accepter le divorce s'il ne veut pas voir sa réputation entachée dans tous les journaux !

En rentrant chez moi, je me fais couler un bon bain chaud. La tension de ces derniers jours a mis à mal tous mes muscles. Je me sens courbaturé. Heureusement que je cours une heure tous les matins avant d'aller travailler. Cela me permet de me vider la tête, de me recentrer sur l'essentiel. C'est ma dose d'énergie vitale qui me donne l'impression de démarrer ma journée de façon optimale. Sauf lorsque je me réveille auprès du corps chaud de Sasha. J'ai ma dose d'oxygène et d'endorphines pour me mettre de bonne humeur dès l'aube jusqu'au crépuscule.

Chapitre 18

“

Il y a quelque chose de magique entre toi et moi,
C'est comme un champ magnétique qui ne s'explique pas,
Il y a quelque chose de physique qui défie les lois. »

Florent Mothe - Camille Lou ♪
♫ Quelque chose de magique

SASHA

Il me tarde d'être avec mon amie pour lui raconter ma discussion de ce matin avec Raphaël. Elle m'accueille tout sourire et m'enlace avec entrain. Juliette habite une maison de ville dans le quartier de Trinquetaille. C'est simple, je n'ai qu'à traverser le pont qui surplombe le Rhône à pied pour m'y rendre. Nous habitons à cinq minutes l'une de l'autre.

Au rez-de-chaussée se trouve une belle pièce à vivre lumineuse, il y a de grandes fenêtres de part et d'autre de la pièce. Tout un pan de mur est occupé par une bibliothèque en bois absolument incroyable. Ses lectures sont éclectiques, elles vont de la littérature anglaise, au développement personnel en passant par la new romance. Sa décoration est à la pointe de la mode, c'est un mélange de bleu canard, jaune poussin et blanc cassé. Juliette adore passer des heures dans les magasins de déco. Son chouchou est le Cocktail Scandinave à Nîmes. À l'étage se trouvent deux chambres et une petite salle de bains.

Je m'installe au comptoir de sa cuisine ouverte sur le salon, lorsque mon regard est attiré vers les escaliers. La surprise doit se lire sur mon visage, car mon amie qui d'habitude est si bavarde ne trouve pas les mots, pour me reconnecter au monde réel. Agathe en descend lentement, avec un sourire aux lèvres.

— Alors là, pour une surprise c'est une sacrée surprise ! annoncé-je stupéfaite.

Juliette me dévisage, ne sachant pas de quoi je parle. Sa petite-amie nous rejoint dans la cuisine.

— Agathe, je te présente Sasha, Sasha, Agathe ! prononce Juliette.

Je lui souris sincèrement.

— Ravie de te revoir, Agathe !

Juliette me fait des yeux ronds, ne comprenant plus ce qu'il se passe autour d'elle. Je me mets à rire de bon cœur. Qu'il est bon de rire pour les tours que la vie nous joue.

— J'ai fait sa connaissance en début de semaine, car c'est la secrétaire de Raphaël Pautel.

Juliette écarquille les yeux. J'ai l'impression qu'ils vont sortir de son visage.

— Mais non ! Arrête, c'est une blague ?!

Agathe secoue la tête, tout en tenant la main de Juliette.

— Pas du tout, elle est très sérieuse. Je suis également ravie de te revoir Sasha ! renchérit Agathe.

Juliette tape des mains, en se dirigeant vers l'extérieur.

— Bon, et bien puisque les présentations ont déjà été faites, et qu'il fait merveilleusement beau dehors, je vous invite à me suivre dans mon jardinet ! Nous allons prendre l'apéritif, maintenant les filles.

Juliette et Agathe se placent l'une à côté de l'autre. Je vois dans les regards qu'elles s'échangent quelque chose de fort. Elles sont trop mignonnes toutes les deux. Elles m'expliquent que cela faisait un petit moment qu'elles s'étaient repérées mutuellement, mais qu'aucune d'elles n'avait franchi le pas pour engager la conversation. Puis un jour n'en pouvant plus, Juliette a engagé la discussion. S'en est suivi une invitation à boire un verre, puis deux, puis trois…

Finalement, je ne pense pas que ce soit le bon moment pour parler de ma confession faite à Raphaël ce matin. Cela ne fait pas longtemps qu'elles sont ensemble, je ne me sens pas prête, de parler de son patron devant elle. Nous ne nous connaissons pas assez pour que je puisse m'épancher sur ma vie privée. Je n'oublie pas que Raphaël est une personnalité publique, et qu'il se passe bien d'étaler sa vie privée. Même si Agathe a l'air sympa, je préfère rester sur la réserve.

Mon amie cuisine comme une cheffe étoilée, avec l'amour en plus. Elle nous a préparé un bœuf bourguignon – mon plat préféré. J'ai l'impression d'être à la maison, comme dans mon enfance, quand ma mère passait tout l'après-midi derrière les fourneaux. Je me délecte de ce repas copieux, jusqu'à en lécher l'assiette.

— C'est super bon, comme d'habitude, Juliette, m'exclamé-je en me léchant littéralement les doigts.

Je fais claquer ma langue contre mon palais avec un grand sourire et applaudis comme une enfant ravie, ce qui les fait éclater de rire.

— Je suis ravie de constater que tu n'en laisses pas une miette, répond-elle en me faisant un clin d'œil amusé, en croisant les bras, toute fière d'elle.

Je hoche vigoureusement la tête, faussement solennelle.

— Fais attention, Agathe, si tu n'y prends pas garde, Juliette va t'engraisser à coups de plats aussi bons que dangereux pour la ligne, lancé-je sur le ton de la confidence en me tournant vers elle, le regard malicieux.

Juliette me lance un regard faussement outré en posant sa main sur sa hanche.

— Ce n'est pas vrai, ne l'écoute pas. C'est juste que… bon, on a vécu ensemble un moment, et il se pourrait, je dis bien il se pourrait, que Sasha ait pris deux, trois kilos d'amour, prononce-t-elle en haussant les épaules d'un air innocent.

— Trois kilos ? Tu plaisantes, j'en avais au moins pris sept ! m'exclamé-je, faussement indignée. Mais je les ai perdus à coups de jogging même sous la pluie, donc on est quitte.

Nous éclatons de rire, comme si cette anecdote anodine suffisait à balayer les tracas du quotidien. Je sens la légèreté m'envahir, cette énergie rare et précieuse qui ne se produit qu'avec des personnes en qui on a une confiance totale. Ce genre de moments où rien d'autre n'existe. Ni les peurs, ni les doutes, ni même les hommes aux yeux trop profonds pour qu'on s'en sorte indemne.

— C'est tellement bon de rire comme ça, dis-je plus doucement, en posant ma fourchette sur le bord de mon assiette vide. Avec vous, j'oublie tout. Même mes complications du moment.

Juliette m'envoie un sourire tendre, et Agathe hoche la tête, les yeux brillants de sincérité.

— On est là pour ça, ma belle. Pour les bourguignons, les fous rires, et pour te remettre sur pied s'il le faut.

Je suis touchée. Profondément. Ce n'est pas juste un dîner entre copines. C'est un rappel que malgré des blessures, malgré les histoires de cœur complexes, il existe un ancrage. Des liens solides, profonds, indéfectibles. Et aujourd'hui, autour de cette table, je me sens chanceuse.

Elles partagent entre elles des regards langoureux et amoureux. J'ai l'impression que ma meilleure amie est piquée ! Je lui souhaite tout le bonheur du monde, car jusqu'à présent, elle aussi n'a pas été heureuse en amour. À croire que nous étions maudites toutes les deux.

Nos discussions sont plutôt légères et agréables. Nous parlons de nos lectures, de nos livres et auteurs fétiches. Des voyages que nous avons déjà réalisés, et ceux que nous projetons de faire un jour. Jusqu'à présent, les seules grandes vacances, que je me suis offertes, c'est un voyage de quinze jours avec mon amie Juliette en Thaïlande, il y a deux ans.

Agathe nous raconte qu'elle non plus, n'a pas énormément voyagé à l'étranger, en revanche j'ai l'impression qu'elle a écumé la France en long, en large et en travers, avant de se poser. Car elle nous parle d'avoir vécu à Biarritz, puis à Nantes, en Bretagne, au mont Saint-Michel, à la frontière belge avec le nom d'une ville imprononçable, à Paris, à Strasbourg, à Clermont-Ferrand et j'en passe et des meilleurs. Cette fille a assez bourlingué avant de s'installer définitivement dans le sud de la France. Je lui envie un peu son côté indépendant et libre.

Je ne vois pas le temps défiler tellement c'est agréable d'être en leur compagnie. Ce jour férié en plein milieu de la semaine est plutôt une bénédiction, tant ma vie a été agitée ces temps-ci. Un bâillement sonore m'échappe accidentellement.

— J'en connais une qui a des heures de sommeil à rattraper !

Rien de nouveau sous le soleil ? me demande Juliette, en me faisant un clin d'œil.

— J'avoue qu'en ce moment mes nuits sont courtes.

Agathe fronce les sourcils, et moi je fais de gros yeux à ma meilleure amie pour qu'elle n'en dise pas plus. Pitié ! Pitié ! Pitié ! On vient à peine de trouver notre rythme avec Raphaël, il ne manquerait plus que je fasse tout capoter en me livrant devant sa secrétaire. J'imagine qu'il n'a pas envie de voir sa vie privée, étalée devant ses employés. Ma meilleure amie a compris mon message subliminal, je lui en suis reconnaissante. Je l'appellerai demain pour lui expliquer le pourquoi du comment.

Je quitte les filles en cette fin d'après-midi radieux, et rentre directement me coucher. Après tout, j'ai des heures de sommeil à rattraper, cela me fera le plus grand bien de me reposer un peu. L'intensité de notre relation a raison de ma forme physique. J'appelle Raphaël avant de me caler devant la télévision :

— Salut, Démon ! Je t'appelle avant de m'échouer sur mon canapé. Je suis fatiguée, j'ai décidé d'aller me coucher de bonne heure aujourd'hui. J'ai passé une excellente journée en compagnie de Juliette et de sa nouvelle chérie. D'ailleurs, tu ne devineras jamais qui c'est ! demandé-je en laissant planer le suspense.

J'attrape mon plaid préféré, et remplis ma bouilloire d'eau chaude pour me préparer un thé noir.

— Salut, Déesse ! Pareil de mon côté, j'ai besoin de reprendre des forces. Je suis ravi d'apprendre que ta journée s'est bien passée. En revanche, je t'avoue que je n'aime pas le jeu des devinettes, alors je t'écoute, râle-t-il.

Je pouffe de rire. Monsieur n'est pas joueur.

— C'est Agathe, ta secrétaire ! Si j'avais su qu'elle était attirée par les femmes, je ne me serais pas fait autant de films entre elle et toi ! À ma décharge, il faut dire que c'est une très belle femme.

— Oui, mais comme je te l'ai dit, je n'ai jamais mélangé travail et plaisir. C'est peut-être une belle femme, mais celle qui m'obsède jour et nuit, n'est personne d'autre que toi, murmure-t-il d'une voix rauque au téléphone.

Mon visage s'empourpre instantanément, ses paroles me touchent bien plus qu'il ne peut l'imaginer. Comment arrive-t-il à me donner des ailes en un instant ? La magie de l'amour est puissante.

— J'éprouve le même sentiment à ton égard. Tu viens t'infiltrer dans mes rêves. Toi, le Démon de mes nuits et de mes jours, soupiré-je de manière exagérée.

Je l'entends grogner.

— Si tu continues comme ça, je vais venir t'arracher ta petite culotte ! Et notre bonne résolution de nous reposer va voler en éclats, menace-t-il le souffle court.

Le sifflement de ma bouilloire m'indique que l'eau est prête.

— Soyons raisonnables ! Passons une nuit au calme, loin l'un de l'autre. Nos retrouvailles en seront encore plus belles.

Même si j'ai envie de le voir, je sais qu'on ne se reposera pas…

— Alors, raccrochons sinon ça va mal finir ! Réserve ton week-end ! Je passe te chercher samedi matin à 9H00 pétante, prononce-t-il en se raclant la gorge.

Je manque de renverser mon thé en marchant.

— Pour aller où ? articulé-je le cœur battant de plus en plus fort.

— C'est une surprise ! Prends des affaires de saison et un maillot de bain ! Je ne t'en dirai pas plus. Je t'aime Déesse, passe une belle nuit, murmure-t-il.

Mon cerveau commence à tourbillonner dans tous les sens. Où compte-t-il m'emmener ? Est-ce que je vais aimer ? Mais son simple je t'aime à la fin suffit à me reconnecter à la réalité.

— Je t'aime aussi, Démon ! affirmé-je en me mordant la lèvre inférieure.

Je n'en reviens pas ! Cet homme qui souffle le chaud et le froid en permanence nous a réservé un week-end en quoi : en couple ? En amoureux ? Il dit qu'il m'aime, mais éprouve-t-il ce vide que je ressens lorsqu'il n'est pas là ? Ressent-il les papillons dans le ventre chaque fois que nous sommes ensemble ? Brûle-t-il autant de désir pour moi ? Autant de questions que je me pose, visiblement mon cerveau n'a pas envie de faire une pause…

Chapitre 19

Je ne peux pas cacher ce que je ressens pour toi, j'abandonnerai tout ce soir,
Si je pouvais juste t'avoir pour moi, soit à moi bébé,
Je ne peux pas cacher ce que je ressens pour toi à l'intérieur.

♫ Machine Gun Kelly - Bloody valentine

RAPHAËL

Le 4 mai 2024

À 9H00 tapantes, Sasha sort de son immeuble avec une grande valise à roulettes. Je manque de m'étouffer de rire en la regardant la traîner sur le goudron cabossé. Je sors de la voiture à la hâte pour aller l'aider.

— Si madame veut bien se donner la peine d'avancer, votre carrosse est avancé, prononcé-je en lui ouvrant la portière.

Elle me regarde en souriant et je me rends compte que c'est tout ce dont j'avais besoin. Comment en si peu de temps, a-t-elle pris autant de place dans ma vie et dans mon cœur ? Pendant le trajet, Sasha parle énormément pour masquer sa nervosité. Elle, qui a l'habitude de tout contrôler dans sa vie depuis ce qui lui est arrivé, doit me faire confiance pour l'emmener un week-end surprise.

J'ai finalement décliné l'invitation à dîner de mes amis Julien et Ambre. Sans rentrer dans les détails, je leur ai dit que Sasha et moi avions besoin de nous retrouver seuls et de nous détendre. Ils ont tout de suite été compréhensifs, et ils m'ont même aidé à trouver l'endroit parfait.

Après 2H30 de route, nous voilà arrivés dans un petit village reculé en Ardèche à 800 mètres d'altitude. Nous sommes encerclés de montagnes verdoyantes et majestueuses. Son visage s'illumine lorsque j'ouvre la porte de la Love room. La vue est à couper le souffle. Notre chambre est une bulle transparente, de façon à dormir à la belle étoile, tout en ayant le confort d'un lit douillet. C'est un havre de paix loin du tumulte de la ville. Le cadre est idyllique pour se retrouver dans l'intimité. Le chant des oiseaux environnant est apaisant.

Nous posons nos valises, et partons à la recherche d'un restaurant. Je l'observe marcher un peu devant moi, ses cheveux ondulants au rythme de ses pas, légère et lumineuse comme un éclat d'été. Elle est heureuse, je le sens. Son sourire ne l'a pas quittée depuis ce matin, depuis l'instant précis où je suis venu la chercher. Et rien que pour ça, je me félicite de cette escapade surprise.

— Alors, la surprise est-elle digne de toi, ma déesse ? lui demandé-je en prenant sa main tandis que nous avançons dans une ruelle pavée aux façades fleuries.

Elle incline la tête sur le côté, l'air à la fois malicieux et sincère. Ce geste, si simple, me transperce. Il y a chez elle une douceur que je n'ai jamais connue auparavant, une lumière qu'elle porte sans le savoir, et qui me fascine.

— C'est encore plus beau que dans mes rêves les plus fous, murmure-t-elle, l'air presque émue. Merci, Raphaël.

Je serre doucement ses doigts entre les miens. J'aimerais répondre quelque chose, mais ses yeux brillants suffisent à me couper le souffle. Quelques pas plus tard, nous tombons sur un petit bistrot de village, aux volets verts et aux nappes blanches. L'odeur qui s'échappe de la cuisine suffit à nous convaincre. Le serveur, moustachu et souriant, nous accueille avec un accent chantant et nous installe sur une terrasse ombragée par une glycine en fleurs. L'instant est parfait. Sasha s'empare de la carte avec enthousiasme. Elle hésite longuement, passe en revue chaque ligne, compare, réfléchit, lève les yeux vers moi, rit, puis soupire.

— C'est un supplice de choisir quand tout a l'air bon, prononce-t-elle en pinçant les lèvres.

Elle finit par se décider pour une crique : c'est une galette de pommes de terre râpées, dorée à la poêle typique de la région, et moi pour une caillette, une spécialité ardéchoise que j'adore. Les plats arrivent rapidement, généreusement servis, fumants et parfumés. À la première bouchée, je vois ses épaules se détendre encore davantage.

— Hum, c'est super bon, lâche-t-elle en fermant brièvement les yeux, savourant l'instant.

Puis elle pique un morceau avec sa fourchette et elle me le tend.

— Tu veux goûter ?

Je hoche la tête et me penche légèrement vers elle, cueillant le morceau avec sourire. C'est vrai, c'est délicieux, mais ce n'est pas le goût qui me touche, c'est l'intimité de ce simple geste. Cette manière qu'elle a de m'inclure dans son expérience, sans réfléchir, sans barrières.

— Tu me gâtes, soufflé-je.

— Pas autant que toi, rétorque-t-elle en prenant une gorgée de son verre de vin.

Nos regards se croisent. Il y a entre nous un équilibre naissant, fragile mais, sincère. Cette complicité-là, je ne l'ai jamais eue avec personne d'autre. C'est comme si nos deux âmes s'étaient reconnues, et que maintenant, elles n'avaient plus envie d'être séparées. Je tends ma main sur la table, elle y glisse la sienne sans un mot. Et sous la glycine qui danse au vent, je me dis que peut-être, enfin, je suis à la bonne place.

Encore une fois, c'est un sans-faute. Il faut dire qu'il faudrait être compliqué pour ne pas aimer les spécialités ardéchoises. Impossible d'avaler quoique ce soit de plus, nous faisons l'impasse sur le dessert.

Pour faciliter la digestion, nous partons marcher dans la forêt. En ce week-end prolongé, du premier mai, je suis étonné qu'il n'y ait pas plus de monde. Mais je ne vais pas m'en plaindre. Nous nous tenons main dans la main, c'est à la fois électrisant et rassurant. Elle est mon point d'ancrage, ma bouffée d'oxygène, mon tout !

Tous nos sens sont mis en éveil, l'odeur de la forêt et sa fraîcheur pure crée un parfum unique. Le contraste de la température en ville et ici est saisissante. On perd facilement quelques degrés. Des papillons blancs tournoient autour de nous, nous offrant un spectacle magnifique. Le chant des oiseaux nous fait lever la tête plus haute, afin de les admirer. Nous ne voyons pas le temps passer, c'est tellement bon de se déconnecter du quotidien. Le soleil commence à se coucher, c'est le signe qu'il faut rebrousser chemin et retourner à la Love room.

J'ai réservé le dîner directement avec le propriétaire, nous ne ressortirons pas de notre cocon avant demain.

— Mets ton maillot, et rejoins-moi dans le jacuzzi ! la défié-je en souriant.

Sasha lève un sourcil, amusée par mon ton, mais sans hésiter, elle disparaît dans la chambre. À peine cinq minutes plus tard, elle réapparaît, sa silhouette délicatement dessinée par son maillot noir, une pièce qui la rend encore plus désirable. Son naturel me coupe le souffle. Pas de maquillage, les cheveux légèrement relevés en un chignon flou, un sourire tendre sur les lèvres. Elle est sublime.

Elle s'approche du jacuzzi et me rejoint sans attendre. Je l'invite à s'asseoir entre mes jambes, son dos contre mon torse. Elle se glisse contre moi avec confiance, comme si son corps avait toujours connu sa place ici, entre mes bras. Le silence s'installe un instant, doux et complice, seulement troublé par le clapotis de l'eau et le sifflement lointain du vent dans les arbres. Devant nous, le soleil descend lentement derrière les montagnes, inondant le ciel de teintes rosées et orangées. Un tableau vivant.

— C'est magnifique, murmure-t-elle, sa tête reposant contre mon épaule.

— Toi aussi, dis-je à voix basse, sans même réfléchir.

Je sens son sourire contre ma peau. Ma main glisse doucement sur sa cuisse immergée, un geste simple, sans aucune intention autre que celle d'être proche, en connexion.

— Tu sais, je n'ai jamais vécu ce genre de moment avec

quelqu'un, avoue-t-elle, presque dans un souffle. Un moment calme, sans pression. Juste… être là, ensemble, sans avoir peur.

Je serre un peu plus ses hanches entre mes mains. Ses mots me touchent plus que je ne saurais le dire.

— Moi non plus. Avant toi, tout allait trop vite, ou tout sonnait faux. Je ne sais pas. Avec toi, j'ai l'impression d'exister vraiment, pour ce que je suis.

Elle se redresse légèrement et tourne son visage vers le mien. Nos regards s'ancrent, profonds et vulnérables.

— Tu me fais du bien, Raphaël. J'ai parfois peur, c'est vrai. Mais avec toi, j'ai envie de croire que tout est possible. Même le bonheur.

Je caresse sa joue mouillée par les éclaboussures, puis l'embrasse tendrement, doucement, sans chercher plus. Ce n'est pas un baiser de désir. C'est un serment muet.

— Tu mérites d'être aimée comme ça, sans blessure, sans masque. Et je veux essayer, vraiment, d'être cet homme-là pour toi, prononcé-je, la voix un peu rauque.

Sasha ferme les yeux un instant, ses doigts glissent entre les miens. Elle inspire profondément, comme pour imprimer ce moment dans sa mémoire. Le soleil finit sa course derrière les cimes, le ciel s'assombrit lentement, mais entre nous, une lumière nouvelle continue de grandir.

Elle est toujours blottie contre moi, son corps détendu, sa respiration paisible. La chaleur du jacuzzi, la douceur du soir, tout semble nous envelopper dans une bulle hors du temps. Son aveu m'a bouleversé, touché en plein cœur. Et maintenant, c'est comme si une porte s'ouvrait en moi. Pour la première fois depuis des années, j'en ressens le besoin. Le besoin de parler. De livrer ce que je cache soigneusement sous des couches de silence. Je prends une grande inspiration, et mes bras se resserrent un peu plus autour d'elle, comme si son ancrage pouvait m'empêcher de dériver dans la douleur de mes souvenirs.

— Tu t'es confiée l'autre jour… Alors je crois que c'est à moi maintenant, soufflé-je, le regard fixé sur l'horizon noircit.

Elle ne dit rien, mais je sens son corps se raidir légèrement, en alerte, à l'écoute, prête à recevoir.

— Elle s'appelait Clarisse… C'était ma première vraie histoire. On avait à peine 17 ans. Elle était solaire. Elle riait fort, elle rêvait grand. Elle aimait les couchers de soleil, comme toi. Nous nous étions rencontrés au lycée lorsque j'étais en internat…

Un sourire triste m'échappe. Je marque une pause, la gorge serrée.

— Un soir, elle est montée derrière un ami en scooter. On avait organisé une soirée improvisée dans le garage d'un pote. Ils allaient chercher des bières avant de nous rejoindre. Ils n'ont jamais eu le temps d'arriver. Une voiture leur a coupé la priorité. Elle a volé. Littéralement. Et elle est morte sur le coup.

Un silence lourd s'installe. Sasha tourne légèrement la tête vers moi, ses yeux grands ouverts, remplis d'émotions. Je sens sa main se poser sur ma cuisse, un geste discret, mais profondément réconfortant.

— Je n'ai jamais pu aller sur sa tombe, continué-je, ma voix enrouée. Pas parce que je ne voulais pas. Mais parce que je ne pouvais pas. C'était trop. Je crois que… j'ai tout verrouillé à l'intérieur ce jour-là. Les émotions, les sentiments, l'amour. Et depuis, je me suis promis de ne plus m'attacher. Parce que les gens, tôt ou tard, finissent toujours par partir. Et moi, je reste avec le vide.

Ma voix se brise sur les derniers mots. Je déteste montrer cette fragilité. Mais avec elle, c'est différent. Elle ne me juge pas. Elle ne détourne pas les yeux. Elle se redresse doucement, me faisant face. Ses doigts viennent caresser ma joue, effacer les traces invisibles de ce deuil toujours vivant.

— Toi aussi, tu n'es plus seul, Raphaël. Je suis là. Et je ne pars pas.

Ces mots-là s'insinuent dans mes failles comme un baume. Je pose mon front contre le sien, mes mains ancrées à sa taille. Un frisson me parcourt, mélange de douleur et de soulagement. Comme si, pour la première fois, quelqu'un me donnait la permission de lâcher prise.

— Je ne sais pas si je sais encore aimer comme il faut, prononcé-je, à mi-voix. Je suis cassé à l'intérieur. La vie ne m'a pas fait de cadeaux… Mais pour toi, je vais tout donner.

Elle ne répond pas. Elle m'embrasse. Son baiser est une promesse silencieuse : celle de m'aider à recoller les morceaux. Et à cet instant précis, je sais que je viens de lui offrir une des parties les plus fragiles de moi.

Chapitre 20

Je sens tes yeux, ils sont posés sur moi, ne sois pas timide, prends le contrôle,
Prends l'ambiance, ça va être éclairé ce soir, pas de mensonges.

Dua lipa - Sean Paul - No lie

SASHA

Raphaël m'a offert bien plus qu'un simple récit. Il m'a montré une part de lui, fragile, tremblante, qu'il gardait enfouie depuis bien trop longtemps. *Clarisse.* Son premier amour. Une histoire tragique, fauchée par un accident, brutale et injuste. J'ai vu dans ses yeux ce qu'il n'a pas dit à voix haute : le vide qu'elle a laissé. Le poids du deuil qu'il a dû porter seul. L'impuissance de ne pas avoir pu lui dire au revoir, de ne pas avoir trouvé le courage de se rendre sur sa tombe. Je l'ai écouté sans l'interrompre, le cœur serré. Non, pas de jalousie, mais de respect. Parce que ce qu'il m'a confié n'est pas un aveu de nostalgie, c'est une cicatrice encore vive. Et pourtant, c'est à moi qu'il l'a montrée. Il aurait pu taire son passé, prétendre qu'il allait bien. Mais non. Il m'a ouvert son cœur, tel qu'il est : cabossé, meurtri, mais honnête.

Je me rends compte que nous sommes deux âmes brisées par un passé qui a été bien trop lourd à porter pendant toutes ces années. Mais ce qu'il n'a pas dit, ce que son regard a seulement effleuré, c'est le reste. Ce qu'il garde encore enfermé. Son passé ne se limite pas à Clarisse, j'en suis certaine. Il y a autre chose, de plus ancien, de plus sombre. Je le sens au plus profond de moi, mais il n'est pas prêt à tout révéler. Il m'a parlé d'amour perdu. Pas de sa famille. Pas de son enfance. Pas de cet homme dont il a déjà vaguement parlé, son ex-beau-père menaçant.

Il n'a pas encore tout dit. Et ce n'est pas ce que j'attends de lui. Parce que je sais à quel point il est difficile de revisiter certains souvenirs. Il faut du temps. De la confiance. De l'amour. Ce que je retiens surtout, c'est qu'il a fait un pas vers moi. Il a brisé un morceau de la carapace qu'il porte depuis des années. Et dans ce geste-là, dans cette fragilité assumée, il m'a prouvé qu'il m'ouvrait la porte de son monde. Je veux être patiente. Je veux lui montrer que l'amour n'est pas toujours une chute, et surtout que certaines personnes restent. Que moi, je suis prête à rester. Même si le chemin est semé d'ombres. Je ne peux pas effacer son passé. Mais je peux lui offrir un futur dans lequel il n'aura plus à craindre d'aimer.

En tout cas, je ne m'attendais absolument pas à ce qu'il organise un week-end aussi fantastique. Tout est incroyablement romantique, la vue panoramique sur les montagnes, la chambre bulle transparente sous les étoiles, le jacuzzi…

Après notre copieux dîner, nous allons nous allonger nus sur le lit, collés l'un contre l'autre, pour admirer le ciel étoilé. Avant lui, la nudité me rendait nerveuse, j'avais l'impression de perdre ma dignité. Avec lui, je me sens belle, j'explore ma sensualité, il embrase ma sexualité. Je n'ai pas de mot pour décrire la beauté de cette atmosphère magique. Dès le crépuscule, nous entendons au loin des chouettes ululer, je trouve ça mystique et mystérieux. Et sous ce spectacle hors du commun, nous faisons l'amour tendrement, lentement, délicatement. Exténuée par la fatigue, je ferme quelques secondes les yeux et finis par m'endormir profondément.

Je suis réveillée en sursaut par la vibration sourde du téléphone. Le bruit est bref, mais il me transperce comme un coup de poignard. Dans la pénombre, je distingue Raphaël, raide comme un piquet, les yeux ouverts, son visage tendu. Il ne dit rien.

Il tient son portable entre ses mains comme s'il craignait qu'il explose. L'écran s'est déjà éteint. Il est sur silencieux.

— Qui est-ce qui t'appelle à cette heure-là ? demandé-je, la voix encore enrouée, mais sur mes gardes.

Il reste figé quelques secondes, comme pris en étau entre deux réalités. Puis il pose doucement le téléphone dos sur la table de chevet.

— Laisse tomber, rendors-toi, murmure-t-il, presque trop vite, trop calme.

Son ton me met en alerte. Je me redresse dans le lit, immédiatement sur la défensive.

— Non. Qui c'était ? Tu es tendu comme un arc, Raphaël. Tu comptes me dire la vérité ou je dois la deviner ?

Il ferme les yeux brièvement, se pince l'arête de son nez, puis les rouvre. Son regard est sombre, hanté.

— C'est lui. Encore lui. L'autre connard.

Je fronce les sourcils, interdite.

— Ton ancien beau-père ?

Il hoche lentement la tête.

— Puisque j'ai bloqué son numéro, il m'appelle en numéro masqué. Parfois, il ne parle pas. Parfois, quand il est dans un état second, il me menace.

Je reste interdite.

— Il continue à te menacer ?

Il tourne la tête vers moi. Ses yeux brillent, non pas de peur, mais de rage contenue.

— Il dit que je vais payer. Que tout est ma faute. Le divorce avec ma mère, la déchirure familiale. Il pense que j'ai détruit leur monde. Et maintenant, il veut le mien.

Le poids de ses mots me cloue sur place. Mon cœur s'accélère. Je tends la main pour lui attraper le bras.

— Tu as prévenu la police ?

— Non, uniquement mon avocat. Il ne peut rien faire sans preuves concrètes… Il n'a jamais signé ses menaces. Jamais d'enregistrement, toujours un appel masqué, une voix modifiée par un modulateur. Pas assez pour intervenir selon lui… Il m'a parlé d'une main courante, mais à quoi bon ?

Il serre la mâchoire.

— Je pensais qu'il se lasserait. Mais il devient plus insistant.

Plus imprévisible. Et maintenant… Je crains qu'il s'en prenne à toi.

Mon estomac se tord. C'est donc ça, cette tension que je perçois chez lui, ce regard qu'il a parfois, comme s'il attendait qu'un mur s'effondre.

— Pourquoi tu ne m'as rien dit ?

— Parce que je veux te protéger. Parce que j'ai peur de t'impliquer là-dedans. Parce que tu n'as rien à voir avec toute cette merde, et pourtant…

Je glisse mes doigts dans les siens. Mon cœur bat à tout rompre.

— Tu ne m'impliques pas. Tu me fais confiance. Et je préfère savoir. Raphaël, à deux, nous sommes plus forts. Et je ne te laisserai pas affronter ça dans le silence.

Il me regarde, les yeux brillants d'une émotion qu'il tente de refouler.

— Je t'aime, Sasha. Je ne veux pas qu'il t'approche. Qu'il t'effleure, qu'il t'effraie. Et je ne le laisserai pas te toucher.

Je m'approche, le serre contre moi.

— Alors on va faire bloc. Ensemble. Il ne gagnera pas. Et s'il croit que ses menaces peuvent briser ce qu'on construit, il se trompe lourdement.

Il hoche lentement la tête, son front posé contre mon épaule. Cette nuit-là, nous ne dormons pas vraiment. Nous restons enlacés dans le silence. Mais cette fois, ce n'est pas la peur qui prédomine. C'est la promesse tacite de ne plus fuir. De faire front. Tous les deux. Le mal ne peut pas gagner si nous restons unis. J'en suis intimement persuadée.

Au petit matin, nous sommes réveillés par le spectacle que la nature nous offre. Nous sommes émerveillés par le dégradé de couleurs dans le ciel ardéchois. Nous prenons le petit déjeuner joyeusement, l'air est léger et agréable entre nous. Après tous les obstacles mis sur notre route, j'espère que l'avenir sera beaucoup plus serein entre nous.

— Une agence immobilière m'a fixé un rendez-vous, afin de visiter deux maisons situées sur la commune de Maussane-les-Alpilles. Est-ce que tu voudrais m'accompagner ? J'aimerais avoir ton avis, me confie-t-il.

Je laisse ma main suspendue en l'air avec ma tartine de confiture à la fraise.

— Je suis touchée par ta proposition, Raphaël, prononcé-je en rougissant légèrement. Tu as décidé de quitter Arles ?

Il avale une gorgée de café avant de me répondre.

— Je ne sais pas, comment fais-tu pour supporter les allers-retours tous les jours pour te rendre au travail ? Personnellement, j'en ai marre. Je projette de me rapprocher de la savonnerie, m'explique-t-il en agitant ses mains.

Je souris tendrement face à ses mimiques trop craquantes.

— J'adore conduire. Pendant mon temps de trajet, je passe des appels, je me détends en mettant la musique à fond. Je mets ce temps à profit. Pour l'instant, c'est un rythme qui me convient très bien. Mais je comprends tout à fait ton désir de te rapprocher de ton entreprise. Quand est-ce que tu as rendez-vous ? questionné-je pour en savoir plus.

Raphaël me prend la main. Un frisson me parcourt le corps de la tête aux pieds.

— C'est mardi prochain, le 7 mai à 18H30. C'est possible de te libérer pour être présente ? insiste-t-il en ancrant son regard dans le mien.

Je hoche la tête, car j'ai sincèrement envie de l'accompagner dans cette nouvelle étape de sa vie.

— Oui, sans problème. Envoie-moi l'adresse par message, je n'aurai plus qu'à la rentrer dans l'application de mon GPS, affirmé-je le cœur léger et touchée par sa proposition plus qu'inattendue.

C'est sur cette note étonnante que nous quittons la Love room. Même en conduisant, il ne peut s'empêcher de me toucher en me tenant la main tendrement, en m'offrant des baisers. L'odeur de son parfum musqué imprègne l'habitacle de sa voiture. Je sais pertinemment que demain, les effluves sur ma peau me rappelleront ce week-end aussi magique que mouvementé.

Nous arrivons à Arles en début d'après-midi. Nos ventres gargouillent, ils crient famine depuis au moins une heure. Raphaël se gare sur les bords des quais du Rhône, il a appelé un ami restaurateur pour le prévenir que nous arrivons. C'est une chance qu'ils servent encore à cette heure-ci. Comme d'habitude, tout est parfait. Une fois le ventre bien rempli, il me raccompagne jusqu'à mon appartement.

— Ça te dit qu'on se cale devant une série ? proposé-je fatiguée par ce week-end mouvementé.

Il fait semblant de réfléchir.

— J'accepte volontiers ! répond-il en me suivant dans mon appartement.

Nous nous lovons l'un contre l'autre.

— Alors, qu'as-tu envie de regarder ? De l'action, du fantastique ou de l'amour ?

Il me sourit. J'aimerais qu'on regarde quelque chose que l'on aime tous les deux.

— Je te laisse choisir, prononce-t-il en bâillant.

— OK, alors ce sera… À contre-sens ! J'ai lu les livres, et je dois t'avouer que je suis curieuse de découvrir la version en film.

Il acquiesce en hochant la tête. J'espère que ça va lui plaire. Il y a de l'amour et des mafieux siciliens. Je lance le premier film, car il y en a trois. À peine le début commencé, ses paupières deviennent de plus en plus lourdes, il lutte pendant 5 minutes avant de les fermer complètement. Il parait tellement calme à cet instant, alors qu'il doit faire face.

Chapitre 21

“

Je ne crois pas au hasard, le jour comme le soir, tu me tiens chaud,
Comme l'ébène et l'ivoire, viens on va s'asseoir au vieux piano,
Alors tu laisses ton cœur décider, ton cœur hésiter, mais j'aimerais t'entendre dire… »

♫ Christophe Mae - Tombé sous le charme ♪ ”

SASHA

Le 13 mai 2024

Cela fait déjà une semaine que nous avons passé un merveilleux week-end en Ardèche. Depuis, chacun de nous deux prend ses marques dans notre relation. Nous sommes allés visiter une sublime maison provençale située dans le village de Maussane-les-Alpilles. Quelle ne fut pas ma surprise en tombant nez à nez avec ma mère. À aucun moment, je n'ai pensé à demander à Raphaël le nom de l'agent immobilier… Quelle belle erreur ! La stupéfaction fut réciproque, puisqu'elle avait rendez-vous avec un certain M. Pautel et non avec sa fille… À ce moment-là, j'aurais aimé avoir le pouvoir d'invisibilité. Tous mes membres se sont paralysés, l'embarras et le tourment m'ont fait céder à la panique. Je me suis liquéfiée sur place.

— *Tout va bien, ma Déesse ? Tu es toute pâle ! lâche-t-il l'air inquiet.*

Mon cœur rate un battement.

— Ce n'était pas prévu, mais tu vas faire la connaissance de ma mère dans moins de trente secondes ! arrivé-je à prononcer, de mon côté c'est la panique à bord.

Il me caresse le visage, je ferme les yeux pour calmer le tumulte de mes pensées.

— Ah d'accord. On va très bien s'en sortir, tu vas voir ! affirme-t-il, l'inquiétude sur son visage cède la place à de l'assurance.

Il place sa main en bas de mes reins, et m'encourage à avancer vers elle. Moi qui pensais que cela l'affolerait, pas le moins du monde. Il adopte une attitude de gentleman plutôt décontractée, et se dirige fièrement vers elle. J'observe ma mère, qui le lorgne de la tête aux pieds sans gêne. Franchement, elle n'est absolument pas discrète. La honte ! Au secours, sortez-moi de ce guet-apens de l'Univers !

— Raphaël, je te présente ma mère, Michelle Correns ! formulé-je légèrement embarrassée.

Je me tourne vers ma mère, qui n'arrête pas de sourire.

— Maman, voici Raphaël Pautel, prononcé-je en gardant mon sang froid.

Il lui tend la main.

— Ravi de faire votre connaissance, Madame ! lance Raphaël en lui serrant la main.

Leurs mains s'agitent dans une salutation polie. Comment cela peut-il se produire aujourd'hui ? Comment ma mère et mon petit ami peuvent-ils être en train de serrer la main ? Faites qu'elle ne soit pas trop lourde...

— Il en est de même pour moi, M. Pautel !

Puis elle se retourne vers moi, en pinçant ses lèvres.

— Ma chérie, je dois bien avouer que pour une surprise, c'est une belle surprise ! annonce-t-elle en me faisant une bise sonore.

Mes joues cramoisissent instantanément de honte. Je ne sais plus où me mettre.

— On en parlera plus tard, si tu le veux bien ? Je pense que le moment n'est pas opportun maman, suggéré-je encore plus rouge.

Ma mère me fait discrètement un clin d'œil. Et en une fraction de seconde, elle redevient la professionnelle qu'elle est. Elle nous vante les atouts de la propriété. Mais avant de la découvrir, elle questionne Raphaël, sur ce qu'il recherche exactement afin d'affiner les recherches pour lui, si celle-ci ne lui convient pas. Mais je la soupçonne de sortir du cadre de l'immobilier, et d'en faire beaucoup trop. Au moment où elle lui pose des questions sur le nombre de chambres, et surtout le nombre de personnes qui y vivront, je sens le vent tourner. Pitié, faites-moi disparaître !

— Donc si je comprends bien, Monsieur Pautel, vous souhaitez au minimum trois chambres, peut-être que l'une d'elles servira pour l'arrivée d'un bébé ? suggère ma mère en gardant son professionnalisme.

Raphaël fronce les sourcils.

— Ce n'est pas dans mes projets pour le moment, mais je vous remercie de l'intérêt que vous portez à ma recherche, répond-il très sérieusement.

— C'est tout à fait normal, cette question est sans doute prématurée, ajoute-t-elle de plus belle.

Il lui sourit gentiment, et moi je me décompose. Comment peut-elle s'immiscer dans ma vie personnelle à ce point-là ? Je ne sais plus où me mettre. Cependant, Raphaël reste imperturbable. Il reste souriant, enjoué, me caresse dans le dos pour me détendre. Je suis extrêmement touchée par toutes ses marques d'attention à mon égard.

Au cours de la visite, nous tombons sous le charme, de cette fabuleuse demeure. Elle attire tout particulièrement notre attention. C'est un ancien Mas provençal datant du XVIIIe siècle niché au cœur des Alpilles. Il est entièrement restauré avec goût, ce qui offre un confort moderne et un charme historique indéniable. Le jardin paysager est exceptionnel, avec sa piscine, ses oliviers, ses lavandes, ses figuiers, ainsi qu'une belle dépendance. Cela fait rêver.

Ma mère s'éclipse, avec cette délicatesse qui lui est propre, nous laissant seuls dans cette vaste salle à manger baignée de lumière. L'endroit est chargé d'histoire : chaque meuble semble porter l'écho d'un passé ancien, chaque recoin respire la mémoire d'une autre époque. C'est une maison qui a une âme. Raphaël semble plongé dans ses pensées, je le sens plus déterminé que jamais.

Je fais lentement le tour de la grande table, mes doigts glissant sur le bois, effleurant les marques du passé, le grain chaud du matériau sous ma peau. C'est étrange, cet endroit a une énergie particulière. Et quelque part, je me dis que peut-être, il pourra enfin trouver sa place ici. Je m'arrête un instant, le regard fixé sur les détails de la pièce, avant de me retourner vers lui.

— Qu'en penses-tu, Sasha ? Ton opinion m'intéresse sincèrement, lâche-t-il d'une voix rauque.

Il a cette lueur dans les yeux, cette sorte d'urgence tranquille. Je le sens vulnérable, d'une manière que je ne peux pas expliquer, comme s'il se livrait sans vraiment le savoir, mais que tout était en train de se jouer à cet instant précis. Je ne peux que lui répondre ce que je ressens.

— Ce mas est magnifique, il n'y a pas d'autre mot qui vient à l'esprit.

Je vois une étincelle de satisfaction traverser son regard, mais il ne dit rien tout de suite. Il s'appuie contre la cheminée, le visage impassible, mais je sais qu'il est en train de prendre une décision. Une décision qui, pour lui, ne semble pas être qu'une simple transaction immobilière. Il brise finalement le silence.

— Je suis tout à fait du même avis, et après réflexion, je vais faire une offre généreuse.

Je le regarde, fascinée par la façon dont il parle. Il a ce ton déterminé, cette manière de se poser et de se projeter, comme si tout ce qu'il fait à une signification bien plus grande que ce qu'on peut voir à la surface. C'est plus qu'une simple maison. C'est un choix, un engagement. Sa décision est prise. À cet instant, ma mère revient, le sourire aux lèvres, professionnelle jusqu'au bout des ongles. Elle sait qu'elle vient d'entrer dans une transaction exceptionnelle.

— J'espère que la visite vous a plu, M. Pautel ?

Il hoche la tête, puis laisse apparaître un sourire franc.

— Cette demeure répond au-delà de mes exigences, et comme je n'aimerais pas la voir me passer sous le nez, je suis prêt à vous signer une proposition tout de suite.

Elle s'éclipse brièvement puis revient avec un formulaire prérempli. Il prend le stylo, puis il me jette un coup d'œil. Je le regarde en silence, percevant l'intensité de l'instant. Puis sans hésiter, il inscrit le montant. C'est colossal. Ça se compte en plusieurs centaines de milliers d'euros. Cependant, je vois qu'il est sûr de lui. Comme toujours. Il semble ne pas hésiter une seconde.

Je reste là, à observer cette scène, me sentant soudainement un peu étrangère à cet univers où l'argent semble être aussi un simple outil...

Quand il lui tend le document signé, ma mère surprise, ne cache pas son étonnement. Elle reste figée un instant, les yeux rivés sur la somme. J'ai presque l'impression que l'air s'est alourdi d'un coup, qu'il y a une tension dans la pièce, néanmoins Raphaël semble parfaitement calme.

Je me sens un peu déstabilisée, mais je ne le montre pas. Peut-être que c'est ça, son approche du monde : avec une certitude inébranlable. Il ne parle pas, il agit. Et moi, je suis là, dans l'ombre, à essayer de comprendre ce qu'il fait, ce qu'il ressent, ce qu'il attend. À cet instant, je comprends que c'est une preuve de plus qu'il avance.

En nous dirigeant lentement vers la sortie du domaine, quelque chose en moi s'apaise. J'ai cette sensation étrange, comme si un poids invisible venait de quitter mes épaules. Peut-être parce que nous venons de franchir, sans vraiment le dire, une étape importante. Ce n'est pas simplement une visite immobilière. C'est bien plus que cela. C'est intime. C'est symbolique. C'est comme si Raphaël me laissait entrevoir doucement une place dans son avenir. Aider quelqu'un à choisir une maison, c'est aussi partager une vision du futur. C'est oser se projeter, et ça, dans sa bouche comme dans ses gestes, c'est rare.

Je sens sa main frôler la mienne, puis se refermer autour de mes doigts avec une tendresse infinie, presque timide. Il ne parle pas, je n'ai pas besoin de mots pour comprendre que ce lieu l'a touché profondément. Quelque part, malgré sa pudeur, il se voit déjà ici. Peut-être pas encore tout à fait installé, mais enraciné.

Ma mère nous rejoint au portail. Son visage est doux, bienveillant. Elle me connaît trop bien pour ne pas deviner que quelque chose se joue entre nous deux. Cependant, elle se retient de poser des questions. Elle se contente d'incliner légèrement la tête avec un sourire.

— À très vite ma chérie, M. Pautel.

Sa voix est à peine retenue, respectueuse. Puis elle s'éclipse avec élégance, laissant derrière elle une traînée de poussière soulevée par les pneus de sa voiture sur l'allée de graviers. Le silence retombe doucement autour de nous, seulement troublé par le bruit lointain du moteur qui s'éloigne.

Raphaël lève les yeux vers la façade de la maison, puis les repose sur moi. Son regard brille, un éclat presque enfantin dans les pupilles, mêlé à quelque chose de plus profond. Un espoir peut-être, ou une envie de renouveau.

— Je crois que c'est ici, chez moi, prononce-t-il, d'une voix douce.

Je ne réponds pas tout de suite. Je regarde les volets, les pierres chaudes baignées de lumière dorée, les arbres qui dansent lentement dans le mistral. Et je le regarde lui, cet homme solide, mais fêlé de l'intérieur, qui cherche enfin un endroit pour se reconstruire.

— Je crois que ce lieu t'a choisi autant que toi.

Il sourit. Un vrai sourire qui atteint ses yeux. Et je le sens à nouveau, ce lien silencieux qui se renforce entre nous. Je ne sais pas encore ce que l'avenir nous réserve, mais je sais une chose : en l'aidant à choisir cette maison, je viens de franchir avec lui un pas de plus vers l'inconnu, vers une vie possible, à deux. Il me prend dans ses bras et murmure à mon oreille, presque pour lui-même :

— Peut-être que c'est ici que tout commence... vraiment.

Et dans le silence du jardin, avec la maison en toile de fond, je veux y croire. Moi aussi, je suis prête.

Bien évidemment, j'appelle ma mère le soir même pour lui expliquer que Raphaël et moi étions ensemble depuis peu de temps.

— À ce stade de notre relation, je ne comptais absolument pas te le présenter, maman... Nous avons besoin de mieux nous connaître avant de rencontrer nos familles respectives.

Elle prend un ton rassurant.

— Je te fais entièrement confiance, lorsque tu sentiras que c'est le bon moment alors nous dînerons ensemble tous les quatre. En tout cas, je le trouve charmant, sympathique et physiquement il est plutôt plaisant à regarder.

En rajoutant :

— On a des yeux ma chérie, c'est fait pour regarder, ma fille !

Je manque de m'étrangler en buvant une gorgée d'eau.

— *Maman !*

Aujourd'hui, nous commençons la nouvelle campagne pour le parfum Lancôme. Théo est à prendre avec des pincettes. Il est tendu de la tête aux pieds. Le connaissant un peu, c'est lié au stress certainement. Gros client, grosse pression. Nous avons une réunion avec l'équipe de l'agence publicitaire de notre groupe. Tout va bien se passer, c'est une évidence, car nous avons déjà travaillé tous ensemble pour le lancement du vin « Sauvage » qui a été un succès, allant bien au-delà de nos prévisions. Depuis, notre cliente ne cesse de nous envoyer de nouveaux clients.

Nous sommes tous sincèrement heureux de collaborer encore une fois. Ian, le responsable, est un homme dynamique et fiable. Cela fait déjà plusieurs années qu'il est dans le métier. Son carnet d'adresses est bien fourni. Il a de bons contacts un peu partout en France et dans le monde, ce qui lui facilite amplement le travail. On n'a rien sans rien, avant d'en arriver là, il s'est donné corps et âme pour grimper les échelons et gagner l'estime de tous. Son équipe lui est entièrement dévouée, tout bonnement parce qu'il dégouline de bienveillance. On a l'impression que lorsqu'il s'exprime des arcs-en-ciel sortent de sa bouche. Je ne l'ai jamais entendu hausser le ton. Je comprends pourquoi tout son entourage est calme et serein en travaillant à ses côtés. C'est un privilège d'évoluer et d'avancer avec lui.

Au cours de la réunion, Théo peut se détendre enfin en voyant avec quelle fluidité chaque point est abordé et compris par toute l'équipe. Après leur départ, nous discutons ensemble du planning des prochaines semaines, car l'équipe va devoir respecter des dates imposées par nos contrats.

— Tu as bien pris en compte tous les paramètres ? Lancôme ? Puis Pautel dans la foulée ? me demande-t-il les sourcils froncés, concentré, les yeux rivés sur l'écran de mon ordinateur comme si sa vie en dépendait.

Je réprime un soupir et me retiens de lever les yeux au ciel, mais un sourire amusé étire malgré moi mes lèvres.

— Bien sûr Théo, tu peux compter sur mon professionnalisme exemplaire, réponds-je, un brin théâtrale, en refermant doucement mon ordinateur portable.

Il croise les bras, l'air grave.

— On joue gros, Sasha, ce sont deux clients influents. Nous n'avons pas droit à l'erreur…

Je me lève de ma chaise et m'approche de lui, posant une main rassurante sur son épaule.

— Tout va bien se passer, respire.

Je sens ses épaules se soulever sous ma paume, puis il relâche un long souffle bruyant, comme s'il expulse d'un coup tout le stress accumulé ces derniers jours.

— Tu as raison, murmure-t-il, le regard un peu perdu dans le vague. Mais la direction me met une pression monstre. Tu n'imagines même pas.

Je recule légèrement, plantant mon regard dans le sien avec une expression confiante.

— Tu vas leur montrer de quoi nous sommes capables, nous, les provinciaux, lancé-je en lui faisant un clin d'œil complice.

Un léger sourire naît au coin de ses lèvres, celui qu'il ne se permet que rarement quand il sort la tête de l'eau. Cette facette de Théo que j'apprécie énormément : sa capacité à se remettre en question, à écouter, à se battre pour faire les choses bien. Malgré la pression, il ne perd pas son humanité.

Et d'ailleurs en parlant d'humanité… Il y a quelque chose entre lui et Laly. Je ne suis pas du genre à fouiner, mais plusieurs indices sautent littéralement aux yeux – même les plus discrets auraient capté l'alchimie qui s'est installée entre eux. Leurs regards échangés, parfois un peu trop longs pour être anodins. Les petites pauses café qui s'étirent. Le fait qu'ils déjeunent ensemble plus souvent qu'avant… Et la cerise sur le gâteau ? Vendredi dernier, ils sont arrivés ensemble au bureau, tous deux rayonnants, comme si leur journée avait commencé bien plus tôt que 9H00. Coïncidence ? *Je ne crois pas.* Je n'ai pas osé poser la question parce que ce n'est pas vraiment mon genre de me mêler de la vie privée des autres. Cependant au fond de moi, j'espère qu'il se passe réellement quelque chose. Laly est une fille géniale, douce, vive et toujours bienveillante. Et Théo, malgré ses airs de manager perfectionniste, est un mec bien, attentionné, droit dans ses baskets. Ils se complèteraient parfaitement.

Alors, même si je n'ai aucune certitude, même si ce ne sont que des soupçons… Je leur souhaite sincèrement tout le bonheur du monde. Le vrai, celui qui vous surprend, qui vous rend plus léger. Celui que je commence moi-même à effleurer avec Raphaël.

Chapitre 22

Oh pourquoi j'ai mal, pourquoi je suis blessé, j'ai demandé à Dieu de nous séparer,
Mais il ne veut pas m'exaucer, oh c'est lui qui sait et son plan est déjà calé…
Et si le ciel me rappelle, c'est devant toi que je veux fermer les yeux…

Dadju - Tayc - I love you

RAPHAËL

Nous sommes déjà en milieu de semaine. Je n'en reviens pas comme le temps file à toute allure. Avec Sasha, nous nous rejoignons pratiquement tous les soirs chez l'un ou chez l'autre. Je découvre la joie d'être en couple, de partager des bonheurs simples de la vie. Tout ce que je refusais, il y a encore un an auparavant… La plupart du temps, nous nous faisons livrer des plats de nos restaurants arlésiens préférés. Ou alors c'est moi qui me mets derrière les fourneaux. Eh oui, qui l'aurait cru, j'adore cuisiner, et encore plus pour Sasha. Le week-end prochain, nous avons invité à déjeuner Julien et Ambre à mon appartement. Ils ont accepté avec une joie non dissimulée. Mes amis ont toujours apprécié Sasha, et ils avaient tenté de me ramener à la raison un nombre incalculable de fois, quand je faisais le con avec elle. Malheureusement pour moi, je n'avais pas voulu entendre raison…

Nous sommes allés visiter une superbe maison. J'ai cru que Sasha allait se liquéfier sur place en se rendant compte que l'agent immobilier n'était autre que sa mère ! Personnellement, cela ne m'a pas dérangé, au contraire, car plus je partage des instants avec Sasha, plus j'ai envie de mieux la connaître. Mère et fille se ressemblent comme deux gouttes d'eau. Cela me fait penser à l'expression *« regarde la mère avant la fille »*. Visiblement le temps n'a pas eu d'emprise sur la beauté de sa mère même en vieillissant. Mais Sasha est encore plus belle, cela promet pour l'avenir ! Je suis vraiment un veinard.

Le mas a attiré mon attention. Il me fait penser à celui que mon grand-père et Nana ont fait construire ensemble. Cette ferme traditionnelle provençale a été bâtie à base de pierres de Fontvieille, ce qui lui apporte un charme authentique indiscutable. J'affectionne particulièrement les édifices des siècles derniers, construits avec de beaux matériaux. Son orientation plein sud le protège des rafales du Mistral, car lorsqu'il souffle violemment, il s'engouffre partout à l'intérieur dans les bâtisses. Et en hiver, si l'isolation n'est pas correcte, les factures d'électricité montent en flèche.

Le petit plus, c'est la dépendance au fond du jardin, j'ai envie de la proposer à ma mère. Cela nous permettra d'avancer dans notre relation mère-fils sans nous piétiner. Chaque chose en son temps, ma proposition doit avant tout être acceptée et validée par les propriétaires, avant que je ne continue de me projeter.

J'ai rattrapé mon retard à la savonnerie, traité les affaires urgentes et programmé un rendez-vous avec le directeur de Sasha et elle ce vendredi. Toute mon équipe a été productive et à l'écoute, je leur en suis reconnaissant.

Ensuite, j'ai pris le temps de rendre visite à Nana, afin de lui faire un compte rendu précis de ma visite du mas. Elle est en joie à l'idée que je vienne m'installer plus près d'elle. Il faut dire qu'elle n'est plus toute jeune, mais heureusement elle est en bonne santé et autonome. Elle me demande souvent si je compte lui donner un arrière-petit-fils ou arrière-petite-fille. Ma réponse a toujours été la même : non. Mais depuis quelque temps, l'idée d'envisager de fonder une famille avec Sasha me trotte dans la tête. En revanche, pas tout de suite, j'ai besoin de profiter de plus de temps avec elle.

Ma mère sort aujourd'hui de la maison de repos. C'est une étape importante, presque symbolique. Cela signifie qu'elle commence à aller mieux, qu'un bout de lumière perce enfin à travers les ténèbres qui l'ont enveloppée ces dernières années. Néanmoins, cette sortie ne se fait pas sans tension. Le retour à une vie normale est encore fragile, incertain. En attendant qu'elle trouve un endroit sûr et stable où vivre, je lui ai naturellement proposé de venir habiter chez moi. Elle a accepté sans hésiter. Je crois qu'elle avait autant besoin de moi que moi d'elle. Et surtout, elle redoute de rentrer chez elle. Je la comprends. Rien que l'idée de franchir à nouveau le seuil de cette maison où tant de douleurs ont été enfouies, les cris étouffés, les silences pesants… Ça lui tord encore l'estomac.

Et puis il y a *lui*. Ce type qui a longtemps été son mari, mon bourreau, son geôlier. L'homme que je refuse désormais de nommer autrement que l'autre connard. Il ne lâche rien. Pas même en sachant que sa présence est toxique, que sa colère est une menace constante. Plusieurs fois, la sécurité de l'établissement où elle était soignée a dû intervenir pour le faire sortir. Il n'avait pas le droit d'y entrer, et pourtant il tentait sa chance, inlassablement, comme s'il avait le droit, comme s'il n'avait jamais causé aucun mal. Sa haine, il l'a redirigée contre moi. Il me harcèle au téléphone. Il change de numéro, contourne les blocages, laisse des messages anonymes remplis d'insultes ou de menaces voilées. Il m'accuse d'avoir détruit sa vie, de lui avoir volé sa femme. Comme si elle lui appartenait. Comme si tout cela n'était pas le fruit de ses propres abus, de sa propre folie. J'ai fini par éteindre mon téléphone la nuit. Ce n'est pas une solution, mais c'est tout ce que je peux faire pour ne pas exploser. Pour préserver ma mère. Pour nous préserver. Car plus que jamais, nous avons besoin de paix. De silence. De temps. D'un foyer sans cris, sans coups, sans ombres planant au-dessus de chaque geste. Je ne cherche pas à effacer le passé, il m'a construit. Mais je veux offrir à ma mère – et à moi-même – un quotidien où l'on peut se reconstruire. Lentement, patiemment, en apprenant à respirer sans crainte.

Ce soir, je la présente à Sasha. C'est une étape de plus que j'ose franchir avec optimisme. Pour lui prouver que je tiens sincèrement à elle, et que j'ai envie de m'engager dans une relation sérieuse.

C'est officiel, Raphaël Pautel est fou amoureux ! Qui l'aurait cru un jour, certainement pas moi !

En route, j'appelle ma mère.

— Salut, maman, je serai là d'ici une dizaine de minutes.

— D'accord mon fils. Je vais m'installer sur un banc à l'ombre des arbres du parc pour t'attendre tranquillement.

Je raccroche avec un sourire. Mon cœur est léger, mes pensées volent vers l'avenir. Vers elle. Vers Sasha. Je me sens porté par quelque chose de plus grand, plus fort que tout ce que j'ai pu connaître jusqu'à présent. Comme si, enfin, toutes les pièces du puzzle se mettaient en place.

L'amour.

La réconciliation.

La liberté.

Je me gare sans prêter attention aux détails qui m'entourent. L'air est doux, le soleil perce à travers les feuillages. Je prends une grande inspiration. Tout va bien. Ma mère est dehors, elle m'attend. Je traverse l'allée paisiblement, le cœur gonflé d'espoir. Je l'aperçois. Elle est là, comme convenu, assise sur un banc, les cheveux ramenés derrière les oreilles, le regard apaisé. Quand elle me voit, elle se lève aussitôt, elle me fait un signe de la main. Son sourire est celui d'une mère qui retrouve enfin son fils, sa stabilité, son amour.

Mais tout bascule en un éclair. Son visage se fige. Littéralement. Son expression change du tout au tout, comme si elle venait de voir un fantôme. Son regard dépasse mon épaule, se fixe derrière moi. Il devient vide, terrifié, glaçant. Et c'est là que j'entends les pas. Lourds. Précipités. Derrière moi.

Et puis, la détonation. Sourde, brutale. Elle explose dans mon crâne. Je sens une douleur fulgurante transpercer ma poitrine. Comme si on m'avait arraché le cœur à vif. Je chancelle, les bras ballants, et je baisse instinctivement les yeux. Ma main se pose sur ma chemise blanche. Elle est chaude, poisseuse. Rouge. Du sang, de mon sang. Ma mère hurle. Un cri déchirant, animal. Un cri qu'aucun fils ne devrait jamais entendre. Il m'écorche l'âme. Ma vision se brouille. Les couleurs se fondent les unes dans les autres. Les arbres ondulent. Mes jambes me lâchent. Mon crâne cogne violemment contre le bitume lorsque je m'effondre, le monde vacille autour de moi. Un goût métallique envahit ma bouche. Mes oreilles ne perçoivent plus qu'un sifflement assourdissant, comme un vieux poste radio déréglé. Je distingue des voix lointaines, confuses, de l'agitation, une personne se rue sur moi, puis… Plus rien.

Je pense à Sasha. Son rire. Ses yeux. Sa voix. Ses bras autour de mon cou. Ses lèvres douces. Je voudrais lui dire « *je t'aime* » une dernière fois. Lui dire que je ne conçois plus ma vie sans elle. Qu'elle est mon avenir. Et là, allongé, paralysé, la vie me quitte lentement, je sais que je n'aurai peut-être jamais cette chance.

Putain.

Pas maintenant.

Pas comme ça.

Le ciel devient flou. Mon souffle est court. Trop court. Tout se resserre. Tout se rétrécit. Un tunnel. Une brume. Et plus rien.

Le noir.

Le vide.

L'oubli.

Partie 2

TOURBILLON

♫

Playlist de
SASHA ET RAPHAËL

♪

Sia - Helium
Zayn et Sia - Dusk till down
Camilla Cabello & Shawn Mendes - Señorita
James Bay - Us
Coldplay - My universe
Angèle et Dua lipa - Fever
Shy'm - Si tu savais
Selena Gomez - Same old love
Diam's et Vitaa - Confessions nocturnes
Coldplay - The scientist
The weeknd - Missed you
Mettalica - Nothing else matters
Billie Eilish - Lunch
Taylor Swift - Lover
Amber Run - I foud
Ruelle - War of hearts
Arctic monkeys - I wanna be yours
Halle - In your hands
Austin Giorgio - I put a spell on me
Camilla Cabello - Shameless
Halsey - No afraid anymore
Britney Spears - Piece of me
Ruelle - I get to love you

Olivia Rodriguo - Obsessed
Isabel DeLarosa - I'm yours
Kmaro - Une femme like you
Beyoncé - Halo
Jérémy Frérot - Tu donnes
France Gall - Ma déclaration d'amour
Johnny Halliday - Je te promets
Vanessa Paradis - Mon idylle
N.E.R.D - Hypnotise U
Ed Sheeran - Thinking out loud
Dua Lipa - Love again

Chapitre 23

❝

Aide-moi à sortir de cet enfer, ton amour me soulève comme de l'hélium,
Ton amour m'élève quand je suis à terre, quand j'ai heurté le sol !
Tu es tout ce dont j'ai besoin... Et si tu abandonnes, j'irai flotter vers le soleil.

Sia - Helium

❞

SASHA

Le 13 mai 2024

La sonnerie de mon téléphone retentit à plusieurs reprises en moins d'une demi-heure. Ne connaissant pas le numéro qui s'affiche, je préfère ne pas répondre. Surtout, en sachant que c'est la spécialité de l'ex-beau-père de Raphaël… Jusqu'à présent, il ne m'a jamais appelée, mais je préfère rester prudente. Et si c'est vraiment important, l'interlocuteur laissera bien un message.

Ma journée est bientôt terminée, et j'ai hâte de retrouver Raphaël, ce soir, chez lui. Il va me présenter officiellement à sa mère, notre relation prend un nouveau tournant. Je suis un peu stressée à l'idée de la rencontrer. Mes mains sont moites. Les battements de mon cœur s'accélèrent à cette pensée. Elle sort aujourd'hui de la maison de repos de Saint-Rémy-de-Provence. D'ailleurs, à cette heure-ci, il doit être là-bas.

En rangeant mon téléphone dans mon sac, je m'aperçois qu'en plus des cinq appels en absence, il y a aussi un message sur le répondeur. J'en conclus donc que c'est sérieux. Je quitte mon bureau avec une sorte de mauvais pressentiment.

— Je rentre, belle soirée Laly !

— Ça va ? Tu as l'air contrariée, me demande-t-elle.

J'acquiesce de la tête.

— Oui, tout va bien, à demain !

Je marche vers ma voiture d'un pas rapide. Les jours commencent à s'allonger, c'est tellement agréable de sentir l'été approcher. Cependant, je n'arrive pas à apprécier ce moment. Non. Pas comme d'habitude. Je connecte le Bluetooth de mon Kia Sportage à mon portable, et enfin j'écoute le message.

— Sasha, c'est Julien ! C'est urgent, rappelle-moi lorsque tu auras mon message, s'il te plaît, laisse-t-il, complètement affolé, la voix tremblante.

Une sueur froide me traverse le corps. Je le rappelle aussitôt. Une sonnerie, deux sonneries, trois sonneries… répondeur. Je retente encore une fois ma chance, et cette fois-ci, mon appel est directement transféré sur sa messagerie. La tonalité résonne dans mes oreilles encore, mais cette fois, c'est mon cœur qui bat la mesure. Trop vite. Trop fort. Trop mal. Je suis figée dans l'habitacle, la main toujours crispée sur le volant, incapable de bouger. Le message de Julien tourne en boucle dans ma tête, *c'est urgent.* Sa voix… Je ne l'ai jamais entendue comme ça. Brisée. Haletante. Presque étrangère. Je tente de me raisonner. Peut-être qu'il s'est passé quelque chose sans gravité. Peut-être qu'il dramatise. Peut-être que je m'inquiète pour rien.

Mais non. Mon instinct me hurle l'inverse. Quelque chose ne va pas du tout. Je demande à mon téléphone de recomposer le numéro de Julien. *Toujours ce putain de répondeur.* Je m'agite, mes doigts tremblent alors que je cherche son message pour le réécouter. J'ai besoin de comprendre entre les mots. Quelque chose qui pourrait m'éclairer, me donner un indice. Mais rien. Juste la panique dans sa voix. Je tente d'appeler Raphaël. Une sonnerie. Deux. Trois. Quatre.

— Allez, décroche, décroche…

Cinq. Répondeur…

Ma gorge se serre, un goût amer remonte. Mon esprit tourne à mille à l'heure. J'essaie de ne pas penser au pire, mais l'image de Raphaël me revient sans cesse. Son sourire, sa voix rauque quand il me murmure mon prénom à l'oreille. Ses bras musclés autour de moi. Et maintenant, le vide. Le silence. Je sors enfin de ma torpeur et démarre la voiture dans un crissement nerveux. Je ne sais même pas où je vais. Peut-être à la maison de repos ? Peut-être chez Raphaël ?

Je passe un appel à Juliette sans trop réfléchir. Elle décroche rapidement.

— Allô, Sasha ?

J'inspire profondément avant de parler.

— Julien m'a laissé un message. Il dit que c'est urgent, mais je n'arrive pas à le joindre. Ni lui, ni Raphaël.

— Attends, respire. De quel Julien parles-tu ? me demande-t-elle sur le ton de l'incompréhension.

— Julien, le meilleur ami de Raphaël. Il ne m'appelle jamais. Ce n'est pas normal, Juliette. Il y a un truc qui ne tourne pas rond, m'exclamé-je, affolée.

Elle reste silencieuse une fraction de seconde. Je l'entends fouiller, sans doute pour chercher ses clés de voiture.

— Tu veux que je vienne ? Où es-tu ?

— Non. Pas encore. Je me rends à la maison de repos car il devait aller chercher sa mère. Peut-être que tout va bien. Peut-être que… je me fais des films, mais j'ai besoin de le voir pour me rassurer.

— Tiens-moi au courant, d'accord ? Dès que tu sais quoi que ce soit.

Je raccroche sans répondre, les mains moites, le cœur au bord de l'implosion. Je roule plus vite que je ne le devrais. Sur l'autoroute, je dépasse les voitures sans vraiment les voir. Lorsque je traverse la ville, à chaque feu rouge, mes genoux, mes mains, et mon âme tremblent. Il me tarde de comprendre ce qu'il se passe. La chanson « Dusk Till Down » de Zayn et Sia résonne fortement en moi, elle me touche profondément et vient raviver mon inquiétude. Mais aussi les sentiments intenses que j'éprouve pour Raphaël. Je sens mon cœur se serrer, comme si cette musique parlait directement à mon trouble et à l'incertitude que je traverse : *« je n'essaie pas d'être indépendant, je n'essaie pas d'être cool, je tente juste d'être dans ceci, dis-moi l'es-tu aussi ? Peux-tu sentir où est le vent, peux-tu le sentir à travers toutes les fenêtres, à l'intérieur de cette pièce, parce que je veux te toucher bébé, et je veux te sentir aussi, je veux voir le lever du soleil sur tes péchés, juste moi et toi, illuminer, en fuite, faisons l'amour ce soir, recollons les morceaux, tombons amoureux, essayons ! Mais tu ne seras jamais seule, je serai avec toi du crépuscule à l'aube, bébé je suis là ! Je te tiendrai quand les choses iront mal, je serai avec toi du crépuscule à l'aube. ».*

Arrivée devant les grilles de l'établissement, mon estomac se retourne. Il y a deux véhicules de police. Des rubans jaunes. La foule. Et le brouhaha assourdissant de l'horreur. Je sors précipitamment de la voiture. Je cours, ou plutôt, je trébuche à travers l'allée, jusqu'à ce qu'un agent m'arrête.

— Mademoiselle, vous ne pouvez pas passer.

J'ai un mauvais pressentiment. Au plus profond de mon âme quelque chose se fissure imperceptiblement. C'est comme si mon instinct me dictait ma conduite et mes paroles.

— Je cherche Raphaël Pautel ! Il devait venir chercher sa mère. Je suis sa compagne, laissez-moi passer !

L'agent hésite, puis échange un regard avec une collègue. Son visage se fige, et là, j'ai la confirmation que ma vie vient de basculer.

Je n'entends pas sa réponse. Je n'arrive plus à respirer. Mes oreilles bourdonnent. Mon cœur se met à battre si fort que je sens ma vision se troubler. Je suis en train de sombrer. Mais je dois rester debout. Pour lui. Je dois savoir.

Julien me prend par l'épaule. Je ne sais pas depuis combien de temps il est là, ni depuis combien de temps je suis restée plantée comme une statue devant cette scène figée sous les gyrophares bleus. Tout ce que je vois, c'est cette tache. Énorme. Écarlate. Maculant le bitume du chemin d'entrée.

Son sang.

Je le sens. Je le sais. Mon corps tout entier le crie. Il n'y a pas de doute possible. C'est comme si une partie de moi s'était vidée avec lui. Une douleur fulgurante me traverse la poitrine, brutale, féroce. J'ai envie de hurler, de courir, de m'effondrer, de comprendre. Mais tout ce que je peux faire, c'est me raccrocher au bras de Julien, à sa main qui serre mon épaule.

— Il vient d'être transporté d'urgence à l'hôpital d'Avignon.

Sa voix est grave. Trop calme pour être rassurante. Il se force. Il encaisse pour deux. Il prend le relais, parce qu'il sait que je ne suis pas capable de faire un pas de plus sans tomber.

— Il est au bloc opératoire en ce moment même.

Les mots tombent sur moi comme des pierres. Bloc opératoire. Tiré dessus. Transporté. Urgence.

Je vacille. Julien me rattrape juste avant que mes jambes ne me lâchent complètement. Il me guide doucement vers un muret à l'abri de l'agitation. Mon regard ne quitte pas cette flaque. Je l'imagine là, Raphaël, s'écroulant, seul, avec sa mère criant son prénom. Cette image me broie l'intérieur.

Mes mains tremblent.

Mon cœur se serre.

Mon âme espère.

— Quelqu'un a tenté de l'assassiner, murmure Julien, comme s'il n'arrivait pas encore à conscientiser.

— Qui ?

Ma voix est brisée. À peine un souffle.

Julien se passe une main sur le visage, nerveux.

— Son beau-père.

Mon cœur rate un battement.

— Il a attendu dans le parc. Il a tiré à bout portant, Sasha. Il n'a même pas cherché à fuir. Putain, il avait tout prémédité. Il s'est laissé arrêter sans résister.

Julien baisse la tête, la mâchoire crispée. Il est impuissant, et ça le ronge. Les sanglots éclatent, violemment, mes larmes coulent comme un torrent fou de désespoir. J'aimerais hurler, frapper, me réveiller. Mais tout est réel. Trop réel. Ce n'est pas un cauchemar, c'est ma vie qui vient de voler en éclats.

— Et sa mère ? parviens-je à demander.

— Elle est en état de choc. Elle vient de partir avec les pompiers. C'est elle qui m'a contacté…

Je ferme les yeux un instant. Je sens mon pouls pulser contre mes tempes. Mon cœur bat si vite, qu'il cogne frénétiquement contre mes côtes. Et un seul prénom résonne dans tout mon être : *Raphaël.* J'inspire un grand coup, et me redresse. J'essuie mes joues machinalement. Je ne ressens plus rien, même pas la brûlure de mes larmes sur ma peau.

— Je vais à l'hôpital.

Le poids de l'émotion m'écrase. J'ai du mal à réaliser ce qu'il se passe. Suis-je dans un cauchemar ? Est-ce que Raphaël va s'en sortir ? À ce moment-là, je n'ai qu'une seule certitude, lui et moi ce n'est pas fini… J'ai besoin de le voir, de toucher sa peau, de lui dire qu'il compte plus que tout au monde. Qu'il est mon ancre, mon âme sœur, mon futur…

— Je t'y conduis, c'est plus prudent.

Je sors de ma léthargie, je hoche la tête, incapable de le remercier. Mon esprit est ailleurs. Je pense inévitablement à Raphaël allongé sur une table froide d'un bloc opératoire. Il lutte pour survivre. Il se bat à chaque instant, j'en suis persuadée. Et moi, je dois tenir. Pour lui. *Pour nous*. Pour l'avenir qu'on commençait à construire. Je ne sais pas s'il va s'en sortir. Et je sais que je ne quitterai pas l'hôpital tant que je n'aurai pas vu ses magnifiques yeux verts s'ouvrir.

Tout se passe vite, j'ai l'impression d'être télétransportée jusqu'à sa voiture, puis directement sur le parking de l'hôpital alors que la circulation est dense en cette fin de journée printanière.

Il est 19H30 quand Julien se gare.

En sortant, il me prend par la main et essaie de me rassurer, me dit que tout va bien se passer.

Lorsque nous marchons en direction du bâtiment froid et austère, le téléphone de Julien sonne, c'est la mère de Raphaël au bout du fil. Je suis suspendue à ses lèvres, en apnée, en attendant qu'il raccroche et qu'il m'en dise plus. L'appel est plutôt rapide.

— Il est toujours au bloc opératoire. La balle n'a pas touché ses organes vitaux ni de grandes artères. Elle a seulement éraflé son épaule sans causer de dommages sérieux, m'informe-t-il mécaniquement, comme s'il venait de me donner une liste de course.

Angélique nous attend dans la salle d'attente des soins intensifs.

Tout à coup, j'ai l'impression que mon cœur se remet à battre et que mon sang circule à nouveau dans mon corps, comme avant cette terrible nouvelle. Nous nous prenons dans les bras dans une joie non dissimulée. C'est au pas de course que nous pénétrons dans l'hôpital et nous dirigeons dans la salle d'attente.

Lorsque nous arrivons à sa hauteur, la mère de Raphaël se lève difficilement de son siège pour nous accueillir. Je n'ose imaginer ce que cette femme vient de vivre au cours des dernières heures. Son maquillage a coulé sur son visage, ses yeux sont rouges et gonflés, mais le plus dur est de voir son chemisier recouvert de sang, le sang de son fils, Raphaël. Personne ne devrait vivre ce genre d'accident. Je n'ose imaginer la douleur qu'il a ressenti lorsque la balle a pénétré son corps.

— Merci infiniment, les enfants, d'être venus, il va avoir besoin de nous tous dans les prochains jours et dans les semaines à venir, souffle-t-elle difficilement.

Julien la prend dans les bras.

— Vous pouvez compter sur nous, Angélique. Que s'est-il passé ? J'ai besoin de comprendre, ça tourne en boucle dans ma tête…

Son visage se ferme et c'est comme si elle revivait la scène. Des larmes se mettent à couler le long de ses joues et viennent s'écraser sur le sol. Instinctivement, je lui tends un mouchoir.

— Merci…, murmure-t-elle.

Elle s'assied sur une chaise, à bout de force.

— J'attendais Raphaël sur un banc, lorsque je l'ai aperçu arriver au loin. Il faisait beau, le ciel était bleu et le soleil brillait à travers les feuillages. Je me suis mise à marcher à sa rencontre. J'étais tellement heureuse de retrouver mon fils.

Elle marque un temps d'arrêt, secouée par des sanglots.

— Ce n'est qu'à la dernière minute que j'ai réalisé que Charles se tenait derrière lui, avec une arme à la main. Le temps que le vigile se précipite sur lui et le plaque au sol, il avait déjà tiré sur Raphaël… Il a mis son plan à exécution…

Elle s'arrête un instant pour reprendre son souffle.

— Je m'en veux tellement, c'est ma faute s'il souffre encore une fois. Je n'ai pas su le protéger, ni être une bonne mère, et aujourd'hui c'est lui qui en paie le prix.

Elle est livide, et elle a de plus en plus de difficulté à articuler.

— Raphaël va survivre, c'est la seule chose qui compte à cet instant pour moi, confesse-t-elle en se tenant la tête dans ses mains.

Elle n'arrive plus à parler, le drame qu'elle vient de vivre est d'une violence telle que son organisme n'est plus apte à gérer tout ça. Julien l'invite gentiment à s'asseoir et lui caresse le dos pour l'aider à se calmer. Il ne faut pas oublier qu'elle sort à peine d'une maison de repos, cette situation n'est pas bonne pour sa santé. Un stress trop intense peut provoquer un AIT, autant être prudent.

L'attente est interminable, cela fait au moins trois longues heures que nous sommes là sans avoir de nouvelles, sans que personne ne prononce le moindre mot. La patience est loin d'être l'une de mes vertus, je me lève et commence à faire les cent pas. Je tourne en rond comme un hamster dans sa cage, prisonnière du chaos ambiant. À vrai dire, je ne sais pas quoi faire de mes pensées et de mon corps.

Douleur et impatience se mélangent à la fatigue, je me rassieds en faisant tapoter ma jambe gauche frénétiquement contre le sol. La nuit est tombée depuis longtemps, nous assistons au ballet du changement d'équipe du service de chirurgie. Je mets mes écouteurs et j'active ma playlist en lecture aléatoire. C'est la chanson de Ingrid Michaelson « Light me up » qui démarre : « *bien que tu ne sois pas ce que je cherchais. Mais tes bras étaient ouverts à ma porte. Et tu m'as appris le sens d'une vue, de voir que l'ordinaire n'est pas, éclaire-moi de nouveau... éclaire-moi de nouveau... et je veux que nous restons en vie, et je veux te voir avec mes yeux...* ».

Mon Dieu que cette attente est longue et dure à supporter, oui je veux plus que tout au monde que Raphaël vienne m'éclairer, car je m'enfonce dans le noir, dans les abysses.

Julien me tape sur l'épaule, je sursaute. Je retire mes écouteurs.

— Même si je n'ai pas particulièrement faim, je vais au distributeur me dégourdir les jambes, qu'est-ce que vous voulez que je vous rapporte les filles ? demande-t-il, gentiment.

— Rien, merci Julien, je n'arriverai pas à avaler quoique ce soit, je crois, répond la mère de Raphaël.

— Un Coca-Cola, s'il te plaît. Une dose de sucre rapide me fera du bien, réponds-je simplement.

Julien s'en va, ne reste donc plus que la mère de Raphaël et moi... Dire que nous devions être présentées officiellement ce soir autour d'un bon repas. Cette pensée me broie, me brise, m'oppresse.

Elle engage la conversation avec fébrilité. Visiblement, la peine qu'elle ressent l'a éteinte au point où même sa voix ne porte plus assez d'énergie.

— Je suis sincèrement navrée de faire votre connaissance dans ces horribles circonstances, Sasha… Mon fils m'a tellement parlé de vous au fur et mesure de ses visites à la maison de repos.

Elle marque une pause pour reprendre sa respiration.

— Il ne se dévoile pas facilement, vous savez, mais j'ai lu dans l'expression de son regard lorsqu'il prononce votre prénom, qu'il tient sincèrement à vous, affirme-t-elle en me regardant chaleureusement.

Je souris malgré la douleur, Raphaël a parlé de moi à sa mère, je n'en reviens pas.

— Merci infiniment pour vos paroles, elles me touchent énormément. Sachez que c'est réciproque. Entre lui et moi, ça n'a pas été facile, mais j'y crois. Il va s'en sortir, il le faut ! Si la vie nous a accordé une seconde chance, elle saura également le sauver, terminé-je par prononcer en sanglotant.

Elle me caresse le dos, et dans ce geste, je perçois la gentillesse de son fils, et la bonté d'une mère. Comme un écho chaleureux que tout va bien se finir.

— Je suis aussi optimiste que vous, Sasha, car la balle n'a pas touché ses organes vitaux. Je me raccroche à ça pour éviter de penser au pire. Puis Raphaël est costaud, par le passé, il a encaissé des choses très difficiles et il s'en est toujours sorti.

Je lis la douleur, les regrets, la culpabilité dans son regard larmoyant.

— Vous êtes trop fatiguée, reposez-vous, Mme Latouri, suggéré-je.

— Appelez-moi Angélique, précise-t-elle en me tenant la main.

— Cela me gêne un peu…, confessé-je.

— J'insiste, Angélique c'est parfait. Je vais reprendre mon nom de jeune fille d'ici peu de temps, adieu Latouri, rebonjour Balgram.

— D'accord, dis-je pour lui faire plaisir.

Sur ces entrefaites, Julien refait son apparition avec les bras chargés de boissons et de friandises. Il me tend gentiment un Coca-Cola ainsi qu'un paquet de M&M's, je le remercie, c'est vraiment ce dont j'avais besoin : du réconfort sucré. Il offre une bouteille d'eau à Angélique, et même si elle refuse de manger, il insiste pour qu'elle avale au moins quelques chips.

Tout à coup, il y a du mouvement dans le couloir. Des pas précipités, des voix basses, mais tendues, le vrombissement sourd des roulettes d'un brancard contre le carrelage. Nos regards se tournent d'instinct vers le fond du couloir. Un silence lourd s'installe dans mon corps, comme si le monde entier avait suspendu sa respiration.

Et puis je le vois. Raphaël. Allongé sur le lit, les yeux fermés, le teint cireux. Il semble paisible… *trop paisible*. Cette sérénité artificielle, figée, presque irréelle me glace jusqu'aux os. Des tubes sont accrochés à son bras. Une infirmière vérifie sa perfusion tandis qu'un médecin en blouse bleue parle à voix basse à un collègue.

Mon cœur s'emballe. Il bat si fort que j'ai l'impression qu'il va m'éclater la poitrine. Mes jambes, elles, ne répondent plus. Elles refusent de me porter. Je reste là, pétrifiée, incapable d'avancer, clouée au sol comme si le carrelage m'absorbait tout entier. Je veux courir vers lui, le prendre dans mes bras, lui murmurer que je suis là, que tout ira bien. Mais je ne bouge pas. Julien, à mes côtés, me jette un regard inquiet, prêt à m'attraper si je vacille encore. Le brancard passe devant nous à toute vitesse, escorté par deux infirmiers qui poussent sans même lever les yeux. J'aperçois à peine son visage. Et à cet instant, un trou béant se creuse dans ma poitrine.

— Il est en vie, murmure sa mère, comme pour me raccrocher à une vérité tangible.

Mais mon esprit est parti avec ce brancard, derrière la porte du service.

— Il faut qu'il s'en sorte…, chuchoté-je, plus pour moi-même que pour eux.

Je prends une profonde inspiration, ferme les yeux, une seconde. Quand je les rouvre, les portes se referment lentement derrière Raphaël, m'arrachant à lui une seconde fois.

Pendant qu'ils installent Raphaël dans sa chambre, un homme en blouse blanche s'avance vers nous. Il a les traits tirés, une posture rigide, mais bienveillante. Ses yeux, eux, trahissent des heures passées aux urgences, mais une certaine douceur s'en dégage. C'est le chirurgien. Mon cœur se serre.

— Madame Pautel ? demande-t-il d'une voix basse, respectueuse.

Malgré l'erreur sur le nom, la mère de Raphaël s'avance vers lui. En dépit de la fatigue évidente sur son visage, elle reste droite, digne.

— Vous pouvez parler devant tout le monde, précise-t-elle immédiatement, en me jetant un rapide coup d'œil, comme pour nous inclure, Julien et moi, sans condition.

Le médecin acquiesce d'un hochement de tête compréhensif.

— La bonne nouvelle, commence-t-il, c'est que la balle a effleuré son épaule gauche et n'a donc pas traversé son corps. La mauvaise c'est qu'elle a arraché un bout de peau et une petite partie du muscle deltoïde ce qui peut jouer sur la mobilité de son bras, seul le temps nous le dira…

Un soupir de soulagement s'échappe de la bouche de sa mère. Je m'accroche au bras de Julien sans m'en rendre compte, les jambes toujours flageolantes.

— Cela dit, poursuit le médecin d'un ton professionnel, mais rassurant, il a perdu énormément de sang. Le transfert d'urgence s'est bien déroulé et nous avons réussi à stabiliser ses constantes. Il est hors de danger maintenant…

Je ferme les yeux. Les mots *hors de danger* tournent dans ma tête comme un écho salvateur. Je retiens un sanglot de justesse.

— Il devra toutefois observer plusieurs semaines de repos complet. Les soins quotidiens seront essentiels, notamment pour le pansement, puis par la suite, la rééducation. Il aura aussi besoin de surveillance pour éviter toute infection. Sachez qu'il a eu une chance folle, vraiment.

Sa mère hoche lentement la tête, la main sur sa bouche, retenant ses émotions.

— Nous préférons le garder ici, en observation dans le service cette nuit. Ensuite, nous réévaluerons son état au jour le jour.

Il se tourne vers nous, son regard doux, mais empreint de sérieux.

— Et j'insiste sur un point : ce dont monsieur Pautel aura le plus besoin maintenant, c'est d'être bien entouré. La présence des proches joue un rôle clé dans la guérison.

Il laisse un petit silence planer, comme pour laisser le poids de ses mots s'imprégner.

— Il a besoin de repos, maintenant. On se revoit demain matin pour faire le point. En attendant, rentrez chez vous, reposez-vous aussi, et s'il se passe quoique ce soit vous serez prévenus.

Il s'éloigne sans un mot de plus, dans un bruissement de Crocs au sol, puis disparaît dans le couloir.

— Merci encore, Docteur, ajoute la mère de Raphaël, la voix vibrante d'émotions.

Nous restons silencieux pendant un moment. L'émotion est suspendue dans l'air comme un fil tendu entre nous. Je souffle de soulagement. Les nouvelles sont bonnes. Mais m'éloigner de lui ce soir me semble insurmontable. Pourtant, je dois bien me faire une raison. Aucune personne n'est admise dans le service la nuit.

Lorsque nous quittons l'hôpital, c'est comme si une partie de mon âme restait avec lui.

Chapitre 24

« *J'aime ça quand tu m'appelles Mademoiselle,*
J'aimerais pouvoir prétendre ne pas avoir besoin de toi,
***Mais chaque caresse est ouh la la la.* »**

Camilla Cabello & Shauwn Mendes - Señorita

SASHA

Julien et la mère de Raphaël me ramènent jusqu'à chez moi. Je n'ai pas le courage ni la force de conduire. D'ailleurs, il faudra que je récupère ma voiture toujours garée à Saint-Rémy-de-Provence.

Dans l'habitacle, personne ne parle, nous sommes tous épuisés. La fatigue et le contrecoup ont pris le dessus sur tout le reste. Plus nous nous éloignons d'Avignon, plus j'ai l'impression de l'abandonner, de le laisser seul à son triste sort. C'est un sentiment qui s'engouffre en moi, me ronge de l'intérieur, et ne me quitte pas.

Au bout de quarante-cinq minutes, je pénètre dans mon appartement avec le sentiment d'être incomplète. Ce soir, il me manque quelque chose de presque vital. *Lui*. J'ai besoin de l'entendre me parler, me rassurer… *impossible.*

Je me glisse complètement habillée dans mon lit, je n'ai pas la force de me déshabiller. J'ai le cœur en vrac, et le corps épuisé.

Mes paupières deviennent lourdes. Mon souffle s'apaise. Je ferme les yeux. Et dans ce calme relatif, au milieu des bruits de la ville, je m'endors. Éreintée, mais en paix.

Dans ce moment de lâcher-prise, mon rêve me projette dans le passé, lorsque nous étions en week-end en Ardèche dans la love room.

Nous sommes si heureux tous les deux loin des soucis et des tracas du quotidien. Nous marchons dans la forêt, main dans la main, quand tout à coup, le sol se dérobe sous mes pieds, je tombe dans le vide encore et encore laissant Raphaël complètement paniqué les bras tendus vers moi.

Je me réveille en sursaut, le cœur battant à tout rompre, le souffle court de reprendre mes esprits. Mon corps tremble, mon front et mon dos sont en sueur. Impossible maintenant de me rendormir dans cet état, j'ai eu tellement peur, ça me semblait encore si réel.

Mon téléphone m'indique qu'il est seulement 7H00 du matin, j'envoie un message à Théo pour l'informer que je serai absente toute la journée en prétextant ne pas me sentir bien. Ce n'est pas dans mes habitudes de mentir, bien que ce soit la deuxième fois en peu de temps… mais c'est pour la bonne cause… Je serai incapable d'être productive aujourd'hui. Et j'ai surtout besoin d'être auprès de Raphaël.

Quand je reviens enfin en début après-midi, après avoir récupéré ma voiture, Raphaël dort profondément dans son lit d'hôpital. Sa poitrine se soulève lentement, régulièrement, au rythme des machines qui veillent sur lui. Il est pâle, plus que je ne l'ai jamais vu, et ses traits sont tirés, marqués par la douleur et l'intervention. Pourtant, malgré les fils, le pansement, malgré cette lumière douce qui baigne la chambre, je le trouve beau. Terriblement beau. *Vivant*. Il est en vie. Et c'est tout ce qui compte.

Les moniteurs émettent des bips rythmés, presque rassurants, comme une étrange mélodie mécanique. Ces sons devraient m'angoisser, me rappeler la gravité de la situation, mais non. Ils sont devenus ma berceuse, comme un battement de cœur amplifié par la technologie. Je les écoute, je les ressens, comme si chaque bip confirmait qu'il est toujours là, qu'il respire encore, qu'il lutte, et qu'il va revenir vers moi.

Au bout d'une heure d'une attente insoutenable, comme s'il avait senti ma présence dans ses rêves les plus profonds, Raphaël entrouvre doucement ses magnifiques yeux verts émeraude. Son regard, bien que voilé par la fatigue et la douleur, trouve immédiatement le mien et s'y accroche. Il y a dans ses yeux quelque chose de primal, de rassurant, de bouleversant. Un amour évident. Mon cœur explose dans ma poitrine. Je bondis de la chaise sans même m'en rendre compte, happée par ce lien invisible qui nous unit. Mes jambes tremblent. Mes mains aussi. Pourtant, je me penche sur lui et, comme un besoin vital, je dépose un baiser doux sur ses lèvres sèches. *Il est vivant.* Et je viens de le toucher. C'est réel.

Lorsque je me redresse, il tente de me retenir avec une maladresse émouvante. Sa main cherche la mienne, mais son mouvement réveille une douleur vive. Il grimace tout en gémissant. Mon cœur se serre.

— Tu dois faire attention, Raphaël, murmuré-je près de lui, le front presque collé au sien. Tu as un pansement car tu as plusieurs points de suture.

Ses paupières se referment un instant, lourdes, mais il lutte. Il veut rester éveillé, avec moi. Il hoche doucement la tête.

— D'accord… ma gorge est terriblement sèche. Est-ce que je peux avoir un verre d'eau, s'il te plaît ? chuchote-t-il dans un souffle à peine audible.

Je me redresse aussitôt, ravie d'avoir une chose concrète à faire, une façon d'alléger son inconfort. Je me dirige vers la servante où une carafe et un verre ont été laissés.

— Oui, bien sûr, dis-je en versant l'eau, concentrée pour ne pas renverser une seule goutte. Tiens !

Je m'approche de lui, le soutiens légèrement pour qu'il puisse boire. Il prend de toutes petites gorgées, lentement, comme s'il savourait chaque millilitre. Et moi, je l'observe avec une tendresse fébrile, comme s'il était fait de porcelaine, prêt à se briser au moindre faux mouvement.

— Merci, mon amour… Ça fait du bien.

Ses mots m'écrasent. Sa voix, sa reconnaissance. Je veux rester forte, je veux garder le cap, mais quelque chose en moins cède.

— Que… que m'est-il arrivé ?

Je suis noyée par des sanglots que je tente de ravaler. Mes pensées tourbillonnent dans ma tête. Est-ce que j'ai le droit de lui parler de ça ? Surtout maintenant ?

— De quoi te souviens-tu exactement ?

C'est la seule chose rationnelle qui sort de ma bouche.

Il a la gorge sèche et la mienne est nouée. Il me regarde, confus. Ses traits se plissent, comme s'il cherchait à remonter le fil brisé de ses souvenirs. Moi, je n'attends pas sa réponse. Je craque. Je fonds en larmes. C'est incontrôlable. C'est viscéral. Tous les silences, la peur, l'attente, les appels sans réponses, l'image de ce sang sur le sol, son corps inerte dans mes cauchemars… Tout me revient d'un seul coup. Mes mains couvrent mon visage. Je ne veux pas qu'il me voie comme ça. Mais c'est trop tard. Je ne suis plus qu'un sanglot vivant. Et soudain, dans ce chaos intérieur, sa voix me ramène à lui. Douce, cassée, mais puissante.

— Je suis là, Sasha, regarde-moi, touche-moi. Je suis vivant.

Je baisse les mains et croise son regard. Il me tend la main, cette même main qui, quelques heures plus tôt, aurait pu ne plus jamais se lever. Je m'en empare avec force, avec rage, avec amour. Je la serre contre ma joue, contre mon cœur.

— J'ai eu si peur de te perdre… Tu n'imagines pas à quel point je t'aime. Je t'aime tellement que j'en ai mal à en crever.

Je me penche à nouveau, pose mes lèvres sur ses doigts, puis sur son front, doucement, comme une promesse silencieuse.

— Je ne te laisserai plus jamais seul.

— Calme-toi, je ne vais pas partir, je suis tenace ! Embrasse-moi, s'il te plaît, j'en ai besoin, affirme-t-il en m'attirant vers lui.

Mon corps répond à sa demande avant mon esprit. Je m'assieds délicatement à côté de lui et rapidement nos bouches se scellent dans un baiser tendre, rempli d'amour et de promesses. Après ce chaste échange, je finis par poser mon front contre le sien, bouleversée par l'intensité de notre connexion.

— Merci ! C'est toi qui es cloué dans un lit d'hôpital, et c'est moi qui ai besoin d'être rassurée. Comme garde-malade, j'ai du chemin à parcourir…

Il fronce les sourcils.

— Tu sais… mes souvenirs sont un peu flous… je marchais quand tout à coup une douleur brutale m'a foudroyé. Mon corps tout entier s'est figé sous l'impact, puis chaque battement de mon cœur envoyait une décharge électrique qui amplifiait mon supplice…

Il s'arrête pour boire un coup avant de continuer son récit.

— Ma chemise s'est imprégnée de mon sang chaud… il y en avait partout… Mon souffle est devenu difficile comme si un poids énorme s'installait dans ma poitrine… Puis ma vue s'est obscurcie, je suis tombé à terre. J'entendais au loin ma mère hurler au secours, puis c'est le néant… Tu en sais plus ?

Je baisse la tête, mais il me la relève avec sa main.

— C'est Charles, ton ex beau-père, qui t'a tiré dessus… à part ça je ne sais rien, Raphaël.

Je sens un mélange de colère et de panique envahir chaque fibre de son corps.

— Quel enfoiré ! Putain. Où est ma mère ? Lui a-t-il fait du mal également ? enchaîne-t-il tout à coup très inquiet.

Je lui serre la main. Il faut absolument qu'il se calme, car les machines commencent à biper sous l'emballement de son rythme cardiaque.

— Rassure-toi, elle va aussi bien que l'on peut l'être après avoir cru perdre son seul et unique enfant. Elle est hébergée chez Julien et Ambre, le temps d'y voir plus clair.

Il hoche la tête. Je le sens très fatigué.

— D'accord, c'est adorable à eux de l'avoir prise en charge. J'y pense, vous avez fait connaissance toutes les deux alors, sans moi…, souffle-t-il en passant une main dans ses cheveux.

— Tu nous pardonneras, mais tu étais en salle de réveil, prononcé-je en souriant pour la première fois depuis l'annonce de Julien.

Nous rions, cela peut paraitre absurde étant donné les circonstances. Raphaël arrête vite, car cela lui fait mal au niveau de l'épaule.

— Je suis fatigué…

— Ferme tes yeux, mon amour, je suis là.

Il s'endort profondément quelques minutes après. Mes jambes sont engourdies mais il est hors de question que je le laisse seul. Je m'installe sur la chaise à côté de son lit. Mes épaules s'affaissent légèrement sous le poids de la fatigue accumulée. Puis, je ferme les yeux pendant un court instant en soupirant de soulagement.

J'en profite pour envoyer un message à Julien afin de leur donner les dernières nouvelles.

Bonjour, tout le monde !
Raphaël s'est réveillé . Les visites sont autorisées à partir de 13H30, prenez votre temps, je m'occupe de lui.

Comme s'il attendait mon message, il répond aussitôt.

Bonjour, Sasha ! Nous sommes tous soulagés de lire ton message.
Je viendrai avec Angélique d'ici une heure, à 14H30 pétantes.
À tout à l'heure.

Chapitre 25

> **Dis-moi comment exister dans ce monde,**
> **Dis-moi comment inspirer sans avoir mal,**
> **Dis-moi comment, car je crois en quelque chose, je crois en nous**
>
> James Bay - Us

RAPHAËL

Lorsque j'ouvre les yeux, j'aperçois Sasha assise sur une chaise auprès de moi. Elle pianote sur l'écran de son téléphone, visiblement très concentrée. Un bruit m'interpelle, j'entends son ventre gargouiller bruyamment et je me demande depuis combien de temps elle n'a pas mangé un repas correct. D'ailleurs, quelle heure est-il ? Quel jour sommes-nous ? Je suis complètement désorienté, et malgré les antidouleurs, la douleur est vive.

Je l'observe attentivement, chaque détail de son beau visage fatigué passe à l'inspection. Même ses cheveux en bataille et ses paupières gonflées me font fondre, je suis submergé par une vague d'émotions, mêlant admiration, désir et amour. Est-ce que je la mérite vraiment ? Mon passé m'a encore rattrapé, et cette fois-ci, il s'en est fallu de peu pour rendre l'âme.

Ce connard va le payer ! Jusqu'à présent, il jouit d'une réputation sans tache, c'est un homme exemplaire bien sous tous rapports, mari attentionné avec sa femme, etc. C'est fini, il va enfin avoir ce qu'il mérite, je m'en fais la promesse. De toute manière, avec l'acte ignoble qu'il vient de commettre, la justice va s'en mêler, il ne me reste plus qu'à actionner les bons leviers pour qu'il ne puisse plus jamais nuire à personne.

— Re bonjour, mon amour, peux-tu me donner l'heure, s'il te plaît ? balbutié-je, un peu perdu.

Elle se tourne vers moi, et me sourit.

— Re bonjour toi, il est exactement 14H34 ! Comment te sens-tu ?

Je respire profondément avant de répondre.

— Je suis en vie, c'est tout ce qui compte, réponds-je malgré la douleur pour ne pas l'inquiéter davantage.

Elle vient s'asseoir à mes côtés, et me prend la main comme pour se rassurer que je sois bien vivant.

— Souffres-tu ? Car si c'est le cas, les infirmières peuvent augmenter ton dosage d'antalgiques, ajoute-t-elle, préoccupée par mon état.

— Pour l'instant, la douleur est supportable, annoncé-je surtout pour ne pas la préoccuper davantage.

Elle hoche la tête et me montre du doigt quelque chose.

— D'accord, mais si tu changes d'avis, appuie sur ce bouton rouge, juste à côté de ton lit.

Elle est vraiment aux petits soins, c'est touchant. Soudain, son ventre se remet à gargouiller.

— As-tu mangé quelque chose depuis hier ?

Elle secoue la tête.

— Non, je n'ai rien pu avaler… Julien et ta mère ne vont pas tarder à arriver. De toute façon, nous ne sommes autorisés qu'à deux personnes maximum en même temps, donc je vais profiter de leur présence à tes côtés pour rentrer chez moi, me reposer et manger un bout, m'informe-t-elle en pinçant ses lèvres.

Je lui caresse la main. Elle frissonne.

— Tu as raison, ici, je suis entre de bonnes mains. Tu as bien mérité une bonne nuit de sommeil. Demain, tu vas devoir aller travailler, donc épargne-toi des allers-retours fatigants, mon amour, assuré-je en la regardant.

Elle ancre son regard fatigué dans le mien. Je sens qu'elle aimerait rester, mais il faut que nous soyons raisonnables.

— Si tu savais comme c'est difficile de te laisser ici, surtout en te sachant dans cet état… Cependant, demain, j'ai une réunion importante pour la campagne d'un parfum Lancôme, impossible de la louper…

Je lui tends la main, elle s'approche lentement en souriant. Nous lions nos mains l'une à l'autre, je lui caresse sa paume avec mon pouce tout en délicatesse.

Elle frissonne, mon corps est parcouru de picotements.

Julien et ma mère entrent dans la chambre sans toquer, cela ne m'étonne même pas. Malgré une nuit de repos, ma mère semble extrêmement exténuée. Après son AIT, les médecins nous ont bien expliqué qu'il lui fallait du repos et surtout pas de stress, eh bien malheureusement nous en sommes loin.

Sasha se lève pour les saluer, m'embrasse rapidement et s'en va en laissant l'odeur de son parfum derrière elle.

— Tu as une mine affreuse maman.

Les mots sont sortis plus vite que mes pensées.

— Je te retourne le compliment, mon chéri, répond-elle en me caressant la joue du revers de sa main.

— Comment te sens-tu ? Nous avons croisé le chirurgien dans le couloir, il va venir prendre de tes nouvelles et t'ausculter, m'indique-t-elle, son regard s'attardant sur mon bandage.

— Je vais bien, ne t'inquiète pas. Julien, je ne te remercierai jamais assez pour ce que tu fais pour ma mère et moi.

Il acquiesce, comme si cette situation était normale.

— De rien, Raph, on a dépassé tout ce baratin depuis longtemps. Nous savons tous les deux que nous serons toujours là l'un pour l'autre ! confirme-t-il en me faisant un clin d'œil.

— Oui, tout à fait. Néanmoins, le contexte est différent, c'est de l'inédit, balancé-je en secouant la tête.

Il se gratte la tête, signe qu'il est mal à l'aise.

— Angélique n'a cessé de nous remercier depuis hier soir, donc on peut dire que c'est OK ? râle-t-il en levant les yeux au ciel.

— OK ! Je n'en rajoute pas.

Le médecin nous rejoint à son tour, il m'explique rapidement comment s'est passée l'opération. Il retire le pansement pour inspecter la plaie. Tout lui semble propre, et en bonne voie pour la suite. Cela me rassure, je dois bien l'avouer. Puis, il en vient au bon déroulement de ma convalescence. Étant donné qu'aucun organe vital n'a été touché, et que je réponds bien au traitement, il envisage de me garder dans son service jusqu'à la fin de la semaine. C'est une bonne nouvelle, en revanche, il nous informe que deux agents de la police nationale sont là pour prendre ma déposition.

Lorsque les policiers nationaux viennent à ma rencontre, Julien et ma mère sont priés de sortir de la chambre. Ils se présentent chacun à leur tour, le contraste entre ces deux hommes est saisissant. L'un se nomme Cordale, son apparence me fait penser qu'il doit avoir la trentaine, il est grand, brun et élancé. Tandis que l'autre s'appelle Ysna, il a l'air d'être plutôt proche de la retraite, il est de petite taille, chauve et moustachu. Puis, ils m'informent que la conversation va être enregistrée afin qu'elle puisse être retranscrite dans les moindres détails.

— M. Pautel, nous sommes les agents chargés de l'enquête sur la tentative de meurtre à votre encontre. Que pouvez-vous nous dire sur ce qu'il s'est passé hier dans l'après-midi devant la maison de repos de Saint-Rémy-de-Provence ? me demande Ysna en touchant sa moustache.

Je me redresse légèrement, mais ma blessure me fait un mal de chien.

— Je vais vous dire ce que je me rappelle, car cela reste assez vague. Je venais récupérer ma mère Angélique Latouri à la maison de repos de Saint-Rémy-de-Provence. Elle attendait mon arrivée.

Je revois le moment où ma mère m'aperçoit, son sourire, sa joie. Nos retrouvailles après les ténèbres. Cordale en profite pour prendre consciencieusement des notes, sans sourciller.

— Lorsqu'elle m'a aperçu, elle s'est avancée vers moi, prononcé-je la voix plus faible. J'ai entendu des pas lourds derrière moi… Je n'ai pas eu le temps de me retourner, car une détonation a retenti…

Je revis cette scène fatidique. Les deux hommes en face de moi ne montrent aucune réelle émotion à la suite de ma déclaration. J'imagine que leur métier et leur expérience les habituent à garder leur sang-froid en toutes circonstances.

— Une douleur vive et brutale m'a transpercé l'épaule. J'ai commencé à avoir du mal à respirer. Ensuite, ma vue est devenue floue et je suis tombé à terre comme une poupée de chiffon. Ma mère hurlait à l'aide.

Lorsque je finis mon récit, une boule vient se former dans mon ventre. Les cris de détresse de ma mère résonnent encore dans ma tête, inlassablement. Et la douleur est aussi vive physiquement qu'émotionnellement.

— M. Pautel, avez-vous eu le temps de voir qui vous a tiré dessus ? me questionne Cordale.

Je secoue la tête frénétiquement.

— Non, je ne peux pas l'identifier, en revanche, ma mère oui, puisqu'elle se tenait en face de moi, précisé-je à Cordale.

— Mme Latouri est venue au poste ce matin faire sa déposition, c'est M. Charles Latouri qui est à l'origine de cela. Plusieurs témoins vont dans ce sens également. Sachez qu'il est en garde à vue à l'heure où nous parlons. Que pouvez-vous nous dire sur votre relation avec lui ? rajoute Ysna en me regardant.

— C'est mon beau-père avec qui ma mère est en instance de divorce. Il ne m'a jamais supporté, mais je pense que la goutte d'eau qui a fait déborder le vase c'est la demande de divorce de ma mère et mon soutien face à cette décision. Pendant qu'elle était à la maison de repos, il n'a cessé de la harceler pour qu'elle revienne, d'ailleurs j'ai dû bloquer son numéro de téléphone. La direction était au courant également, j'ai expressément demandé qu'il soit interdit de visite. Je pense qu'il n'a pas supporté de perdre le contrôle sur ma mère, certifié-je aux deux agents en face de moi.

— Oui, en effet. Souhaitez-vous porter plainte ?

Un sourire apparaît sur mon visage, le premier depuis le début de l'interrogatoire.

— Oh oui ! Je veux porter plainte contre cette ordure plutôt deux fois qu'une ! réponds-je sans hésitation.

— C'est noté, nous allons l'enregistrer. Au besoin, nous vous recontacterons. Mais soyez rassuré maintenant, le procureur de la République engage d'ores et déjà une enquête et il sera poursuivi. Écoutez, nous n'allons pas plus vous fatiguer, nous avons tout ce qu'il nous faut. Prenez soin de vous ! indique Ysna en me serrant la main.

— Avec plaisir, Messieurs, dis-je le cœur léger.

Quand ils quittent la chambre, Julien et ma mère reviennent auprès de moi. Nous sommes tous les trois soulagés que l'autre ordure soit en garde à vue.

Je suis étonné de ne pas avoir reçu d'appels de ma grand-mère Nana, et pour cause, ni Julien, ni ma mère l'ont prévenue. Je le ferai un peu plus tard…

Sasha m'appelle par WhatsApp visio en début de soirée pour prendre de mes nouvelles. Je suis content de voir son doux visage. Elle est aussi ravie que moi d'apprendre que je pourrais potentiellement sortir de l'hôpital samedi. Nous croisons fort les doigts tous les deux. Elle me dit qu'après avoir pris une bonne douche et mangé une pizza, elle s'est rendue à la Cathédrale Saint-Trophime d'Arles située en face de la mairie pour prier et remercier Saint-Raphaël, l'archange de la guérison. Je suis à la fois touché et sceptique, je ne suis pas particulièrement croyant. Même si je porte le prénom de l'archange de la guérison, ce n'est pas un hasard… Tout est bon à prendre !

Chapitre 26

"

Toi, tu es mon univers, et je veux juste te faire passer en premier,
Tu illumines mon monde.

Coldplay - My universe

"

SASHA

En me réveillant ce matin, j'ai une drôle de sensation sans pour autant savoir quoi faire de cela. Je préfère ne pas m'y attarder et je file prendre une bonne douche chaude. En sortant, je me dirige vers mon dressing, je choisis de porter un ensemble tailleur pantalon vert bouteille et je l'assortis avec une paire de Converse basses noires, c'est parfait ! J'adore porter des looks complètement décalés, c'est un peu ma signature vestimentaire. J'envoie un message à mon Démon préféré pour m'assurer qu'il va bien.

Bonjour Démon, comment vas-tu ce matin ? Je pars pour l'agence, je t'aime.

Bonjour, mon amour, je vais bien, arrête de t'inquiéter ! Passe une belle journée, je t'aime.

Nous sommes au beau milieu du printemps, et dans le sud de la France, les températures sont élevées pour la saison. Le soleil transperce le brouillard épais de mes pensées et de mon âme, il réchauffe mon cœur endommagé par la peur ressentie au cours de ces dernières quarante-huit heures. Je roule en direction d'Aix-en-Provence, c'est mon point d'ancrage et la seule chose stable à laquelle je puisse me rattacher en ce moment.

Lorsque j'arrive, les bureaux sont vides, visiblement je suis la première à arriver sur les lieux, ce qui est plutôt rare. Généralement, Théo est toujours le premier à l'agence et il fait couler le café. Aujourd'hui, ce sera donc moi.

Je m'installe confortablement à mon bureau et commence par vérifier mes mails, un en particulier attire mon attention, il date de ce matin et c'est Théo qui me l'a envoyé via son téléphone portable. Il concerne la campagne pour le savon Pautel. Quand je l'ouvre, je suis à la fois scandalisée et horrifiée par ce que je vois et lis. Il m'a transmis une copie de l'article de presse de La Provence, datant de ce matin, sur la tentative de meurtre à l'encontre de Raphaël. J'étais tellement déconnectée de la réalité que je n'ai même pas vu qu'on ne parlait que de ça dans les journaux, dans les médias et sur les réseaux sociaux. Théo m'a écrit :

« Sasha, je ne sais pas quand tu liras ce mail exactement car tu étais malade hier, mais sache que M. Pautel s'est fait tirer dessus en pleine rue hier ! Quelle horreur, tu te rends compte ? J'aimerais, si tu viens bosser aujourd'hui, que tu lui fasses parvenir un bouquet de fleurs accompagné d'une carte et d'un message comme « Tous les membres de l'agence Impulse Mark & Co vous souhaitent un prompt rétablissement ». Sinon, je demanderai à Laly de s'en charger.

Bon, tout le monde est au courant de ce qui s'est passé, je me demande comment Raphaël et sa mère vont vivre cette situation. Toute leur vie privée est déballée sur la place publique, je pense qu'il y a du vrai et du faux là-dedans, autant ne pas y prêter attention. Je n'ai pas trop le temps d'y réfléchir, car Théo arrive, suivi de près par Laly. Et forcément la première chose dont il me parle, ce n'est pas de ma santé, mais de Raphaël.

— Bonjour, Sasha ! As-tu lu mon mail concernant M. Pautel ? demande rapidement Théo. C'est fou ce qui lui est arrivé, tu ne trouves pas ?

Je pince les lèvres instinctivement.

— Euh, je dirais surréaliste… Je vais contacter notre fleuriste habituelle et lui faire parvenir un bouquet de pivoines et un mot de notre part, réponds-je en pianotant sur mon clavier.

— Impeccable ! Sinon, comment vas-tu aujourd'hui ? lance-t-il en s'approchant de moi.

Je baisse la tête, pas fière d'avoir *encore* menti… Je me racle la gorge.

— Je vais mieux, je te remercie de t'en soucier. À quelle heure est la réunion pour la campagne Lancôme ? demandé-je afin de ne pas m'étendre sur ma santé.

— La réunion est à 10H30, mais rejoins-moi dans mon bureau à 10H00, pour que l'on revoit deux-trois choses ensemble. Cela devait être une visioconférence, mais Louise Delacroix a insisté pour venir, prétextant que c'était sur son chemin. Tu connais le proverbe : le client est roi ! m'informe-t-il sur le ton de la plaisanterie.

Je souris.

— Très bien, si cela l'arrange de venir, ce n'est pas dérangeant pour nous. Effectivement, je vais rattraper mon retard en attendant, si tu le permets, prononcé-je en replongeant mon regard sur mon écran.

Puis il s'en va sans faire de bruit.

J'ai besoin d'une deuxième bonne tasse de café pour m'aider à tenir le coup. Je me rends dans la cuisine collective et j'y trouve Laly en train de s'en préparer un justement. Dans la foulée, elle me propose gentiment de m'en faire couler un également, j'accepte volontiers.

Je la trouve particulièrement rayonnante et je me permets de le lui dire. Apparemment, cela la gêne, car elle devient toute rouge.

Cette femme magnétique est si sûre d'elle en temps normal, est désappointée par un simple compliment, c'est vraiment étrange. Mais honnêtement, avec ce que je vis actuellement, je n'ai pas le temps de m'y attarder égoïstement…

Je rattrape tant bien que mal mon retard et lorsque l'heure de la réunion sonne, je suis totalement opérationnelle. Une demi-heure plus tard, apparaît dans l'agence, une Louise Delacroix a l'air préoccupée et fatiguée. Décidément, j'ai l'impression que tout le monde est tourmenté aujourd'hui, pour une raison ou pour une autre. Néanmoins, notre réunion se déroule formidablement bien, nous datons le jour du tournage pour début juin au Domaine de la Rose à Grasse. Puis, elle nous explique vaguement qu'elle est préoccupée, car l'un de ses amis proches a été victime d'une tentative d'assassinat en début de semaine et qu'elle prend quelques jours de congés pour lui rendre visite.

Quel est le taux de probabilité pour qu'elle parle de Raphaël ? Non aucune chance… Mais dans la foulée, elle prononce son nom – Raphaël Pautel. Mon cœur rate un battement, je tombe de plusieurs étages, le monde est si petit que cela, pour qu'ils soient « *amis* » tous les deux ? Et pour couronner le tout, Louise est une femme magnifique avec un style à la Audrey Hepburn à tomber par terre. C'est simple, elle est élégante sans être trop sophistiquée, et en plus elle est également talentueuse ! C'est bien ma veine … Je suis piquée par une pointe de jalousie complètement mal placée.

Mon visage doit trahir mes tourments, même si je tente de garder un masque calme à l'extérieur. Elle s'arrête de parler pour me demander si je me sens bien. *Et en plus, elle est attentionnée !* Théo s'empresse de répondre à ma place en disant que nous connaissons également M. Pautel et que cela perturbe toute l'équipe. La discussion est close, notre réunion se termine avec un goût amer. Louise part rejoindre Raphaël, *mon Raphaël, mon Démon !*

— Tu es toute blanche, es-tu sûre d'aller mieux, Sasha ? Car, si ce n'est pas le cas, rentre chez toi et reviens-nous en forme demain c'est préférable, propose-t-il gentiment.

— Ce n'est rien, je dois faire une hypoglycémie, je n'ai pas pris le temps de petit déjeuner ce matin. Ne t'inquiète pas, ça ira mieux lorsque j'aurai avalé quelque chose de sucré, indiqué-je en me forçant à sourire, l'esprit ailleurs.

Théo met sa main sur mon bras, l'air inquiet pour ma santé.

— D'accord Sasha, je te crois. Il y a des friandises dans la cuisine, tu devrais aller en prendre afin de faire remonter ta glycémie. Et si après tu ne te sens pas bien, fais-le-moi savoir ! insiste-t-il.

Je hoche de la tête et m'en vais dans la cuisine, un peu de sucre ne me fera pas de mal. J'avale un snickers et en prends un deuxième avant de retourner dans mon bureau. Mon cerveau turbine à mille à l'heure. Depuis combien de temps Raphaël et Louise se connaissent-ils ? Ont-ils eu une relation ? Pourquoi se rend-elle à son chevet ? Les mots de Louise résonnent comme une détonation dans mon esprit déjà perturbé.

J'implore à mon cerveau de se mettre en pause, si je pense à ça toute la journée, je risque de devenir folle et franchement, c'est inutile de m'infliger cela en plus du reste.

À l'heure du déjeuner, je suis sincèrement heureuse que Laly me propose qu'on aille manger à l'extérieur. Depuis le temps que nous travaillons ensemble, nous avons nos petites habitudes et celle pour le repas est d'aller chez Gino, un fabuleux restaurant italien à deux pas de l'agence. Il se niche dans une petite rue, offrant une ambiance chaleureuse et intime dès l'entrée. La façade, ornée de volets en bois et de pots de fleurs suspendus, évoque les ruelles pittoresques de la Toscane. À l'intérieur, des tables en bois rustique sont dressées avec des nappes à carreaux rouges et blancs, évoquant une tradition authentique et conviviale. Les murs, décorés de photos en noir et blanc de paysages italiens et de portraits familiaux, racontent une histoire de passion pour la cuisine et la culture italienne. Des étagères en bois massif présentent des bouteilles de vin, soigneusement sélectionnées, provenant toutes de la région d'Italie : du Chianti au Barolo. J'adore l'ambiance qu'on y trouve.

— Tu as eu une excellente idée, c'est toujours un plaisir d'aller déjeuner chez Gino, dis-je à Laly en souriant.

— Je suis ravie que tu aies accepté, car pour tout te dire je me fais du souci pour toi.

— Pour moi ? Pourquoi ? C'est adorable Laly, mais tu n'as aucune raison de t'inquiéter, réponds-je sans voir où elle veut en venir.

Nous sommes coupées par la sonnerie de mon téléphone portable qui ne cesse de sonner. Je m'excuse et regarde les appels en absence, ma mère m'a visiblement appelée quatre fois et Juliette deux fois. Elles m'ont toutes les deux laissé un message que je m'empresse d'écouter.

— Allô, ma chérie c'est maman ! Je viens de voir les infos, c'est horrible ce qui est arrivé à M. Pautel ! Comment va-t-il ? Je suis inquiète pour lui et surtout pour toi, rappelle-moi s'il te plaît…

Deuxième message :

— Sash c'est Isa, putain je viens d'apprendre pour Raphaël ! Rappelle-moi ma copine, je n'ose imaginer dans quel état tu es…

J'ai l'impression que la terre entière est déjà au courant de ce qui s'est passé lundi. Les journalistes ont dû s'emparer de cette tragédie… Pas vraiment étonnant, Raphaël est de notoriété publique. Sa vie fait souvent la une des médias. Quant à son beau-père, c'est un membre respecté de sa ville, enfin jusqu'à présent, car je suppose que sa côte de popularité a dû dégringoler en flèche depuis qu'il a été placé en détention provisoire.

— Je m'excuse Laly, je dois passer deux appels téléphoniques importants. Peux-tu me commander des pâtes à la carbonara, s'il te plaît ? Je te rejoins le plus vite possible, promis.

— Oui, bien évidemment, mais après tu me racontes tout ce qu'il se passe ! exige-t-elle en soulevant un sourcil, l'air grave.

— Promis !

Elle rentre dans le restaurant, je rappelle ma mère en premier, car elle avait l'air vraiment très inquiète.

— Allô, maman ! J'ai bien reçu ton message…

Je n'ai même pas le temps de dire plus, car elle me coupe et elle prend directement la parole.

— Ma chérie, c'est fou ce qui est arrivé, je dois t'avouer que la nouvelle m'a complètement bouleversée. Comment peut-on tirer sur une personne comme cela, en pleine rue ? En plus, d'après les médias c'est son beau-père qui a tenté de l'assassiner, tu t'en rends compte ? Quelle horreur ! Comment va-t-il ? Comment vas-tu ? demande-t-elle avec empressement.

Toutes ces questions m'oppressent le cœur. Je suis à deux doigts de m'effondrer.

— Alors, oui maman c'est atroce, mais heureusement le pire a été évité. Si tout va bien, Raphaël devrait pouvoir rentrer chez lui d'ici la fin de la semaine, indiqué-je à ma mère dans un souffle.

— C'est une bonne nouvelle ! En plus, je vais lui en annoncer une autre, car son offre a été acceptée ! Le mas est à lui, s'il le veut toujours. Penses-tu que je puisse l'appeler pour lui faire part de la décision des propriétaires ? me questionne-t-elle de plus belle.

— Oui, s'il ne te répond pas, le mieux c'est de lui laisser un message et il te recontactera quand il le pourra. Je dois raccrocher, maman, car Isa m'a laissé un message également.

Maintenant, c'est au tour d'Isa, mais je compte bien faire cela fissa. Je ne veux pas laisser trop longtemps Laly au restaurant toute seule, c'est très mal élevé de ma part. L'appel est rapide, car elle connaît déjà beaucoup de détails grâce à Agathe. J'aurais dû y penser ! On convient qu'elles viendront dîner à mon appartement ce soir, cela me changera les idées et je suis sûre de passer un agréable moment en leur compagnie.

Lorsque je rentre dans le restaurant, un parfum irrésistible de tomates mijotées, de basilic frais, d'ail et de pain sortant du four emplit l'air. Gino m'accueille chaleureusement comme à son habitude. Au fond, la cuisine ouverte laisse entrevoir le chef, en tablier blanc, remuant des casseroles de sauce maison. L'éclairage tamisé, ponctué de bougies sur chaque table, crée une atmosphère chaleureuse. Quand je m'assieds face à Laly, elle ne dit rien et attend que ce soit moi qui engage la conversation.

— Je te trouve sincèrement rayonnante en ce moment ! lâché-je en l'observant.

Elle me sourit chaleureusement, mais dans sa façon de m'observer, je sais qu'elle n'est pas dupe.

— N'essaie pas de noyer le poisson, Sasha ! Je te connais assez bien, dois-je te rappeler le nombre d'années que nous travaillons ensemble ?

Je pouffe de rire face à son aplomb légendaire.

— Bon, Laly 1, Sasha 0 ! Alors, par où commencer ?

Je pose ma main sur ma tête.

— Essaie par le commencement, ça sera plutôt bien.

Mes joues cramoisissent instantanément, le commencement, en effet c'est limpide… mais je suis tellement fatiguée.

— Pour faire simple, je suis en couple avec Raphaël Pautel,

réponds-je sans réfléchir davantage.

Je crois que j'ai réussi à clouer son bec. Elle ne sait pas quoi me répondre… et je la comprends étant donné la relation professionnelle qui nous lie à lui. Et surtout, avec ce qu'il vient de lui arriver. Néanmoins, elle reprend son flegme habituel assez rapidement.

— Tout s'explique maintenant ! prononce-t-elle en tapant du poing sur la table. Ton absence d'hier, ta tête de déterrée d'aujourd'hui et ton humeur fluctuante de ces dernières semaines ! Je suis profondément heureuse pour toi, tu peux compter sur ma discrétion. C'est vraiment horrible ce qu'il lui est arrivé. Je n'ose imaginer ce que tu ressens.

Elle me prend les mains.

— Merci, je suis touchée par autant de sollicitude. Ce n'est pas facile à vivre. Cependant, il va s'en sortir et c'est l'essentiel. Pour le moment cela doit rester entre nous.

Elle hoche la tête pour acquiescer.

— Motus et bouche cousue ! Je ne le dirai à personne ! prononce-t-elle en accompagnant ses actes à sa parole. Après tout, c'est ta vie privée. Merci de me faire confiance. Cela me touche énormément. Même s'il a fallu te tirer les vers du nez !

Le serveur nous apporte notre plat, c'est un délice comme d'habitude, je ne connais aucun plat de la carte qui ne soit pas excellent !

Notre discussion se porte presque automatiquement sur le travail et les différents contrats que nous avons signés. Elle a beau tenir l'accueil de l'agence, son poste est très important, elle est l'élément central de l'agence, car pratiquement tout transite par elle ; les appels, les mails, les réservations….

En tout cas, il y a un sujet qu'elle n'aborde pas : c'est Théo, la petite cachotière…

Nous rentrons au bureau le ventre bien rempli, et pour ma part, le cœur un peu plus léger. Lui avoir parlé de ma relation avec Raphaël m'a fait un bien considérable. Pendant des jours, j'avais gardé en moi les émotions tourmentées liées à ma relation, ne sachant pas comment les gérer au travail. Et pendant ce déjeuner, assise en face d'elle, dans le restaurant italien, les mots sont enfin sortis, brisant le silence pesant que j'entretenais. Laly, avec son écoute attentive et ses paroles réconfortantes, a su me rassurer, m'encourager à exprimer ce que je ressens vraiment. Je me sens comprise, moins seule face au dilemme qui nous lie professionnellement parlant.

L'après-midi est passé à toute vitesse, je n'ai pas vu le temps défiler, car j'ai travaillé sur une proposition pour un nouveau client.

Raphaël a reçu le bouquet de pivoines, car il m'a envoyé un SMS pour me remercier personnellement, en rajoutant qu'il pensait à moi. En quittant le travail, je lui envoie ma réponse.

Ravie de lire que le bouquet et
le message t'ont plu !
Cette journée a été affreusement
longue sans toi, tu me manques !

Pas de réponse. Je prends la route en me demandant pourquoi il ne me répond pas. D'habitude, c'est quasi de l'instantané. Et une fois n'est pas coutume, je me laisse bercer par la musique en cet fin d'après-midi printanier.

Le soleil se couche de plus en plus tard, rallongeant agréablement les jours. Quel bonheur de vivre dans le sud de la France ! À Arles, les touristes commencent à arriver, dans le centre-ville, nous assistons au ballet de personnes marchant avec leur valise. Lorsque je prête attention à la musique, c'est Angèle et Dua Lipa qui chantent en duo avec Fever, « avant *que tu n'arrives, je m'en sortais très bien, habituellement je n'y prête pas attention et quand c'est arrivé, je te regardais dans les yeux, soudainement je pouvais le ressentir, j'ai de la fièvre, alors, peux-tu vérifier ? La main sur mon front, embrasse mon cou et quand tu me touches, mon amour, je rougis, j'ai de la fièvre, alors, peux-tu le vérifier...* ».

J'en connais un autre qui me donne de la fièvre…

Chapitre 27

66

Me vois-tu comme je te vois, me sens-tu comme je te sens,
Faudrait surtout rien gâcher, Baby si tu savais comme tu me fais du bien,
Quand on a quelque minute volée au quotidien.

♫ Shy'm - Si tu savais ♪

RAPHAËL

Le 17 mai 2024

Si tout va bien, je sors bientôt !

Putain, je déteste être assis là à ne rien faire alors que j'ai une tonne de travail qui s'entasse sur mon bureau. Il est temps que j'embauche un directeur adjoint compétent. C'est à ce moment-là que je me rends à l'évidence. Impossible pour moi de continuer à tenir tous les rôles importants dans la société. Surtout si je veux continuer à développer l'entreprise à l'international. Cela va me demander d'effectuer des voyages d'affaires à l'étranger et pendant ce temps, il faudra bien qu'il y ait une personne sur place pour me seconder.

La journée d'aujourd'hui est riche en rebondissements ! C'est le moins que l'on puisse dire…

Après avoir répondu au message de Sasha, je reçois plusieurs appels de personnes inquiètes à la suite des articles parus dans la presse, relatant la tentative de meurtre qui s'est déroulée lundi après-midi. Je n'ai absolument pas envie de répondre à tout le monde, c'est trop pour moi. J'ai besoin de prendre du recul sur la situation. En revanche, j'appelle ma grand-mère, Nana qui doit se faire un sang d'encre, la pauvre.

— Bonjour, Nana.

J'entends des sanglots, j'ai le cœur qui se serre.

— Mon chéri, mon dieu, c'est toi.

Elle reprend sa respiration.

— J'ai eu la peur de ma vie. Ne me refais plus jamais ça, tu m'entends ? Pourquoi ta mère ne m'a pas contactée afin de m'informer du drame ?

J'ai droit à une bonne engueulade de sa part. Elle ne comprend pas. Sa question est légitime, mais je ne peux pas répondre à la place de ma mère.

— Le plus important, Nana, c'est que ma vie n'est pas en danger. Si tout évolue normalement, je sors de l'hôpital samedi. Viendras-tu me rendre visite chez moi ?

— Oui, bien évidemment, mon chéri !

Elle est soulagée, je le sens dans sa voix. J'ai réussi à la rassurer sur mon état. Sacré Nana.

— Promets-moi une chose, une seule, car je te connais… Prends soin de toi, et surtout ne fais pas de bêtise.

— Je te le promets, Nana, je t'aime.

— Je t'aime aussi, mon chéri.

Je n'ai pas le temps de respirer que mon téléphone sonne. Lorsque je décroche, je reconnais la voix caverneuse de l'agent Ysna. Il m'informe qu'à la suite de la garde à vue de mon cher et tendre beau-père, le juge a pris la décision de le placer en détention provisoire en attendant son procès pour tentative de meurtre. Il a jugé que c'était trop risqué de le laisser sortir même avec un bracelet électronique. C'est un soulagement, il ne pourra plus nous nuire, enfin surtout à ma mère. En toute franchise, même s'il a encore réussi à me blesser physiquement, ce n'est rien comparé à ce qu'elle a vécu à ses côtés pendant toutes ces années. Maintenant, depuis sa cellule de prison, il est dans l'incapacité de pouvoir nous atteindre. Désormais, il ne peut ni harceler ma mère au téléphone ni venir chez moi à l'improviste. C'en est fini pour lui. Malgré ce qu'il m'a fait, je n'ai pas peur de lui. Au contraire, je crois que je n'ai jamais été aussi déterminé de ma vie. Je le ferai payer coûte que coûte toute la souffrance qu'il nous a infligée. Ce n'est pas la peur qui m'anime aujourd'hui, mais la rage.

Après mon formidable repas digne de n'importe quel hôpital de France, je reçois un appel téléphonique de la mère de Sasha, ce coup-ci. C'est en sa qualité d'agent immobilier qu'elle me contacte.

— Bonjour, M. Pautel, j'ai appris ce qu'il s'est passé, permettez-moi tout d'abord de vous souhaiter un prompt rétablissement ! Ensuite, je suis porteuse d'une excellente nouvelle, les propriétaires du mas ont accepté votre offre ! Si vous souhaitez toujours l'acquérir, il est à vous, m'annonce-t-elle joyeusement.

Waouh, c'est la seconde bonne nouvelle de la journée. Je souris comme un enfant devant un kilo de bonbons.

— Bonjour, Mme Correns, je vous remercie infiniment ! Bien évidemment, je suis toujours intéressé. Je vous recontacte la semaine prochaine afin de fixer un rendez-vous pour la signature du compromis.

— C'est parfait, à la semaine prochaine, alors. Je vous souhaite un prompt rétablissement, prononce-t-elle avant de raccrocher.

Le médecin passe m'ausculter puis donne son feu vert aux infirmières afin de me retirer le drain. Petit à petit, les choses vont rentrer dans l'ordre, j'en suis intimement persuadé. D'ailleurs, il m'autorise à sortir samedi matin, à condition de réaliser une hospitalisation à domicile, une bonne nouvelle de plus ! Je jubile littéralement.

En milieu d'après-midi, un livreur vient me déposer un énorme bouquet de pivoines blanches et roses. Il est accompagné d'une carte avec un message de bon rétablissement de la part de l'agence Impulse Mark & Co. Mais ce n'est pas tout, il y a un PS « *Hâte de te retrouver* » signé Sasha. J'adore le fait qu'elle me surprenne chaque jour.

Décidément, la journée a trop bien commencé. Mais voilà qu'en fin d'après-midi, Louise arrive sans crier gare. Putain, s'il y avait bien une femme à qui je ne pensais plus, c'est bien elle. Pourquoi est-elle là ? Ma vie n'est-elle pas assez compliquée comme ça ? Il faut croire que non ! Je ne comprends absolument pas ce qu'elle vient faire ici. Elle s'approche lentement de moi et me caresse tendrement la joue. Je suis dans l'incompréhension la plus totale.

— J'ai appris que tu avais été blessé par ton beau-père, cela m'a bouleversée. Mon cœur m'a crié de venir à ton chevet, prononce-t-elle les larmes aux yeux.

Je reste interdit.

— Louise, merci d'avoir fait de la route pour venir me voir, mais je n'ai absolument pas besoin d'une garde-malade. J'ai tout ce qu'il me faut, et bien plus encore, précisé-je pour lui faire comprendre les choses.

Je crois que j'y suis allé un peu trop fort avec elle. C'est mon côté brut de décoffrage… Louise reste comme figée, comme si je venais de la gifler. Pendant quelques secondes, elle me regarde fixement avant de se mettre à pleurer à chaudes larmes en reculant sa main, comme si je venais de la brûler.

— Tu ne peux absolument pas concevoir, à quel point notre séparation a été difficile pour moi ! Quand tu m'as quittée il y a un an, du jour au lendemain, je me suis sentie tellement mal, que je n'avais plus goût à rien. J'ai essayé d'être forte, vraiment. Mais notre séparation m'a détruite. Je t'aimais de tout mon être, et j'acceptais le fait de te partager de temps en temps, car tu avais des besoins sexuels débordants. Finalement, je ne te suffisais pas ! C'est pour cela que j'ai décidé de m'éloigner géographiquement de toi.

Elle s'interrompt un instant, afin de reprendre son souffle.

— Car te croiser tous les jours était devenu mon enfer personnel. Chaque jour sans toi, c'était comme un vide qui me rongeait de l'intérieur ! Je n'arrivais plus à respirer normalement. Chaque endroit, chaque instant, me rappelait ce que j'avais perdu, c'est-à-dire toi ! J'ai donc postulé chez Lancôme… J'ai été embauchée pour le poste de directrice générale au Domaine de la Rose. Mais la distance n'a pas suffi, j'ai continué de penser à toi, je suis incapable de passer à autre chose, car je t'aime toujours ! Même après tout ce temps… Je ne pensais pas que l'amour pouvait faire aussi mal que des épines de rose…, sanglote-t-elle en me prenant la main.

Son discours m'émeut, je dois bien l'avouer, mais je ne ressens assurément pas les mêmes sentiments à son égard. Comment le lui dire sans la blesser, plus qu'elle ne l'est déjà ? Elle est dans un tel état que je ne souhaite pas la brusquer. Je ne veux pas être le salaud de l'histoire encore une fois…

— Calme-toi, Louise, prononcé-je en lui tendant un mouchoir, qu'elle accepte.

— Je suis venue depuis Grasse, uniquement pour te voir. Ça me ronge de te savoir cloué ici. J'avais besoin de te toucher… malgré le mal que tu m'as fait.

En y repensant, c'est vrai que je n'ai pas été correct avec elle.

Lorsque j'ai rencontré Sasha, cela faisait déjà quelques mois que Louise et moi étions en couple. Mais j'avais posé mes conditions, chacun pouvait passer du bon temps avec qui bon lui semble s'il en ressentait le désir. Et je dois dire que j'ai bien profité de la situation, lorsque j'avais des rendez-vous d'affaires ou d'autres invitations mondaines, je m'y rendais accompagné de Louise à mon bras, elle jouait son rôle à la perfection. Et certains soirs, je retrouvais d'autres femmes. Sasha est entrée dans ma vie tel l'ouragan Katrina, dévastant toutes mes belles convictions sur son passage. Le lendemain de ma nuit passée avec elle, je me suis rendu chez Louise pour rompre. Techniquement, je ne l'ai pas trompée puisque nous avions un accord, et puis je n'ai jamais ressenti pour elle, ce que j'ai ressenti pour Sasha dès les premières minutes, même si j'ai lutté pour ne pas succomber…

Louise est mon passé.

Sasha est mon présent.

Et je l'espère, mon futur…

Louise se rend compte de mon trouble, mais elle interprète mal les signes que je lui envoie, car elle revient vers moi et m'embrasse. Au même moment, la porte de ma putain de chambre d'hôpital s'ouvre, laissant apparaître Sasha au visage stupéfait.

Chapitre 28

J'en ai assez de ce même amour passé, c'est comme si j'avais explosé,
J'en ai assez de ce même amour passé, le genre d'amour qui te brise le cœur.

Selena Gomez - Same old love

SASHA

Raphaël me manque trop, je ressens le besoin de lui faire une surprise et d'aller le retrouver ce soir. La circulation est assez fluide, ce qui me permet d'arriver aux alentours de 18H30 sur le parking de l'hôpital d'Avignon. Malgré la fatigue, je suis en joie à l'idée de pouvoir tenir dans mes bras l'homme que j'aime plus que tout au monde. C'est le pas léger et le cœur rempli d'amour que je me dirige vers sa chambre.

J'ouvre la porte, le cœur battant la chamade, impatiente de le retrouver. Mais à peine ai-je fait un pas dans la pièce, je me retrouve figée face à la scène qui s'offre devant mes yeux. Louise est penchée sur Raphaël et leurs lèvres sont scellées par un baiser. Le temps semble s'être arrêté. La joie de le retrouver fait face à une multitude d'émotions qui m'envahissent : surprise, trahison et confusion. Mon esprit est en proie à un tourbillon de pensées, je m'aperçois que ma main tremble légèrement sur la poignée. Je n'étais pas prête à faire face à la réalité. Raphaël n'est pas l'homme d'une seule femme…

Il repousse violemment Louise, mais le mal est fait ! Je suis anéantie par l'homme à qui j'ai offert délibérément mon cœur sans condition. Une fois la stupeur et l'effroi passés, mon cerveau se remet à fonctionner correctement. Je tourne le dos à cette scène d'horreur et fuis en courant le plus rapidement possible. Comment a-t-il pu me faire ça ? Comment a-t-il pu me trahir ? Je ne comprends pas ce qu'il m'arrive, mon monde s'effondre en un instant, en un claquement de doigts.

Je l'entends crier mon prénom lorsque je suis dans le couloir, mais je ne peux pas rester là, sans rien faire. Lui pardonner encore une fois n'est pas dans ma capacité, c'est au-dessus de mes forces ! Je cours jusqu'à la sortie, les larmes coulent à flots sur mon visage, encore une fois… une fois de trop. Je reprends donc la route dans un état pitoyable. Dire que j'ai annulé ma soirée avec ma meilleure amie pour aller le voir ! *Quelle conne je suis !*

Tant pis, en route j'appelle Juliette, c'est la seule personne qui saura trouver les mots justes pour m'aider ce soir. Bien évidemment, je pleure toutes les larmes de mon corps, j'ai l'impression d'avoir reçu un couteau dans le dos.

— Juliette, on peut se voir ce soir, j'ai besoin de toi ! sangloté-je sans m'arrêter.

— Oui bien sûr, Sash ! Que se passe-t-il ? Pourquoi pleures-tu ? s'inquiète-t-elle.

— Raphaël m'a trompée.

Lorsque je prononce cette phrase, ma voix s'éteint.

— Quoi ? Ce n'est pas possible, il est fou de toi ! certifie-t-elle sans aucune hésitation.

Je serre mes doigts sur le volant. La colère monte en flèche.

— Eh bien, il a une drôle de façon de me le prouver, hoqueté-je en me concentrant sur la route.

— On ne va pas avoir cette discussion par téléphone alors que tu conduis, viens à la maison.

Je respire un grand coup. Juliette va m'aider, c'est sûr.

— OK ! Je suis en chemin, l'informé-je avant de raccrocher.

À certains moments de la journée, j'ai une chanson qui s'infiltre dans mon esprit. Généralement, elle est liée à mon humeur. Et visiblement, la musique la plus adaptée à l'instant T est « confessions nocturnes » de Diam's et Vitaa… J'ai vraiment du mal à croire ce que j'ai vu. Comment a-t-il pu me trahir ? Comment ai-je pu me tromper autant ? J'ai plongé la tête la première sans réfléchir, alors que monsieur n'a pas hésité une seule seconde à coller ses lèvres sur celles d'une autre.

Mon téléphone ne cesse de sonner, et c'est la seule et unique même personne qui essaie en vain de me contacter : Raphaël. Il a un culot monstrueux, s'il croit que je vais lui répondre, il peut bien se fourrer le doigt dans l'œil ! D'ailleurs en arrivant chez ma meilleure amie, je compte bien bloquer son numéro. *Stop*, il est temps maintenant pour moi d'ouvrir les yeux et d'arrêter de m'infliger une nouvelle fois cette torture émotionnelle et sentimentale.

Comment ai-je pu être aussi naïve et croire à toutes ses belles paroles ?

Une vague de tristesse et de déception s'installe peu à peu en moi, suivie de très près par un sentiment d'abandon et de vulnérabilité. Les souvenirs heureux passés ensemble semblent soudainement ternis par cette image qui ne cesse de tourner en boucle dans ma tête. Dans ce tumulte intérieur, je vacille entre l'irrépressible besoin de jeter la vérité au visage de Raphaël et l'impérieux désir de fuir, de m'éloigner pour ne pas raviver la blessure qu'il a laissée en moi.

Ce cocktail d'émotions me laisse complètement désorientée, hésitante entre la colère, la tristesse et un désir fou de comprendre ce qu'il vient de se passer.

Juliette m'ouvre la porte et me découvre dans un état pitoyable. Mes yeux ressemblent à ceux d'un panda, en plus du mascara qui a allègrement coulé sur mon visage, ils sont rouges et gonflés. J'ai tellement pleuré que j'en ai mal à la tête. J'en ai marre de larmoyer sans cesse, j'ai l'impression que ma vie se résume à ça en ce moment. Sans prendre garde, je suis montée dans un manège, des montagnes russes. Un coup, je suis au sommet du bonheur et de l'extase, et subitement, je m'écrase dans la douleur et la peine. Ce n'est plus possible. *Stop !*

Quand je rentre sans prendre la peine la toquer, Agathe et Juliette sont en grande discussion dans le salon. Lorsqu'elles m'aperçoivent, elles se taisent immédiatement. J'avais complètement oublié que nous devions passer la soirée toutes les trois avant que je l'annule pour rendre visite à Raphaël. *Quelle conne !* Peu importe, je vais parler de son patron devant elle. Après tout, lui ne m'a pas épargnée…

Nous nous installons toutes les trois dans le salon, Juliette me propose pour l'apéritif de boire un mojito fraise, j'accepte avec plaisir. Noyer mes problèmes dans l'alcool semble être une bonne solution sur le moment. De toute manière, je rentrerai à pied… Visiblement, elles avaient prévu d'en boire avant que je ne débarque pour foirer leur soirée en amoureuses. Tout à coup, je me sens de trop, leur bonheur m'explose en pleine tête. Comment puis-je être aussi égoïste ? Face à elles, je me sens comme une moins que rien, perdue. J'explique à Juliette que ça va aller et que je préfère les laisser tranquilles. Mais elle ne l'entend pas de cette oreille et m'oblige à rester en me disant que je ne gêne absolument personne.

La sonnerie de mon téléphone retentit encore une fois, j'ai complètement oublié de l'éteindre. Je l'attrape au fond de mon sac et fixe pendant quelques secondes l'écran qui annonce vingt appels en absence et un SMS, tous provenant du même contact ; c'est-à-dire Raphaël.

— Eh bah dis donc, le moins que l'on puisse dire, c'est qu'il insiste ! me dit Juliette.

Je hoche la tête mécaniquement.

— Je vais bloquer son numéro de téléphone comme ça, nous ne serons pas importunées pendant la soirée.

Juliette me prend par les épaules afin que je la regarde dans les yeux.

— Peut-être que tu devrais lire son message avant de décider quoi que ce soit, propose-t-elle en ayant l'air déterminée.

— Ne me dis pas que tu es de son côté maintenant ?! Car je ne le supporterais pas !

Elle revient vers moi, le regard fixé sur moi.

— Sasha, tu sais très bien vers qui vont ma loyauté et mon amitié. Cependant, il se pourrait bien qu'entre-temps il m'ait appelée pour me donner une explication. Alors, je ne te dis pas ce que tu dois faire ou non, mais lis au moins son message avant de prendre une décision.

Elle insiste vraiment. C'est un conseil plus qu'une obligation. Je connais Juliette, si elle n'est pas complètement remontée contre lui, c'est que Raphaël a su être convaincant.

— J'ose imaginer que si tu n'es pas en pétard contre lui, c'est qu'il a dû te fournir une bonne explication. Tu as toujours été de bons conseils jusqu'à présent, mais là je dois t'avouer que j'en doute… Car je suis sûre de ce que j'ai vu.

Je fonds dans ses bras. Je suis tellement fatiguée par ce yoyo émotionnel. Quand est-ce que je serai heureuse ? Quand est-ce que je serai enfin en paix ?

— Lis le message et après on en discute, affirme-t-elle en me montrant du doigt mon téléphone.

J'ouvre son SMS :

> Sasha, ma déesse, mon amour, ce n'est pas ce que tu crois ! Je t'en prie, je t'en supplie, même, rappelle-moi. J'ai besoin que tu entendes la vérité sur ce qu'il s'est passé dans ma chambre aujourd'hui lorsque tu es arrivée. Louise n'est qu'une ex dont j'avais oublié jusqu'à son existence avant qu'elle ne débarque à l'hôpital. Je n'ai pas voulu de ce baiser, tout ce dont j'ai besoin c'est de TOI ! Et de toi seulement, crois-moi. Je suis perdu sans toi… JE T'AIME, ne nous abandonne pas…

Une larme coule sur ma joue, encore, mon cœur se serre, encore, ma gorge se noue, encore, et une boule se forme dans mon estomac, encore… S'il dit la vérité, que s'est-il réellement passé pour qu'il se retrouve collé aux lèvres de Louise Delacroix ?

Dans ma tête, une bataille féroce se livre entre l'ange qui a envie de le croire sur parole et le diable qui me dit qu'on ne change jamais ! Je me sens complètement perdue, c'est pourquoi avant de lui répondre, je décide d'en parler avec les filles.

Lorsque j'ai fini mon histoire, Juliette me raconte celle qu'il lui a dit par téléphone.

— Apparemment, cette Louise est son ex-copine, d'ailleurs, Agathe me l'a confirmé. Ils étaient ensemble l'année dernière. Il l'a quittée et elle l'a très mal pris. Bref, elle est partie vivre à des centaines de kilomètres… Ils ne se sont jamais recontactés depuis. Quand elle a vu dans les médias ce qu'il lui était arrivé, elle a décidé de débarquer à l'improviste. Louise lui a fait une déclaration d'amour et l'a embrassé, mais il l'a repoussée, vraisemblablement tu as vu uniquement la fin de la scène. Je comprends que tu ne sois pas bien, mais je l'ai eu au téléphone, Sasha, il est désespéré. Donne-lui au moins une chance de s'expliquer.

J'ai mal à la tête. Je n'en peux plus de tous ces drames.

— Louise Delacroix est une cliente de l'agence. Elle a le poste de directrice chez Lancôme… Je dois bosser avec elle, murmuré-je dans un souffle. Raphaël a l'air de t'avoir convaincue de son innocence dans cette affaire, mais j'ai vraiment du mal à encaisser ce que j'ai vu. Je lui envoie un message et nous verrons bien par la suite.

— C'est bien, Sasha ! m'encourage Juliette.

Agathe pose doucement sa main sur la mienne et, avec un sourire chaleureux, me dit :

— Tu sais, depuis que vous êtes ensemble, Raphaël a complètement changé. Je ne l'ai jamais vu comme ça auparavant. Il a l'air tellement heureux, tellement plus léger. Il sourit tout le temps, et tous les employés ont remarqué la différence. Avant, il était souvent dans ses pensées, un peu distant, mais maintenant… Il est plus ouvert. C'est comme si tu lui avais apporté une énergie nouvelle, quelque chose qui le rend plus épanoui chaque jour.

Ses mots résonnent profondément en moi, je n'ai jamais imaginé avoir un tel impact sur Raphaël. Savoir qu'il est heureux grâce à notre relation me réchauffe de l'intérieur, dissipe certains doutes qui me hantent. Cependant, ce n'est pas suffisant…

Le téléphone dans la main, je décide qu'il est temps de crever l'abcès. Je dois savoir où j'en suis exactement avec lui. Les doigts tremblants, j'ouvre l'application de messagerie et commence à taper, hésitant sur les mots.

J'ai bien lu ton message...
il faut qu'on ait une explication. J'ai besoin de comprendre ce qu'il s'est passé avec tes propres mots. Juliette a formidablement plaidé ta cause, mais ce n'est pas suffisant... Je t'appelle quand je rentre chez moi.

Je relis plusieurs fois mon message, le cœur battant, puis j'appuie sur "envoyer". À cet instant, un poids que je portais semble se dissiper, mais l'angoisse de sa réponse prend déjà la place. Heureusement, je n'ai pas longtemps à attendre avant de recevoir son message.

Ton message me redonne espoir,
je t'aime tellement.

La soirée se continue sur une note un peu plus légère. Maintenant, Agathe est officiellement au courant pour Raphaël et moi, mais cela n'a aucune forme d'importance, après tout elle l'aurait appris tôt ou tard. Étant donné ce qu'elle m'a dit un peu avant, elle se doutait de quelque chose. Elle m'a expliqué que malgré sa convalescence, il continuait à gérer sa société de loin comme il le pouvait. De plus, il lui a annoncé qu'il allait recruter un directeur adjoint dès son retour, de façon à déléguer des tâches pour alléger son emploi du temps. Étrangement, je me sens détendue, contrairement à l'état dans lequel j'étais à mon arrivée.

En partant, je repense à tout ce qui s'est passé en si peu de temps, cela me donne le tournis. En une fraction de seconde, notre vie peut voler en éclat, en tout cas c'est ce que mon cœur a ressenti : douleur, explosion, et pour finir en miettes. Malgré tout cela, je suis prête à l'écouter, suis-je folle ? Certainement…

Je reçois une musique de sa part, j'appuie sur lecture.

Chapitre 29

> ***Je suis venu te voir, pour te dire que je suis désolé,***
> ***Tu ne sais pas à quel point tu es adorable, il fallait que je te trouve,***
> ***Que je te dis que j'ai besoin de toi, que je te dis que tu es une personne à part.***
>
> Coldplay - The scientist

RAPHAËL

Je tente le tout pour le tout après avoir gentiment congédié Louise de ma chambre. Elle a bien essayé de me soutirer des explications sur ce qu'il venait de se passer, mais je ne lui en ai donné aucune, cela ne la regarde pas. Ce qui me fait chier dans cette histoire, c'est qu'elle a reconnu Sasha, car elle m'a dit qu'elle travaillait avec « *cette fille* » sur une grosse campagne publicitaire ! *Putain !* Cette journée avait si bien commencé, comment tout a dérapé aussi vite ? J'espère que Louise ne lui causera pas de tort au cours de leur collaboration. Car elle a compris que Sasha compte pour moi.

Voyant que Sasha ne répond pas à mes appels, je suis tellement désespéré que je rappelle sa mère pour lui demander le numéro de téléphone de Juliette en prétextant vouloir faire une surprise à sa fille. Elle a l'air en joie, puis elle me demande si ça avait un rapport avec son prochain anniversaire… merde ! Je ne connais même pas la date. Je peste au fond de moi néanmoins, je réponds que oui, en effet. Je suis aux abois lorsque je contacte Juliette, j'ai besoin d'aide de toute urgence pour récupérer ma Déesse, mon amour, mon tout. Sans elle, un trou immense s'est formé dans ma poitrine, elle est la seule à pouvoir le compléter. Bizarrement, Juliette me croit tout de suite. C'est plutôt un soulagement, car dans la foulée, elle m'apprend que Sasha ne va pas tarder à arriver chez elle. L'espoir renaît en moi, j'espère que tout n'est pas perdu.

Au bout de quelques heures à ruminer dans mon coin, j'envoie une chanson à Sasha, elle comprendra : The Weeknd « missed you ».

« Je me suis convaincu de fréquenter quelqu'un d'autre pour pouvoir t'oublier,

Mais je ne peux pas te tenir responsable de ce que j'ai fait,

J'ai dit ton nom par erreur, j'ai fait semblant d'être confus,

Je me mentais à moi-même alors que je connaissais la vérité,

Tu m'as manqué, oui c'est vrai, j'aurais dû savoir qu'il ne fallait pas te laisser partir,

Parce que tu m'as manqué bébé, on aurait pu grandir ensemble si je t'avais tenu près de moi,

Je me suis fait du mal une centaine de fois juste pour ressentir quelque chose dans mon âme,

J'ai continué à frapper même si je savais ce qu'il y avait derrière cette porte,

Mais ensuite je t'ai entendu appeler mon nom, et ça a sonné comme la plus douce des chansons,

Tu n'es jamais passé à autre chose, tu m'attendais depuis le début,

Tu m'as manqué. ».

J'espère que cette musique saura la toucher autant qu'elle me touche. C'est une déclaration honnête et sincère, je l'ai laissée partir une fois parce que j'ai été lâche face à mes sentiments, cela ne se reproduira pas. Pas sans me battre, c'est certain !

Lorsque la sonnerie de mon téléphone retentit, je sursaute par surprise, mais c'est une agréable sensation, car la personne qui m'appelle n'est autre que Sasha.

— La chanson t'a plu ? demandé-je, le cœur battant à tout

rompre.

— Oui, mais ce n'est pas le sujet de mon appel, tu dois bien t'en douter.

— Cash ! Comme d'habitude, j'aime ça chez toi !

— On ne va pas tourner autour du pot. Il est déjà tard et demain je travaille… et en plus je suis légèrement pompette, avoue-t-elle dans la foulée.

Je tente le tout pour le tout, même si ma voix tremble.

— Je tiens sincèrement à m'excuser et à m'expliquer pour la scène que tu as vue. Louise n'est que mon ex-copine. Nous étions ensemble l'année dernière jusqu'à ce que je te rencontre pour la première fois à la féria. Déjà à cette époque, tu m'avais envoûté bien plus que je ne voulais me l'avouer. Je l'ai quittée le lendemain de notre première nuit chez toi. Elle ne l'a pas très bien pris. Nous ne nous sommes jamais revus, et encore moins contactés. Elle et moi, c'est du passé… Enfin de mon côté les choses sont claires. Mais elle a débarqué dans ma chambre d'hôpital comme une fleur, dix minutes avant que tu n'arrives. Elle m'a avoué éprouver toujours des sentiments envers moi ! Malheureusement pour elle, ce n'est pas mon cas, je t'appartiens tout entier. Je n'ai pas voulu de ce baiser, je l'ai repoussé non pas parce que tu es arrivée, mais parce que je n'en voulais pas ! assuré-je, après cette longue explication, quasiment à bout de souffle.

— Attends, rembobine ! Quand on a baisé ensemble la première fois, tu n'étais pas libre ? Putain, Raphaël, comment veux-tu que je te fasse confiance ? Certes, je ne t'ai pas demandé si tu étais célibataire, mais ça me semblait tellement logique, quelle conne ! Donc si je comprends bien tu l'as trompée avec moi, génial !

Le téléphone est collé contre mon oreille, ma main tremble légèrement. Chaque mot de Sasha me frappe avec la force d'un ouragan silencieux. Sa voix, d'habitude douce et rassurante, est étranglée, tendue. Et surtout, fatiguée. Une fatigue émotionnelle qui suinte dans chaque syllabe, chaque silence trop long entre ses phrases. Je bois une petite gorgée, ma gorge me brûle encore de sécheresse et de tension.

— Avant de te faire des films, écoute ! Nous étions dans une relation libre, chacun de nous pouvait baiser avec qui il voulait. Cela ne posait aucun problème. Théoriquement, je ne l'ai pas trompée avec toi. Mais oui, c'est ce que j'ai ressenti pour toi qui m'a fait la quitter dès le lendemain matin et je n'ai pas honte de te le dire.

— Stop ! lâche-t-elle avec une voix presque cassée. Je suis épuisée, Raphaël. Épuisée de toutes ces explications, de tous ces retours en arrière, de devoir constamment digérer ce que tu ne me dis pas tout de suite.

La panique me gagne, je suis en train de la perdre… Je reste muet, figé, le souffle court. Elle m'abandonne, elle nous abandonne.

— J'ai besoin de temps, continue-t-elle. De temps pour réfléchir. Pour respirer. Pour me retrouver moi dans tout ça. Parce que là, je me perds. Je me noie. Et toi, tu ne vois rien.

Un frisson glacial me parcourt l'échine. Sa voix tremble à présent, mais elle ne pleure pas. Elle est au bord du gouffre, et je sais que si je parle maintenant, si je dis un mot de travers, elle lâchera prise.

— Sasha, je…

— Non. Écoute-moi. Depuis le début, j'encaisse. Je reviens. Je pardonne. Tes silences. Ton passé trouble. Les fantômes que tu traînes derrière toi. J'ai voulu être patiente, comprendre, t'aimer malgré tout. Et je t'aime, Raphaël, je t'aime à en crever. Cependant, je ne peux pas continuer comme ça…

Sa respiration se hache. Elle reprend, d'une voix plus basse, plus brisée, encore :

— Je me sens comme un pansement sur une plaie ouverte. Je suis là pour contenir tes douleurs, pour apaiser tes cicatrices, mais qui pense à moi ? Qui me répare, moi, dans tout ce bordel ?

Je ferme les yeux. Le silence s'abat entre nous, lourd, étouffant.

— Tu vas me dire que tu comprends, murmure-t-elle, comme si elle pouvait deviner mes pensées. Que tu m'aimes. Que tu vas changer. Mais je n'ai plus la force, Raphaël. Pas maintenant.

Je me mords la lèvre pour ne pas craquer. Ma gorge est serrée, mes yeux brûlent.

— Je comprends.

C'est tout ce que j'arrive à dire, d'une voix éraillée.

— Je sais. Et ça me tue, parce que je n'ai jamais voulu te faire de mal. Mais je dois penser à moi, pour une fois. Je dois me sauver.

Elle raccroche. Je reste là, le téléphone encore à l'oreille, comme si sa voix allait revenir, comme si elle allait dire « *je plaisantais* ». Mais il n'y a rien de plus que le vide. Le silence. Et ce trou béant en moi, que ni l'eau ni l'air ne peuvent combler. Je me sens impuissant, le cœur éclaté, la femme que j'aime s'éloigne de moi…

Chapitre 30

"

Si proche peu importe la distance, ça ne pourrait être plus prêt du cœur,
Croyons éternellement en ce que nous sommes, et rien d'autre à de l'importance.
Je ne m'étais jamais ouvert de cette façon, la vie est la nôtre, nous la vivons comme bon nous semble.

♪ Mettalica - Nothing else matters ♫

"

SASHA

Le 21 mai 2024

Après tout ce qui s'est passé ces derniers jours, je n'aspire qu'à une chose : la paix. J'ai besoin de silence pour me retrouver, de distance pour respirer. Ça fait maintenant quatre jours que je n'ai ni appelé ni répondu au dernier message de Raphaël. Quatre jours de calme volontaire. Et pourtant, chaque matin, à la même heure, un bouquet de fleurs fraîches est disposé sur le pas de ma porte, accompagné de calissons soigneusement emballés. Mon péché mignon. Il n'a pas oublié.

Je les regarde longuement, chaque fois, sans savoir si je dois les accueillir comme des excuses sincères ou comme des chaînes douces et sucrées pour me ramener à lui. Je finis par les poser sur la table, sans les jeter, sans les manger. Ils sont là, témoins de ce fil invisible qui nous relie encore. Ces quatre jours ont été une tempête intérieure. Je repasse tout dans ma tête : son passé, ses blessures, les miennes, nos moments de grâce aussi. Je pèse chaque détail, chaque émotion, chaque battement de cœur échappé trop vite. Je vacille entre la colère et la tendresse, entre l'envie de fuir loin et celle de courir dans ses bras.

Il me manque. C'est un fait. Mais est-ce que l'amour suffit ? Est-ce que ce que je ressens pour lui peut supporter tout ce poids, tout ce passé qu'il trimballe, tout ce qu'il ne dit pas tout de suite ? Et surtout, est-ce que moi, je suis prête à continuer de me battre seule quand il se referme comme une huître dès que ça devient trop intense ? Je regarde l'écran de mon téléphone. Aucune notification. Cette fois, il respecte mon silence. Il attend. Peut-être pour la première fois. Et ça, c'est nouveau. C'est peut-être un signe qu'il a compris. Je prends une profonde inspiration et regarde le ciel par le pare-brise de ma voiture. Il est bleu, tranquille. Comme j'aimerais que mon cœur le soit aussi.

En arrivant au travail, Laly m'apprend que je suis convoquée dans le bureau de Théo. Je dois dire que je suis surprise, d'habitude il attend que je sois au moins dans mon bureau pour demander à me voir.

Je prie intérieurement, pour que ce ne soit pas trop important, car je ne sais pas si je tiendrai le coup dans le cas contraire. Depuis la semaine dernière, j'encaisse beaucoup de choses, entre la tentative de meurtre, l'opération et l'apothéose ; le baiser volé entre Louise et Raphaël. J'ai besoin de faire une pause et de prendre l'air, de partir en vacances loin de tout, sur une île déserte.

— Bonjour, Sasha ! Assieds-toi, je t'en prie, lance-t-il d'un ton préoccupé et le visage fermé.

Il est assis, les bras croisés. Sa posture m'indique qu'il est fermé.

— Bonjour, Théo ! Tu as l'air soucieux.

Je n'ai même pas le temps d'ajouter quoique ce soit qu'il prend la parole.

— Que s'est-il passé entre Louise Delacroix et toi ? demande-t-il froidement.

Je blêmis instantanément. Je reste muette pendant un court instant, car j'ai du mal à assimiler sa demande.

— Pourquoi me poses-tu cette question ? arrivé-je à prononcer difficilement, *cela ne va jamais s'arrêter.*

Ses traits sont tirés, il est contrarié, en colère aussi.

— Parce qu'elle a décidé de te retirer de la campagne pour le parfum Lancôme ! Nous sommes liés par un contrat donc elle ne peut pas se rétracter au niveau de l'agence, en revanche, elle ne souhaite plus collaborer avec toi ! Alors je te répète ma question, que s'est-il passé entre vous deux ? s'énerve-t-il en me foudroyant du regard.

Une vague d'indignation monte en moi. J'essaie tant bien que mal d'encaisser la nouvelle, je dois dire que cela ne me ravit pas du tout. J'ai bossé comme une dingue sur ce projet ! Au fond de moi, je suis en décomposition. J'ai la tête qui tourne, comment a-t-elle pu me faire cela ?

— Pour te la faire courte, elle a mélangé travail et vie privée. Et pour ce qui est du reste, je suis désolée, mais cela ne te concerne pas, avec tout le respect que je te dois, Théo.

— Bon très bien, elle a mélangé les deux, c'est fort ennuyeux autant pour toi que pour moi ! Je vais la recontacter en fin de semaine prochaine pour voir ce que je peux faire, prononce-t-il d'un ton plus détendu. Tu t'es déjà trop investie sur ce projet pour en être écartée. Et je n'ai franchement pas envie de mettre une autre personne sur ce dossier, annonce-t-il en s'étant radouci.

— Nous sommes bien d'accord, cette situation est complètement ridicule…, commenté-je sans honte.

— Bien, je m'en occupe puis je reviens vers toi pour t'informer de sa décision.

Quand je sors de son bureau, mon regard est vide et mes épaules sont affaissées sous le poids de la nouvelle. L'air dans le couloir semble soudainement étouffant, comme si les murs s'étaient rapprochés d'un coup. Mon cœur s'emballe à nouveau, un mélange de colère et d'incompréhension m'envahit. Comment Louise a-t-elle pu m'évincer de cette manière, moi, qui ai porté ce projet sur mes épaules au cours de ces dernières semaines ?

En entrant dans mon bureau, je trébuche presque, mes jambes sont devenues toutes molles. Une vague d'amertume monte progressivement dans ma gorge. Tout mon travail, tous mes efforts sont balayés d'un revers de main. Je me laisse aller contre mon fauteuil, le souffle court. J'ai envie de crier, de frapper quelque chose, mais à la place je reste figée par une lassitude écrasante.

Laly vient prendre de mes nouvelles, et lorsque je l'informe de la décision de Louise, cela la contrarie autant que moi. Elle a une bonne idée du nombre d'heures déjà passées sur cette campagne. Mon investissement est total. Évidemment, elle me demande si je connais la raison de ce brusque changement d'humeur à mon égard. Alors dans un élan de confiance, je lui raconte ce qu'il s'est passé vendredi dernier, dans la chambre d'hôpital avec Raphaël. Laly comprend tout de suite ce qui se joue : l'amour et la jalousie. Nous en concluons toutes les deux, qu'effectivement Louise Delacroix n'a pas fait le deuil de sa relation passée avec Raphaël et qu'elle n'a pas supporté d'apprendre qu'il était en couple avec moi. Bien évidemment, cela reste une supposition, car je ne sais pas ce que Raphaël lui a dit exactement.

Je décide de me ressaisir, après tout elle n'a rien à remettre en cause professionnellement parlant. Alors sans réfléchir, je fais demi-tour et je pénètre dans le bureau de Théo d'un pas décidé. Je suis prête à me défendre afin de rester sur ce projet. Lancôme fait partie d'un très grand groupe, il est hors de question de passer à côté de cette belle occasion. Après tout, je dois également penser à ma carrière ! La lionne à l'intérieur de moi a envie de rugir et de montrer de quoi elle est capable.

Je toque à la porte de son bureau avant d'entrer, Théo n'a pas l'air surpris.

— Ton attitude de tout à l'heure m'a surpris, mais j'étais sûr que tu allais réfléchir. Tu es toujours combative, je me doutais que ta capitulation n'allait pas durer longtemps, est-ce que je me trompe ?

Théo sourit, il me connaît effectivement bien.

— Absolument pas, tu as vu juste ! Il est hors de question que je sois retirée de ce projet, car Louise n'a rien à reprocher à mon travail !

Il hoche la tête, avec un sourire en coin.

— Nous sommes bien d'accord et tu me rends ravi ! me confie-t-il fièrement. Quoi qu'il se soit passé entre toi et Louise Delacroix, je ne veux absolument pas le savoir. Je te propose de laisser retomber la pression et de la recontacter en fin de semaine comme je l'avais prévu.

Il me fait un clin d'œil, il avait déjà anticipé ma réaction.

— En attendant, concentre-toi sur la campagne des savons de Marseille Pautel, me conseille-t-il pour me changer les idées.

— C'est comme si c'était fait !

Je m'installe devant mon ordinateur, le regard intensément fixé sur l'écran lumineux. Je tape dans mon moteur de recherche « savonnerie Pautel » et clique sur Entrée. En quelques secondes, une multitude de résultats apparaît sur l'écran, mais ce ne sont pas les articles récents ou les publicités qui m'intéressent. Je cherche quelque chose de plus ancien, de plus profond et de plus authentique.

En parcourant les pages de résultats, je finis par tomber sur un vieux blog des Baux de Provence qui semble raconter l'histoire de cette savonnerie. L'article est ponctué d'interviews de son créateur et de vieilles photos en noir et blanc. Même si la qualité des images n'est pas optimale, j'arrive à percevoir des traits de ressemblance entre le grand-père et son petit-fils.

Les premiers paragraphes racontent les débuts modestes de la savonnerie, fondée en 1934 par Auguste Pautel aux Baux de Provence au cœur des Alpilles. Cet homme courageux avait commencé par vendre ses savons sur les marchés locaux aux alentours.

Je parcours les vieilles photos de l'époque où les ouvriers sont concentrés autour de grandes cuves en métal, sur une autre, on peut voir des rangées de savons séchant à l'air libre dans une cour pavée, Auguste et son étal au marché de Maussane-les-Alpilles. Toutes ces photos sont de réels trésors, je me demande si Raphaël a déjà lu cet article, car j'ai bien dû fouiller dans les méandres d'internet pour le trouver.

Je clique sur un autre lien, cette fois-ci l'article provient d'un journal local datant des années 1950. Malgré la Seconde Guerre mondiale, l'entreprise a continué de prospérer. Auguste et sa famille se sont battus pour maintenir la savonnerie à flot, produisant du savon même avec des ressources limitées. Je peux lire dans cet article les difficultés d'approvisionnement pendant cette époque, mais aussi l'ingéniosité d'Auguste qui avait su s'adapter et garder l'entreprise vivante. Sur une photo, on peut apercevoir le père de Raphaël n'étant encore qu'un nourrisson.

Au fur et à mesure que j'approfondis mes recherches, je me rends compte également des défis plus récents qu'ils avaient dû surmonter. Car avec l'arrivée des grandes multinationales de la production de masse, la savonnerie Pautel a failli disparaître dans les années 1980. Mais heureusement, la petite entreprise a résisté, misant sur la qualité et l'authenticité dans un monde de plus en plus standardisé.

Les heures passent sans que je ne m'en aperçoive, chaque nouvel article ou image renforce mon admiration pour cette entreprise familiale.

Quand j'éteins finalement mon ordinateur, mes pensées sont encore pleines de cette histoire. La savonnerie Pautel n'est pas un projet parmi tant d'autres. C'est une part de mémoire vivante que je me sens désormais chargée de préserver et de faire connaître au monde par le biais de notre prochaine campagne de marketing.

Avec cette histoire de Louise qui a voulu m'évincer du projet Lancôme, mon esprit est en feu. La trahison, la pression, le sentiment d'injustice me pèsent lourdement sur les épaules. C'est un projet d'envergure, une opportunité que j'avais méritée à force de travail acharné, et voilà qu'elle essaie, en douce, de me pousser dehors comme si je n'étais qu'un pion gênant. Je me suis battue, j'ai tenu bon, j'ai remonté les informations à Théo, maintenant j'attends.

Puis il y a les recherches sur les savons Pautel. En m'y plongeant, j'ai voulu m'évader, travailler. Mais rien n'y fait. Mon esprit dérive, toujours, jusqu'à lui… Raphaël. Il me manque. Viscéralement. C'est une douleur sourde, tenace, nichée quelque part entre la poitrine et la gorge. Tout me ramène à lui : une musique dans un café, une silhouette au détour d'une rue, l'odeur d'un parfum croisé au hasard qui ressemble au sien. Son absence me colle à la peau. Je ferme les yeux et je le revois. Son sourire sincère. Ses mains rassurantes. Sa voix grave qui sait me calmer quand tout s'effondre. Et cette odeur, mon Dieu… Ce mélange de bois, de musc, et de quelque chose d'indéfinissable, presque animal, qui m'obsède. Elle s'accroche à mon oreiller, parfois. Alors je m'y blottis, ridicule, pathétique, mais c'est tout ce qui me reste de lui pour l'instant. Sa peau contre la mienne, ses bras qui m'enveloppent, son souffle dans ma nuque. Ce sont des souvenirs qui me tiennent éveillée la nuit, et qui me hantent le jour. *Je ne veux que lui.* Je le veux tout entier, pas à moitié, pas dans le flou, pas entre deux explications bancales. Je veux sa présence, son amour, sa vérité. Même cabossée, même maladroite. Et plus les jours passent, plus je réalise une chose essentielle : ce n'est pas qu'il me manque. C'est que *nous* me manquons. Ce que nous aurions pu être si la peur, le passé, les non-dits ne s'étaient pas dressés entre nous. Maintenant, c'est à moi de jouer.

Chapitre 31

“

Je pourrais manger cette fille pour le déjeuner,
Ouais, elle danse sur ma langue, on dirait qu'elle pourrait être la bonne

Billie Eilish - Lunch

”

RAPHAËL

Raphaël

Je sors enfin de l'hôpital, non pas samedi comme c'était prévu, mais le mardi suivant. J'ai été hospitalisé au total neuf jours, et les journées m'ont semblé interminables. Afin de ne pas souffrir pendant le trajet, le médecin m'a conseillé d'accepter la prise en charge par des ambulanciers. Il a bien insisté sur le fait de ne forcer sous aucun prétexte, car les points peuvent, au meilleur des cas, s'écarter et au pire des cas s'enlever. Après mûre réflexion, j'ai accepté sa proposition, il faut dire qu'il a plutôt été convaincant. Même si mes cicatrices commencent à se refermer, je prends conscience que la guérison sera longue.

Je monte difficilement les escaliers, mais lorsque je pousse la porte de mon appartement, une vague de soulagement m'envahit dès que je franchis le seuil. L'air à l'intérieur a cette odeur familière, rassurante, qui contraste avec les jours passés à l'hôpital où tout semblait froid et impersonnel. Je pose mon sac dans l'entrée, mes gestes sont encore un peu maladroits, car mes muscles n'ont pas tout à fait retrouvé leur force d'avant. Chaque pas que je fais dans mon appartement est mesuré. Chaque pièce résonne du vide qu'elle a laissé derrière elle.

Sasha. C'est tout ce à quoi je pense depuis notre dernier appel. Son absence est une plaie ouverte qui refuse de se refermer. Je suis l'ombre de moi-même. Je tourne en rond, incapable de me concentrer sur quoi que ce soit d'autre. Mon corps est encore affaibli par la blessure, mais ce n'est rien comparé au trou béant qu'elle a creusé en moi en disant ces mots « *je t'aime, mais je ne peux pas continuer comme ça* ». Je les entends, comme une sentence. Et plus les jours passent, plus je me rends compte que j'étais trop sûre d'elle, de nous. J'ai cru que notre amour suffirait à tout réparer. Je me suis trompé.

Je m'installe confortablement sur le canapé, le souffle encore un peu court après avoir monté les escaliers, mais aussi par mes pensées qui dérivent vers les moments partagés avec elle. Son rire, sa douceur, mais aussi sa force. C'est elle qui m'a soutenu, moi qui parfois ai l'impression de perdre pied. Et maintenant, je l'ai perdue. Je suis au plus bas, les abysses m'engloutissent peu à peu. Même mes gestes les plus simples sont devenus mécaniques. Je mange sans avoir faim. Je dors mal, mon sommeil est coupé par des cauchemars. J'écoute ses anciens messages pour entendre sa voix. Espérer est la seule chose qu'il me reste.

Je ferme les yeux, et la revois en train de sourire, de s'étirer le matin, ses cheveux en bataille et sa voix encore ensommeillée. Je donnerai tout pour revivre ça, juste une fois. Je sais que j'ai déconné. Pas par trahison, pas par volonté de blesser, mais par maladresse, par peur, par ce foutu besoin de me protéger. Mais le résultat est le même : je l'ai perdue. Et aujourd'hui, j'en paie le prix. Je veux l'appeler, lui dire que je suis désolé. Que je veux faire mieux, être meilleur. Que je suis prêt à poser mes armes, à affronter mes démons si c'est le prix à payer pour la garder près de moi. Mais je ne veux pas la brusquer. Je sais qu'elle a besoin de temps. De distance. De silence. Alors j'attends. Comme un condamné à espérer une grâce. Dans le manque. Dans l'amour.

Subitement, je suis sorti de mes pensées par le bruit de la sonnette. Je me demande bien qui peut venir à cette heure-là. Je regarde par la fenêtre et aperçois Sasha. Mon cœur s'emballe à la simple idée de la revoir, enfin.

C'est l'heure du face-à-face. Celui qu'on attend sans vraiment savoir s'il va tout réparer ou tout briser. Je me précipite pour appuyer sur le bouton de l'interphone, le souffle court, l'esprit tourbillonnant. L'adrénaline, la peur, l'espoir. Je reste planté là, figé, les yeux rivés sur la porte comme si elle allait s'ouvrir par magie. Et puis elle toque quelques secondes plus tard. Un son si simple, si familier, et pourtant, il me coupe les jambes. J'ouvre. Et là, Sasha se tient devant moi dans une robe moulante qui lui va à la perfection. *Elle veut ma peau, putain !* Elle est sublime, mais c'est bien au-delà de son apparence. C'est son regard. Cette lumière dans ses yeux. Ce mélange de fragilité, de courage, et de détermination. Elle est venue.

Je la laisse entrer, sans un mot. Mon cœur bat à tout rompre. Elle marche lentement jusqu'au salon, et je la suis comme un homme assoiffé suit une goutte d'eau. Nous nous installons sur le canapé. Je ne bouge pas. J'attends qu'elle parle. J'ai besoin de l'entendre, sans l'interrompre, sans anticiper. Elle tourne légèrement sa tête vers moi, ses doigts serrés contre ses genoux.

— Raphaël, j'ai eu le temps de réfléchir…

Je retiens ma respiration, je suis suspendu à ses lèvres.

— Et cela m'a permis de me rendre compte à quel point… chaque minute passée loin de toi était un supplice.

J'attends qu'elle reprenne son souffle. Puis, elle ancre son regard dans le mien. L'espoir renaît au plus profond de mes entrailles. Je respire difficilement et peine à contenir le flot d'émotions qui me submerge.

— Tu… tu me manques tellement, Raphaël, murmure-t-elle. Je t'aime.

Ces trois mots simples et immenses à la fois, me frappent droit au cœur. *Je t'aime.* Ils portent en eux tous ceux que j'espérais entendre, tout ce que je redoutais de ne jamais recevoir. Mais dans sa voix, ce n'est pas seulement une déclaration, c'est un cri du cœur, un besoin vital, une évidence qu'elle n'arrive plus à retenir.

Je sens ma poitrine se serrer. Je voudrais répondre, mais je reste muet pendant un instant, à savourer la vérité de cet aveu. Je la prends dans mes bras sans attendre une seconde de plus, comme si mon corps avait devancé ma pensée. Mon étreinte est ferme, pressée, désespérée presque, mais remplie de tendresse. Elle pose sa tête contre mon torse, et je sens ses mains qui agrippent ma chemise, comme pour se raccrocher à nous.

— Tu n'imagines pas comme j'ai rêvé t'entendre prononcer ces mots, soufflé-je la gorge nouée.

Je ferme les yeux. Je respire son parfum. Ce parfum qui m'avait hanté jour et nuit. Mon cœur, brisé il y a quelques jours à peine, retrouve peu à peu sa cadence. Ma peau frissonne au contact de la sienne. Tout semble enfin reprendre sa place. Le monde retrouve des couleurs. Je l'aime tellement. Et maintenant, je le sais : je ferai tout pour ne plus jamais la laisser partir.

— Je t'ai laissée respirer. Je ne t'ai pas harcelée, ni pressée, ni forcée. Je t'ai aimée en silence, pendant que tu faisais le tri dans tes pensées pendant que tu retrouvais ton souffle. Et maintenant que tu es là, contre moi, je réalise à quel point ces jours sans toi m'ont paru une éternité.

Je ne sais pas combien de temps nous restons ainsi, dans cette étreinte, des secondes ? Des minutes ? Une vie ? Le temps s'efface, se dissout, n'a plus aucune importance. Tout ce dont je suis certain, c'est que je suis à ma place. Exactement où je devais être depuis toujours. Dans ses bras. Son corps contre le mien. Nos cœurs battant à l'unisson. Je pose mon front contre sa tempe, je ferme les yeux.

— Je t'aime, Sasha. La distance a été insupportable… Mais j'ai tenu ma promesse, chuchoté-je à son oreille.

Je sens son frisson, comme une onde électrique qui la traverse. Je sais que mes mots l'atteignent, profondément. Qu'ils résonnent avec ce qu'elle ressent au fond d'elle, même si elle a tenté de s'en protéger. Et puis, je l'embrasse. Lentement. Délicatement. Avec cette intensité qu'on ne connaît que lorsqu'on retrouve ce qu'on a cru perdu. Notre baiser est chargé d'amour. Pas de désir immédiat, pas de précipitation. Juste l'amour pur, brut, sincère.

Celui qui répare.

Celui qui dit : « je suis là ».

Celui qui dit : « plus jamais sans toi ».

Ses lèvres se laissent faire, puis me répondent, avec la même douceur, la même fièvre contenue. Elle s'accroche à ma nuque comme si j'étais son ancre, son refuge, son évidence. Et moi, je m'abandonne à elle. À nous. Car je sais, désormais, que malgré les épreuves, les silences et les douleurs, nous avons choisi de nous retrouver. Et qu'il n'y a rien de plus fort que ça.

— Je te propose de commander chez le Thaï du centre-ville, il livre à domicile depuis peu de temps, proposé-je en cherchant la carte.

J'ai envie qu'elle reste ici avec moi. J'ai besoin de sa présence à mes côtés ce soir.

— C'est une très bonne idée, ça fait longtemps que je n'ai pas mangé un Pad Thaï au porc et des rouleaux de printemps aussi. J'ai une faim de loup.

Ensemble, nous faisons le choix de faire table rase du passé. Avoir enfin crevé l'abcès va nous permettre d'avancer main dans la main.

— Je me laisserais bien tenter par un nuoc-mâm au gingembre et des nems de porc frits. Si c'est OK pour toi, je les appelle et je demande à être livré pour 20H00 ?

Elle me sourit, puis hoche la tête.

— Ça me convient parfaitement, lâche-t-elle avant de venir poser ses lèvres sur les miennes.

Lorsque je passe la commande, je ne peux m'empêcher d'observer Sasha qui semble soucieuse. Elle est distraite et son regard est fuyant malgré le moment d'intimité que nous venons de passer. En raccrochant, je m'approche doucement d'elle, cherchant à comprendre ce qui la préoccupe.

— Tu as l'air soucieuse, est-ce que tout va bien ?

Elle hésite un moment, mais finit par lever les yeux vers moi, hésitant à partager avec moi ce qui la tracasse. Mais après quelques secondes, et une profonde inspiration, elle se lance.

— C'est Louise… Elle m'a évincée du projet marketing Lancôme, car elle ne supporte pas que nous soyons ensemble, j'en suis sûre.

Sa voix est légèrement tremblante. Elle soupire, cherchant ses mots très certainement.

— C'est insensé… Je suis désolé, Sasha, que tu paies le prix de sa folie. Jamais je n'aurai pensé qu'elle pourrait tomber aussi bas ! Je dois absolument régler cette situation une bonne fois pour toute, affirmé-je hors de moi.

Sasha m'attrape le bras.

— Non ! Ne fais rien tant que je ne te le demande pas, s'il te plaît. Théo va la recontacter vendredi pour essayer de la faire changer d'avis, tranche-t-elle sans hésitation.

— Théo n'a pas de poids face à elle ! Mais si tu penses que c'est la meilleure solution, je te suis, dis-je pour la rassurer.

— Oui, fais-moi confiance, prononce-t-elle un peu plus sûre d'elle.

Peu de temps après, le livreur sonne à l'interphone. Je lui demande gentiment de monter au dernier étage. Je réceptionne notre repas et donne un billet supplémentaire au jeune homme qui a eu la gentillesse de nous livrer au pas de la porte.

Nous dînons à table, l'un en face de l'autre. Même ce moment aussi banal est un pur bonheur partagé. Sasha me raconte les résultats des recherches qu'elle a réalisées pour le plan de marketing de ma savonnerie Pautel. En l'écoutant parler, je réalise soudainement à quel point chaque instant passé avec elle est précieux. Malgré les complications, les tensions et les difficultés que nous rencontrons, je me rends compte de la chance que j'ai d'être à ses côtés. Chaque moment, qu'il soit joyeux ou difficile, est rempli d'une intensité et d'une connexion que je n'ai jamais ressentie auparavant.

Alors qu'elle continue de parler de mon grand-père, des savons, et de l'héritage familial transmis de génération en génération, je l'observe avec tendresse. Ses gestes, son regard, même la façon dont elle exprime sa joie, tout me semble encore plus beau et plus profond. Je sais que notre relation, bien que mise à l'épreuve par des situations comme la tentative de meurtre et Louise, est spéciale.

— Sasha, merci pour ton investissement auprès de ma société, cela me touche énormément, car je n'avais pas connaissance de ces articles. Je sais que c'est dur en ce moment, mais je veux que tu saches à quel point chaque moment avec toi est important pour moi. Peu importe, ce que Louise, ou qui que ce soit d'autre essaie de faire, je ne laisserai rien changer entre nous. Je t'aime, tout simplement.

— Je t'aime aussi, sinon crois-moi, je ne serai pas là ! Quant à Louise, je vais m'en occuper. J'en fais mon affaire, affirme-t-elle fièrement. L'histoire de ta famille est incroyable ! Tu as énormément de chance que ton grand-père t'ait transmis cela, s'émerveille-t-elle en me regardant tendrement.

Chapitre 32

Puis aller où tu vas ?
Pouvons-nous être aussi proches pour toujours et à jamais,
Emmène-moi dehors, et ramène-moi à la maison, tu es mon amoureux.

Taylor Swift - Lover

SASHA

Le 22 mai 2024

Après une formidable soirée passée en compagnie de Raphaël, je me sens regonflée à bloc pour affronter cette peste de Louise Delacroix. Il est hors de question qu'elle m'élimine de l'équation, j'ai travaillé bien trop dur pour ça.

J'entre dans le bureau de Théo et ferme la porte derrière moi.

— Bonjour, Théo. Je voudrais appeler Louise Delacroix moi-même. Je te promets de rester professionnelle et courtoise, je pense que c'est préférable, proposé-je, me sentant plus forte que jamais.

— Bonjour, Sasha. Tu as mangé du lion ce matin au petit déjeuner ? Car tu me sembles survoltée. En ce qui concerne ta demande, vu le contexte, ça me semble un peu délicat. Je te propose que nous l'appelions ensemble, répond-il sur la défensive.

Je hoche la tête, s'il n'y a que cela pour le rassurer. Il faut que ça marche à tout prix.

— OK ! Ça me va. Faisons-le maintenant, battons le fer tant qu'il est encore chaud, annoncé-je comme si nous partions en guerre.

Il regarde l'heure sur sa montre, puis relève la tête vers moi.

— Ça tombe à pic, je comptais la joindre en début de matinée avant qu'elle ne commence réellement sa journée. Allons-y, cependant, une condition : tu assistes à cette conversation, mais tu ne prononces pas un mot ! Je compte sur toi, rajoute-t-il.

Je lui fais signe du motus et bouche cousue, il compose son numéro et elle répond immédiatement. À croire qu'elle attendait cet appel !

— Bonjour, Louise ! J'espère que vous allez bien. Avant toute chose, je tiens à vous informer que Sasha se tient à mes côtés. Je me permets de vous rappeler concernant votre décision d'arrêter votre collaboration avec elle. Avez-vous eu le temps d'y réfléchir comme je vous l'ai suggéré lors de notre dernier appel ? demande-t-il en manquant un peu de conviction.

— Bonjour, Théo, Sasha. Effectivement, j'ai bien réfléchi et je reconnais avoir pris ma décision à chaud, sous le coup de l'émotion. Vous savez ce que c'est, j'imagine. Mais je suis humaine et lorsque l'homme que vous aimez, vous avoue en aimer une autre…

Elle marque une pause, Louise la joue Drama Queen.

— Ce n'est pas facile à accepter, d'autant plus si vous devez collaborer avec celle-ci.

C'est un joli coup bas, je dois bien lui accorder, car elle laisse planer le doute sur l'identité de cet homme. Mais elle continue son monologue.

— Bon, je ne vous cache pas, que cela ne m'enchante guère, mais je vais m'en accommoder le temps de finaliser la campagne de marketing. En revanche, si Sasha commet la moindre erreur, elle perdra notre collaboration définitivement, me suis-je bien faite comprendre, Théo ? Et Sasha, ne vous faites aucune illusion concernant votre relation avec Raphaël Pautel, quand il se lassera de vous, il vous évincera de sa vie illico presto ! Sur ce, je vous souhaite une belle journée ! crache-t-elle avant de raccrocher.

Louise vient de lâcher une bombe, la peste ! Le silence qui suit son appel est glacial. Elle m'a complètement prise de court. Je sens mon cœur s'emballer. Théo de son côté est figé, bouche bée, les yeux écarquillés de surprise. Sa réaction ne tarde pas à suivre. Son visage se ferme, exprimant à la fois déception et colère. Il pose son regard sur moi, comme pour chercher une confirmation silencieuse.

— Dis-moi que ce n'est pas vrai, Sasha ? me demande-t-il d'une voix rauque, essayant de contenir ses émotions. Tu sais ce que cela signifie pour l'agence, pour notre réputation… Comment as-tu pu mélanger vie privée et vie professionnelle, surtout avec un de nos nouveaux clients ?

Je suis terrassée par cette soudaine révélation, j'essaie de reprendre mes esprits, mais je dois me rendre à l'évidence, c'est la goutte d'eau qui fait déborder le vase. Le chaos s'abat sur moi, et je ne résiste plus.

— Théo, c'est plus compliqué que ça en a l'air… Je n'ai jamais voulu que cela interfère avec le travail, je te le jure. Et en effet, je suis avec Raphaël Pautel depuis peu de temps. Est-ce que cela affecte mon travail ? Non ! Ce n'est pas parce que nous sommes ensemble que je vais changer, bien au contraire, ça me pousse à me surpasser ! Crois-le ou non, mais il fait ressortir le meilleur de moi-même. Ce n'est pas parce que Louise vient de tout mélanger encore une fois que je vais faire la même chose, lui assuré-je, le plus sérieusement possible.

— C'est inacceptable, Sasha. Notre intégrité professionnelle est en jeu, tu le sais aussi bien que moi. Comment veux-tu qu'on gère ça maintenant ?

Il me dit cela sur un ton sec et tranchant.

— Comme nous l'avons toujours géré, avec la confiance !

— Plus facile à dire qu'à faire ! Je suis le directeur et j'ai des comptes à rendre. La politique de l'agence est claire, pas de relation amoureuse entre clients et employés ! Cela a causé des problèmes par le passé dans la société, m'annonce-t-il en se levant.

Ses épaules se tendent, son visage se ferme de plus en plus. Je peine à le reconnaître.

— Alors, licencie-moi ! Si tu n'as plus confiance en moi. Si la politique de l'agence ne me permet pas d'être avec l'homme qui compte pour moi, fais-le ! Sinon, laisse ma vie privée de côté et continue de me faire confiance comme tu l'as toujours fait. Du moins jusqu'à la fin de ces projets, proposé-je.

Il pose une main sur son front, j'ai l'impression que je lui donne la migraine. Il soupire en secouant la tête.

— J'adore travailler avec toi et tu le sais, entre nous c'est efficace et fluide ! Mais là, ce n'est pas un, mais deux contrats qui sont en péril.

Il se lève de son fauteuil.

— Laisse la pression redescendre, je te donne ma réponse à la fin de la matinée, lance-t-il en faisant les cent pas dans son bureau.

Ma tête bourdonne, tambourine, je n'en peux plus de cette agitation autour de notre relation.

— Eh bien, tu sais quoi ? Je vais prendre la décision à ta place. Je m'en vais, je démissionne ! Hors de question que je travaille avec une personne qui n'a ni confiance en moi, ni en mon travail, ni en mon intégrité ! Pourtant, je me suis donnée à fond et je t'ai prouvé à plusieurs reprises que j'avais toutes les qualités requises pour travailler sur de grosses campagnes !

Je ne pleure pas, je suis bien plus forte que ça. Je me bats pour mes convictions, pour mon honneur, pour ce que je suis.

Théo change complètement d'attitude. Il s'approche de moi lentement.

— Stop, Sasha ! Tu as raison. Ne laissons pas cette bombe changer quoi que ce soit ! J'ai conscience de ta valeur et il n'est pas envisageable de te laisser partir chez la concurrence. Je ne sais pas encore comment je vais gérer cette affaire, mais nous allons trouver une solution.

Ouf ! Je laisse échapper un soupir de soulagement.

— Merci, Théo, je vais te prouver que tu as fait le bon choix.

J'ai esquivé le pire. Je conserve mon poste et je dois dire que je suis plutôt fière de moi. J'ai réussi à inverser la tendance en ma faveur. Honnêtement, je n'étais pas prête à renoncer à mon travail, néanmoins il fallait que je le pousse dans ses retranchements. Qu'il comprenne que sans confiance c'est impossible de continuer à collaborer. Le culot paie toujours ! C'est une leçon que je ne suis pas près d'oublier. Mais je n'oublie pas que tapie dans l'ombre, Louise m'attend forcément au tournant, telle une lionne qui guette sa proie.

Je prends congé et sors du bureau de Théo, vidée. Mon corps me paraît plus lourd qu'il ne l'a jamais été.

Une fois de retour à mon poste, je m'assieds lentement, presque douloureusement, dans mon fauteuil. Je m'y enfonce comme si mes os refusaient de me porter plus longtemps. Mes muscles sont tendus à l'extrême, comme si j'avais mené un combat – un de ceux où l'adversaire ne se montre jamais frontalement, mais frappe en silence, dans l'ombre, avec des mots aiguisés, des gestes sournois, des intentions floues. J'ai l'impression d'avoir livré une bataille contre le vide. Un vide perfide, insaisissable, mais dont les coups ont laissé des traces bien réelles en moi. Je ne comprends pas. Je n'arrive pas à saisir ce qui peut pousser une personne à s'en prendre à une autre, surtout sans réellement la connaître, sans avoir essayé de comprendre. Louise ne me connaît pas. Pas au-delà de quelques échanges polis, et d'une campagne de marketing menée d'une main de maître. Et pourtant, elle a essayé de m'évincer, de me rabaisser, de semer le doute. Elle a tenté de me faire tomber, pas pour ce que j'ai fait, mais pour ce que je représente. À ses yeux, je suis une rivale, une intruse. Celle qui a conquis le cœur qu'elle n'a pas su garder.

L'amour peut être une chose magnifique. Il peut nous transcender, nous donner des ailes, nous pousser à devenir la meilleure version de nous-mêmes. Mais il peut aussi tout noircir. Nous rendre amers, destructeurs, et haineux. Il peut réveiller des instincts violents, primitifs. Et c'est ce que je perçois chez Louise : une forme d'amour déformée par la douleur, par la frustration, par le sentiment d'échec. Je peux comprendre son désarroi, cependant je ne le cautionne pas. Elle a dû laisser partir quelqu'un qu'elle aimait. Oui, ça fait mal. Ça arrache le cœur. Mais ce n'est pas pour cela qu'il faut s'en prendre à une autre femme. Car là n'est pas le problème. C'est l'histoire, le contexte, les sentiments qui évoluent ou qui meurent.

Alors non, ce qu'elle ressent pour Raphaël ne peut pas justifier ses attaques. Rien ne les justifie. Et même si une partie de moi a envie d'être compatissante, une autre refuse de l'excuser. Je ferme les yeux un instant et inspire profondément. Je veux rester droite, digne. Je ne me rabaisserai pas à la haine, à la vengeance ou aux jeux mesquins. Je suis fatiguée, certes. Toutefois, je suis déterminée. Je n'ai pas volé cette histoire avec Raphaël. Elle s'est construite avec le temps, dans l'évidence, dans la résilience. Je ne laisserai pas quelqu'un qui souffre faire de moi une cible facile.

Laly toque doucement avant de passer sa tête dans l'entrebâillement de la porte. Son regard balaie la pièce avec une prudence inhabituelle. Elle perçoit immédiatement la tension figée dans l'air, comme un courant électrique stagnant.

— Ça va ? J'ai entendu des éclats de voix, et… Tu sais bien que ça n'arrive jamais ici, murmure-t-elle avec cette douceur inquiète que je lui connais.

Effectivement, l'agence est un lieu feutré. On ne crie pas chez Impulse Mark & Co. On échange, on discute, on négocie, mais on ne s'emporte pas. Alors ce qu'elle a entendu a de quoi la déstabiliser. Je lui fais un signe de tête pour lui indiquer d'entrer. Elle ferme la porte derrière elle, s'installe sur l'un des fauteuils en face de mon bureau et me regarde, comme une grande sœur en attente du récit qu'elle devine déjà lourd. Je lui raconte tout. Ma voix est calme, mais mon cœur tambourine encore. Je déroule les faits : la tension dans le bureau de Théo, ses insinuations, sa façon de tout remettre en question à cause des agissements de Louise. Et puis ma réponse, tranchante, sans filtre. Pour une fois, j'ai parlé sans détour. Sans chercher à ménager qui que ce soit. Je lui avoue aussi que j'ai eu peur. Car je savais que c'était quitte ou double. Soit il m'écoutait enfin, soit je démissionnais.

Laly ne dit rien tout de suite. Elle m'observe en silence, bras croisés, lèvres pincées, comme si elle évaluait l'ampleur de la bataille. Puis, soudain, un sourire malicieux se dessine sur son visage. Elle se met à applaudir. Pas bruyamment, juste quelques claquements discrets de ses mains, mais leur signification est sans équivoque.

— Sasha… Tu l'as magistralement joué, lance-t-elle, les yeux pétillants. Sérieusement. Tu t'es levée, tu t'es défendue, tu l'as regardé dans les yeux et tu lui as dit ses quatre vérités. Ce n'est pas tout le monde qui aurait osé.

Je souris faiblement. Son soutien me fait un bien fou.

— Je t'avoue que je ne sais pas encore si j'ai gagné quelque chose… Ou si je viens de m'attirer une guerre ouverte.

— Peut-être un peu des deux, concède-t-elle, en haussant les épaules. Ce qui compte, c'est que tu ne sois plus restée silencieuse.

Et ça, c'est énorme. T'as imposé ton cadre, tes valeurs. Tu t'es respectée. C'est ça, le vrai courage.

Elle marque une pause, puis ajoute avec une pointe d'ironie :

— Et puis entre nous… Je pense que cette Louise avait vraiment besoin qu'on lui rappelle qu'on n'est plus dans une cour au lycée. Tu as juste remis un peu d'ordre là où ça commençait à puer l'égo blessé.

Je ris, soulagée. C'est la première fois depuis que j'ai quitté le bureau de Théo que je me sens un peu plus légère.

— Merci, Laly, vraiment.

Elle se lève, me tapote l'épaule avec affection, et avant de sortir ajoute :

— N'oublie pas que tu es à ta place ici, Sasha. Et que ceux qui essaient de te faire douter, sont souvent ceux qui se sentent menacés par ta lumière.

Elle me laisse seule, mais cette fois, je me sens libérée. Nous devons nous voir dans trois semaines pour le tournage de la publicité, j'espère que d'ici là sa haine envers moi se sera estompée. Sinon cela risque d'être compliqué, voire explosif le jour même.

Chapitre 33

J'ai découvert l'amour où il n'était pas censé exister,
Juste devant moi, ça m'a ramené à la raison.

Amber Run - I found

RAPHAËL

Le 24 mai 2024

Nous sommes vendredi soir, Sasha ne devrait pas tarder à me rejoindre chez moi. Le soleil n'est pas encore couché, je regarde au loin l'horizon qui se dessine en de jolies couleurs rouge orangé, le spectacle est magnifique. Ce soir, nous serons seuls, car ma mère est partie dormir chez une amie. J'aime beaucoup cet appartement et pourtant je viens de le mettre à la vente, ma vie arlésienne va bientôt prendre fin. Avec mon agent immobilier, qui n'est autre que la mère de Sasha, nous venons de signer à distance le compromis chez un notaire qui est situé dans le quartier des Alyscamps à Arles. C'est fait ! Le mas sera officiellement à moi lors de la signature de l'acte d'achat définitif, le mois prochain.

Comme je n'ai pas de prêt bancaire à réaliser, la procédure est accélérée – ce qui arrange fortement les propriétaires qui n'habitent plus la région depuis quelque temps déjà.

Dès que j'aurai la date définitive, j'organiserai mon déménagement avec une société spécialisée de la vallée des Baux de Provence. Vu la taille de l'édifice, je vais devoir acheter de nouveaux meubles. Pour l'aménagement de l'espace, j'ai envie de respecter ce lieu avec un style qui lui correspond parfaitement. Là aussi, la mère de Sasha m'a conseillé un décorateur d'intérieur, qui a l'habitude de travailler pour d'aussi grands biens haut de gamme, d'aussi grandes superficies. Je prendrai contact avec lui en temps et en heure.

Lorsque j'ai annoncé à ma grand-mère, Nana, que je viendrais très bientôt habiter à cinq minutes de chez elle, elle était folle de joie. Ma vie prend un nouveau tournant, tout sera plus pratique et facile à gérer en déménageant. Nana est encore en bonne santé, mais j'ai conscience que dans l'avenir elle aura besoin de moi, et à ce moment-là, je serai présent comme elle l'a été pour moi.

Elle a fait la connaissance de Sasha, et cela s'est très bien passé. C'est un énorme soulagement, car ma grand-mère n'a pas sa langue dans sa poche. Et visiblement, Sasha lui a fait bonne impression. Quand j'y repense, c'était assez étrange d'avoir ma mère, ma grand-mère et Sasha dans la même pièce, hier soir. Je sais que Nana a su tourner la page sur le passé… Ma grand-mère est une femme extraordinaire ! Quand je pense à elle, je n'ai pas d'autre définition qui me vienne à l'esprit. Elle a perdu son mari adoré, son seul et unique enfant, mon père, et malgré cela, elle est encore debout et m'aide, en me prodiguant des conseils pour la savonnerie, lorsque je la sollicite. Je me sens énormément chanceux d'avoir un tel exemple dans ma vie.

Les visites pour mon appartement commenceront la semaine prochaine. Je ne souhaite pas rencontrer les personnes qui vont venir le visiter. Je tiens trop à ma tranquillité et surtout à ma vie privée. Tant que nous ne signons pas de compromis chez le notaire, je souhaite conserver l'anonymat. Car depuis la tentative de meurtre, des journalistes ne cessent de me contacter pour obtenir une interview, que je refuse systématiquement. Mais ils sont tenaces et me relancent à une fréquence déroutante. Je me suis arrangé avec Sasha pour squatter son appartement lorsque sa mère fera visiter le mien. Elle a accepté de bon cœur.

Depuis que je suis sorti de l'hôpital, la cohabitation avec ma mère se passe plutôt bien. Nous prenons nos marques, et respectons l'espace de chacun, tout en savourant des moments partagés. Nous prenons le petit déjeuner ensemble, puis chacun vaque à ses occupations le reste de la journée. Généralement, l'une des infirmières à domicile vient nettoyer et changer mon pansement entre 10H et 11H. La plaie est de moins en moins douloureuse, seule la gêne au niveau de mes mouvements persiste. Mais d'après les dires du chirurgien qui s'est occupé de moi, cela est tout à fait normal. Je devrais reprendre une vie normale d'ici quelque temps. D'ailleurs, mon médecin traitant, qui m'a rendu visite hier matin, me conseille de réaliser des séances de kinésithérapie à partir de la mi-juin afin de faciliter la mobilité de mon bras gauche. Car depuis l'accident, je n'ose pas trop forcer dessus. Je lui ai répondu : chaque chose en son temps, et que l'on aviserait le moment venu. Je n'ai pas envie de me mettre la pression avec des dates imposées, j'en ai déjà assez dans mon quotidien de jeune chef d'entreprise.

Étant donné que je ne peux pas conduire et qu'il est préférable de rester encore une semaine au repos, je me suis aménagé un coin pour travailler à distance. Agathe a posté une offre d'emploi avec une fiche de poste de directeur adjoint / directrice adjointe précise, ne laissant aucun doute sur le profil que je recherche. À ma grande surprise, nous avons déjà reçu énormément de candidatures. Aujourd'hui, j'ai sélectionné les personnes dont le CV correspond à mes attentes. J'ai pris le temps de consulter minutieusement chaque profil. Cette décision est importante et ne doit pas être prise à la légère. Mais la blague du jour reste l'apparition sur mon écran, de la candidature de Louise Delacroix. *Elle a osé candidater*. Elle tente désespérément de revenir dans ma vie, coûte que coûte. Je l'ai appelée pour mettre les choses au point.

— Louise, bonjour.

— Bonjour, Raphaël ! répond-elle avec une voix langoureuse.

— Je suis en train d'étudier les candidatures pour le poste de directeur ou directrice adjointe au sein de mon entreprise. Et je dois t'avouer que je ne comprends pas pourquoi tu as postulé ? Tu es surqualifiée pour ce travail. En plus de ça, tu perdrais bien trop d'argent sur ton salaire, car je suis loin de proposer ce que

tu touches actuellement chez Lancôme.

Mon ton est strict et ferme à la fois, il ne laisse pas de place au doute.

— Je sais très bien ce que je fais ! J'aimerais me réinstaller dans la région et le poste que tu proposes est tout à fait dans mes compétences. Bien évidemment, j'ai conscience que je subirai une perte au niveau de mon salaire, mais après mûre réflexion, je suis prête à sacrifier cela, annonce-t-elle en minaudant.

Je pince l'arête de mon nez, elle ne lâche rien.

— Écoute Louise, pour des raisons évidentes, je me vois dans l'obligation de décliner ta proposition. Premièrement, comme je te l'ai dit, tu es surqualifiée. Deuxièmement, avec notre passé en commun, il n'est pas envisageable de collaborer. Et troisièmement, ce serait une grosse erreur pour tous les deux, lâché-je pour la faire entendre raison.

— Est-ce que c'est à cause de Sasha que tu refuses d'étudier mon offre ? demande-t-elle tout à coup.

Je lui réponds du tac au tac :

— Absolument pas. Elle n'a rien à voir dans cette histoire. Et d'ailleurs, je te serais reconnaissant de la laisser en dehors de tout ça ! prononcé-je, agacé par son comportement.

— Je veux bien laisser ton jouet du moment tranquille, mais rends-toi à l'évidence : elle et toi n'évoluez pas dans le même monde ! Elle ne pourra jamais t'apporter ce que moi je peux t'offrir ! Elle ne connaît pas les codes, elle ne sera jamais à ta hauteur !

Je fais tout pour me contenir, mais elle ne me facilite pas les choses.

— Restons-en là, c'est préférable pour tout le monde, annoncé-je froidement avant de raccrocher sans écouter sa réponse.

Louise Delacroix… Rien que son nom me serre le ventre, désormais. Elle montre les dents, clairement. Et pas pour se défendre, mais pour attaquer. Je le sens, je le sais, et je n'ai plus le moindre doute : cette femme n'a pas dit son dernier mot. Ce qui devait être une histoire révolue, un chapitre clos, devient un venin qui tente de s'infiltrer dans ma vie présente. *Dans notre vie.*

Je soupire longuement en m'adossant au dossier de mon fauteuil. La paix… Elle semble toujours nous glisser entre les doigts. À peine avons-nous pansé une blessure, qu'une autre menace de s'ouvrir… Mais j'ai retenu la leçon. Finis les silences pour protéger, finis les petits arrangements avec la vérité. Je ne veux plus de zones d'ombre entre Sasha et moi. Elle mérite mieux que ça. Et c'est pour cette raison que je compte bien lui parler de cette fâcheuse discussion. Même si elle est déjà perturbée, même si elle en a assez sur les épaules. Ce ne sera pas facile à entendre, mais c'est nécessaire. Car la confiance, ce ciment fragile qui nous tient debout, ne se renforce que par la transparence. Et aujourd'hui, notre équilibre est encore précaire, encore fébrile. Je ne peux pas me permettre le moindre faux pas. Je veux qu'elle sache que je suis là, pleinement. Que je suis avec elle et pour elle. Que chaque geste, chaque mot, chaque choix que je fais, je les réalise pour construire, et non détruire. Elle n'a pas besoin d'un homme parfait, mais d'un homme honnête, et c'est ce que je m'efforce d'être, chaque jour un peu plus.

Ce qui me sidère, au fond, c'est que je n'aurais jamais imaginé qu'une ex-relation puisse devenir une menace aussi concrète. Que Louise devienne aussi toxique, aussi sournoise… Elle pourrait refaire sa vie en un claquement de doigts. Elle pourrait tout avoir, n'importe qui, n'importe quand. Mais non. *Elle me veut, moi.* Pas par amour. Par orgueil. Par vengeance. Par ce besoin malsain de possession. Eh bien, non. Ce qu'elle souhaite, elle ne l'aura pas.

Sasha arrive enfin. Et c'est comme si le monde reprenait ses couleurs. Non, ce n'est pas sa robe – même si elle la porte avec une grâce désarmante. Ce n'est pas son maquillage ni ses talons. *C'est elle.* Son sourire, éclatant et sincère. Cette chaleur qui émane d'elle, cette lumière douce et naturelle qui semble se déposer sur tout ce qu'elle touche. Elle illumine la pièce sans même essayer. Sa seule présence réveille ce qu'il y a de plus beau chez moi, et je le vois aussi dans les regards que les autres lui portent. C'est comme si elle tirait le meilleur de nous, sans rien forcer.

Elle s'approche, légère, presque dansante, et mon cœur bat plus vite rien qu'à sentir son parfum m'envelopper. Un mélange subtil de vanille et de fleur d'oranger, quelque chose de doux et de réconfortant, de familier aussi. Je ne sais pas si c'est elle qui s'est approchée de moi, ou moi qui me suis inconsciemment avancé, mais en quelques secondes, elle est là, à portée de souffle.

Depuis l'accident, nous avons partagé des regards, des

silences, des frissons au creux de l'intime… Mais nos corps n'ont plus fusionné. Je le ressens jusque dans mes entrailles. *Je suis en manque.* En manque d'elle, de sa peau contre la mienne, de ses mains qui effleurent les miennes, de nos respirations qui s'accordent, de ce langage langoureux dont seuls nos corps savent parler. Ce n'est pas une simple envie charnelle. C'est bien plus que ça. C'est un besoin viscéral de la retrouver dans ce lien si particulier qui n'appartient qu'à nous. De sentir qu'au-delà de la douleur, de la peur, des blessures, nous sommes encore capables de nous aimer pleinement. Totalement. Sans barrières.

Elle est debout en face de moi, ses yeux plongés dans les miens, et je sens cette tension délicieuse, presque électrique, vibrer dans l'air. Je ne prononce rien. Je la contemple. Je l'admire. Et dans ce silence, je formule un vœu muet : *ce soir, j'ai besoin de la retrouver.* Pas juste de la toucher. Mais renouer avec elle, avec nous, avec tout ce que nous avons failli perdre. Parce qu'avec elle, chaque frôlement devient une promesse, chaque baiser une évidence. Et ce manque que je ressens… Ce n'est pas que de son corps.

C'est d'elle.

De nous.

De cette intimité qui ne se raconte pas, mais qui se vit.

J'espère que ma surprise va lui plaire.

Chapitre 34

> **Je ne peux pas m'empêcher de t'aimer, même si j'essaie de ne pas le faire**
> **Je ne peux pas m'empêcher de te voir, Je sais que je mourrais sans toi.**
>
> Ruelle - War of hearts

SASHA

Je monte les escaliers deux par deux, j'ai tellement hâte de retrouver Raphaël pour une soirée en tête-à-tête. Même si nous nous sommes vus tous les soirs pour dîner, c'était en compagnie de sa mère qui réside pour le moment chez lui. Je suis sincèrement heureuse de les voir se rapprocher jour après jour. D'ailleurs, sa mère est un véritable cordon-bleu. Je trouve sa présence réconfortante.

Bien que Raphaël ne se soit pas encore confié à moi sur son passé, j'ai compris entre les lignes que son beau-père les a maltraités tous les deux, pendant des années. Désormais, il est déterminé à le faire payer pour la tentative d'assassinat, mais pas seulement, je sens bien qu'au fond de lui la colère gronde. J'espère qu'il arrivera à la faire sortir avant que celle-ci ne le ronge de l'intérieur.

Lorsque je rentre dans l'appartement d'un pas assuré, Raphaël m'accueille en musique avec Arctic Monkeys, I wanna be yours :

« Tu as les cartes en main, bébé ! Je veux juste être avec toi, les secrets que j'ai gardés dans mon cœur sont plus difficiles à cacher que je ne le pensais, peut-être que je veux seulement être avec toi, je veux être avec toi... ». Je dois bien avouer que le timing est parfait ! On pourrait presque croire que c'est fait exprès. Avant de venir chez lui, j'ai pris le temps d'aller me changer et visiblement ma tenue a l'effet escompté. Je porte une petite robe fleurie printanière, assez audacieuse, mettant en valeur mes formes sans toutefois être provocante. J'ai joué la subtilité plutôt que l'excessivité. Raphaël me regarde comme le loup de Tex Avery, sa mâchoire se décrocherait presque. Ses yeux sont figés sur les miens et son corps parle pour lui. Une belle bosse apparaît entre ses jambes. En un battement de cils, il se retrouve face à moi, replace délicatement une mèche de cheveux derrière mon oreille, avant de m'embrasser avec avidité.

— Tu me rends dingue, j'ai tellement attendu ce moment, mais cela en valait la peine ! Putain, tu es si belle ! prononce-t-il, les yeux pétillants.

— Merci pour le compliment, Monsieur le poète, susurré-je à son oreille.

Il me prend par la main et nous dirige tout droit vers sa chambre. Lorsque l'on entre dans la pièce, mon regard est immédiatement attiré par l'atmosphère douce et envoûtante qu'il a créée. Des bougies sont éparpillées à travers la pièce, elles diffusent une lumière chaude et vacillante, formant des ombres dansantes sur les murs. La lumière ainsi tamisée adoucit les contours de sa chambre, la rendant presque irréelle, comme un cocon intime. Encore une fois, la musique nous accompagne, maintenant, c'est Halle, In your hands : *« notre amour est comme le clair de lune dans l'obscurité, il n'y a pas de meilleur sentiment que ta main chaude, tu es le seul nom que je crie quand c'est difficile, parce que bébé tu es le seul qui sait qui je suis, quand tu es triste et quand tu souffres, je promets que je serais ton seul ami, parce que je sais que les démons viennent frapper à la porte, mais nous ne les laisserons jamais entrer, ne laisse pas le monde le gâcher... »*. Une fois de plus j'ai l'impression que cette chanson a été écrite pour nous. Les émotions se bousculent, mêlant surprise, reconnaissance, et douce tension romantique. Jamais je n'aurais imaginé Raphaël romantique, pas une seule seconde, cela ne m'a effleuré l'esprit.

Il s'assied sur le lit et scrute mon visage pour y lire ma réaction. Je me demande combien de temps cela lui a pris d'organiser sa chambre de cette façon. Pour moi, c'est une preuve silencieuse qu'il tient à moi bien plus que je ne le pensais.

Pendant un instant, je le contemple à son tour, il est toujours assis au bord de son lit king size. Il porte une chemise blanche, légèrement déboutonnée, laissant entrevoir juste ce qu'il faut de son torse musclé, un jean usé façon bad boy des quartiers chics et ses pieds sont nus. Sa barbe a un peu repoussé, ajoutant à son charme une touche de masculinité. La pièce embaume son parfum qui m'enveloppe subtilement.

— Viens par ici, murmure-t-il d'une voix rauque en me faisant signe de son index.

J'avais bien conscience de l'effet que ferait ma petite robe sur Raphaël, mais je ne m'attendais pas à ce que lui aussi me surprenne. Comment peut-il rester aussi calme alors que tout en lui m'attire comme un aimant ? Je suis déjà au bord de l'agonie alors qu'il ne m'a pas touchée. Mon désir pour lui crépite dans mon bas-ventre. Les mots restent coincés dans ma gorge. Je le chevauche et m'installe sur ses genoux.

Mon pouls s'emballe lorsque nos lèvres s'embrassent, et que nos corps s'embrasent. Je suis affamée de lui et plus rien ne me retient maintenant. Après ce baiser passionné, je parsème de petits bisous mouillés son cou. Dans un geste délicat, je déboutonne entièrement sa chemise, et la lui retire délicatement. Ensuite, je dégrafe son jean et lui enlève avec un peu d'aide de sa part. Et pour finir, je libère son sexe de son boxer. Pour une fois, c'est lui qui est nu, et moi tout habillée, je prends le contrôle de la situation. Avec lui, je me sens libre d'explorer ma sexualité à fond. J'embrasse d'un chaste baiser ses lèvres, puis je descends dans son cou, sur sa poitrine, sur son abdomen, je continue ma descente langoureusement et sensuellement. Raphaël m'observe avec une telle intensité…

Lorsque je lèche son gland, son souffle devient plus court. Il m'attrape par les cheveux et les tire tendrement. Mon cœur bat à toute allure, l'excitation est à son comble lorsque je le prends tout entier dans ma bouche. Son sexe est aussi dur que la pierre et aussi doux que la soie, j'adore lui donner du plaisir, nous en prenons autant l'un que l'autre. J'accélère mon mouvement à sa demande silencieuse, je m'applique à lécher la petite goutte qui perle.

Nos yeux sont liés.

Nos corps sont attirés.

Nos cœurs sont destinés.

Tous ses muscles se tendent, avant que l'orgasme ne l'emporte. Lorsque nous reprenons nos esprits, nous entendons les paroles de Austin Giorgio « I put a spell on me » résonner à travers les enceintes de sa chambre : *« tu m'as jeté un sort, je perds la tête, tu ferais mieux d'arrêter les choses, c'est une question de temps avant que je te traque, je grave ton menton, j'embrasse tes lèvres, tu me ramènes, je t'allonge, j'attrape tes hanches, et on perd le contrôle, et avant que tu ne t'en rendes compte, je t'ai jeté un sort. ».*

— Tu m'as jeté un sort, ma Déesse ! Comment expliquer ce qu'il m'arrive, je suis fou amoureux de toi ! Je n'arrive plus à penser à autre chose qu'à toi, confie-t-il en me regardant dans les yeux. Tu m'obsèdes jour et nuit.

Il m'aide à me relever, lui est toujours assis au bord du lit, et moi debout entre ses jambes.

— Enlève ta robe, Sasha ! m'ordonne-t-il calmement.

C'est ce que je fais en prenant tout mon temps, il se mord la lèvre inférieure lorsqu'il découvre mon body fendu à lanières et broderies de chez Victoria's Secret. Cela provoque en lui une montée irrésistible de désir. Je sens son regard brûlant sur moi, et cela me donne encore plus confiance. Le sourire en coin, je fais mine de tourner sur moi-même afin qu'il puisse contempler dans son ensemble mon sous-vêtement sexy. Lorsque mes yeux croisent à nouveau son regard, la tension sexuelle entre nous deux est presque palpable. L'air dans la pièce devient plus dense, chargé de désir ardent.

— Je perds complètement la tête en ta présence, tu le sais, n'est-ce pas ? murmure-t-il.

Pour seule réponse, je retire délicatement mon body. Raphaël attrape ma main puis m'attire vers lui. Mon sexe se retrouvant à la hauteur de son visage. Il commence par le lécher passionnément. Mon entrejambe est déjà trempé de désir pour lui. Je caresse ses cheveux, et lorsque l'intensité redouble, je tire dessus comme une tigresse. Je cherche l'air, mon souffle devient erratique sous ses coups de langue experts. Je tremble de tout mon corps, puis tout explose en moi, l'orgasme me foudroie intensément, libérant toute la tension de ces derniers jours. Quand je reviens sur terre, Raphaël m'invite à me coucher à côté de lui. Je crois que nous allons faire l'impasse sur le repas…

Chapitre 35

❝

***En ce moment je n'ai pas honte, hurlant à plein poumon pour toi
Je n'ai pas peur d'y faire face, j'ai besoin de toi plus que je ne le veux.***

♫ Camilla Cabello - Shameless ♪

RAPHAËL

Nous sommes enveloppés dans une douce chaleur, nos corps entrelacés comme deux branches d'un même arbre. La lumière tamisée projette des ombres dansantes sur nos peaux. Le silence est lourd de promesses, et l'air est empli d'un parfum délicat, mélange de douceur et de passion, de sexe et de volupté. Sasha a calé sa tête contre mon torse du côté droit, elle fait extrêmement attention à ne pas me faire mal au niveau de mon pansement. Je lui caresse le dos, elle frissonne instantanément. L'alchimie entre nous est tellement évidente qu'il ne faut pas grand-chose pour allumer une étincelle.

Je tourne légèrement la tête vers Sasha, admirant les traits fins de son visage éclairé par la lumière des bougies.

— C'est bon, j'ai signé le compromis d'achat pour le mas, d'ici un mois j'en serai l'heureux propriétaire, annoncé-je avec joie.

— Toutes mes félicitations ! Je suis sincèrement heureuse pour toi, même si nous n'habiterons plus dans la même ville, lance-t-elle dans une réflexion douce-amère.

Je prends son visage entre mes mains pour que nos regards s'ancrent.

— J'ai bien réfléchi, Sasha. Cette maison est bien trop grande pour une seule personne, lorsque je me projette, j'imagine partager des soirées d'hiver au bord de la cheminée et des nuits d'été sous les étoiles avec toi ! déclaré-je en prenant ses mains dans les miennes.

Elle écarquille les yeux sous l'effet de la surprise. Elle se mord la lèvre inférieure et je sens son cœur battre de plus en plus fort, de plus en plus vite.

— C'est tellement soudain ce que tu me proposes, tu es vraiment sûr de vouloir vivre avec moi ? Ce n'est pas rien comme engagement, surtout pour un mec qui ne voulait absolument pas entendre parler de relation sérieuse il y a encore peu de temps, répond-elle en penchant sa tête sur un côté.

— Oui Sasha, je veux partager ma vie avec toi ! Pas juste des moments par-ci, par-là, mais construire quelque chose de durable, une maison, un foyer, une vie ensemble, rien que toi et moi ! continué-je à lui avouer.

Je plonge mon regard dans le sien, observant l'agitation qui l'anime, j'aimerais savoir ce qu'il lui passe par la tête.

— C'est un grand pas Raphaël, en as-tu conscience ?

Elle est troublée, c'est compréhensible. Ce soir, j'ai sorti le grand jeu, pour elle, pour nous. Sasha baisse la tête, tout en caressant mon tatouage sur mon torse.

— Je sais, mais c'est ce que je veux, et j'espère que tu le souhaites aussi ! confessé-je, sûr de moi.

Nos regards se croisent à nouveau, un sourire se dessine sur ses lèvres pulpeuses et je sais tout de suite ce qu'elle va me répondre.

— Oui ! crie-t-elle de joie.

Je n'ai pas les mots pour exprimer la joie et l'excitation que je ressens à ce moment précis. Je prends délicatement son visage entre mes mains puis comme pour sceller notre accord, nos lèvres se collent et s'ouvrent afin que nos langues se retrouvent emportées dans une danse envoûtante. Dans la magie de cet instant, nous fusionnons corps et âme. Je réalise à quel point ma vie est en train de prendre un nouveau tournant avec cette femme extraordinaire à mes côtés.

***

Le lendemain matin, nous annonçons à ma mère que Sasha a accepté ma proposition de vivre avec moi au mas. Elle saute littéralement de joie face à cette grande nouvelle. Je sais que ma mère apprécie énormément Sasha, car elle me l'a dit plusieurs fois. Même si je n'ai pas besoin de son aval, cela me fait tout de même plaisir. Puis, elle rebondit sur l'occasion pour me faire à son tour une proposition. Elle souhaiterait acquérir mon appartement. Je dois dire que je ne m'y attendais pas du tout, mais après tout pourquoi pas ?

— Je me sens bien dans le quartier de la Roquette, c'est très facile de circuler à vélo de jour comme de nuit. La proximité avec le centre-ville et les magasins est un atout indéniable et confortable. Je m'y sens en sécurité et pour couronner le tout, les voisins sont sympathiques ! précise-t-elle avec un sourire. Je me suis rapidement intégrée, ici.

Je lui souris tendrement.

— Je vais faire encore mieux que de te le vendre maman, je te l'offre ! C'est mon cadeau de divorce ! C'est non négociable ! réponds-je, sans laisser place au doute.

Ma mère est gênée face à tant de générosité de ma part, mais je balaie ses objections d'un revers de la main. J'ai la chance de ne pas manquer d'argent, autant en faire profiter les personnes auxquelles je tiens. Lorsque j'aurai signé l'acte d'achat définitif du mas, j'en profiterai pour demander au notaire de préparer le changement de l'acte de propriété pour cet appartement, quand elle sera divorcée, nous pourrons passer à l'action. Étant donné que ma mère et son ex sont mariés sous le régime de la communauté, si elle devient propriétaire de mon appartement avant le divorce, il sera en droit de lui en demander la moitié. Même en prison, il peut continuer à la faire chier. Alors il vaut mieux être prudents et la jouer intelligemment. Cela n'empêchera pas ma mère de s'installer définitivement, quand Sasha et moi aurons emménagé dans le mas. Ainsi, elle ne devra plus rien à l'autre connard.

Puisque j'ai déjà fait la connaissance de la mère de Sasha, je lui propose d'inviter ses parents à déjeuner demain midi, enfin s'ils sont disponibles. Elle écarquille les yeux, visiblement décontenancée. Je vois bien à sa tête que ça fait peut-être beaucoup. Je veux lui montrer que je m'engage sérieusement, qu'il n'y a pas de place au doute. Sasha se blottit contre moi, mais une tension sous-jacente trouble la douceur de l'instant. Je sens ses épaules se raidir. Elle prend une profonde inspiration et se redresse légèrement.

— Je te remercie de vouloir faire les choses correctement, je suis extrêmement touchée.

Je la regarde, le trouble se lit dans ses yeux.

— Mais ? demandé-je.

— Ils partent en vacances donc je te propose qu'on organise ça dès leur retour, tout simplement.

Je souris, sincèrement soulagé de voir que nous sommes sur la même longueur d'ondes.

—Je suis juste… tellement heureux de ce que nous partageons.

— Je suis aussi inconditionnellement heureuse.

Sasha marque une pause, cherchant les mots justes.

— J'ai juste besoin d'un peu de temps pour m'habituer à tout ça. C'est tellement soudain, j'ai l'impression de vivre un rêve éveillé, me confie-t-elle, en rougissant.

Mon cœur bat la chamade. Je m'approche d'elle, prenant son visage entre mes mains.

— Écoute, je pense que lorsque le bonheur frappe à ta porte, il faut savoir le saisir. Et c'est exactement ce que toi et moi faisons.

Sasha plonge son magnifique regard dans le mien.

— Je t'aime tellement, Sasha, murmuré-je.

Je souris, me sentant complètement libéré.

Elle me rend mon sourire, soulagée. Dans cette promesse de patience, elle trouve la force d'embrasser l'avenir, un pas à la fois. Je réalise tout à coup l'énorme pas en avant qu'elle vient de faire vers moi. Car avant cela, je n'y avais pas pensé ! *Quel crétin !* Elle a accepté ma proposition d'emménager ensemble, alors que sa dernière expérience l'a plongée dans un mal-être profond et qu'elle a failli en mourir. Il faut être réaliste, je la brusque un peu trop. *Du calme, Raphaël.*

Chapitre 36

> ***Je n'ai plus peur, je veux ce que tu me proposes,***
> ***Je suis prête à me nourrir, m'installer dans ton siège maintenant,***
> ***Et touche moins comme tu ne l'as jamais fait.***
>
> Halsey - No afraid anymore

SASHA

Je suis sur un petit nuage depuis que j'ai accepté la proposition d'emménager avec Raphaël dans le mas. Même s'il n'a pas exigé une réponse dans l'immédiat, il était impossible pour moi d'attendre plus longtemps pour la lui donner. Depuis, ce qui se passe dans ma tête est indescriptible.

Oui, j'ai peur.

Oui, mon passé me terrifie encore.

Oui, je suis prête à aller de l'avant.

Depuis ce qu'il m'est arrivé avec celui dont je ne souhaite pas prononcer le prénom, je ne suis plus la même personne. Plus jamais je ne laisserai un homme me frapper, plus jamais je n'accepterai que l'on me rabaisse, plus jamais on ne haussera le ton sur moi, plus jamais personne ne dirigera ma vie. Cette histoire m'a fait grandir et mûrir d'un seul coup. À cette époque, j'aurais dû être insouciante, désinvolte et pleine de vie ! Il m'a tout pris en m'emprisonnant chez lui, en dirigeant tous les aspects de ma vie. Comment ai-je pu accepter que l'on me traite ainsi ? Comment ai-je fait pour autant fermer les yeux ?

Maintenant, c'est derrière moi. Aujourd'hui, je suis capable de détecter un pervers narcissique à des kilomètres à la ronde. Finalement, je n'étais pas armée pour affronter ce genre de personnes toxiques. J'ai toujours vécu dans un cocon, entourée de mes parents et de Juliette, ma meilleure amie. Lorsque je suis arrivée à la faculté, je me suis sentie pousser des ailes invisibles et je me suis écrasée au sol. Heureusement qu'ils étaient là tous les trois pour moi, quand j'en ai eu le plus besoin. C'est une leçon de vie que je ne suis pas près d'oublier.

Un tas d'idées se bousculent dans ma tête ; que vais-je faire de mon appartement ? Je dois prendre en considération le fait que le mas appartient à Raphaël et que s'il se passe quoi que ce soit entre nous, j'aurais besoin d'un point de chute. Si j'ai bien retenu la leçon, je devrais jouer la sécurité. Encore une fois, l'ange et le démon viennent se poser sur chacune de mes épaules. L'un m'encourage largement à aller de l'avant, tandis que l'autre me dit de rester prudente en le conservant. Bon, l'heure n'est pas encore à la prise de décision, je la prendrai lorsque je serai prête tout simplement.

Pour le moment, nous sommes dimanche matin et l'infirmière à domicile est venue retirer les points de Raphaël. Il est confortablement installé sur le canapé. Tandis que sa mère et moi sommes retranchées dans la cuisine pour observer de loin ce qu'il se passe. Juste avant je lui ai dit que je le soutenais mentalement. Même s'il essaie de se montrer fort, nous le voyons grimacer à chaque point de suture enlevé. L'infirmière lui explique que les chairs se sont bien ressoudées et qu'elles ont formé de légères adhérences autour de ceux-ci. J'ai mal pour lui, c'est horrible ! Je capte les moindres signes de douleur au niveau de son visage et je souffre avec lui, j'en ai limite des sueurs froides.

Lorsqu'elle finit de tout lui retirer, elle nettoie les plaies et lui annonce qu'il n'a plus besoin de soins à domicile. Instantanément, on peut lire le soulagement dans son regard. Je le connais par cœur ! Même s'il n'a pas voulu nous montrer sa souffrance au cours de sa convalescence, je sais qu'il est passé par des moments très difficiles. Maintenant, j'espère sincèrement que tout ça est derrière lui, derrière nous. Lundi prochain, il a rendez-vous avec le chirurgien qui l'a opéré, nous verrons bien ce qu'il lui dit.

Comme il fait magnifiquement beau temps en cette fin de mois de mai, Raphaël me propose d'aller déjeuner en amoureux dans le centre-ville. J'accepte volontiers, nous quittons son appartement aux alentours de midi. Nous sortons de son immeuble main dans la main, quand, tout à coup, des flashs nous éblouissent. Visiblement, des journalistes attendaient désespérément de le voir sortir. La brutalité de son monde me rattrape : Raphaël est une personnalité publique et nous voilà confrontés à cette contrepartie. J'essaie désespérément de les ignorer, mais c'est vain. Je baisse la tête, je mets mon avant-bras sur mon visage, je serre les dents et je me cramponne au bras de Raphaël pour me rassurer.

— Monsieur Pautel, s'il vous plaît ! Monsieur Pautel ! Qui est la personne à votre bras ? Comment allez-vous ? Avez-vous engagé des poursuites contre votre beau-père ? Monsieur Pautel, s'il vous plaît, par ici ! hurlent les journalistes en bas de son immeuble.

— Bonjour, Messieurs-dames ! Je ne compte pas répondre à vos questions sur le trottoir. J'ai refusé toutes vos demandes d'interviews, ce n'est certainement pas pour être importuné de la sorte ! Maintenant, laissez-nous passer ! leur répond-il, énervé et contrarié.

Et comme par magie, ils s'exécutent en s'écartant et nous laissent passer devant eux. Raphaël ne s'attendait pas à ça et moi encore moins. Tout ce battage médiatique autour de lui a l'air de fortement le contrarier : ses traits du visage sont crispés. Il met ses lunettes de soleil, comme s'il voulait se protéger du reste du monde.

Finalement, je devrais remercier Louise Delacroix d'avoir lâché l'information à Théo plus tôt, car j'ai bien l'impression qu'il l'aurait apprise dans les médias, et cela aurait été bien pire encore. D'ailleurs, en pensant à elle. Je n'en reviens pas, qu'elle ait eu le culot de postuler dans l'entreprise de Raphaël. Il faut être vraiment désespérée pour en arriver là…

Nous remontons le quai Marx Dormoy au bord du Rhône, nous

passons devant la maison d'édition où travaille ma meilleure amie. L'incident des journalistes est vite oublié. Il y a du monde qui se promène en ce dimanche ensoleillé. Les Arlésiens et les touristes se partagent la ville. Si on lève la tête en se promenant dans ces rues, on peut observer les différentes statues de gargouilles qui nous observent dans leur coin. Et enfin, nous arrivons à la place du forum. J'adore ma ville, c'est un mélange de l'antiquité romaine avec ses arènes, son théâtre antique, ses cryptoportiques et sa vieille abbaye. Certaines de ces rues sont encore pavées, signe d'une époque bien révolue, contrastant avec la modernité de la tour Luma, des musées et de shopping promenade. Il y a également Mopa, l'école de cinéma d'animation qui est classée 6ème au rang mondial. C'est une ville d'artistes, qui en a inspiré un grand nombre comme Vincent van Gogh, Paul Gauguin, Léo Lélée, Pablo Picasso pour n'en citer que quelques-uns. L'atmosphère qui y règne est indescriptible.

Notre bistrot préféré « Le Guillemet » est complet, il fallait bien s'y attendre. Nous sommes dimanche midi et nous n'avons pas réservé. Erreur de débutants, voilà ce que c'est de décider au dernier moment. Paul, le serveur qui a l'habitude de nous voir, a l'air ennuyé de nous refuser une table. Il part voir le patron au fond du bar et il revient en nous demandant de patienter une demi-heure avant qu'une place ne se libère, nous acquiesçons. Pour faire passer le temps, nous nous asseyons à la terrasse d'un café voisin et prenons un apéritif.

— Tu as l'air fatigué, Raphaël, prononcé-je en lui caressant la main.

— C'est la première fois que je sors dehors depuis la tentative d'assassinat, je suis un peu étourdi par la lumière, mais ça va aller ! Je ne m'attendais pas, non plus, à voir autant de journalistes en bas de mon immeuble, ils étaient bien planqués. En France, ils n'ont pas le droit de faire ce qu'ils veulent et nous foutent relativement la paix. Je suis désolé que tu aies dû assister à cela. En temps normal, il n'y a que dans les grandes occasions que je suis photographié… J'espère qu'ils ne t'ont pas fait peur, s'enquiert-il. D'ailleurs, je me demande qui leur a donné mon adresse ?

— Ce n'est pas ce que j'ai préféré, mais tant que je suis avec toi, je peux tout affronter, réponds-je sincèrement. Tu penses que quelqu'un t'a balancé aux médias ?

— C'est indéniable. Même si l'affaire a été rendue publique, jusqu'à présent ils se tenaient à distance…

Ça a vraiment l'air de le contrarier. Ce n'était pas plaisant, c'est certain, mais de là à penser que quelqu'un puisse informer les paparazzis, ça me paraît fou.

— Quoiqu'il arrive, nous ferons face, ensemble.

Pour seule et unique réponse, il me fait un baise-main. Je trouve ça terriblement craquant, comment fait-il pour me faire fondre de la sorte ? Au fur et à mesure, je me rends compte qu'il y a plusieurs Raphaël : le serial fucker, l'amoureux, le romantique, l'homme d'affaires… et je les aime tous, sans exception !

***

Le lendemain matin, je me presse, car je suis légèrement en retard. Raphaël a dormi chez moi la nuit dernière. Enfin, dormir est un bien grand mot, car il a voulu me prouver à plusieurs reprises qu'il était en forme. En y repensant, je sens le rouge me monter aux joues, décidément cet homme a réveillé en moi une femme complètement différente, plus libre, plus féminine, plus sûre d'elle. Chacune de ses caresses m'électrisent, me connectent à lui de façon intense. Il est le seul à me procurer des orgasmes de la sorte. Le Dieu du sexe a encore tout donné hier soir, dans mon lit ! Il m'a fait découvrir que le plaisir se partage à deux. Quelle soirée !

Je passe sous la douche, puis m'habille avec une robe fourreau vert émeraude de chez Maje, que j'assortis avec une paire de ballerines noires à talons carrés de chez Jonak. Je repasse par ma chambre pour embrasser mon bel endormi, puis je file directement au travail.

Laly m'accueille avec un grand sourire aux lèvres. Elle a l'air contente de me retrouver en ce lundi matin.

— Bonjour, Sasha ! Je ne te demande pas si tu as passé un bon week-end ?! lance-t-elle joyeusement.

Elle prend un air très énigmatique.

— Bonjour, Laly ! Pourquoi dis-tu ça ? l'interrogé-je, surprise.

Elle attrape son téléphone portable sur son bureau d'accueil, puis elle farfouille sur un moteur de recherche ou un site, de là où je suis, je ne vois pas trop, avant de me le tendre. Je fixe l'écran, pétrifiée. Je découvre des photos volées, issues des médias, montrant Raphaël et moi ensemble hier après-midi, bien évidemment à la sortie de son immeuble, mais aussi au restaurant. Ces clichés, capturés sans notre consentement, exposent notre intimité à la vue de tous. Une vague d'émotions me submerge instantanément. D'abord la surprise : comment ces images ont-elles pu se retrouver là aussi rapidement ? Puis une colère sourde contre cette intrusion dans notre vie privée. Je me sens vulnérable, mise à nu devant des inconnus, sans avoir eu le moindre contrôle. Le titre est plutôt explicite *« après avoir échappé à une tentative d'assassinat, Raphaël Pautel se console dans les bras d'une belle inconnue !* ». La confusion et la peur s'entremêlent à la colère. Comment Raphaël va-t-il réagir face à tout cela ? Que vont penser mes parents ? Les pensées se bousculent dans ma tête, tandis que je tente de trouver un semblant de calme dans ce tourbillon d'émotions. J'imagine que si Laly est déjà au courant, Théo l'est également.

Effectivement, il m'attend dans mon bureau avec une tasse de café à la main. À croire qu'il savait exactement, à la minute près, quand j'allais arriver. Il m'invite à refermer la porte derrière moi.

— Tu as dû voir les photos parues ce matin dans plusieurs torchons à scandales… Heureusement que nous avions un coup d'avance ! Je t'explique. Après notre discussion de la semaine dernière concernant ta relation personnelle avec M. Pautel, j'ai pris les devants et j'en ai informé la direction afin que cela ne puisse pas te porter préjudice. Mon intuition avait vu juste, c'est déjà une personne connue, mais avec ce qui lui est arrivé, les journalistes ne vont pas le lâcher… Pour le moment, ils ne connaissent pas ton identité, mais cela ne devrait pas tarder. Ils ne sont pas contre le fait que tu travailles sur sa campagne, car ils estiment que nous avons été honnêtes dès le départ.

Je suis soulagée de l'entendre prononcer à voix haute ces paroles.

— Merci, Théo ! Tu m'en vois soulagée. À l'instant où je te parle, je suis abasourdie par ces articles. Je t'avoue que je suis prise de court, car je pensais qu'ils ne s'intéresseraient qu'à Raphaël… Maintenant, je suis avertie et je pense que nous serons plus vigilants. Quant à son plan de marketing, je tiens absolument à le réaliser. J'ai fait énormément de recherches sur le sujet et cela m'a permis d'avoir une bonne idée de la proposition que nous pourrions lui faire ! enchaîné-je en grande professionnelle que je suis.

— Comme je te l'ai dit à plusieurs reprises, tu es une excellente assistante marketing et si tu continues comme cela, lorsqu'une place de directrice s'ouvrira tu pourras largement y prétendre ! m'annonce-t-il en souriant.

— Je te remercie sincèrement pour la confiance que tu m'accordes au quotidien, affirmé-je le cœur léger.

Quel soulagement d'avoir eu cette discussion avec lui de bon matin. Maintenant, je peux me concentrer sur les différentes tâches à réaliser pour la journée. J'appellerai Raphaël à ma pause déjeuner, car j'aimerais savoir comment il va à la suite de l'apparition de ses photos.

Chapitre 37

“

Tu veux ma photo ?

”

♫ Britney Spears - Piece of me ♪

RAPHAËL

Lorsque je quitte l’appartement de Sasha aux alentours de 9H00 du matin, mon esprit est libre et je me sens plutôt bien. Le mistral s’est levé pendant la nuit, rendant l’air un peu plus frais en ce début de journée. Un frisson parcourt rapidement mon corps de la tête aux pieds. Nous habitons à cinq cents mètres l’un de l’autre, je rentre tranquillement en marchant quand je remarque un homme me suivre en restant à dix bons mètres derrière moi. J’ai l’impression qu’il était là lorsque j’ai quitté l’appartement de Sasha. Mon intuition ne me trompe jamais, ce type doit faire partie des journalistes qui m’attendaient déjà hier au pied de mon immeuble. *Fait chier !* Jusqu’à présent, les paparazzis m’avaient toujours foutu la paix, je donnais juste le change lors des grandes occasions. Ma vie ne les intéressait pas et cela me convenait à merveille. Mais depuis la tentative de meurtre à mon égard, ils ne me lâchent plus d’une semelle. Hier, c’était en bas de mon immeuble, aujourd’hui dans la rue, et demain, ça sera quoi ?

J'accélère le pas, mais il me colle.

J'arrive vite chez moi, je ne pense pas qu'il ait eu le temps de prendre des photos… D'ailleurs qu'y a-t-il d'intéressant à me suivre alors que je marche dans la rue ? Je ne suis pas un people, je suis juste célèbre grâce à mon héritage familial et une entreprise pérenne qui dégagent un chiffre d'affaires annuel de plusieurs millions d'euros.

Ma mère est dans la cuisine en train de faire chauffer de l'eau pour boire son éternel thé noir au citron. Il me semble qu'elle doit se rendre à l'association d'aide pour les femmes battues. Elle peut réellement être fière d'elle, il en aura fallu du temps, mais elle s'en est sortie ! Maintenant, elle souhaite aider à son tour d'autres femmes qui vivent l'enfer qu'elle a vécu autrefois. Qui de mieux qu'une personne ayant déjà traversé cela pour les comprendre et les écouter sans porter de jugement ? Quoiqu'il en soit, elle va rebondir, elle a déjà plusieurs projets en tête. Lorsque je m'assieds sur un tabouret du plan de travail de la cuisine, elle me regarde l'air inquiet et je n'aime pas ça du tout.

— As-tu vu les photos et les articles concernant Sasha et toi ?

Je fronce les sourcils.

— Je ne comprends absolument pas de quoi tu me parles ! m'exclamé-je un peu méchamment malgré moi, mais dès que cela touche Sasha je sors de mes gonds.

— Regarde !

Elle me tend son téléphone, je blêmis instantanément.

Je découvre des photos volées qui ont été prises par des paparazzis au cours de la journée d'hier. J'ai le sentiment d'avoir été trahi et violé dans mon intimité. Contrairement à un vol par une personne de confiance, ici, c'est l'intrusion du public dans ma vie privée qui me dérange. Je ressens une colère immense envers ces photographes qui ont profité de moments privés avec Sasha pour capturer ces photos à des fins commerciales. Je vais tenter un recours légal avec mon avocat, mais je suis conscient que le mal est déjà fait. Je ressens une profonde frustration à l'idée que des aspects de notre vie personnelle soient maintenant exploités pour le divertissement des autres. Mon cœur se serre lorsque je pense à la réaction de Sasha en voyant ces articles. Elle qui aime la discrétion, c'est raté !

J'appelle tout de suite Raymond, l'avocat de la famille, il saura quoi faire dans cette situation.

— Bonjour, Raymond. Je te remercie de me répondre aussi rapidement, car j'imagine que ton planning est bien chargé, prononcé-je.

— Bonjour, Raphaël. Si tu m'appelles pour ta plainte contre ton beau-père, sache que l'instruction est toujours en cours, m'indique-t-il rapidement.

— Je ne t'appelle pas pour cela. Des paparazzis ont pris des photos de ma petite amie et moi hier, qui font la une des tabloïds. Je voudrais connaître les options légales pour protéger ma vie privée et stopper la diffusion de ces images dans les plus brefs délais, m'énervé-je malgré moi.

Putain. Encore un problème de plus à gérer.

— D'accord, je comprends mieux ton appel, je t'explique les démarches que l'on peut réaliser dès aujourd'hui. Très bien, je comprends son agacement. Voici les démarches que nous pouvons réaliser, commence-t-il après un léger temps de réflexion. Dans un premier temps, je t'encourage à porter plainte pour atteinte à la vie privée. Tu peux également poursuivre les médias et les photographes responsables en justice. Ensuite, demande une injonction pour empêcher la publication de ces photos, le recours est plus rapide.

Toutes ses explications me donnent mal au crâne.

— C'est parti pour une bataille juridique de plus ! J'adore ma vie ! râlé-je avec entrain.

— Ah oui et dernière recommandation ! Si cela fait partie de tes projets, tu devrais officialiser ta relation avec cette jeune femme, ainsi, ils te ficheraient peut-être la paix, affirme-t-il calmement.

— Merci, je vais y penser.

Lorsque je raccroche, je ressens un certain soulagement à l'idée de reprendre un peu le contrôle, mais le mal est fait, les photos sont déjà partout ! La presse, j'en fais mon affaire, en revanche je crains la réaction de Sasha. Nous évoluons dans deux mondes différents, mais jusqu'à présent cela n'entraînait aucune répercussion sur notre vie intime. Maintenant, ce n'est plus le cas…

Je décide de lui envoyer un petit message pour la rassurer.

Bonjour ma Déesse !
Surtout, ne panique pas
en regardant la presse d'aujourd'hui,
mon avocat est déjà sur le coup !

Bonjour Démon, je ne cède pas à
la panique, mais je t'avoue que je
n'étais pas prête à voir notre vie
privée étalée au grand jour...

Je suis sincèrement désolé, cela fait
partie de ma vie aussi... J'aurais préféré
que tu en sois épargnée.

Ne t'inquiète pas, je vais m'en
remettre ! Je te laisse, je dois me
remettre au travail.

À ce soir, ma Déesse !

À ce soir, Démon !

Je suis rassurée, elle a l'air de plutôt bien le prendre. Après tout, ils nous ont peut-être rendu service, en rendant officielle notre relation. Je retourne m'asseoir à ma place, ma mère a eu la gentillesse de me préparer une tasse de café.

— Merci, maman, prononcé-je en l'embrassant sur la joue.

Elle est rayonnante et cela fait plaisir à voir. Dans ce moment de tête-à-tête, je sens qu'elle a envie de me parler.

— J'apprécie énormément Sasha, tu sais. Je la trouve

courageuse, pétillante et pleine d'esprit.

Effectivement, c'est un beau raccourci de ses qualités, car elle en possède tellement d'autres.

— Tu as raison. Elle est tout ça et bien plus encore…

Je ferme les paupières. Petit à petit, une nouvelle vie prend forme sous mes yeux. Et j'ai envie de la savourer pleinement.

— Je vois qu'elle te rend heureux, et c'est tout ce qui compte, Raph.

— C'est la première fois que je me sens aussi bien. Avec Sasha, j'ai envie de me poser, de construire quelque chose de beau et durable.

Elle a les larmes aux yeux. C'est rare de la voir montrer ses émotions. D'habitude, ma mère est plus sur la retenue.

— Je suis tellement heureuse pour toi, pour vous, prononce-t-elle avec la voix tremblante. Après ce que tu as traversé dans ton enfance

Les mots de ma mère me transportent des années en arrière, années qui seront toujours marquées en moi, malgré tout.

J'ai beau avoir 18 ans, l'autre connard me rattrape par les pieds et me fait dévaler les escaliers un à un. Ma tête cogne, mais je sais que c'est que le début de mon calvaire. Il me relève par le col de mon t-shirt, et m'assène un premier coup de poing. Ma mère est paralysée par la peur, les mains sur sa bouche et les larmes qui coulent sur ses joues.

— Je vais t'apprendre à te taire, crache-t-il avec son haleine alcoolisée. Ta mère est à moi et personne ne me la prendra, tu as bien compris ?

Un autre coup part, cette fois-ci dans les côtes… je me tords sous le poids de la douleur, mais je me redresse rapidement pour lui mettre un uppercut qui le fait vaciller. Puis, j'enchaîne avec un crochet du droit. Il tombe. Eh oui, il ne s'y attendait pas. Depuis mon entrée au lycée, je pratique du MMA dans un club privé. Plus jamais je ne me laisserai frapper sans réagir. Son visage est tuméfié, mais je distingue de l'étonnement.

— Pour qui tu te prends petite merde ! Personne ne me touche, moi, personne !

Il se relève difficilement et lorsqu'il s'approche d'un peu trop

près de moi, je lui balance un coup de pied directement dans le foie. Il recule d'un pas et il chute en arrière. C'est un K.O parfait. Ma mère se penche vers lui pour vérifier s'il respire toujours. Personnellement, je n'en ai rien à foutre.

— Il est vivant, murmure-t-elle.

Pendant qu'il est dans les vapes, je cours jusqu'à ma chambre, je mets le plus d'affaires possibles dans un sac, ça m'apprendra à vouloir sauver ma mère de ce connard. J'ai voulu l'aider en l'accompagnant d'une association d'aide aux victimes de violences conjugales, nous nous y sommes rendus aujourd'hui... mais en rentrant, il était déjà au courant. Comment ? Aucune idée. En revanche, je connais la conséquence.

— Maman, fais ta valise, on se casse d'ici, lâché-je, plein d'espoir.

Elle me fixe, avec un regard sans âme. Il l'a brisée depuis longtemps, ce n'est plus que l'ombre d'elle-même...

— Non. Je reste, balance-t-elle d'un ton résigné. Mais toi, sauve-toi, mon fils.

Je la prends dans mes bras, je respire son parfum au jasmin que j'aime tant. À une époque, quand je le reniflais, je me sentais protégé... ce n'est plus le cas depuis de nombreuses années. Je me retourne et je m'en vais de cette maison, sans me retourner.

Je secoue la tête pour m'aider à reprendre mes esprits et revenir à la réalité.

Elle hoche la tête, puis s'en va rejoindre son association, j'espère que les paparazzis ne vont pas l'embêter. De toute manière, Raymond m'a donné rendez-vous au commissariat en début d'après-midi. Nous allons demander un référé en urgence afin d'obtenir une injonction en quelques jours, ou au plus tard, quelques semaines.

Maintenant, je n'ai plus de temps à perdre, car j'ai rendez-vous avec le chirurgien qui m'a opéré. Je passe sous la douche et m'habille en quatrième vitesse. Un t-shirt col V kaki de chez Levi's et un jean de la même marque, ma tenue fera l'affaire. Le taxi m'attend en bas car je ne peux toujours pas reprendre la conduite.

Sur le chemin qui me mène vers l'hôpital d'Avignon, le taxi me demande si cela me dérange s'il met la radio. Je lui réponds qu'il peut l'allumer avec plaisir. Je shazame la musique qui passe, car j'adore les paroles : *« je ne peux pas croire que c'est vrai, parfois je ne peux pas croire que c'est vrai, je peux t'aimer, c'est à jamais la meilleure chose que je ferai, je peux t'aimer, c'est une promesse que je te fais, peu importe ce qui vient, ton cœur je choisirais, pour toujours je suis à toi, pour toujours je le fais, je peux t'aimer ! ».* C'est une chanson de Ruelle, « I get to love you », je la partage à Sasha via WhatsApp. Je suis sûr qu'elle va comprendre le sens de ces paroles.

Mon rendez-vous avec le chirurgien s'est plutôt bien passé, la cicatrisation suit son cours et il est satisfait du résultat. Les cicatrices sont encore rouges et gonflées, ce qui est tout à fait normal à ce stade de ma guérison. Il m'a prescrit une vingtaine de séances de kinésithérapie afin de m'aider à me remuscler le bras gauche que je sollicite moins depuis l'accident. Encore une fois, il est porteur de bonnes nouvelles. Comme dit le proverbe : à chaque jour suffit sa peine !

Si je me concentre sur les côtés positifs de ma vie, je me rends compte qu'il y en a beaucoup : l'amitié indéfectible de Dan, le retour de ma mère, la société familiale qui cartonne, et bien évidemment l'amour de Sasha. *What else* ! Je pense qu'à partir de ce jour « carpe diem » va devenir mon mantra.

L'après-midi, ma plainte est déposée, la procédure judiciaire est enclenchée. Le procureur est saisi de l'enquête, étant donné les preuves accablantes contre la presse et les paparazzis, les poursuites seront engagées, je ne me fais aucun souci pour cela, Raymond m'a assuré la victoire.

En fin de journée, je me repose enfin sur mon canapé. Aujourd'hui, je n'ai pas eu le temps de travailler à distance. Mais à partir de demain, je retourne à mon bureau. Des réunions importantes m'attendent, ainsi que des entretiens d'embauche pour la place de directeur adjoint. Après plusieurs entretiens téléphoniques passés avec chacun d'entre eux, il ne reste plus que deux candidats au potentiel prometteur. La savonnerie est en pleine expansion, je pense à mon grand-père et j'espère qu'il serait fier de moi s'il voyait mon travail. La sonnerie de mon téléphone m'indique l'arrivée d'un message, je pense tout de suite à Sasha, mais ce message provient de Louise… je soupire.

Je viens de voir les photos dans la presse ! Raphaël, cette fille n'a pas les épaules assez solides pour supporter cela ! Rends-toi à l'évidence, toi et moi c'était parfait, nous sommes du même monde ! Nous formions une équipe solide ! Tu n'as qu'un mot à dire et je suis à toi !

Peu m'importe, pense ce que tu veux sur Sasha et moi, je suis bien avec elle ! Arrête ça tout de suite !

Jamais, mon lit est froid, pourquoi ne viendrais-tu pas le réchauffer ?

Génial, décidément Louise ne veut pas comprendre qu'elle et moi, c'est définitivement fini. Fait chier ! Elles doivent se revoir dans peu de temps pour le tournage, j'espère que Louise ne va pas pousser Sasha dans ses retranchements, cela ne serait pas bon pour son travail et sa réputation. Je serre les mâchoires, et expire un bon coup par le nez. S'il le faut, j'aurai une dernière conversation avec elle pour qu'elle comprenne enfin que je ne suis plus à elle depuis bien longtemps. Et surtout pour qu'elle nous foute la paix ! Il faut que je prévienne Sasha, plus de secrets, plus de tabous.

Chapitre 38

Je suis tellement obsédée par ton ex,
Je sais qu'elle dormait du côté de ton lit,
Et je peux le sentir.

Olivia Rodriguo - Obsessed

SASHA

Le 10 juin 2024

Aujourd'hui, je me rends au Domaine de la rose Lancôme à Grasse, accompagnée de Théo qui a refusé catégoriquement que je m'y rende seule. Ce n'est pas parce qu'il n'a pas confiance en moi, mais plutôt parce qu'il sait que Louise Delacroix sera présente pendant le tournage. Je dois avouer que cela est préférable pour tout le monde. Nous avons encore eu une conversation avec Raphaël, car Louise continue de lui envoyer des messages plutôt suggestifs. Ce qui me rassure, c'est la complicité et la solidité de notre couple.

Lorsque nous arrivons sur le lieu de tournage, la tension est palpable entre elle et moi. Alors qu'elle se presse pour dire bonjour à Théo, elle fait mine de ne pas me voir. Si elle veut la jouer ainsi, pas de souci ! Je suis là pour travailler, et non pour me battre avec une femme qui veut me piquer mon Démon.

L'équipe est quasiment prête, car j'ai envoyé toutes les directives à Ian vendredi dernier, ils sont arrivés sur place de bonne heure. C'est toujours plus agréable de collaborer avec des personnes que l'on apprécie et ils en font partie. Nous avons l'habitude de travailler ensemble, et notre dernière campagne pour le vin « Sauvage » a été un vrai succès ! La soirée de lancement s'était déroulée encore mieux que nos prévisions. Notre cliente était satisfaite des retombées de cet événement, car son carnet de bons de commande était rempli. Nous avons parfaitement répondu à ses attentes et bien plus encore. C'est gratifiant de voir que son travail est reconnu à sa juste valeur. Je prie pour que cette journée se passe le plus vite possible.

Nous prenons une pause pour déjeuner, nous avons réservé un food truck qui propose uniquement des plats de saison avec des produits locaux. Nous avons sélectionné des menus au préalable afin de ne pas perdre trop de temps. Ça a l'air de plaire à tout le monde sur place. Je dois dire que le chef s'est surpassé. Il nous a concocté un tian de légumes, et pour la viande nous avons le choix entre un bon filet mignon à la crème et aux champignons ou du poulet aux herbes de Provence. En dessert, un merveilleux tiramisu. C'est tout simplement un délice.

Le tournage est bientôt bouclé. Il restera le montage à réaliser, mais là ce ne sera plus de mon ressort, à chacun son métier. Louise s'approche de moi lorsque je suis seule comme si de rien n'était.

— J'ai vu vos photos dans la presse, je suis persuadée que c'est toi qui as contacté les paparazzis pour t'afficher avec lui ! Tu as voulu le piéger ! crache-t-elle.

J'écarquille les yeux. Je suis stupéfaite par son manque de professionnalisme. Comment ose-t-elle insinuer une telle chose ? La colère ravage littéralement son visage. Dans son regard, je ne lis que haine et jalousie.

— On en arrive au tutoiement ? D'accord ! Je ne vais pas rentrer dans votre jeu, arrêtez de dire n'importe quoi, s'il vous plaît ! Nous sommes là pour travailler, non pour régler nos comptes ! protesté-je en lui tournant le dos.

Elle se rapproche de plus en plus de moi. J'ai l'impression qu'elle entre dans mon espace personnel.

— Je n'ai aucun compte à régler avec toi, tu es insignifiante et lorsque Raphaël ouvrira les yeux, il reviendra vers moi en courant ! crie-t-elle en me voyant indifférente face à sa méchanceté.

Je la regarde droit dans les yeux.

— Bon, je vois que toute conversation est inutile. Pensez bien ce que vous voulez. Lui et moi connaissons la vérité, c'est tout ce qui compte ! lâché-je en souriant.

Sur ces entrefaites, Théo arrive prestement pour sauver la situation. Je suis soulagée, car une minute de plus en tête-à-tête avec elle et cela aurait très mal terminé. Je me répète inlassablement de garder mon sang-froid en m'éloignant calmement. Je mets mes écouteurs aux oreilles pour me plonger dans un monde sans Louise, sans paparazzis, sans problèmes… Je fais défiler ma playlist en mode aléatoire, téléphone surprends-moi ! Je suis exaucée avec Isabel DeLarosa « I'm yours » : *« Bébé, je suis à toi, je sais que tu m'aimes, chéri pas besoin de me le dire, tu sais que tu peux me faire confiance, tout va bien c'est compliqué, nerveuse j'en perds les mots, tu es si beau que ça fait mal, bébé je suis à toi… »* puis la musique s'enchaîne avec la dernière chanson que Raphaël m'a envoyée de Ruelle « I get to love you » : *« je ne peux pas croire que c'est vrai, parfois je ne peux pas croire que c'est vrai, je peux t'aimer, c'est à jamais la meilleure chose que je ferai, je peux t'aimer, c'est une promesse que je te fais, peu importe ce qui vient, ton cœur je choisirais, pour toujours je suis à toi, pour toujours je le fais, je peux t'aimer ! »*. Merci l'univers, c'est exactement ce dont j'avais besoin pour finir cette journée en beauté. Louise et moi, nous nous tenons à distance l'une de l'autre et c'est très bien comme cela.

La route de retour me paraît interminable ! J'ai tellement hâte, de le retrouver, lui, l'homme de mes rêves et de mes désirs. Je sais que la reprise du travail au bureau a été mouvementée après une absence de trois semaines. Mais il a l'air satisfait de son nouvel employé au poste de directeur adjoint. Il m'a expliqué avoir voulu donner sa chance à un jeune homme qui sort à peine de ses études. Apparemment, il y a quelque chose en lui qui inspire confiance, en plus d'avoir de très bonnes références en tant que stagiaire. Je croise les doigts pour que tout fonctionne correctement entre eux. Comme cela, Raphaël pourra se concentrer sur d'autres projets qui lui tiennent à cœur. Il est resté très vague sur le sujet, il m'en parlera lorsque ce sera le moment opportun, j'en suis sûre.

Lorsque j'ouvre la porte de mon appartement, une odeur délicieuse de festin fraîchement préparé, m'enveloppe immédiatement. Surprise et curieuse, j'avance lentement dans le salon, où j'aperçois Raphaël debout près de la table joliment dressée. Des bougies vacillent doucement, et les plats colorés dégagent des arômes irrésistibles. Raphaël me sourit, les mains dans son dos, en attendant ma réaction. Je me demande combien de temps tout cela lui a pris !

— Surprise ! Je pensais qu'on pourrait passer une soirée spéciale, juste toi et moi, dit-il avec un regard complice.

Je ne peux m'empêcher de sourire en voyant tout ce qu'il a préparé. Les plats sont variés, mais surtout, je note que ce sont mes préférés.

— Mais… C'est incroyable, tu as fait tout ça, toi-même ? demandé-je agréablement surprise.

— Oui, j'ai pris le temps et maintenant il ne manque plus que toi pour que tout soit parfait ! m'annonce-t-il en souriant.

— Je suis extrêmement touchée et surtout je ne m'y attendais absolument pas ! Après cette journée merdique avec Louise… Non, mais attends, c'est pour cette raison que tu as préparé tout ça ? Parce que tu te doutais qu'elle allait me faire chier aujourd'hui ? m'enquiers-je.

— Alors pour être honnête, oui je me doutais qu'elle allait te faire chier, car elle n'a pas l'air de vouloir me lâcher. Mais j'en fais mon affaire, je gère ! En fait, j'ai une petite confession à te faire, commence-t-il à me dire, les yeux pétillants de malice.

Je le regarde, intriguée, et attends impatiemment la suite de son explication.

— Tout ça… Ce n'est pas juste une soirée ordinaire. J'ai préparé ce repas, car je sais qu'à minuit, ce sera ton anniversaire ! Plus que deux heures à patienter ! Je voulais être le premier à te le souhaiter, comme il se doit, murmure-t-il d'une voix rauque.

Un mélange d'étonnement et de tendresse m'envahit. Avec tout ce qui se passe en ce moment, j'avais presque oublié mon propre anniversaire. Raphaël, lui, n'a rien laissé passer. D'ailleurs, je me demande comment il connaît ma date d'anniversaire puisque je ne lui ai jamais dit !

— Je suis touchée en plein cœur, tu n'imagines même pas à quel point ! Je suis curieuse : comment as-tu su ? demandé-je.

— C'est ta mère qui me l'a dit, tout simplement, ma Déesse, répond-il en me faisant un clin d'œil.

Je m'avance vers lui, prête à profiter de ce moment inattendu. Nous nous embrassons tendrement, mais les choses dérapent assez rapidement. Nos langues impatientes se retrouvent dans un baiser torride. Ses mains commencent à me caresser les seins à travers le tissu fin de ma robe fourreau bordeaux de chez Guess. Tout doucement, il la remonte jusqu'à ma taille puis il introduit sa main entre mes jambes. Mon clitoris est en feu quand son doigt l'encercle avec avidité. Nos lèvres ne se décollent pas, mais nos mains, elles, explorent chaque centimètre carré de notre anatomie. Je déboutonne son jean à la hâte et baisse son caleçon pour libérer son sexe en érection. Je le caresse, une goutte de plaisir perle sur son gland. Nos souffles sont de plus en plus forts et vont de plus en plus vite. Tout à coup, il me retourne, me penche sur la table, puis il me pénètre, d'un seul coup de reins. La seule chose que l'on peut entendre ce sont les claquements de nos corps trempés de sueur et nos gémissements.

— C'est tellement bon d'être en toi, ma Déesse ! Je ne pourrai plus m'en passer !

Je me cambre pour l'accueillir plus profondément. J'absorbe les sensations de plaisir qu'il me procure, cela en est presque trop. Nos corps sont en feu ! Je tremble et lui aussi, avant de se laisser emporter par le plaisir. La jouissance me submerge à mon tour, me terrasse, tel un tsunami dévastateur. Il m'aide à me relever, et il m'invite à aller prendre une douche express.

Quand nous revenons à table, le dîner est froid et nous nous en foutons royalement. Dans cet instant chargé en amour et en promesses silencieuses, les mots deviennent presque secondaires. Nous sommes à table tous les deux et plus rien ne compte.

— Joyeux anniversaire, mon amour ! Ferme les yeux, s'il te plaît, m'indique-t-il gentiment.

Je les ferme presque immédiatement. J'entends qu'il farfouille derrière moi, mais je n'ai aucune idée de ce qu'il mijote encore ! L'impatience me gagne.

— Tu peux les rouvrir ! me dit-il doucement.

Devant moi se trouve un petit paquet blanc soigneusement

déposé, j'attrape le ruban de couleur or de chaque côté et défais le nœud délicatement. Mon cœur rate un battement lorsque je découvre un collier en or blanc avec nos initiales entrelacées : « R » et « S » serti de diamants. En découvrant ce bijou personnalisé, je suis profondément émue, réalisant la signification de ce geste. C'est un symbole d'amour et de connexion entre nous deux ! Nos cœurs et nos âmes sont liés à jamais. Ce moment est inoubliable, des larmes de joie viennent au bord de mes yeux. Raphaël entoure mon visage de ses mains chaudes et m'embrasse avec une douceur infinie.

— Merci, Raphaël ! susurré-je les larmes aux yeux.

Je n'ai pas les mots pour exprimer à quel point ce collier personnalisé me touche au plus profond de mon être.

— Ton regard, lorsque tu l'as ouvert, vaut mieux que mille mots. J'ai mis une part de moi-même dans ce collier en le dessinant de mes propres mains, avoue-t-il en se mettant à nu.

— Ce qui rend la valeur de ton cadeau encore plus beau, merci, je t'aime tellement ! sangloté-je de joie.

— Je t'aime aussi ! prononce-t-il en m'embrassant.

Chapitre 39

Donne-moi ton cœur baby, donne-moi ton corps baby,
Donne-moi ton bon vieux funk, ton rock baby, ta soul baby.

Kmaro - Une femme like you

RAPHAËL

Juste avant que Sasha n'ouvre son cadeau, j'avais une pression monstrueuse sur les épaules. Pendant ma convalescence, j'ai imaginé ce collier en or blanc avec nos initiales entremêlées serties de diamant. C'est une évidence, elle et moi, ce sera pour la vie ! En y pensant, cela me fait presque peur. Elle a complètement brisé, explosé, piétiné les barrières que j'avais mises si longtemps à bâtir pour me protéger des sentiments amoureux. Dans un élan créatif, j'ai mis sur papier mon intention. Ensuite, je me suis rendu dans l'atelier d'une créatrice de bijoux à Arles. Elle a tout de suite compris ce que je voulais et a réalisé à la perfection mon idée.

Sasha me demande de lui mettre le collier autour du cou. C'est un moment chargé en intensité. Putain, rien que le contact de mes doigts sur sa peau me fait frissonner de la tête aux pieds ! C'est électrisant et flippant à la fois, d'être autant connectés l'un à l'autre.

Elle me prend par la main et m'emmène dans sa chambre. Lorsque nos corps nus se retrouvent, la seule chose qu'elle conserve, c'est son collier qui scintille à la naissance de ses petits seins ronds. Nous faisons l'amour, doucement, tendrement, rien à voir avec la baise de tout à l'heure. Nous prenons notre temps, si l'amour était une drogue, la mienne s'appellerait Sasha. Je suis conscient que mon cœur bat la chamade lorsque son regard est planté ainsi dans le mien, et qu'elle se mordille sa lèvre inférieure. Elle réveille en moi un instinct primitif, animal et sauvage. Pourtant, j'adopte un rythme lent et langoureux. Mes épaules sont au niveau de sa tête, mon pubis frotte contre son clitoris. Sasha me griffe le dos, j'ai l'impression qu'elle veut me marquer ! Tout à coup, mes mouvements s'emportent et deviennent un peu plus rapides et profonds. Je la connais par cœur, son corps tremble et elle gémit de plus en plus fort, signe qu'elle va jouir ! Putain, son regard harponné au mien lorsque l'orgasme l'emporte brise ma dernière résistance, je jouis en même temps qu'elle.

Elle est mon début et ma fin.

Mon paradis et mon enfer.

Sans elle, je suis perdu.

***

Le mardi matin, je retrouve Ethan, mon nouveau directeur adjoint au bureau. C'est un jeune homme à qui j'ai décidé de laisser sa chance. Et pour l'instant, je ne le regrette absolument pas, en plus de s'être très bien intégré à l'équipe, il est très réactif. Agathe ne cesse de tarir d'éloges à son sujet. Nous verrons bien par la suite, mais je songe sérieusement à embaucher une secrétaire pour l'aider dans ses nouvelles fonctions. Car à ce rythme-là, il ne sera pas humainement possible pour Agathe d'assurer pour tous les deux. L'entreprise familiale est florissante, le succès de nos savons de Marseille est en train de devenir international, tous les risques que j'ai pris jusqu'à présent ont été concluants.

Ethan s'intéresse à tout, autant au chiffre d'affaires, qu'à la fabrication des savons. Nous l'avons formé sur le processus, cela lui permet de mieux comprendre ce que nous vendons. Il est professionnel et consciencieux. Pour commencer, je vais lui donner la coordination des différents départements de l'entreprise. Il sera le pont entre le personnel et moi, car je ne peux plus gérer les soucis des uns et des autres, les demandes de congés… etc. Bien évidemment, je reste à l'écoute en cas de besoin. Je ne souhaite pas mettre de la distance, mais plutôt alléger mon planning de tâches courantes afin de me concentrer sur les clients et leurs demandes ainsi que sur l'exportation.

Je suis conscient de vivre dans l'opulence, c'est pour cela que j'aimerais aussi en faire profiter mes employés et m'investir dans des associations qui aident les jeunes qui n'ont pas eu ma chance, à trouver un sens à leur vie. Je me suis rapproché de plusieurs d'entre elles, mais c'est avec Sasha que j'aimerais que ce projet aboutisse. Chaque chose en son temps… Je lui en parlerai lorsque le moment sera venu.

Pour l'heure, j'ai rendez-vous avec Théo et elle dans leur bureau en début d'après-midi, il va falloir que je prenne la route. Ils doivent me présenter la campagne de marketing qu'ils ont mis au point. Sasha m'a déjà donné des pistes en me montrant les vieux articles parus dans des blogs ainsi que des photos dont je ne connaissais pas l'existence. Je propose à Ethan de m'accompagner, cela lui permettra d'avoir une bonne idée de ce que nous allons réaliser au mois de septembre, en collaboration avec l'agence Impulse Mark & Co. Il accepte tout de suite.

Lorsque nous arrivons à l'agence, Ethan me fait remarquer que nous sommes en avance d'un bon quart d'heure.

— Ce n'est pas grave, nous allons nous présenter à l'accueil puis nous patienterons, indiqué-je à Ethan.

Laly nous accueille avec un grand sourire aux lèvres. Elle nous propose gentiment de patienter en salle de réunion, et nous demande si nous voulons une boisson chaude ou fraîche. Ethan accepte un café et pour ma part de l'eau me suffira.

— Je trouve cette salle de réunion très lumineuse et chaleureuse. C'est une bonne idée de mettre des plantes sur toute la longueur d'un mur, cela donne presque l'impression que nous ne sommes pas au travail, me confie Ethan.

— En effet, tu as raison ! Cette pièce est très agréable. Jusqu'à présent, j'étais reçu directement dans le bureau de M. Melan, lancé-je en appréciant son commentaire.

Laly revient discrètement avec nos boissons puis s'éclipse.

— Bonjour, Messieurs ! chantonnent Théo et Sasha en cœur.

Théo et Sasha pénètrent ensemble dans la salle quelques minutes plus tard. Ils nous serrent la main et s'assoient en face de nous. Même si je l'ai vue ce matin, je trouve Sasha encore plus belle. Elle porte fièrement le collier que je lui ai offert et une robe fourreau gris anthracite qui épouse parfaitement son corps de rêve. Je crois que ce qui m'achève c'est sa paire d'escarpins. J'ai envie de les voir enroulés autour de ma taille. Aïe, si je pars dans ces pensées, rien ne va aller… En plus, nous avons décidé que dans le cadre professionnel, nous ne laisserons rien transparaître de notre relation. Alors je me ressaisis immédiatement.

— Bonjour, M. Melan, Mademoiselle Correns, permettez-moi de vous présenter, M. Ethan Donis, le nouveau directeur adjoint de ma société. J'ai trouvé opportun qu'il assiste à notre réunion. J'espère que vous n'y voyez aucun inconvénient, lancé-je en les regardant tour à tour.

— Cela nous convient, si vous le voulez bien, Sasha va commencer la présentation, répond Théo.

— Pour votre campagne qui a pour objectif de mettre en avant le savoir-faire familial, je pensais vous proposer cela : un storytelling ou l'art de raconter une histoire. Nous allons mettre en avant l'histoire de la marque, en racontant comment les savons Pautel sont fabriqués avec le même soin artisanal depuis près d'un siècle. L'idée de campagne est d'utiliser des images d'archives et des photos d'ateliers d'époque. Nous allons aussi jouer sur le fait que des générations de familles les utilisent depuis tout ce temps. Le produit devient plus qu'un simple savon, il incarne une tradition familiale partagée ! Qu'en pensez-vous, M. Pautel ? demande-t-elle, en grande professionnelle qu'elle est.

À cet instant, je la trouve brillante et admirable.

— Vous avez réalisé un très bon travail ! C'est exactement ce que j'envisageais. En un mot : l'authenticité ! approuvé-je fièrement.

— Nous sommes ravis de l'apprendre. Nous avons déjà récolté des photos d'époque. Les voici, votre travail va être de choisir lesquelles vous voudriez voir apparaître dans votre campagne publicitaire. Nous avons encore le temps, c'est pour cela que nous allons également vous les envoyer par mail afin de les sélectionner plus tranquillement, annonce Sasha.

Sasha m'avait parlé de ses recherches, mais je n'avais pas mesuré son ampleur. Elle a dû y passer des journées entières, je suis impressionné. Pas parce que c'est la femme que j'aime, mais parce qu'elle a su capter ce que j'attendais de ce plan de marketing.

Sur la table sont étalées des centaines de photos d'archives et d'époque de la savonnerie Pautel. Je suis profondément ému en les parcourant. Elles ravivent en moi des souvenirs intenses, je me rends compte de l'importance de l'héritage familial. Voir mon grand-père, jeune et fier, au milieu des premiers pains de savon fabriqués à la main, renforce en moi le sentiment de responsabilité et de fierté pour continuer à faire vivre cette tradition.

— Tu vois Ethan, la savonnerie Pautel n'est pas seulement une entreprise qui dégage énormément de profits, mais une véritable histoire de famille, tissée de valeurs de transmission, de travail bien fait et d'amour pour l'artisanat. En venant avec moi aujourd'hui, je voulais que tu comprennes l'importance de ces valeurs, indiqué-je, sincèrement.

— Merci, M. Pautel, pour votre confiance ! Je vous en suis très reconnaissant. En effet, l'histoire de votre entreprise est basée sur de belles valeurs. Je le prendrai en compte à l'avenir, m'assure-t-il avec précaution.

Sasha continue la réunion en nous proposant de nouveaux packagings pour la gamme de savons dédiée au marché du luxe. Encore une fois, elle a complètement adhéré à l'esprit de la campagne. Ces packagings sont inspirés du vintage, l'emballage est de couleur beige clair avec des écritures en vert foncé. Le contraste est sublime et subtil. Elle nous explique avoir travaillé sur des coloris qui rappellent la Provence et plus particulièrement les Alpilles. Effectivement, le beige rappelle le massif montagneux des Alpilles avec ses roches blanches calcaires, quant au vert il me fait penser au romarin et au thym que l'on trouve partout en forêt. Elle a tapé dans le mille ! C'est beau et authentique à la fois. Elle est passionnée par son métier et cela se ressent lors de cette présentation.

À aucun moment, notre relation ne s'est ressentie pendant sa présentation. Sasha est restée professionnelle du début à la fin.

J'éprouve un profond sentiment d'admiration pour elle. Elle adore ce qu'elle fait et cela transparaît sur l'attention qu'elle accorde à ses clients et à leur projet. Nul doute qu'elle gravira les échelons assez rapidement.

En partant, nous les remercions chaleureusement pour le travail qui a déjà été effectué. Ils nous laissent une semaine pour sélectionner les photos et pour valider le packaging pour la collection du luxe, ensuite ils passeront le relais à leur équipe publicitaire. Si tout se passe comme prévu, nous pourrons lancer la campagne en même temps que l'envoi des savons pour une grande marque de distribution de produits de luxe, comme convenu dans notre accord passé avec les acheteurs de ce grand groupe.

Chapitre 40

> ***Où que je regarde à présent je suis entourée de ton étreinte,***
> ***Bébé, je veux voir ton auréole, tu es mon sauveur,***
> ***Tu es tout ce dont j'ai besoin et plus.***
>
> Beyoncé - Halo

SASHA

Le 21 juin 2024

Raphaël est officiellement propriétaire du mas et pour fêter cela dignement, il a tenu à organiser un repas avec sa mère, sa grand-mère, Julien et Ambre, Isa et Agathe, et mes parents. Je suis réellement émue de voir toutes les personnes qui comptent le plus au monde, assises autour de cette magnifique table. Pour rendre l'événement encore plus spécial, Raphaël a fait appel à un chef cuisinier renommé de la région et a engagé des serveurs pour offrir un service impeccable. Il a mis les petits plats dans les grands. Chaque détail a été pensé pour créer un moment unique dans cette grande salle à manger de style provençal.

Pour l'occasion, Raphaël porte un superbe pantalon chino de couleur camel de chez Ralph Lauren qui épouse à la perfection ses fesses musclées et une chemise blanche entrouverte de chez Hugo Boss. Quant à moi, j'ai choisi une robe fourreau vert émeraude de chez Zara qui s'arrête juste au-dessus des genoux avec ma paire d'escarpins noirs Louboutin que je me suis offerte à Noël dernier. Bien évidemment, mon collier orne délicatement mon cou. Raphaël et moi sommes parfaitement assortis, nos tenues ne sont ni trop sophistiquées, ni trop simples. Elles sont impeccablement adaptées à cette occasion.

Cette pièce est un espace chaleureux, baigné de lumière naturelle. Les murs en pierre apparente, épais et frais, dégagent un charme rustique et authentique. Ils sont décorés de tableaux représentant des paysages de la région ainsi que l'histoire de la savonnerie Pautel. Le sol est en terre cuite créant une ambiance à la fois brute et accueillante. Au centre, se trouve une grande table en bois massif qui occupe l'espace, entourée de chaises en bois patiné, ornées de coussins aux motifs provençaux de chez Souleiado. Au-dessus de la table, un lustre en fer forgé éclaire la pièce d'une lumière douce et tamisée. De grandes fenêtres à volets en bois laissent entrer, durant la journée, la lumière dorée du soleil, tandis que de légers rideaux de lin adoucissent délicatement les rayons. Une grande cheminée en pierre trône au centre de la pièce, elle ajoute une note chaleureuse, prête à accueillir des soirées conviviales, autour d'un bon feu en hiver. L'ensemble de cette salle à manger respire la simplicité et la tradition, invitant à profiter d'un repas en famille ou entre amis dans une ambiance typiquement provençale.

Je suis un peu nerveuse, car c'est la première fois que mon père rencontre Raphaël, mais je sais que ma mère lui en a dit uniquement du bien. D'ailleurs, ma mère et sa mère s'entendent à merveille. Elles ont eu l'occasion de se voir lors de la préparation de mon futur déménagement. Mon père était en déplacement pour affaires. Il n'y a aucune raison que cette soirée se passe mal. Nous avons eu notre lot de problèmes, il est temps que nous puissions profiter de nos familles, de nos amis et de la vie tout simplement !

Une fois tout le monde arrivé et assis autour de la table, Raphaël se lève doucement de sa chaise, un verre à la main, attirant l'attention des convives. Il sourit chaleureusement et prend une profonde inspiration avant de porter son toast.

— Je voudrais vous remercier tous d'être ici ce soir. Ce repas a été imaginé avec soin, non seulement pour savourer un bon moment ensemble, mais surtout pour célébrer les personnes qui comptent le plus à nos yeux, précise Raphaël devant cette belle assemblée.

Il se tourne vers moi avec un regard rempli de tendresse et d'amour. Je suis suspendue à ses lèvres, en attendant la suite de son toast.

— Sasha, ce repas n'est qu'un reflet de la joie que tu apportes dans ma vie. À toi, à l'amitié, à l'amour et aux instants précieux. Santé ! prononce-t-il en me fixant dans les yeux.

Il lève son verre et tout le monde suit son geste tandis que des sourires et des murmures de gratitude se répandent autour de la table. Mes yeux brillent par l'émotion et mon cœur se serre de bonheur en écoutant les mots prononcés par Raphaël. Chaque phrase, empreinte de sincérité, résonne profondément en moi. Je me tourne vers les visages aimants qui m'entourent, je sens une vague de gratitude m'envahir pour ces personnes présentes ce soir, mais surtout pour lui, l'homme de ma vie et le démon de mes nuits. Alors que les verres s'entrechoquent dans un tintement léger, je lève timidement le mien, adressant à Raphaël un regard plein de reconnaissance et d'affection, je suis consciente qu'il vient de m'offrir bien plus qu'un simple toast : un moment inoubliable.

Pendant le repas, j'observe discrètement Raphaël et mon père engagés dans une conversation animée sur l'entrepreneuriat. Les deux hommes de ma vie, visiblement à l'aise, échangent des idées, partagent des expériences et discutent de stratégies commerciales. Mon père, habituellement réservé au cours des dîners, semble apprécier l'intelligence et la passion de Raphaël pour le sujet. Ils rient même de temps à autre, ce qui m'apaise encore plus. Je me sens soulagée et heureuse que tout se passe aussi bien.

Le chef cuisinier, un véritable artiste des saveurs, s'est surpassé pour ce repas. Chaque plat qui arrive à table semble encore plus délicieux que le précédent. Nos invités échangent des regards émerveillés à chaque bouchée, savourant des mets raffinés aux saveurs parfaitement équilibrées. Le menu est composé de produits frais et locaux, il reflète à la fois la richesse de la cuisine provençale et la créativité du chef. Des amuse-bouche délicats aux plats principaux, magnifiquement présentés, tout est un régal pour les papilles. Le fondant de l'agneau rôti, les légumes subtilement confits, les sauces onctueuses aux herbes fraîches… Chaque détail a été pensé avec soin.

Tous nos convives discutent agréablement entre eux. La grand-mère de Raphaël rayonne d'une énergie tranquille qui met tout le monde à l'aise autour d'elle. Assise à table, elle participe aux conversations avec un sourire bienveillant, partageant des anecdotes sur la création de la savonnerie familiale ou offrant des conseils empreints de sagesse. Sa présence est douce, et son sens de l'humour subtil charme rapidement les autres invités. Elle adresse régulièrement un regard complice et rempli d'amour à son petit-fils. Malgré la différence de génération autour de cette table, tout le monde s'entend à merveille.

À la fin du repas, Julien et Ambre échangent un étrange regard avant que Julien ne se lève avec un grand sourire.

— On a une annonce à vous faire ! On voudrait tous vous inviter à notre mariage dans un an jour pour jour, à la même date ! ajoute-t-il avec joie.

Un murmure de surprise et d'excitation parcourt la table, suivi d'applaudissements chaleureux. L'annonce spontanée ajoute une touche de joie inattendue à la soirée, et chacun commence déjà à échanger des idées sur ce mariage à venir, imaginant la fête qui les attend dans un an. Le repas prend alors une nouvelle tournure, plus festive, avec des toasts portés à l'avenir des tourtereaux.

— Vive les futurs mariés ! s'écrie l'assemblée autour d'eux.

Raphaël se tourne vers moi, le regard brillant de fierté.

— Je suis le témoin de Julien ! Acceptes-tu d'être ma cavalière pour leur mariage ? demande-t-il, les yeux pétillants de bonheur.

— Bien sûr, mon Démon ! Je ne voudrais m'y rendre avec personne d'autre que toi ! Je t'aime ! murmuré-je en l'embrassant.

Pour finir ce repas en beauté, nous mangeons les desserts, légers et savoureux, qui viennent parfaire ce repas exceptionnel, laissant tout le monde dans un état de ravissement total. Je suis conquise par la maîtrise du chef, qui a réussi à faire de ce dîner une expérience inoubliable.

Lorsque tous nos chers invités prennent congé, nous sommes tous les deux soulagés et rassurés que le repas se soit déroulé aussi bien. Raphaël me prend par la main et insiste pour que je le suive de manière non subtile.

— Cette soirée était vraiment incroyable. Je n'aurais pas pu imaginer mieux comme présentation entre mon père et toi, lâché-je en poussant un soupir de soulagement.

Il hausse les épaules en souriant, comme si c'était une évidence.

— Je n'en doutais pas une seconde. Puisque nous t'aimons tous les deux, et souhaitons uniquement ton bonheur. Il ne pouvait en être autrement.

C'est ce que je disais, comme une évidence.

— Vous avez l'air bien sûr de vous, M. Pautel ?

Il soulève un sourcil, d'un air coquin.

— Allons inaugurer notre chambre, ma Déesse !

Il accompagne sa phrase d'un clin d'œil aguicheur.

Comment lui résister ?

— Garde tes escarpins, depuis le temps que je rêve qu'ils soient autour de ma taille, m'avoue-t-il, sensuellement.

En sortant de la salle à manger, nous montons les escaliers en pierre naturelle avant de pénétrer dans notre nouvelle chambre. J'adore cette pièce qui n'appartient qu'à nous. Lorsqu'on entre, on est immédiatement frappé par la hauteur sous plafond, qui ajoute un charme indéniable et une sensation d'espace. Tout ce dont j'ai besoin pour me sentir à l'aise. Les murs, dans des tons doux de blanc cassé, sont en pierre, recouverts d'un enduit traditionnel qui respire la simplicité. Au centre de la pièce trône un grand lit king size habillé de draps en lin rehaussés de coussins dans les tons de lavande. Nous avons fait installer un dressing immense qui va accueillir nos tenues et nos chaussures.

Raphaël m'attire vers lui, il me regarde avec ses magnifiques yeux vert émeraude, je m'empourpre lorsqu'il plante ce regard-là dans le mien. Car je peux lire le désir fou qu'il éprouve pour moi à cet instant. Il m'embrasse à en perdre haleine. La chaleur s'invite dans tout mon corps, mes tétons se tendent, réclamant ses caresses, et un brasier s'allume dans mon bas-ventre. Notre baiser est passionné et bestial à la fois. Puis, il se place derrière moi, et dézippe avec une lenteur insoutenable ma robe fourreau. Lorsqu'elle finit à mes pieds, il découvre mon ensemble soutien-gorge et string noir en dentelle de chez Victoria's Secret. Son souffle s'accélère, je peux le sentir sur moi.

— Ma Déesse, je ne pourrai plus jamais me passer de ton corps ! s'exclame-t-il plus beau que jamais.

Une belle bosse apparaît dans son entrejambe. Mon ensemble a eu l'effet escompté ! Rapidement, je dégrafe mon soutien-gorge, tandis qu'il enlève sa chemise. Je retire mon string et lui ôte son boxer. Pendant ce striptease improvisé, nous ne nous sommes pas lâchés du regard.

Je tombe à plat dos sur le lit, tandis qu'il me rejoint immédiatement. Ses yeux s'assombrissent jusqu'à devenir entièrement noirs de désir quand il positionne son sexe dur et tendu à l'entrée de mon intimité. Il me pénètre d'un seul coup de reins puissant. Mes jambes s'enroulent naturellement autour de sa taille. Nos respirations deviennent erratiques. Ma tête se met à bourdonner, mon pouls résonne jusque dans mes oreilles.

Raphaël et moi nous aimons une bonne partie de la nuit.

Chapitre 41

“

Caresse mon cœur avec tes mots doux,
Rien qu'en riant tu donnes, tu que tu génères est précieux.

”

♪ Jérémy Frérot - Tu donnes ♪

RAPHAËL

Le 24 juillet 2024

Cela fait déjà un mois que Sasha et moi vivons au mas et tout se passe à merveille entre nous. Quand je prends du recul, j'ai le vertige ! Car cette fille extraordinaire a su dompter le connard qui est en moi. Ce soir, nous dînons en tête-à-tête à la terrasse du pool house au bord de la piscine. Le chant des cigales se mêle aux légers clapotis de l'eau, créant une atmosphère apaisante. Des guirlandes lumineuses suspendues autour de la terrasse diffusent une lumière douce et dorée, rendant l'ambiance encore plus romantique. Sasha est vêtue d'une robe légère, dans les tons de jaune pastel, elle me sourit en me regardant de l'autre côté de la table alors que je savoure un repas simple, mais délicieux, préparé par mes soins.

Le cadre intime et la douceur de la soirée amplifient notre complicité. Je me sens prêt à me confier sur mon passé. Cela n'est pas facile à faire, je n'aime pas me dévoiler, mais c'est Sasha, la femme de ma vie, je ne veux plus avoir de secret pour elle ! Je la regarde dans les yeux, un léger sourire sur les lèvres, mais je me sens légèrement crispé lorsque je commence à parler.

— Tu sais, j'ai toujours voulu te parler de mon enfance, mais je n'ai jamais su comment m'y prendre, avoué-je, un peu distrait.

— Qu'est-ce que tu veux me dire ? Je suis prête à tout entendre.

— Mon enfance n'a pas été facile malgré ce que je laisse paraître. J'ai grandi dans un environnement instable avec des cris et des conflits constants. L'autre connard me battait fréquemment. Je me suis senti souvent perdu. Les seuls moments de réconfort, c'étaient lorsque je venais chez mes grands-parents ou quand j'étais accueilli chez les parents de Julien, prononcé-je difficilement, les mots restant coincés dans ma gorge.

— Pourquoi ne m'en as-tu jamais parlé ?

Elle fronce les sourcils, l'air soucieux.

— J'avais peur de te montrer une partie de moi que je voulais oublier. Mais je réalise maintenant à quel point c'est important de partager ça avec toi.

Sasha me serre la main, son regard est rempli de compassion.

— Je suis là pour toi, Raphaël. Comme tu es là pour moi. Peu importe ce que tu as vécu, cela ne change pas ce que je ressens pour toi. Merci de t'être confié à moi.

— Merci à toi d'être toi, tout simplement, certifié-je en la regardant.

— Quand je t'ai confié mon plus douloureux secret, tu as été compatissant et à l'écoute. Tu m'as prouvé que malgré tout ce que je venais de t'avouer, rien ne changera entre nous.

Elle fronce les sourcils, et caresse les tatouages qui recouvrent mes bras.

— Lorsque je touche cette partie de ton corps, je sens comme des cicatrices…, murmure-t-elle, presque dans un sanglot. Est-ce que c'est lui qui t'a infligé ça ?

Je hoche la tête, et la regarde droit dans les yeux.

— Sa passion, c'était de m'écraser des cigarettes allumées sur le corps, notamment ici, prononcé-je en prenant sa main afin qu'elle se rende compte de l'étendue de mes marques.

Elle hoquette de surprise en mettant une main devant sa bouche.

— Comment peut-on faire ça à un enfant ? Et ta mère n'a rien tenté pour arrêter ça ? Pour vous sauver ?

— Généralement, elle était sonnée quand il s'adonnait à cette pratique…

Sasha reste interdite pendant de longues secondes. Voit-elle, aujourd'hui à quel point je suis brisé ?

— C'est pour ça les tatouages ? Tu as camouflé tes cicatrices…

— Oui, il était hors de question que l'on s'apitoie sur mon sort ou une connerie dans le genre. Effacer les marques, c'était pour moi comme un nouveau départ, ajouté-je, dans un souffle.

Elle se jette sur moi, m'embrasse tendrement.

— Merci Raphaël. Merci de m'ouvrir ton cœur et ton passé.

J'adore l'odeur de l'encre fraîche et du désinfectant lorsque j'ouvre la porte du salon de tatouage. C'est une fragrance à part, un mélange d'aiguilles, de cuir, et de renaissance. Un peu comme l'odeur d'une nouvelle peau. Le shop est situé juste en bas du Pont de Trinquetaille, à Arles. Une petite perle planquée entre deux façades sans âge, mais sa réputation, elle, ne fait aucun doute. Ici, les meilleurs tatoueurs de la région se succèdent, et Jemmy, le proprio, est une vraie légende locale.

— Salut, Raph, t'as pris rendez-vous pour une nouvelle séance ? me demande-t-il, avec son habituel sourire en coin, en posant une main solide sur mon épaule.

— Ouais. On continue ce qu'on a commencé, réponds-je, en retirant lentement mon t-shirt.

Il contourne le fauteuil et inspecte mon bras, celui que nous avons entamé, il y a un mois. Les ombrages, les détails, la finesse du trait… Tout a parfaitement cicatrisé. Il effleure du bout des doigts l'encre désormais figée sous ma peau.

— Ça a super bien pris. Pas besoin de retouches, Raph. C'est clean.

— Parfait. On attaque l'autre bras aujourd'hui ?

— Absolument.

Je m'installe dans le fauteuil, profond et incliné, comme un trône un peu menaçant. Jemmy sort déjà son matos, ses aiguilles stériles, ses godets d'encre, son dermographe réglé au millimètre.

Tout est prêt. Il sait ce que ce projet représente pour moi. Il n'a même pas besoin que je lui redise.

Aujourd'hui, on recouvre entièrement mon bras gauche. Quatre heures de session non-stop. Quatre heures pour mettre fin à des années de honte. Pour effacer la souffrance. Pour transformer la douleur en art. Sous cette nouvelle encre, il y a les marques. Des brûlures longues, fines, et certaines, profondes. L'héritage cruel de mon ex-beau-père, ce connard qui n'a eu de cesse de me marquer au fer rouge. Des cigarettes écrasées sur ma peau comme un rituel de domination. Une torture silencieuse que j'ai longtemps dissimulée, que j'ai appris à supporter, à enfouir. Mais aujourd'hui, à 18 ans, je dis stop. Je ne veux plus voir ces cicatrices, chaque matin dans le miroir. Je ne veux plus sentir leur souvenir sous ma chemise. Je veux que mon corps m'appartienne enfin. Que mon histoire soit la mienne, pas la sienne.

L'aiguille commence à bourdonner. Je ferme les yeux. Je sens les premières piqûres, et ça me brûle, oui, mais d'une douleur que je choisis cette fois. Elle est maîtrisée, artistique, presque libératrice. Chaque trait d'encre est une victoire. Une revanche. Jemmy ne parle pas. Il sait que je suis dans ma bulle, concentré sur chaque vibration. Le salon est calme. Il y a juste cette musique douce au fond et le son de la machine qui danse sur ma peau. Chaque minute qui passe, les cicatrices disparaissent. Étouffées sous les lignes, les formes, les ombres. Recouvertes par ce nouveau moi. Je ne veux plus être la victime. Je veux être le survivant. Le bâtisseur. Celui qui a transformé la douleur en beauté. Et aujourd'hui, c'est exactement ce que je fais.

J'ai choisi des dessins inspirés des yakuzas. Ce n'est pas un hasard. Ce n'est pas juste pour le style, même si je dois reconnaître que leur esthétique m'a toujours fasciné – puissante, sombre, maîtrisée dans les moindres détails. Ce choix est profondément symbolique. Les tatouages yakuza ne sont pas de simples ornements, ce sont des récits de vie. Des histoires gravées dans la chair. Et moi, j'ai besoin de ça. De me raconter autrement. De reprendre possession de mon corps, non pas en effaçant le passé, mais en le recouvrant avec une vérité plus grande, plus forte. J'ai passé des heures à réfléchir au motif. Ce n'est pas une copie de leur symbole. C'est une réinterprétation, à ma façon, avec Jemmy. On a travaillé chaque ligne ensemble.

Sur mon épaule gauche, il y aura un dragon, en pleine ascension, ses écailles parfaitement ciselées, sa gueule ouverte crachant des flammes. Il incarne la puissance intérieure, celle que j'ai dû cultiver en silence toutes ces années. Le dragon grimpe, combatif, invincible, comme moi. Il monte, malgré les flammes qu'il traverse, malgré les brûlures. Sur mon bras droit, une carpe koï, remontant un torrent déchaîné. C'est un classique des tatouages japonais, mais sa symbolique me touche profondément. Elle représente la persévérance, la détermination face à l'adversité. Et si elle atteint les cimes, dit-on, elle devient dragon. Cette carpe, c'est moi avant. Brisé, cabossé, mais toujours debout, nageant à contre-courant, refusant de sombrer.

Sur le bras gauche, des fleurs de cerisier apparaissent petit à petit. Pour rappeler que tout est éphémère. La douleur. La peur. Même les cicatrices. Elles fanent, elles tombent, et elles laissent place à autre chose. C'est ma manière de dire que je choisis la beauté, même dans la fragilité.

Il m'a volé ma peau. Maintenant, je la reprends. Et je la recouvre de courage. De légende. De reconnaissance. Parce que je ne suis plus sa proie. Je suis l'auteur de ma propre histoire.

Maintenant, elle sait tout sur ce que mon enfoiré d'ex-beau-père nous a fait subir à ma mère et à moi. Je ressens comme un poids en moins à porter, cette discussion m'a libéré en quelque sorte. Sasha s'approche de moi, prend ma tête entre ses mains et m'embrasse avec délicatesse.

Nos cœurs se connectent.

Nos corps s'entremêlent.

Nous faisons l'amour sous les étoiles, Sasha me chevauchant sur l'herbe fraîche de notre jardin.

Le lendemain matin, en regardant une photo de Sasha et moi accrochée au mur à l'entrée du mas, je repense à tout ce que nous avons traversé. Après l'histoire des photos parues dans les magazines à scandale et autres médias, nous avons obtenu une injonction à l'encontre des journalistes, depuis, ils nous foutent la paix royale. Car ils ont bien tenté à deux ou trois reprises de nous prendre par surprise, mais rien n'a été publié. Heureusement que j'ai suivi les recommandations de Raymond, mon avocat. Sasha et moi avons officialisé notre relation sur nos réseaux sociaux respectifs. Ainsi, nous leur avons coupé l'herbe sous le pied.

Et surtout, Louise m'a foutu la paix par la même occasion. Elle a été exécrable avec Sasha lors du tournage, la rabaissant et lui faisant sentir qu'elle n'était pas à ma hauteur. Sur le coup, elle n'a rien voulu me dire, mais c'est lorsque nous avons invité Théo à dîner chez nous, la semaine dernière, qu'il m'en a parlé. Ayant assisté à la scène, il est intervenu afin que Louise arrête de parler à Sasha de cette façon, je lui en suis reconnaissant. Néanmoins, cela m'a mis dans une colère monstrueuse ! Maintenant, je n'accepterai plus qu'elle interfère dans ma vie privée de cette manière, je crois avoir été clair lors de l'envoi de mon dernier texto :

Sasha est la femme de ma vie, peu importe ce que tu en penses ! Je t'interdis de lui parler comme tu t'es permis de le faire pendant le tournage ! Je ne veux plus rien avoir à faire avec toi !

Elle n'a jamais daigné répondre à celui-ci, signe que je l'ai piquée dans son ego démesuré. La campagne de marketing pour le parfum Lancôme désormais terminée, Sasha n'aura plus affaire à elle. C'est un soulagement pour tous les deux.

Sasha a reçu des compliments de sa direction concernant cette fameuse campagne ! Je crois que c'est le comble de cette histoire, car grâce à celle-ci, elle s'est fait remarquer par sa hiérarchie. Ils lui ont laissé entendre qu'elle est pressentie pour le prochain poste à pourvoir de directrice marketing à l'agence d'Avignon. Pour l'instant, elle ne souhaite pas en parler tant que rien n'est fait. La superstitieuse en elle craint que cela ne se réalise pas.

Pour l'heure, je dois me rendre au bureau, car nous avons un rendez-vous important avec mon nouveau directeur adjoint. En effet, j'ai décidé d'embaucher une secrétaire afin de l'aider dans les tâches administratives courantes. Ethan a largement fait ses preuves au sein de la société Pautel. Nous sommes ravis de l'avoir parmi nous. Cela me permet également de me concentrer sur d'autres projets comme le développement de nos savons auprès de grandes franchises françaises qui détiennent de nombreux magasins bio partout dans l'Hexagone. Éthiquement parlant, cela correspond tout à fait à notre cœur de cible. Nous allons pouvoir proposer plusieurs gammes, elles sont développées en fonction des demandes de nos clients. Nous avons validé le plan de marketing, de l'agence Impulse Mark & Co, nous a soumis. Sasha et Théo ont lancé les prochaines étapes avec les équipes appropriées. Si tout se passe comme prévu, notre campagne commencera le 2 septembre 2024.

En attendant, nous allons nous octroyer des vacances bien méritées. Je lui fais une surprise, elle connaît juste les dates de départ et de retour, mais pas la destination.

Nous décollons de l'aéroport de Marseille-Provence dans deux jours exactement.

Chapitre 42

“

Je veux des souvenirs avec toi, des images avec toi,
Des voyages avec toi, Je me sens bien quand tu es là

France Gall - Ma déclaration d'amour

SASHA

Le 27 juillet 2024

Nous sommes à l'aéroport de Marseille-Provence, je suis impatiente et curieuse. Raphaël a gardé le secret pendant quelques semaines, attisant ma curiosité avec des indices vagues et des sourires complices. Maintenant, alors que nous sommes sur le point d'embarquer à bord du vol SQ2089 de la compagnie Singapore Airlines, je tiens enfin le billet entre mes mains. En lisant le nom de la destination finale, mes yeux s'écarquillent : Bali ! J'en ai toujours rêvé. Un mélange d'excitation et d'émotions me submerge. Les temples hindous et bouddhistes, les champs de riz, l'artisanat local, les plages paradisiaques, les forêts luxuriantes… C'était un rêve que je n'osais même pas imaginer. Raphaël me regarde, un sourire satisfait aux lèvres, il est ravi de voir l'émerveillement se dessiner sur mon visage.

Alors que nous montons à bord de l'avion, nous sommes accueillis par une hôtesse souriante. Elle vérifie nos billets et, à ma grande surprise, nous conduit vers l'avant de l'appareil.

— Par ici, s'il vous plaît, vous êtes en première classe, nous dit-elle avec élégance.

Je jette un regard incrédule à Raphaël, qui m'offre en réponse un clin d'œil. Tout semble déjà trop beau pour être vrai, et maintenant nous allons voyager dans le luxe le plus total, je suis abasourdie. L'hôtesse nous installe dans des sièges spacieux en cuir, nous proposant immédiatement une coupe de champagne. Je suis éblouie par tout ce faste.

— Tu as vraiment pensé à tout… C'est incroyable ! Merci !

Mes paroles sont murmurées, mon cœur est rempli de gratitude et d'amour.

— Tout le plaisir est pour moi, ma Déesse ! m'assure-t-il, en me faisant un clin d'œil.

Après plus de vingt heures de voyage, entrecoupé d'escales à Francfort-sur-le-Main et à Singapour Changi, l'avion entame enfin sa descente vers Denpasar, à Bali. Je suis fatiguée, mais pleine d'excitation en regardant par le hublot. À travers la brume du soir, j'aperçois les contours des rizières verdoyantes et la mer bleu profond. Le dépaysement est total. Je suis encore sous le choc de cette nouvelle surprise, jamais je n'aurais imaginé cette destination. Je pensais à un lieu proche de la Méditerranée, comme la Grèce, Palma de Majorque ou bien la Corse, mais jamais un voyage à l'autre bout du monde, en Indonésie. J'ai réellement l'impression de rêver. J'embrasse chastement Raphaël lorsque nous sommes dans la file pour faire notre visa touristique.

— Nous sommes à Bali ! Je n'en reviens toujours pas ! Depuis que nous avons embarqué dans le premier avion, j'ai l'impression d'être sur une autre planète ! C'est tellement incroyable ! formulé-je, encore sous le choc de ce voyage.

— Je voulais que cela soit inoubliable pour toi et moi ! m'annonce-t-il, en m'embrassant.

— Ça l'est déjà ! Je ne te remercierai jamais assez ! réponds-je, dans un murmure.

Dès que nous sortons de l'aéroport, une douce chaleur tropicale nous enveloppe. Le contraste avec la chaleur sèche du sud de la France est saisissant. Nous sommes enfin à Denpasar, prêts à vivre des moments magiques dans ce paradis indonésien. Un chauffeur, tenant une pancarte avec nos noms, nous attend patiemment. Lorsque nous nous approchons de lui avec nos valises, il nous adresse un sourire chaleureux avant de nous guider vers une voiture privée élégante, un SUV blanc aux vitres teintées. Après avoir soigneusement chargé nos valises dans le coffre, il nous invite à nous installer à l'intérieur.

— Bienvenue à Bali, M. Pautel et Mme Correns ! prononce-t-il, dans un français compréhensible.

Alors que nous montons dans la voiture, je me laisse lourdement tomber dans le siège spacieux en cuir, appréciant déjà le confort et le luxe de cette aventure. L'air frais de la climatisation me fait un bien fou. Malgré la nuit tombée, les routes sinueuses de l'île défilent sous nos yeux, entre palmiers, temples hindous et paysages tropicaux. Le trajet vers notre hôtel, le Hilton Bali Resort, se déroule sans encombre. Je suis immédiatement impressionnée par la majesté des lieux. Le complexe, perché sur une falaise surplombant l'océan Indien, offre même de nuit une vue à couper le souffle sur les vagues turquoises qui s'écrasent en contrebas. Le hall de l'hôtel est tout aussi grandiose : des colonnes de marbre et des sculptures balinaises traditionnelles rendent l'atmosphère apaisante. Le personnel nous accueille avec des sourires chaleureux et des colliers de fleurs.

— *Selamat datang* ! nous disent-ils, en nous souhaitant la bienvenue.

Une fois les formalités réglées, nous sommes conduits à notre suite. Sur le chemin qui mène à notre chambre, l'odeur de l'encens nous accompagne, offrant une atmosphère sereine. En entrant, je reste sans voix : une immense baie vitrée donne sur une terrasse privée avec une piscine à débordement, où l'horizon semble se fondre dans la mer. Raphaël me prend par la main, satisfait de sa surprise.

— Je voulais que tout soit parfait ! m'avoue-t-il, les yeux brillants intensément.

— Ça l'est, et bien plus encore !

— Nos vacances de rêve ne font que commencer !

Malgré la fatigue accumulée par des heures de voyage, nos corps ne peuvent s'empêcher de se retrouver sous une merveilleuse douche chaude de la salle de bains luxueuse de notre suite. Nos langues se retrouvent dans une danse sensuelle. Nous nous lavons mutuellement, je ne connais rien de plus intime. Avant que je n'arrive à prendre un peignoir suspendu sur un sèche-serviette, il en profite pour me donner une petite claque sur les fesses avant de me dire :

— Allons nous coucher maintenant, nous avons besoin de repos !

Je m'enveloppe dans un peignoir moelleux, puis je l'observe à mon tour quittant la salle de bains, nu. Il m'offre une vue captivante, presque hypnotisante. Son corps de Dieu de la baise me rend complètement folle de désir pour lui. Sa silhouette est élancée, mais musclée tout comme ses sublimes fesses, il a des épaules larges et une taille athlétique. Ses abdominaux se dessinent en ligne nette – témoignant d'une discipline physique – et des poils tracent une ligne jusqu'à son pubis. Raphaël, sentant mon regard posé sur lui, se retourne lentement, son sourire diabolique en coin.

— J'espère que le spectacle te plaît, ma Déesse ? susurre-t-il, tout en croisant les bras en arrière, fier de l'effet qu'il produit sur moi.

Amusée, je m'approche de lui doucement, mes pieds nus glissant sur le sol en marbre.

— Je dois dire que la vue est plutôt agréable.

L'humour et la sensualité se mêlent naturellement entre nous, laissant présager une nuit d'amour.

Le lendemain matin, à mon réveil, j'ouvre les yeux et suis immédiatement frappée par la lumière dorée qui baigne notre suite. Je me lève doucement pour ne pas réveiller Raphaël. Je suis irrémédiablement attirée par la grande baie vitrée qui donne sur l'extérieur. Lorsque j'écarte les rideaux, un spectacle époustouflant s'offre à moi : la vue paradisiaque sur l'océan turquoise, les falaises verdoyantes qui bordent la plage immaculée ainsi que les jardins luxuriants du Hilton Bali Resort. Le bruit apaisant des vagues et la brise douce qui caresse mon visage me donnent presque le vertige. J'en reste sans voix, éblouie par tant de beauté, le souffle coupé par cette vision paradisiaque. J'ai encore du mal à réaliser où nous sommes !

Raphaël me prend par surprise en m'enveloppant de ses bras musclés. Il pose délicatement sa tête sur mon épaule.

— C'est magnifique ! Mais pas autant que toi, ma Déesse.

— Je te retourne le compliment, mon Démon ! En contemplant ce paysage époustouflant, je me suis dit que nous avions énormément de chance d'être là aujourd'hui, affirmé-je encore submergée par tant d'émotions.

Il me sourit tendrement.

— Les vacances ne font que commencer ! promet-il, et cela me fait presque peur de découvrir ce qu'il me réserve.

Lorsqu'il prononce ses paroles, je sens comme une promesse derrière tout cela.

— Prépare-toi à aller petit-déjeuner, ensuite nous allons visiter Ubud. Je nous ai également réservé un massage dans un endroit que l'on m'a fortement conseillé.

— Décidément, tu as pensé à tout ! Quand as-tu le temps de programmer tout cela ? l'interrogé-je, complètement en admiration.

Il se dirige vers la porte de la chambre, puis se retourne vers moi.

— Pour tout te dire, j'ai légèrement été aidé par tes parents ! Au détour d'une conversation avec ton père, il m'a parlé de leurs fabuleuses vacances à Bali, il y a quelques années. Il en a gardé un souvenir impérissable. Apparemment, tu n'as pas pu y aller, car tu devais passer des épreuves à la faculté. Alors j'y ai vu une occasion de partager des vacances de rêve, rien que toi et moi, m'avoue-t-il avec un sourire charmeur.

Je pose mes mains sur chaque côté de mon visage, bouche bée.

— Pince-moi, c'est presque trop beau pour être vrai ! prononcé-je, excitée comme une puce.

Il ne me pince pas, mais me donne une caresse sur la joue. Il me regarde avec une telle intensité dans les yeux. Le moment semble suspendu dans le temps, et soudainement il prend une profonde inspiration, avant de se lancer, sa voix légèrement tremblante d'émotion :

— Je suis prêt à t'offrir le monde, ma Déesse ! Tu as complètement bouleversé ma vie. Avant toi, je ne savais pas vraiment ce que cela signifiait, aimer. Tu as anéanti la forteresse que j'avais érigée entre l'amour et moi depuis ma plus tendre enfance. Grâce à toi, je commence enfin à croire que je mérite cet amour, et que je suis capable d'en donner autant que d'en recevoir.

Il marque une pause, cherchant ses mots.

— Avec toi, pour la première fois, je me surprends à envisager l'avenir, à imaginer des choses dont je n'aurais jamais osé rêver. Un futur où je ne me cache plus derrière des peurs, mais où je marche à tes côtés, mais dans la main. Je t'aime Sasha ! Et grâce à toi, je sais que cet amour est réel et que cet avenir est possible, murmure-t-il en me prenant les mains.

Ses yeux brillent d'une sincérité bouleversante. Les mots de Raphaël résonnent dans mon cœur, me laissant totalement émue. Je le regarde avec des larmes de bonheur dans les yeux, et après un instant, je lui prends doucement la main, comme pour ancrer ce moment.

— Raphaël, tu n'as pas idée, à quel point tes mots me touchent et résonnent en moi. Je t'aime, Raphaël, du plus profond de mon âme. Depuis le premier jour de notre seconde chance, tu as illuminé ma vie, tu m'as fait découvrir un amour que je ne pensais même pas possible.

Je prends une profonde inspiration et je serre un peu plus fort sa main. Mon regard plongé dans le sien.

— Avec toi, je me sens libre, entière, vivante, vibrante, comme si tout ce que j'ai vécu jusqu'à présent m'avait conduite à ce moment. Tu es celui que mon cœur attendait, malgré un premier acte manqué, et je suis prête à tout vivre à tes côtés, à affronter les hauts et les bas, tant que je suis avec toi.

Je souris à travers mes larmes, mon regard brillant de sincérité.

— L'avenir que tu imagines, je le vois aussi. Et il n'y a rien que je désire plus que de le construire avec toi. Je t'aime, Sasha, de tout mon être, annonce-t-il en m'embrassant.

Sur ces paroles magnifiques, alors que nos regards se mêlent encore, enveloppés dans cette déclaration d'amour intense, un léger coup à la porte nous fait sursauter. Nous échangeons un sourire complice, les émotions encore flottantes, avant que Raphaël ne se lève doucement pour aller ouvrir la porte. Un employé de l'hôtel se tient avec un sourire professionnel, poussant un chariot couvert de plateaux d'argent. Le room-service vient nous apporter un petit déjeuner somptueux. Sur la table roulante, une véritable symphonie de couleurs et de senteurs se mélange :

des fruits tropicaux frais coupés avec précision, des pancakes empilés et nappés de sirop d'érable, du saumon fumé, des œufs préparés à la demande, du bacon, et même du champagne prêt à être débouché.

— Votre petit déjeuner, Monsieur et Madame ! dit l'employé, en déposant délicatement les plats.

Je me retourne vers Raphaël, les yeux pétillants d'amusement.

— On dirait que l'univers a décidé de nous gâter ce matin !

Raphaël me rejoint, un sourire aux lèvres, notre amour est palpable dans l'air, alors que nous savourons ce moment parfait entre tendresse et gourmandise.

Chapitre 43

Je te promets le sel au baiser de ma bouche,
Je te promets le miel à ma main qui te touche,
Je te promets le ciel au-dessus de ta couche,
Des fleurs et des dentelles pour que tes nuits soient douces

Johnny Halliday - Je te promets

RAPHAËL

Le 14 août 2024

Pour notre dernier soir à Bali, j'ai orchestré une soirée inoubliable, une véritable déclaration d'amour dans un cadre idyllique que nous avons partagé durant tout le séjour. Le soleil se couche lentement, peignant le ciel de teintes rosées à dorées.

Sasha et moi nous dirigeons vers une plage privée en contrebas de notre hôtel. Ce soir, elle porte une robe bohème blanche qui fait ressortir son teint magnifiquement hâlé. Au loin, un petit coin de sable a été transformé en un décor de rêve : une table élégamment dressée, entourée de lanternes scintillantes et de pétales de fleurs, face à l'océan. Le doux bruit des vagues et la brise tiède rendent l'atmosphère presque irréelle. Il faut croire que je suis devenu romantique en tombant amoureux de Sasha, car autrefois, je me serais moqué de la personne ayant organisé tout cela.

Je tends la main à Sasha pour l'inviter à s'asseoir. Elle est émerveillée par la beauté et l'intimité de ce moment, mais loin de se douter de ce qui va suivre. Le dîner, composé de mets raffinés balinais, se déroule dans une ambiance sereine, ponctué de rires et de regards complices. Nous nous remémorons, avec une pointe de nostalgie, des lieux que nous avons visités pendant ce séjour inoubliable.

— Qu'as-tu le plus préféré, ma Déesse, pendant ces vacances ?

Ses yeux pétillent de bonheur simple.

— J'ai tout aimé du début jusqu'à la fin. Mais si je dois nommer un endroit en particulier… je dirais Pura Gunung Kawi Sebatu avec ses temples et ses sanctuaires datant du XIe siècle. La vallée et ses rizières sont à couper le souffle et en plus il n'y avait pas beaucoup de touristes ! Et toi ?

— L'ascension du mont Batur avec notre guide expérimenté ! J'ai vraiment aimé la vue magnifique au lever du soleil, avoué-je, ému en y repensant.

Elle hoche la tête en écarquillant les yeux.

— C'est vrai que cela a été un spectacle incroyable ! Nous avons beaucoup de chance de vivre ces moments fabuleux en amoureux. Demain, nous reprenons l'avion, la vie va reprendre son cours…

Elle cesse de parler, comme si imaginer notre départ de ce paradis était insupportable.

— Oui, en plus mes journées sont extrêmement chargées avec l'envoi des savons de Marseille pour le grand groupe de luxe ! Mais pour l'instant, profitons ensemble de cette soirée, la rassuré-je pour que l'ambiance soit plus légère.

Alors que la nuit s'installe et que les étoiles commencent à briller au-dessus de nous, je me lève doucement. Le cœur battant, je prends la main de Sasha et mets un genou dans le sable. Son regard vient fixer le mien.

— Sasha, depuis que tu es entrée dans ma vie, tu l'as illuminée d'une manière que je ne pourrai jamais décrire. Avec toi, tout semble possible, chaque jour est une nouvelle aventure. Je ne veux plus vivre un seul instant sans toi à mes côtés, affirmé-je, les yeux dans les siens.

Alors, je sors une petite boîte en velours rouge de ma poche et l'ouvre, révélant une bague en or blanc avec une émeraude à son centre, ornée de petits diamants étincelants sous la lueur des lanternes. Encore une fois, j'ai tenu à dessiner ce bijou, j'ai fait appel à la même créatrice, qui a tout de suite saisi ce que je souhaitais. Le vert au centre représente la couleur de nos yeux, qui rappelle l'intensité des regards que nous échangeons. Les douze diamants forment les rayons d'un soleil car c'est ce qu'elle représente, mon rayon de lumière dans le brouillard qu'était ma vie.

— Sasha, veux-tu m'épouser et partager le reste de ta vie avec moi ? demandé-je, la voix tremblante.

Ses yeux s'emplissent de larmes de joie, incapable de parler pendant une seconde. Puis, avec un sourire tremblant, elle répond d'une voix remplie d'émotions :

— Oui, Raphaël. Oui, je le veux ! s'écrie-t-elle spontanément.

Elle me saute dessus et m'enlace, les vagues léchant doucement nos pieds, tandis que nous nous abandonnons à ce moment de pure magie, nos cœurs battants à l'unisson.

Elle a dit oui.

Ces trois petits mots résonnent en boucle dans ma tête comme une mélodie que je n'aurais jamais cru entendre un jour. *Elle a dit oui.* Sasha, la femme que j'aime plus que tout, vient d'accepter de devenir ma femme. Et à cet instant précis, je me sens comme suspendu dans le temps. Comme si le monde s'était arrêté juste pour nous deux.

Mon cœur bat à tout rompre dans ma poitrine. Mes mains tremblent encore un peu – pas de stress, non, mais d'émotions brutes. J'ai du mal à y croire. Je la serre contre moi, l'embrasse jusqu'à perdre haleine, j'ai envie d'hurler ma joie sur cette plage, de crier au monde entier qu'elle est mienne. Que nous allons construire quelque chose d'immense, de vrai, de solide. Je me sens l'homme le plus heureux de la terre. Le plus chanceux. Le plus comblé. Je la regarde, et tout en elle me paraît encore plus beau. Ses yeux brillent, ses joues sont légèrement rosées par l'émotion. Son sourire, ce sourire… C'est celui que je veux voir chaque matin en me réveillant, celui que je veux chérir toute ma vie. C'est comme si en une seconde, tout ce que j'ai vécu jusque-là avait enfin trouvé un sens. Ce n'est pas juste une bague. Ce n'est pas juste une promesse. C'est un engagement, un choix, un lien indestructible que nous avons décidé de créer ensemble.

Je repense à tout ce que nous avons traversé. Les doutes, les blessures, les silences, les séparations, les retrouvailles. Et malgré tout ça, ou peut-être grâce à tout ça, nous sommes ici aujourd'hui, ensemble. Encore plus fort, encore plus unis.

Je prends sa main, et je l'apporte à mes lèvres.

— Tu viens de rendre ma vie encore plus belle que dans mes rêves, murmuré-je.

Elle rit doucement, ce rire que j'aime tant, et je sais que je suis exactement là où je dois être. Avec elle, pour toujours.

Nous montons dans notre suite, plus heureux et plus amoureux que jamais. À peine la porte est-elle fermée derrière nous, nous nous jetons l'un sur l'autre. On s'embrasse avec une profondeur indéfinissable. Je la soulève délicatement et la dépose sur le lit. Je la couvre de mon corps avant de reprendre où nous en étions. Notre baiser devient plus vorace, plus animal, comme si nous voulions sceller nos déclarations d'amour et ma demande en mariage. Je lui retire sa robe prestement, et découvre qu'elle ne porte qu'un string rouge à dentelle avec un petit nœud noir devant. Le spectacle qui s'offre sous mes yeux est juste insoutenable. Je lui arrache son dessous et me déshabille en moins de temps qu'il n'en faut habituellement. Je couvre de baisers ses chevilles et remonte avec une lenteur calculée. Nos corps sont recouverts de sueur et nos souffles sont erratiques. Nous ne contrôlons absolument plus rien. Je tombe sur le côté et elle me chevauche, absorbant l'épaisseur de mon sexe. Elle commence ses vas et-viens merveilleux, ses petits seins parfaits bougent en rythme, j'en profite pour lui pincer. Elle gémit encore plus fort. Lorsque je sens l'orgasme venir, je me redresse légèrement afin de toucher son clitoris. Nos corps tremblent puis la jouissance vient nous emporter dans un torrent de plaisir.

J'allume la musique : N.E.R.D « Hypnotise U » sort par les enceintes de notre suite « *ferme les yeux et laisse-moi t'hypnotiser, tu es si spécial, laisse-moi t'hypnotiser, je peux te faire sentir fort comme le ciel est bleu, femme, quand tu es perdue, tu sais que je te retrouve, si je ne te suis pas, je suis juste derrière toi, imagine tu es sur la plage et tu es perdue, tu ressens la brise, car tu es déshabillée, aucune inhibition, tu n'as rien à cacher... Lâchons-nous ce soir.* ». Le message est passé, je serai toujours derrière elle quoiqu'il arrive. Elle me regarde avec tendresse.

— Je serai toujours derrière toi, moi aussi ! prononce-t-elle dans l'obscurité.

— Je n'en doute pas, ma future femme ! prononcé-je en l'embrassant et la serrant dans mes bras.

C'est notre dernier soir à Bali, demain nous reprenons l'avion pour la France. *Putain, que c'était bien !* Nous nous lovons l'un contre l'autre et nous endormons presque immédiatement. La nostalgie me gagne déjà…

Chapitre 44

“

Ma folie, mon envie, ma lubie, mon idylle

♫ Vanessa Paradis - Mon idylle ♪ 

SASHA

Le 2 septembre 2024

Le voyage à Bali me semble déjà si loin. Comme un rêve éveillé qu’on referme avec douceur, un album de souvenirs qu’on garde précieusement dans un coin de son cœur.

Depuis notre retour, il a fallu redescendre de notre petit nuage pour replonger dans le tourbillon du quotidien – voiture, boulot, campagne marketing. Malgré la reprise, une chose n’a pas changé : cette bulle de douceur entre Raphaël et moi, même dans l’effervescence des jours qui filent à toute allure.

Aujourd’hui, c’est un jour spécial. Un jour décisif. La grande campagne pour les savons de Marseille Pautel est officiellement lancée, et tout le monde à l’agence est sur le pied de guerre… L’effervescence est palpable. Les échanges fusent, les téléphones sonnent sans interruption, les équipes sont survoltées… Et moi, je ressens un mélange grisant d'excitation et d'appréhension. Ce soir, nous saurons si le choix audacieux que nous avons fait a porté ses fruits. Je suis fière d'avoir pu apporter ma pierre à l'édifice.

Grâce à mon implication dans la conception du plan de marketing, j'ai pu me glisser dans l'envers du décor, là où les décisions stratégiques se prennent. J'ai parfois l'opportunité d'épauler Raphaël dans ses choix, de proposer, d'innover, d'oser. C'est gratifiant de sentir que mon regard est pris en compte, que je peux avoir un impact concret, même minime, sur l'évolution de ce beau projet. Mais ce que j'admire par-dessus tout, c'est la place qu'occupe sa grand-mère dans tout cela. *Nana*. Elle n'est pas seulement la matriarche de l'entreprise familiale, elle est une véritable boussole. Une femme d'exception, avec cette sagesse tranquille et cette intelligence intuitive qui viennent avec les années. Raphaël la consulte sur tout ou presque. Il écoute avec un respect infini, et on sent que sa parole pèse, non pas par autorité, mais par pertinence. Elle sait doser ses interventions, éclairer sans imposer. Leur complicité est touchante, fluide, presque instinctive. C'est comme s'ils avaient leur propre langage, nourri de confiance mutuelle.

Je me surprends souvent à les observer, tous les deux. Leur relation me fascine. Ce lien fort entre une grand-mère et son petit-fils devenu homme, c'est beau. C'est rare. Et cela me donne envie, plus que jamais, de m'ancrer pleinement dans cette famille où les racines comptent, où l'histoire a du poids, et où l'avenir se construit avec cœur. Oui, cette campagne est importante. Mais plus que les chiffres à venir, ce que je retiens, c'est cette aventure humaine. Ce tissage de liens entre les générations, cette confiance qui circule, ce respect profond. Et quelque part, je me sens chanceuse de pouvoir en faire partie.

Si le plan se déroule comme prévu, cela pourrait être un véritable tournant pour l'entreprise familiale. Un virage ambitieux, mûrement réfléchi. Depuis la signature avec la maison de luxe, une opportunité en or qui a exigé de la précision et de la réactivité, Raphaël voit désormais plus loin. Beaucoup plus loin. Son regard dépasse désormais les frontières de la France : il vise l'export à l'international, et cette ambition nouvelle insuffle une énergie presque électrique dans tout le projet.

Tu me manques déjà !

Ce simple message que je viens de lire sur l'écran de mon téléphone me fait fondre instantanément. Je souris, béatement, comme une adolescente amoureuse. Raphaël a ce pouvoir étrange sur moi : celui de transformer les silences en douceur, les distances en promesses. Cet homme aux multiples facettes, à la fois fort et vulnérable, passionné et tendre, continue de me surprendre jour après jour. Il me touche en plein cœur, toujours, sans jamais forcer.

Sa demande en mariage revient danser dans mes pensées comme une ritournelle douce et magique. Elle était totalement inattendue, et c'est peut-être ce qui l'a rendue si bouleversante. Sous une nuit étoilée, sur cette plage de sable fin, à l'autre bout du monde, il a posé un genou à terre, et dans ses yeux, j'ai lu l'infini. Tout était là. L'amour. L'engagement. La réparation. La promesse d'un futur. Ce moment restera gravé en moi pour toujours, comme une étoile filante qu'on a eu la chance d'attraper. Je n'ai jamais désiré quelqu'un comme je désire Raphaël. Ce n'est pas juste physique – même si je fonds littéralement pour lui – c'est viscéral. C'est profond. Il me touche là où personne n'a jamais su m'atteindre. Avec lui, je me sens vivante, complète. Et l'idée de devenir sa femme… C'est à la fois vertigineux et tellement évident. Je ne pensais pas me sentir aussi prête. Aussi certaine. Aussi heureuse.

Je réalise avec une gratitude immense la chance que nous avons eue. Celle que la vie nous a offerte, presque comme un clin d'œil. Un rappel que l'amour, le vrai, peut renaître de ses cendres. Que même lorsque tout semble brisé, il reste possible de reconstruire. Différemment. Plus fort. Plus vrai. Nous étions *deux âmes brisées, mais deux cœurs liés*… Il y avait ce lien entre nous, ce fil invisible, résistant, indestructible. Et aujourd'hui, il nous guide, pas après pas, vers cette nouvelle vie que nous construisons ensemble. Une vie faite de complicité, de respect, de tendresse.

Une vie à deux. C'est une ode à l'amour, à la guérison, à la renaissance. C'est notre histoire. Imparfaite, chaotique, mais belle. Et je n'échangerais ma place pour rien au monde.

L'annonce de nos fiançailles a été plutôt bien accueillie par nos proches. Raphaël semble pressé de poser une date à la mairie, c'est amusant de le voir insister là-dessus. Peu importe le jour, je sais que notre union sera fantastique. Bien évidemment, il a choisi Julien comme témoin, quant à moi, j'ai demandé à Juliette. Ils ont accepté tous les deux leur mission avec un grand enthousiasme. D'ailleurs, ils parlent déjà de programmer nos enterrements de vie, *que Dieu nous vienne en aide et nous protège de leurs projets.*

Nos parents ont versé leur petite larme de joie, lorsque nous leur avons annoncé nos fiançailles pendant un dîner organisé chez nous, dès notre retour de Bali. J'ai l'impression que nos mères sont plus à fond que nous pour démarrer les préparatifs. Elles se projettent dans l'organisation, les tenues, la décoration, le traiteur, la salle…

— Nous pourrions prendre rendez-vous pour visiter la salle du château de Barbegal, propose la mère de Raphaël.

Ma mère lui sourit tendrement.

— Et le domaine de Mylords, renchérit-elle.

Au secours je sens qu'elles s'emballent encore plus que nous.

— Et pour la robe, ma chérie, je te propose de nous rendre « aux mariés de Provence » à Saint Mitre les Remparts, Manon ma collègue de travail, m'en a dit le plus grand bien. Angélique, tu viendras avec nous ?

Elle hoche la tête, puis se tourne vers son fils.

— Raphaël, j'aimerais être présente lors de l'essayage de ton costume.

— Bien évidemment, maman !

— Et moi, vous m'oubliez ? rouspète Nana en croisant les bras.

Raphaël s'approche d'elle et la prend dans ses bras.

— Jamais, je ne t'oublierai.

Leur enthousiasme et leur envie de contribuer à cet événement important sont communicatifs, puisqu'elles ont réussi à me convaincre d'aller à un salon du mariage le week-end prochain.

Raphaël tient à contribuer à l'organisation, mais pour lui, la meilleure des solutions serait d'engager un wedding planner, ainsi cela nous enlèvera une belle épine du pied, après tout pourquoi pas !

J'ai décidé de conserver mon appartement, parfois des femmes maltraitées qui viennent de l'association ont besoin d'un toit pour quelques jours. C'est juste un lieu, un espace vide, mais pour elles cela représente un nouveau départ. Je ne sais pas encore ce que ça va changer, ni même si c'est la bonne façon d'agir. Mais si cela peut leur offrir un répit, un moment pour se reconstruire, alors je me dis que ça vaut le coup. D'ailleurs, j'ai donné les clés à Angélique, ainsi, c'est elle qui gère avec ses protégées. Je ressens un mélange de fierté et de responsabilités en ayant pris cette décision pour une cause aussi noble. C'est un engagement personnel de ma part, par affection pour la mère de Raphaël, mais surtout pour me sentir utile. Le fait que j'ai été victime de violence dans le passé donne un sens très personnel à ma décision. Cela est un moyen pour moi de transformer ma propre douleur en quelque chose de positif. Au fond, c'est un acte de guérison pour moi-même, en aidant ces femmes. Peut-être que si cette option avait existé, Angélique aurait quitté son mari avant et Raphaël aurait été épargné de toute cette violence… Mais cela, nous ne le saurons jamais. Cet appartement ouvert est là pour sauver celles qui franchiront les portes de l'association.

Ma vie a tellement changé en quelques mois, que cela me donne parfois le tournis. Je repense à tout ce que l'on a traversé, à la vitesse à laquelle ma vie a changé à ses côtés. Il y a quelques mois encore, j'étais… ailleurs. Perdue. Célibataire. Et puis Raphaël est revenu. Doucement, sans forcer les choses. Comme s'il avait su exactement comment me toucher sans jamais raviver les blessures du passé. Et maintenant, je suis là. Heureuse. Amoureuse. Fiancée. J'ai un travail qui me passionne, des projets qui me font vibrer. C'est fou. Complètement fou. J'ai l'impression d'avoir traversé un océan en pleine tempête, et me revoilà, les pieds sur la terre ferme.

Chapitre 45

Donc chérie maintenant, prends-moi dans tes bras remplis d'amour,
Embrasse-moi sous la lumière de milliers d'étoiles,
Place ta tête sur mon cœur qui bat !

Ed Sheeran - Thinking out loud

RAPHAËL

Le 25 décembre 2024

Finalement, Sasha et moi avons décidé de nous marier en petit comité au cœur de notre Provence natale. La cérémonie se déroule dans le charmant petit village des Baux-de-Provence, le 25 décembre 2024. C'est pour aujourd'hui !

Nichée au cœur des Alpilles, la chapelle en pierre ancienne, recouverte de vignes, offre une vue imprenable sur les oliviers et les champs de lavande endormis sous l'air frais de l'hiver. Bien que ce soit Noël, la Provence est douce en cette saison, baignée par une lumière dorée et un ciel clair.

Nous avons choisi une ambiance rustique et intime, fidèle à notre désir d'un petit mariage. La chapelle est décorée de branches de romarin et de bouquets d'anémones blanches, symbolisant la simplicité et la pureté. À l'intérieur, les bancs en bois accueillent une vingtaine de proches, serrés les uns contre les autres pour mieux partager ce moment de bonheur. Et peut-être un peu pour se tenir chaud. Le prêtre, un vieil ami de la famille, a accepté de célébrer notre union en ce jour saint, ce matin à 9H00, avant d'officier pour la grande messe.

Pour cette magnifique occasion, je suis vêtu d'un costume trois-pièces bleu marine de chez Hugo Boss, je me sens élégant et prêt à épouser la femme que j'aime.

Lorsque la voiture s'arrête devant la chapelle en pierre, mon cœur s'emballe. Les invités sont déjà rassemblés, leurs murmures se dissipent dans l'air frais de Provence. Les portes s'ouvrent lentement, et à cet instant, tout semble s'arrêter. Sasha sort de la voiture, je suis instantanément captivé. Elle est sublime dans sa robe de mariée, une création délicate en dentelle qui épouse parfaitement sa silhouette. La robe blanche, ornée de détails raffinés, évoque à la fois la tradition et la modernité. Les rayons du soleil jouent sur le tissu, ajoutant une lueur éthérée à sa présence. En la voyant avancer vers moi, je ressens une profonde émotion me submerger. Mes yeux s'emplissent de larmes alors que je réalise que je suis sur le point de l'épouser. Sasha marche d'un pas confiant, mais doux, son sourire radieux illuminant son visage, et à chaque pas, j'ai l'impression de voir mon cœur s'emballer un peu plus. Nos deux regards se croisent, et un silence respectueux s'installe parmi les invités, témoin de la beauté de ce moment.

Lorsque Sasha arrive à mes côtés, le monde semble s'arrêter. Tout devient flou autour de nous, comme si seuls elle et moi existions dans cet instant suspendu. Je tends la main, naturellement, instinctivement, et la sienne vient s'y poser avec une douceur infinie. Nos doigts s'entrelacent comme deux âmes qui se reconnaissent, comme deux cœurs qui battent à l'unisson depuis toujours. Je ressens une vague de chaleur m'envahir, un frisson qui parcourt tout mon être. C'est plus qu'une émotion : c'est un feu sacré, quelque chose de viscéral et d'évident. Chaque battement de mon cœur résonne avec force, comme s'il criait silencieusement l'amour que j'éprouve pour elle. Un amour profond, incommensurable, éternel. Nos regards se croisent et je me perds dans ses yeux. Je vois tout ce que nous avons traversé, tout ce que nous avons construit, et tout ce qui nous attend. Ce moment précis, ce regard échangé, restera gravé dans ma mémoire pour l'éternité.

— Tu es magnifique, murmuré-je, à mi-voix, comme une prière.

Elle esquisse un sourire, un peu émue, un peu taquine, puis répond doucement :

— T'es pas mal non plus.

Sa réplique me fait sourire, elle détend l'atmosphère avec cette légèreté qui la rend si unique. À mes côtés, Julien, mon meilleur ami, mon frère de cœur, hoche la tête discrètement, un sourire complice sur les lèvres. Il sait ce que ce moment représente pour moi. Il sait combien j'ai attendu, espéré, rêvé de cette seconde où tout devient vrai. Alors que le silence s'installe brièvement, empli d'émotions et de promesses, je prends une profonde inspiration. Je sais. Je suis prêt. Prêt à faire ce grand saut, prêt à aimer Sasha et à la chérir pour le reste de ma vie. La cérémonie peut commencer.

Face à moi, Sasha. La femme de ma vie. Celle que j'ai attendue sans même le savoir. Celle qui est devenue mon évidence, mon ancrage, mon miracle. Je sens ma gorge se nouer, mes yeux picoter, mais je prends une inspiration. Je souhaite que chaque mot, chaque syllabe, soit digne d'elle. De nous.

— Sasha… avant toi, je fuyais l'amour.

J'ai appris des poèmes à l'école, entendu des chansons.

Mais je ne savais rien.

Tu es arrivée dans ma vie comme une aurore après une nuit sans fin.

Tu m'as illuminé de l'intérieur, quand j'étais perdu dans l'obscurité.

Tu as mis le feu là où je ne sentais plus que le froid.

Tu as appris à connaître mes silences, à décoder mes tempêtes, à apaiser mes vertiges.

Tu es mon chaos et ma paix.

Mon rire et mon refuge.

Mon aujourd'hui et tous mes demains.

J'ai peur, parfois. Pas de l'engagement ni de l'avenir.

Mais de ne jamais réussir à t'aimer aussi fort que tu le mérites.

Parce que l'amour que j'ai pour toi va au-delà de simples mots.

Je te promets d'essayer, tous les jours.

Je te promets de te regarder comme si je te voyais pour la première fois, même dans dix, vingt, trente ans…

Je te promets d'être ton abri les jours d'orage, et ton soleil quand tu auras besoin d'être réchauffée.

Je te promets de danser avec toi sous la pluie, de chanter faux dans la voiture pour te faire rire, de veiller sur ton sommeil quand le monde sera trop lourd.

Je te choisis. Aujourd'hui. Demain. Cent fois. Mille fois.

Et même dans une autre vie, je te chercherai sans fin.

Sans toi, je n'étais qu'une âme errante dans les abysses du quotidien.

Mon âme était brisée, mais mon cœur attendait ton retour.

Parce que t'aimer, Sasha… C'est ma plus grande vérité.

Je vois ses lèvres trembler. Une larme glisse le long de sa joue, et sans réfléchir, je la recueille du bout des doigts. Ce contact, ce frisson… Tout est là. Tout est vrai. Tout est pur. Le silence qui suit est chargé de quelque chose de sacré. Les invités autour ne bougent plus. Certains pleurent. D'autres sourient. Mais moi, je ne vois qu'elle. Je suis à genoux devant la beauté brute de ce moment. Et je sais… que plus jamais je ne serai seul.

Montre-moi que le paradis est juste là, bébé,
Touche-moi ainsi je serai que je ne suis pas folle,
Jamais je n'ai rencontré quelqu'un comme toi.

Dua Lipa - Love again

SASHA

Le 16 avril 2025

En me préparant assise devant la coiffeuse de notre suite parentale, je repense à il y a un an, lorsque ma vie a basculé en acceptant de revoir Raphaël, le tentateur, lors d'un dîner. Je prends pleinement conscience de la chance qui nous a été donnée. Chaque moment partagé avec l'homme de ma vie renforce cette certitude.

— Sasha, t'es prête ? Julien et Ambre nous attendent au restaurant, demande Raphaël, accoudé nonchalamment à l'embrasure de la porte.

Je lève les yeux vers lui, et mon souffle se suspend l'espace d'une seconde. Mon Dieu… Comment est-ce possible d'être aussi outrageusement séduisant sans le moindre effort ? Sa chemise légèrement ouverte laisse entrevoir juste ce qu'il faut de sa peau hâlée, et son jean brut épouse à la perfection ses hanches étroites. Il est sublime. Presque indécent. S'il reste planté là, à me regarder avec cet air faussement innocent, nous allons clairement être en retard… Et ça ne sera pas uniquement de ma faute.

— Oui, j'arrive tout de suite, une minute, prononcé-je en me mordant la lèvre inférieure. Un réflexe que je n'arrive jamais à contrôler quand je suis troublée.

Il arque un sourcil, amusé.

— Ne fais pas ça…

— Quoi ? rétorqué-je d'un air faussement ingénu.

Mais je sais exactement de quoi il parle. Ce petit jeu entre nous, fait de regards effleurés, de gestes chargés de sous-entendus, de tensions délicieusement palpables… C'est notre langage secret. Notre manière à nous de nous dire *je te veux* sans un mot. Raphaël secoue doucement la tête, faussement désabusé, puis s'avance vers moi avec une lenteur calculée, presque féline. Son regard se plante dans le mien, intense, brûlant. Il glisse une main derrière ma nuque et ses doigts effleurent ma peau, envoyant une décharge de frissons le long de mon dos.

— Tu le sais très bien, ma Déesse, murmure-t-il d'un air grave, rauque, qui résonne dans tout mon être.

Il recule d'un pas, non pas pour fuir, mais pour ne pas céder. Pas maintenant. Pas alors que nous sommes censés rejoindre nos amis dans moins de quinze minutes. Et pourtant, mon corps tout entier hurle l'envie de tout annuler juste pour rester enfermé avec lui. Il me lance un sourire en coin, celui qui fait toujours vaciller ma volonté, puis ajoute :

— Je t'attends en bas, parce qu'aujourd'hui, je suis le plus raisonnable de nous deux…

Il marque une pause, me scrute de la tête aux pieds, l'air affamé.

— Mais ce soir… Je ne réponds plus de rien.

Et sur ces mots, il m'envoie un clin d'œil ravageur avant de disparaître dans l'escalier. Je reste figée un instant, le cœur battant, les joues légèrement rosies. Il sait exactement comment me faire perdre la tête. Et ce soir, c'est sûr… La raison ne durera pas longtemps.

Notre mariage – que je considère comme l'une des plus grandes bénédictions de mon existence – m'apporte un bonheur profond et magique. Je réalise que l'amour, la complicité et les petites joies quotidiennes que nous vivons ensemble sont une source de gratitude immense. Car cela n'était pas gagné au départ !

J'ai obtenu le poste de directrice marketing au sein de l'agence Impulse Mark & Co, basée à Avignon. Cette opportunité représente un accomplissement majeur dans ma carrière, et j'en suis profondément heureuse. Cependant, cette réussite a un goût doux-amer, car elle m'a obligée à quitter Laly et Théo, deux personnes qui occupaient une place importante dans ma vie professionnelle et personnelle. Car au fil des années, une relation de confiance s'était tissée entre nous trois. Bien que je sois excitée par ce nouveau défi, je sais que leur absence laissera un vide immense. Malgré tout, j'embrasse cette nouvelle aventure, confiante que ces liens entre nous perdureront. D'ailleurs, ils étaient venus ensemble assister à notre mariage, affichant au grand jour leur relation naissante !

— Sashaaaaaa

— J'arrive ! crié-je.

Je n'avais jamais compris pourquoi Raphaël avait tant insisté lors des visites du mas pour qu'il y ait une dépendance. Maintenant, je sais pourquoi. Il a transformé celle-ci en un véritable atelier, un espace qui lui permet de donner libre cours à son esprit créatif. En aménageant cet endroit, il a enfin trouvé un refuge où il peut s'immerger pleinement dans ses passions artistiques, sans contraintes. Que ce soit pour peindre ou travailler sur de nouveaux projets, cet atelier est devenu son sanctuaire, un lieu de liberté et d'expression. Raphaël est ravi d'avoir créé cet espace dédié à son art, où il peut explorer ses idées sans limites et laisser son imagination s'épanouir pleinement. Mon mari est un artiste, au-delà d'être un chef d'entreprise accompli. D'ailleurs, c'est lui qui avait réalisé les croquis pour mon collier et ma bague de fiançailles, il en a fait de même pour nos alliances.

— J'ai failli t'attendre, Sasha, prononce-t-il avec un sourire malicieux, l'un de ceux qui me font fondre de l'intérieur.

Je monte rapidement dans la voiture, mes talons claquent doucement contre le trottoir mouillé, et avant même de refermer la portière, je me penche vers lui pour l'embrasser chastement, juste un effleurement sur ses lèvres. Un baiser qui dit : *je suis là* sans en faire trop.

— Jamais je ne te ferai attendre, mon amour, lui murmuré-je en accrochant mon regard au sien, sincère, plein de cette douceur qu'il fait naître en moi sans même s'en rendre compte.

Il démarre la voiture, et le bruit du moteur vient se mêler à celui de la pluie qui tambourine doucement contre le pare-brise. Le ciel est d'un gris dense, les gouttes tracent des chemins liquides sur les vitres, et les phares des autres véhicules se reflètent dans les flaques comme des éclats de souvenirs. Et pourtant… Malgré ce décor mélancolique, tout semble lumineux. *Parce qu'il est là.* Parce que sa main cherche la mienne et l'enlace avec naturel, avec cette tendresse désarmante qui me fait toujours un peu vaciller. Parce que son sourire, entre deux feux rouges, a ce pouvoir incroyable de faire fondre tous mes doutes. Parce qu'il y a quelque chose dans l'air, entre nous, une chaleur invisible qui fait oublier le froid du dehors.

— Tu sais, même s'il pleut… Il fait beau quand on est ensemble, murmuré-je, comme une confidence que je n'ose à peine formuler, de peur qu'elle paraisse trop belle pour être vraie.

Il tourne brièvement la tête vers moi, sans lâcher la route des yeux, et je vois sa mâchoire se détendre, son expression s'adoucir.

— Tu n'imagines pas à quel point je ressens la même chose, répond-il simplement.

À cet instant précis, au cœur de cette ville, sous un ciel sans éclat, je me sens exactement là où je dois être : à ma place, aimée, protégée, vivante.

Le procès pour la tentative d'assassinat a enfin eu lieu au tribunal d'Aix-en-Provence. Le beau-père de Raphaël a été condamné à une peine de prison ferme. Cette décision marque la fin d'une longue éprouvante procédure judiciaire, mettant un terme à des mois de tension et d'incertitude. Pour Raphaël et sa mère, la condamnation suscite un mélange de soulagement et de joie. Malgré tout, la gravité de l'acte commis ne pouvait pas rester impunie. Cette décision de justice offre à toute la famille la possibilité de tourner la page, même si les blessures émotionnelles mettront du temps à cicatriser.

Après des mois de conflits et de tensions, le beau-père de Raphaël a finalement accepté de signer les papiers du divorce. Ce geste met fin à une relation marquée par la violence, offrant ainsi à sa mère une chance de recommencer sa vie et de se reconstruire. Bien que le chemin fût long et douloureux, cette décision apporte un certain soulagement à toute la famille, ouvrant la voie à un avenir plus serein, loin des drames et des violences du passé. Elle continue d'œuvrer dans son association afin d'aider les femmes maltraitées à sortir de ce cycle infernal.

La vie s'ouvre devant nous, remplie de promesses et d'amour, comme un horizon infini de possibilités. Ensemble, nous avançons avec confiance, portés par les expériences passées et l'espoir d'un avenir radieux. Chaque jour est une nouvelle page à écrire, un chapitre à partager, riche en complicité et en rêves communs. Nous savons que, malgré les défis que la vie mettra sur notre chemin, notre amour et notre détermination nous permettront de construire un futur lumineux, empreint de bonheur et de sérénité.

Je sens mon cœur cogner dans ma poitrine à mesure que nous approchons du restaurant. Le moment est là, suspendu dans l'air, prêt à éclore. J'ai répété cette phrase mille fois dans ma tête, mais aucune version ne semble assez forte, assez douce, assez parfaite pour ce que je m'apprête à lui dire. Alors j'attends qu'il se gare, qu'il coupe le moteur, qu'il tourne la tête vers moi avec ce sourire qui me fait tout oublier. Et là, dans le silence feutré de l'habitacle, je lui glisse, presque comme un secret précieux :

— Au fait… je suis enceinte !

Il ne réagit pas immédiatement. Pendant une fraction de seconde, le temps semble s'arrêter. Puis, ses yeux s'agrandissent, brillent, s'illuminent comme un ciel étoilé. Une émotion pure, brute, traverse son visage. Une larme glisse lentement sur sa joue.

— Je suis l'homme le plus comblé du monde, Sasha… Merci pour ce cadeau.

Sa voix est rauque, brisée par l'émotion. Il se penche vers moi, me prend le visage entre ses mains avec une délicatesse infinie, comme si j'étais faite de cristal. Depuis notre mariage, nous avions pris cette décision, douce et instinctive : arrêter la pilule, faire confiance à l'univers, lui laisser le soin de décider du bon moment. Et maintenant, ce moment est arrivé. Il baisse les yeux et pose sa main sur mon ventre, encore plat, mais qui contient déjà la promesse d'un avenir. Son toucher est tendre, respectueux, presque timide.

— C'est incroyable, Sasha… On va être parents.

Il le murmure comme si les mots eux-mêmes avaient du mal à franchir ses lèvres. Je vois dans son regard une tempête de bonheur, de peur, d'émerveillement, tout à la fois. Il n'est plus tout à fait l'homme que j'ai épousé il y a quelques mois : il est déjà en train de devenir père. Je souris, les yeux brillants.

— Oui, nous allons être parents.

Et dans cette voiture, sous la pluie, dans le bruit discret du monde qui continue de tourner dehors, notre monde à nous vient de changer à jamais.

FIN

Remerciements

Et voilà c'est le moment tant redouté, celui où je clos l'écriture de ma première romance, celui où j'attends patiemment, partagée entre excitation et fébrilité, vos avis. Quelle aventure extraordinaire ! Même s'ils sont fictifs, je remercie Sasha et Raphaël, car ils m'ont permis de me dévoiler en tant qu'autrice en romance.

Je tiens à exprimer ma profonde gratitude à toutes les personnes qui ont contribué, de près ou de loin, à l'écriture de Nos âmes brisées, nos cœurs liés.

Tout d'abord, merci à mon mari Yannick, l'amour de ma vie, celui qui me permet chaque jour de me sentir pleinement aimée, pleinement vivante. Il accueille toujours mes personnages dans notre vie. Eh oui, en période d'écriture, ils font partie de notre quotidien. Sasha et Raphaël ont pris vie, littéralement, et nous ont accompagnés pendant des mois.

Merci à mes fils, Noa et Adan, pour leur soutien inconditionnel et leur patience tout au long de l'écriture. Sans eux, ce projet n'aurait jamais vu le jour ! Ils sont ma force et ma résilience, ma lumière et mes espoirs. Je vous aime les garçons.

Merci à ma bêta-lectrice, celle qui me soutient depuis le début, Emma. Tu es la première personne à laquelle je pense lorsque j'écris une romance. Tes remarques pertinentes m'ont permis de progresser.

Un immense merci à mon éditrice Floriane qui m'a accordé sa confiance. En acceptant de publier mon premier ouvrage dans la New Adult Romance, elle a eu l'audace de choisir une nouvelle autrice.

Merci à Hera, ma correctrice, qui a su me pousser à donner le meilleur de moi-même lors du passage tant redouté de la réécriture.

Enfin, merci du fond du cœur, à vous, chères lectrices et chers lecteurs ! C'est pour vous que ce roman existe, et j'espère qu'il saura vous toucher, vous faire vibrer autant que cela l'a été pour moi lors de son écriture.

J'ai été inspirée par Arles, ma ville, ainsi que par ma Provence natale que je chéris tant. Elles font partie intégrante de cette romance. J'espère que cela vous donnera envie de venir les découvrir à votre tour.

À l'heure où je tape ces remerciements, j'ai le cœur serré, car je laisse Raphaël et Sasha continuer leur chemin sans moi.

Avec tout mon amour,

Sabrina Paugam

www.ingramcontent.com/pod-product-compliance
Lightning Source LLC
LaVergne TN
LVHW050924080826
845145LV00001B/201

* 9 7 8 2 4 8 8 5 3 0 0 9 5 *